MUTTER
SEELEN
ALL

Dieses Buch ist ein Roman. Handlungen und Personen sind frei erfunden. Ähnlichkeiten mit lebenden oder toten Personen sind nicht gewollt und rein zufällig.

SABINE TRINKAUS

MUTTER SEELEN ALLEIN

THRILLER

emons:

Bibliografische Information der Deutschen Nationalbibliothek
Die Deutsche Nationalbibliothek verzeichnet diese Publikation in der Deutschen Nationalbibliografie; detaillierte bibliografische Daten sind im Internet über http://dnb.d-nb.de abrufbar.

FSC
www.fsc.org
MIX
Papier aus verantwortungsvollen Quellen
FSC® C083411

Umschlagmotiv: Ludmila Shumilova / Arcangel Images
Umschlaggestaltung: Nina Schäfer
Gestaltung Innenteil: César Satz & Grafik GmbH, Köln
Druck und Bindung: CPI – Clausen & Bosse, Leck
Printed in Germany 2019
ISBN 978-3-7408-0530-2
Thriller
Originalausgabe

Für Laura und Manfred,
mit denen es ein Ponyhof war.
Danke!

1

Katharina betrachtete die Tulpen, die sich in ordentlichen Büscheln aus dem Beet schoben. Nicht mehr lange, dann würden sie blühen. Sie würde aus dem Fenster blicken, wenn sie Frühstück machte, und die bunten Kelche sehen. »Schau mal, die Tulpen blühen«, würde sie zu Patrick und Timo sagen, in der Küche, in der es nach Kaffee und Toast duftete. Sie würde lächeln, wenn sie das sagte und sich zu ihnen an den Tisch setzte. Auf das Bild zeigen, das sie neulich mit einem Magneten an den Kühlschrank geheftet hatte. »So wie du gemalt hast, mein Mäuserich«, würde sie sagen, und Timo würde strahlen.

»Mama im Garten«, stand in großen Buchstaben unter dem Bild. »Mama« konnte er, den Rest hatte er sich von der Erzieherin vorschreiben lassen und ungelenk kopiert. »Weil die Mama doch so gern im Garten arbeitet«, hatte die Erzieherin gesagt, als sie es ihr überreicht hatte, und dabei ihr gütiges Erzieherinnenlächeln aufgesetzt.

Man sah deutlich, wie viel Mühe er sich gegeben hatte. Saubere, mit dem Lineal gezogene Linien, die die Flächen akkurat voneinander abgrenzten. Grün für den Rasen, braun für das Beet. Schnurgerade Striche für die Stängel, auf denen halbrunde rote und gelbe Tupfer hockten, oben mit jeweils drei Zacken. In der Mitte sie, Katharina, groß, präsent, die Hände ein bisschen überproportioniert, riesig auch der Kopf, auf dem gelbe Lockenschlaufen nach oben ragten. Mitten im Gesicht ein breites rotes Lächeln.

Mama, wie Timo sie sah. Das stabile Zentrum einer geordneten Welt. Prinzessin Perfekt – so nannte Patrick sie manchmal, der Unterton liebevoll belustigt. Es störte sie nicht. Ganz im Gegenteil. Sie wusste, wie dankbar er ihr war, dass sie die Dinge im Griff behielt und ihm das, wofür ihm Zeit und Enthusiasmus fehlten, abnahm.

»Mama, Mama, guck!« Timos Stimme überschlug sich vor

Aufregung. Katharina hob den Kopf und sah hinüber zu dem von einem sicheren Netz umgebenen Trampolin, auf dem er herumsprang. »Ich kann Salto!«, verkündete er großspurig. Kein Stottern, bemerkte Katharina zufrieden. Weniger beeindruckend war das Ergebnis seines akrobatischen Ehrgeizes. Sein Salto war allenfalls ein misslungener Purzelbaum. Er landete quer auf dem Rücken, und sein Gesicht verzog sich unwillig. Die kleinen Hände ballten sich zu Fäusten.

»Super, mein Schatz«, rief Katharina eilig, nahm erleichtert zur Kenntnis, dass er sich wieder hochrappelte, erneut zu hüpfen begann. »Das hast du ganz toll gemacht, Mäuserich!«

Sie musste aufhören, ihn so zu nennen. Er war fünf. Wenn er in der Schule war, durfte ihr der Kosename in der Öffentlichkeit nicht mehr über die Lippen kommen.

Sie konzentrierte sich wieder auf das Beet, riss die winzigen Unkräuter, die sich aus dem Boden wagten, aus. Hin und wieder sah sie hinüber zum Trampolin. Die blonden Locken, die Timo von ihr geerbt hatte, flogen um seinen Kopf. Er musste bald zum Friseur. Katharina zögerte das immer ein bisschen zu lange heraus. Sie liebte es, wenn seine Haare zu lang wurden. Er sah dann wie ein kleiner Engel aus.

Eine Wolke schob sich vor die Sonne, der Wind frischte auf. Katharina zog die alte Strickjacke enger um die Schultern. Sie arbeitete schneller, zupfte sich zielstrebig durch den verbleibenden halben Meter.

Das letzte Unkraut landete im Eimer. Sie leerte ihn in die Biotonne und lief dann zur Wäschespinne, die diskret versteckt neben der Garage stand. Der Wetterbericht hatte für den späteren Nachmittag Schauer gemeldet. Während sie die T-Shirts, Sweater und Jeans abnahm und zusammenfaltete, sah sie im Augenwinkel das Postauto vor dem Haus.

Sie warf einen Blick auf die Uhr. Stellte sich vor, wie der alte Krause von nebenan hinter dem Vorhang stand und dasselbe tat. Es war ihm ein elementares Ärgernis, dass die Post so spät kam. Er war nicht allein mit dem Unmut hier in dem Viertel, in dem überwiegend gut situierte Rentner lebten, in dem man Wert auf Ordnung legte. Patrick lästerte gern über die Spießigkeit. Er hatte sich wohler gefühlt in der Altbauwohnung in der Innenstadt, umgeben von Kneipen und Cafés. Aber nach Timos Geburt waren die Nachteile immer mehr in den Vordergrund gerückt. Der fehlende Aufzug, die schlecht isolierten Fenster, die nächtlichen Betrunkenen auf der Straße. Es war ein guter Zeitpunkt gewesen, sich etwas Eigenes zu kaufen. Darum hatten sie nicht lange gezögert, als man ihnen das Architektenhaus mit dem großen Garten in dem ruhigen Wohnviertel am Stadtrand angeboten hatte.

Katharina winkte dem Briefträger, der etwas in ihren Kasten vorn am Zaun warf, kurz zu, sah dann wieder auf die Uhr. Das Brot, das sie im Ofen hatte, musste jeden Moment fertig sein. Noch knapp zwei Stunden, dann kam Patrick nach Hause. Timo musste noch seine Schreibübungen machen, dann war es höchste Zeit, mit den Vorbereitungen für das Abendessen zu beginnen. Sie klemmte sich den vollen Wäschekorb zwischen Arm und Hüfte, ging wieder nach hinten und rief nach Timo.

Als die ersten Tropfen fielen, köchelte auf dem Herd die Milch für den gemeinsamen Kakao.

2

Er stand da im Regen, ohne Jacke, ohne Schirm.

Er konnte das Haus sehen. Es war nah und doch weit weg. Wenn sie im Haus oder im Garten war, dann war sie seinen Augen und Ohren entzogen. Aber nicht seinem Denken und Fühlen, und darum blieb er, darum stand er da in seinem Versteck zwischen Flieder und Holzpalisaden, die der Nachbar geschickt arrangiert hatte, damit seine profanen Mülltonnen hier in der ordentlichen Sackgasse niemanden beleidigten.

Eben hatte er schon aufbrechen wollen, aber da war sie noch einmal aufgetaucht an der Wäschespinne neben der Garage und hatte dem Postboten zugewinkt.

Er hatte sich vorgestellt, dass das Winken ihm galt. Ein freundliches, unverbindliches Winken. Das war nicht genug, es war sogar viel zu wenig, aber es wäre ein Anfang gewesen. Ein Schritt auf dem Weg, dessen Ziel er in diesem Moment klar vor Augen hatte. Sie hatte Licht angemacht, ein warmer Schein hinter den vorderen Fenstern. Er stellte sich vor, wie sie es sich gemütlich machten da drin, sie und das Kind.

Das Kind. Noch immer blockierte etwas in seinem Kopf, wenn er an das Kind dachte. Das Kind hatte ihm kurz den Boden unter den Füßen weggezogen. Das Kind hatte es schwer gemacht, nachdem es erst so leicht gewesen war. Zu leicht fast, denn in seiner Vorstellung waren immer Bilder einer dramatischen Flucht gewesen. Ein heimlich gepackter Koffer, der unter dem Bett versteckt bereitlag, bis die Gelegenheit günstig war. Ein Taxi zum Flughafen, ein Ticket ans andere Ende der Welt. Gefärbte Haare, falsche Papiere, eine neue Identität. Eine alberne Vorstellung. Trotzdem war es irgendwie enttäuschend gewesen, zu sehen, dass sie sich diese Mühe nicht gemacht hatte. Sie war die ganze Zeit da gewesen, ganz nah.

Das hatte ihm einen Stich versetzt. Einen kleinen allerdings, der sich harmlos ausnahm neben all den anderen Gefühlen, die ihn überwältigt hatten, als er sie dann gesehen hatte. Er hatte sie sofort erkannt. Obwohl sie die Haare länger trug und ein bisschen zugenommen hatte. Sie war älter geworden. Aber sie war noch immer schön. Und noch immer vertraut. Genau wie das, was sofort wieder da war. Der Schmerz, die Wut, der Hass und die verzweifelte Liebe. Eine Sehnsucht, in der alles verschmolz. Intensiver, als er erwartet hatte. Er war davon ausgegangen, dass er damit umgehen konnte. Auch das war nicht schwer gewesen, als sie noch ein Gespenst gewesen war, irgendwo weit weg, da draußen im Nebel.

Aber jetzt war sie kein Gespenst mehr. Sie war real und greifbar. Und sie war nicht allein.

Das Kind war ein Junge, das wusste er mittlerweile. Anfangs hatte er sich von den langen blonden Haaren und der zierlichen Gestalt täuschen lassen. Das Kind brachte alles durcheinander. Er war nicht auf ein Kind vorbereitet gewesen. Auf diesen Jungen, der ihre ganze Aufmerksamkeit forderte. Mit dem sie alle Hände voll zu tun hatte. Sie hatte kaum einen Blick für das, was um sie herum passierte.

Das machte ihm die Dinge für den Moment natürlich leichter. Im Grunde war es ein Glück, dass das Kind da war. Auch wenn es sich nicht so anfühlte.

Der Gedanke erinnerte ihn daran, dass es Zeit war, zu verschwinden. Es gab Regeln. Wichtige Regeln, die er aufgestellt hatte, um sich vor dem zu schützen, was noch zu viel war. Das hatte das Kind ihm deutlich gemacht. Er brauchte Zeit. Er näherte sich. Langsam, Schritt für Schritt. Irgendwann würde er ihr gegenüberstehen. Er würde ihr in die Augen sehen und ihr sagen, was er zu sagen hatte. Er würde Dinge erklären und Erklärungen fordern. Irgendwann würde er stark und sicher genug sein. Wenn er sich an all das gewöhnt hatte, was jetzt ihr Leben war und zu ihr gehörte. An den Mann zum Beispiel, den es geben musste, ohne jeden Zweifel. Das war kein Haus, in dem eine Alleinerziehende wohnte. Sie ging nicht arbeiten, kümmerte sich um das Kind, den Garten und den Haushalt. Es gab jemanden, der für das alles bezahlte. Einen, der im Gegenzug etwas dafür bekam. Der mit ihr an einem Tisch aß. Mit ihr in einem Bett schlief.

Er stoppte den Gedankengang. Schritt für Schritt. Er hatte Zeit. Und noch war er nicht so weit, sich mit diesem Mann zu befassen. Vorerst war es besser, wenn er ein Phantom blieb, eine unsichtbare Spielfigur.

Der Regen wurde heftiger. Dicke Tropfen fielen von den Ästen des Flieders. Es roch nach frisch gemähtem Gras. Die Feuchtigkeit begann, durch seinen Pullover zu sickern.

Er ließ den Blick kurz über den Bürgersteig schweifen. Keine Menschenseele zu sehen. Er schlüpfte aus seinem Versteck und ging langsam davon.

3

»Wie war es im Kindergarten?« Patrick schnitt ein Stück Putensteak ab und schob es sich in den Mund.

»Gut.« Timo senkte den Blick und begann konzentriert, Salatblätter auf seinem Teller herumzuschieben.

Patrick unterdrückte ein Seufzen. Das war ganz normal, hatte Katharina ihm neulich erklärt. Diese Einsilbigkeit bei Kindern in dem Alter, wenn es um Themen ging, die in diesem bestimmten Moment keine Relevanz für sie hatten. Es habe nichts mit ihm zu tun, hatte sie gesagt, und vermutlich hatte sie recht.

Das änderte allerdings nichts daran, dass die abendlichen Unterhaltungen am Familientisch mehr und mehr zu einer Geduldsprobe wurden.

»Es gab Kuchen«, sagte Timo, als hätte er Patricks Unwillen gespürt. Vermutlich war das so. Der Junge hatte feine Antennen für die Stimmungen von Erwachsenen.

»Ja? Was denn für Kuchen? War er lecker?« Patrick bemühte sich, ernstlich interessiert zu klingen.

»Eva-Maria hat ihn m-m... mitgebracht.« Timo sah ihn bei dieser etwas zusammenhanglosen Aussage kurz an, senkte dann eilig wieder den Blick.

»Hatte Eva-Maria Geburtstag?« Er schaffte es, sich die Ungeduld nicht anmerken zu lassen.

Timo warf seiner Mutter einen verunsicherten Blick zu.

»Nein«, sagte er dann. »Ich glaube n-n… nicht.«

Patrick atmete durch und schob mit dem Messer die letzten Reste Reis auf die Gabel.

»Eva-Maria ist die neue Praktikantin«, erklärte Katharina. »Und der Kuchen war ihr Dankeschön, weil die Kinder im ersten Monat alle so nett zu ihr waren.« Sie lächelte Timo zu. Sie klang gut gelaunt, aufgeräumt. Da war keine Spur eines Untertons, der Patrick sagte, dass er das eigentlich wissen sollte. Obwohl Katharina diese Eva-Maria mit Sicherheit erwähnt hatte. Beim Abendessen, wenn sie zusammensaßen und über den Tag sprachen. Wenn Patrick sich bemühte, wirklich bemühte. Aber er war müde, wenn er aus der Praxis kam. Es fiel ihm schwer, die Einzelheiten abzuspeichern. Die zahllosen Details dieses Universums aus Kindergarten, Verabredungen, Turnen und Musikschule, eine Aneinanderreihung von Namen ohne Gesichter, Informationen ohne Bedeutung. Es war ihm unbegreiflich, wie Katharina diese erstickende Menge irrelevanter Kleinigkeiten im Kopf behielt und ständig mit ihnen jonglierte. Und er war ihr verdammt dankbar dafür.

Es hatte Zeiten gegeben, in denen er für dieses Familienkonstrukt nur ein herablassendes Lächeln übrig gehabt hätte. Zeiten, in denen er sich keinen Begriff davon gemacht hatte, wie aufwendig es war, ein Kind großzuziehen. Mittlerweile verstand er gut, warum Katharina keine Lust hatte, sich zwischen einem unbefriedigenden und schlecht bezahlten Job und einem Kind aufzureiben. Er war ihr dankbar, dass sie sich um all diese Dinge kümmerte, um die man sich eben kümmern musste. Ihm den Rücken freihielt, wie man so schön sagte, und das auch noch gern tat. Dass sie es mit der Fürsorge manchmal etwas übertrieb, konnte und wollte er ihr nicht vorwerfen. Nicht nach allem, was sie durchgemacht hatte.

»Sie kennt dich«, drang Katharinas Stimme in seine Gedanken.

Er zuckte zusammen. »Was? Wer?«

»Hallo? Erde an Patrick?« Katharina lachte. »Eva-Maria natürlich.«

»Nein!« Es klang irgendwie falsch. »Ich kenne keine Eva-Maria«, setzte er nach. Das machte es nicht besser.

»Aber sie kennt dich.« Katharina wirkte amüsiert. »Sie ist Patientin bei dir. Junges Ding, Anfang zwanzig höchstens. Und ziemlich kurzsichtig.«

Patrick zuckte kurz die Schultern. »Wie heißt sie denn weiter?«

»Plambeck. So eine Kleine, bisschen rundlich. Ziemlich flippig, sie hat die Haare ganz kurz und schrill gefärbt ...«

»Rosa«, mischte sich Timo aufgeregt und begeistert ein. »Und g-g... grün und blau, ganz bunt.« Genau wie Katharina schien es ihm wichtig zu sein, dass Patrick sich erinnerte. Und er wollte ja, für den Moment schien es ihm sehr erstrebenswert, die Kindergartenpraktikantin seines Sohnes zu kennen. »Ach«, sagte er, »ach die! Ja, die ist wirklich sehr nett. Sag ihr schöne Grüße von mir, Timo.«

»Das macht er. Das wird sie freuen.« Katharina stand auf und fing an, die Teller zusammenzuräumen. »Hat es geschmeckt?«

Patrick nickte. Natürlich hatte es geschmeckt. Es schmeckte immer. Katharina war eine ausgezeichnete Köchin. Sie achtete außerdem darauf, dass das, was auf den Tisch kam, gesund und ausgewogen war. Patrick war sicher, dass er seine Figur, um die ihn so manche seiner Freunde beneideten, weniger seinen gelegentlichen sportlichen Aktivitäten als vielmehr Katharinas Küche zu verdanken hatte.

Er sah Katharina an und lächelte. »Es war phantastisch«, sagte er. »Danke!«

Sie erwiderte sein Lächeln und schob sich eine Locke aus der schmalen Stirn. Sie sah müde aus. Allmählich zeigten sich erste Spuren des Alters in ihrem Gesicht, aber es stand ihr. Sie war eine schöne Frau, würde das noch lange bleiben, und vermutlich beneidete man ihn um Katharina weit glühender als um die fehlende Wampe. Völlig zu Recht.

Er fühlte sich auf einmal klebrig.

»Ich geh mal schnell duschen«, sagte er.

»Mach das, Schatz. Der Mäuserich hilft mir beim Aufräumen, dann sind wir ratzfatz fertig. Dann kuscheln wir uns alle schön aufs Sofa und gucken den Film aus der Bücherei.«

»Au ja!« Timo klang ehrlich begeistert. »Der ist toll. Der ist mit Pandabären!«

»Ich ... oh, das wird leider nichts.« Das klebrige Gefühl verstärkte sich. »Ich bin verabredet. Ich treffe mich doch heute mit Robert.«

»Was?« Katharina sah ihn überrascht an.

»Mit Robert vom Tennis«, erläuterte Patrick. Als würde das irgendetwas ändern. »Wir haben doch darüber gesprochen.« Er versuchte zu glauben, was er da sagte. Es war möglich, immerhin. Es war durchaus möglich, dass er Katharina gesagt hatte, dass er sich am Freitag mit Robert traf. Dass sie das vergessen hatte. Menschen vergaßen solche Dinge, er selbst vergaß solche Dinge ständig. Und eben darum war die Wahrscheinlichkeit relativ hoch, dass er vergessen hatte, es zu erwähnen.

Aber das spielte keine Rolle. Er musste gehen. Nach diesem Tag, nach dieser Woche erstickenden Trotts und eintöniger Routine brauchte er heute Abend etwas, das nichts mit einem animierten Kinderfilm auf dem Sofa zu tun hatte.

»Wir haben das vor Ewigkeiten festgemacht, ich kann das jetzt nicht absagen, so auf den letzten Drücker. Aber ich bleibe nicht lange. Wir trinken nur ein schnelles Bier.«

»Ja, natürlich.« Katharina klang nicht begeistert, aber auch nicht allzu verstimmt. »Kein Problem, Schatz. Dann machen wir es uns zu zweit kuschelig, ja, Mäuserich?«

»Der Film ist supertoll!« Timo klang ein bisschen übereifrig. »Gerald hat den schon geguckt, und da sind nämlich die Pa-pa-pa... Pandabären ...« Er sprang von seinem Stuhl auf, warf sich in Pose.

»Timo!« Katharinas Stimme hatte einen warnenden Unterton. »Timo, setz dich sofort wieder hin!«

Timo schien sie nicht einmal zu hören. »Die machen K-k-ka… Karate und hauen alle Feinde in Stücke, so, guck mal …« Er begann, mit den Händen und Füßen herumzufuchteln. »Krach, bumm, die hauen alle kaputt!« Seine Stimme überschlug sich.

»Timo!« Katharina wurde lauter. »Was soll denn das? Du weißt genau, dass das nicht in Frage kommt!«

Timo hielt inne. Er sah sie mit trotzigem Blick an. »Du hast gesagt, ich darf mir was aussuchen in der Bücherei.«

»Ja, selbstverständlich habe ich das gesagt. Weil ich dachte, dass du dich an die Regeln hältst. Wir schauen solche Filme nicht!«

»Aber der ist für K-k-kinder, und alle dürfen den, und der ist cool u-u… und –«

»Schluss«, unterbrach Katharina. »Ende der Diskussion. Wir finden schon etwas anderes. Vielleicht schauen wir einfach noch mal ›Nemo‹ –«

»Nein!«, brüllte Timo. Er trat so heftig gegen den Stuhl, dass er umkippte. »Das ist l-la… langweilig, den hab ich schon tausendmal geguckt. Und das ist ein Ba-ba-babyfilm, für blöde Babys …« Wieder überschlug sich seine Stimme. Er hob die Arme, wedelte verzweifelt herum. Vollkommen außer sich, so erfüllt von heilig-kindlichem Zorn, dass er sein halb volles Glas umfegte. Die Milch lief über den Tisch, tropfte auf den Boden.

»Timo!« Katharina war von ihrem Stuhl aufgesprungen und packte ihn an beiden Oberarmen. Timos Augen weiteten sich. Er zitterte. Ob vor Wut oder Erregung hätte Patrick nicht sagen können. Sein Oberkörper wich zurück, entfernte sich so weit von Katharina, wie ihr Griff erlaubte. Seine Wut schien in sich zusammenzufallen.

»Nein«, wimmerte er, klang verzweifelt. »Ma-ma-mama, bi-bi-bitte, ich hab das nicht mit A-a-absicht –«

»Was haben wir besprochen?«, brüllte Katharina. »Was haben wir ausgemacht?« Sie schüttelte ihn.

Es reicht, wollte Patrick sagen, Katharina, das reicht jetzt. Aber er sagte es nicht. Es wäre falsch gewesen, Partei für Timo zu ergreifen. Obwohl etwas in ihm das wollte. Er hatte keine Ahnung, um was für Pandas es hier ging, aber es war offensichtlich, dass Timos Herz verzweifelt an diesem Film hing. Natürlich verstand er auch, dass Katharina die Nerven verlor. Timos Temperament und seine Ausbrüche forderten nicht nur ihre Geduld immer wieder heraus. Darum hielt er den Mund. Es war wichtig, dass sie an einem Strang zogen. Auf keinen Fall durfte er ihr jetzt in den Rücken fallen.

Katharina ließ Timo los. Der zog die Nase hoch, Tränen liefen ihm übers Gesicht.

»Du gehst jetzt sofort auf dein Zimmer.« Katharinas Stimme klang gepresst. Sie wandte sich ab, ging zur Spüle und griff nach einem Lappen. »Ich will dich heute nicht mehr sehen! Und Fernsehen ist natürlich gestrichen.«

Timo drehte sich um und rannte laut heulend aus der Küche.

Katharina hantierte wütend mit dem Lappen und begann, die Milch aufzuwischen, während das Schweigen immer unbehaglicher wurde. Sie war sauer. Nicht nur auf Timo vermutlich, sondern auch auf ihn. Weil er ihren Abend verdorben hatte. Es war nicht in Ordnung, dass sie das an Timo ausließ. Aber das wusste sie selber, und es schien ihm nicht ratsam, das ausgerechnet jetzt zu thematisieren.

»Es tut mir leid«, sagte er darum.

»Was denn?« Sie schüttelte gereizt den Kopf. »Gott, Patrick, jetzt hör schon auf. Alles in Ordnung. Es hat nichts mit dir zu tun. Es war einfach ein langer Tag. Und glaub mir, er weiß genau, worum es geht. Mach dir keine Sorgen deswegen.«

Er nickte. Zögerte wieder. »Soll ich noch mal nach ihm sehen?«

»Nein!« Sie griff nach den Tellern, die sie gestapelt hatte, trug sie zur Spüle und ließ Wasser darüberlaufen. »Lass ihn erst mal. Er soll sich beruhigen. Ich rede nachher mit ihm. Und jetzt geh schon duschen. Sonst kommst du noch zu spät zu deiner Verabredung.«

4

Die Brotschneidemaschine säbelte jaulend Scheiben von dem dicken Laib. Graubrot. Sie nannten es jetzt Bauernkruste, aber für Adele war es trotzdem dasselbe alte Graubrot, das sie Abend für Abend schnitt. Mit der Brotschneidemaschine, die einfach nicht kaputtgehen wollte. Sie schien nur immer lauter zu werden, immer bedrohlicher. Nie hätte Adele irgendjemand sonst mit dem Ding hantieren lassen. Wie leicht konnte ein Finger zu nah an das rotierende Sägeblatt kommen. Um ihre eigenen Finger machte sie sich keine Sorgen. Sie benutzte die Maschine jetzt schon so viele Jahre, sie konnte damit umgehen. Sogar jetzt, obwohl sie nicht bei der Sache war, sondern in Gedanken schon wieder beim Bäcker.

Wie ein Krake hockte die Szene in ihrem Kopf, streckte Tentakel in alle Richtungen.

»Sie sehen aber gar nicht gut aus. Alles in Ordnung mit Ihnen?« Die junge Verkäuferin hatte ehrlich besorgt geklungen. Gleich darauf schien sie ebenso peinlich berührt wie Adele selbst. Sie kannte die Frau gar nicht, nur vom Sehen, weil sie nun einmal in der Bäckerei arbeitete. Eine freundliche Frau, aber Adele hatte sich nie die Mühe gemacht, ihren Namen auf dem kleinen Ansteckschild, das sie am Kittel trug, zu entziffern. Nie hatten sie ein persönliches Wort gewechselt.

Aus dem Wohnzimmer drang die Anfangsfanfare der Neunzehn-Uhr-Nachrichten. Normalerweise saß sie zu deren Beginn schon drüben bei Erich, vor ihnen auf dem Tisch die Platte mit den belegten Broten. Aber das war nicht weiter schlimm. Sie sah ohnehin lieber die »Tagesschau«, auf die Erich jeden Abend um acht noch einmal schaltete.

Die Verkäuferin hatte sich bei ihr entschuldigt. Sie habe ihr nicht zu nahe treten wollen. Adele hatte sie beruhigt. Kein Problem, hatte sie gesagt, alles in Ordnung.

Sie legte die Brotscheiben nebeneinander auf das große Holzbrett und holte Butter, Wurst und Käse aus dem Kühlschrank.

Sie sei ein bisschen müde, weiter nichts, hatte sie zu der Frau gesagt. Der Wetterumschwung vielleicht, der Frühling, möglicherweise eine Migräne im Anzug. Kein Grund zur Sorge, hatte sie gesagt und gelächelt.

Sie strich großzügig Butter auf die Brote. Sie schimmerte grünlich, ein bisschen unappetitlich. Das lag am Licht, dieser grellen und gnadenlosen Neonleuchte. Sie hatte sie nie gemocht. Und fast wäre sie sie losgeworden. Fast.

Ihr Projekt – so hatte Katharina es genannt. Adeles Projekt – hatte sie gemeint, obwohl es tatsächlich schnell zu einer gemeinsamen Sache geworden war. An Katharina war eine Raumgestalterin verloren gegangen, eine Innenarchitektin womöglich. Sie hatte Küchenkataloge und Wohnzeitschriften angeschleppt, in denen sie mit Adele herumblätterte. Sie hatte tausend Vorschläge gemacht, freundliche Farben, helle Möbel, ausgefeilte Lichtkonzepte. Katharina sah die Möglichkeiten, zeigte ihr das, was Adele allein nie hätte sehen können. Es hatte Spaß gemacht.

Sie hatte Erich vorerst nichts von ihren Plänen verraten. Er tat sich schwer mit Veränderungen und trennte sich ungern von Dingen, die doch ihre Funktion tadellos erfüllten. Aber mit Katharinas Hilfe hätte sie ihm die Sache schon irgendwie schmackhaft gemacht. Und wenn er erst gesehen hätte, wie schön die Küche geworden wäre, dann hätte sie ihn vielleicht auch dazu gebracht, über das Bad nachzudenken, den Flur, das Wohnzimmer. Das Haus hatte Potenzial, fand Katharina.

Das war ihre Art zu sagen, dass es höchste Zeit war, den Muff der Siebziger endlich rauszuwerfen.

Als sie damals eingezogen waren, war der Bungalow schick und modern gewesen. Und dann waren die Jahre vergangen, waren zu Jahrzehnten geworden. Ab und zu hatte Adele daran gedacht, etwas zu verändern. Aber sie hatte den Gedanken nie wirklich zu Ende gedacht oder gar realisiert. Und so würde es offenbar auch bleiben.

Sie fuhr mit dem Messer in die grobe Leberwurst, die sie ein bisschen eklig fand, die Erich aber liebte, und verteilte sie auf dem Brot. Sie belegte die restlichen Scheiben mit Mettwurst, Schinken und Käse, holte dann das Glas mit den sauren Gurken aus dem Schrank. Sie musste ein Handtuch zu Hilfe nehmen, um den Schraubverschluss zu öffnen. Sie nahm das scharfe Kneipchen und schnitt gedankenverloren dünne Scheiben, bis ein brennender Schmerz sie stoppte. Sie ließ das Messer fallen, zog eilig die Hand zurück, um die Gürkchen nicht zu ruinieren.

Sie griff nach der Küchenrolle und presste ein Stück auf die Wunde, dann eilte sie hinaus, über den braunen Flurteppich ins Bad mit den braunen Kacheln – was zum Teufel hatte man damals nur an diesem Braun gefunden? Über dem Waschbecken inspizierte sie ihren Zeigefinger. Es war nur ein kleiner Schnitt, eine dieser Wunden, die dramatischer bluteten, als sie waren. Ein Pflaster würde genügen. Sie drückte das Küchenpapier noch ein paar Sekunden auf die Wunde und musterte dabei ihr Gesicht im Spiegel.

Die Frau in der Bäckerei hatte völlig recht. »Gar nicht gut« war allerdings eine Untertreibung. Es war erstaunlich, dass sie bis heute niemand darauf angesprochen hatte. Sie war keine sonderlich eitle Frau, aber ihr war schon vor Wochen aufgefallen, dass die Ringe unter ihren Augen täglich dunkler wurden und ihre Haut diesen fahlen Ton hatte, den auch Make-up nicht mehr kaschieren konnte. Es stand ihr ins Gesicht geschrieben – im wahrsten Sinne des Wortes.

Kein Grund zur Sorge, hatte sie trotzdem gesagt. Was sonst hätte sie auch sagen sollen? Zu einer fremden Frau in der Bäckerei. Abgesehen davon war es im Prinzip ja auch richtig. Denn Sorgen machte man sich nur, wenn es Hoffnung auf einen positiven Ausgang gab. In dem Moment, in dem Dinge wie »aggressiv, infiltrativ, M1, N1 und T3« in der Akte standen, auf die der Arzt beim Gespräch immer wieder geschaut hatte, um ihrem Blick auszuweichen, verzog sich die Hoffnung still und leise aus dem Sprechzimmer. Die Metastasen waren überall. Der Arzt war ein guter Arzt, erfahren und klug genug, um nicht um den heißen Brei herumzureden. Er hatte nicht versucht, sie zu einer Chemo zu überreden, sondern ruhig und sachlich über die Maßnahmen gesprochen, die man ergreifen konnte, um es leichter zu machen, wenn es schwerer wurde.

Das war jetzt zwei Wochen her. Adele fühlte sich müde und abgeschlagen, aber alles in allem erstaunlich gut. Heimlich wartete sie darauf, dass diese etwas unheimliche Gefasstheit zusammenbrach. Sie wollte nicht sterben, natürlich nicht. Aber der Tod machte ihr nicht so viel Angst, wie er vielleicht sollte. Sie fürchtete sich auch nicht vor den Schmerzen. Gegen die Schmerzen konnte man etwas tun, das hatte der Arzt ihr versprochen. Was ihr Angst machte, war dieses winzige Ziehen in der Brust. Eine Ahnung von Wut, die vermutlich immer da gewesen war. Eine verzagte und schwächliche Wut allerdings, der Adele nie zugetraut hatte, sich draußen in der Welt zu behaupten. Darum war sie irgendwie in ihr stecken geblieben und über die Jahre zu etwas geworden, mit dem sie nichts anzufangen wusste. Trotzdem war dieses Ziehen jetzt da. Das Gefühl, dass es Dinge gab, die sie – ähnlich wie die Renovierung der Küche – vor sich hergeschoben hatte. Die sie – anders als die Renovierung der Küche – aber erledigen musste. Bevor es zu spät war.

Es war höchste Zeit, wenigstens den ersten Schritt zu tun. Sie musste das Unaussprechliche aussprechen.

Sie atmete tief durch.

Es war kein guter Zeitpunkt. Erich wollte fernsehen, um Viertel nach acht lief ein Krimi, auf den er sich freute. Aber für bestimmte Dinge gab es keinen guten Zeitpunkt.

Sie musterte noch einmal ihr Gesicht. Fragte sich, wie er reagieren würde. Der Mann, mit dem sie seit fast vierzig Jahren verheiratet war. Der sie brauchte, auf seine Art vielleicht sogar liebte. Denn sonst wäre er ja nicht mehr da, sonst wäre er gegangen, damals, als er jeden Grund gehabt hätte. Sie war ihm dankbar gewesen, dass er geblieben war. Auch wenn die Ahnung, dass er es aus den falschen Gründen getan hatte, mit der Zeit zur Gewissheit geworden war.

Sie öffnete den Spiegelschrank, nahm sich ein Pflaster und klebte es auf den Schnitt. Zurück in der Küche drapierte sie Gürkchen auf die Brote, richtete alles auf der großen Platte an. Eine Flasche Bier und ein Glas für Erich. Sie trug das Tablett ins Wohnzimmer, stellte es auf den Couchtisch, nahm die Fernbedienung und schaltete den Fernseher aus. Sie ignorierte Erichs protestierendes Grunzen.

»Erich, ich muss dir etwas sagen.«

5

Nachdem Patrick gegangen war, hatte Katharina die Küche aufgeräumt, sich anschließend aufs Sofa gesetzt, den Fernseher angeschaltet und sich eine Weile durch die Programme geklickt. Erst dann hatte sie sich bereit gefühlt, nach oben zu gehen.

Nun stand sie neben Timos Bett und betrachtete ihn. Sein Gesicht glänzte rosig, er hatte den Rotz abgewaschen, sich den Schlafanzug angezogen, mit Sicherheit auch seine Zähne geputzt, bevor er sich ins Bett gelegt hatte. Seine Kleider lagen ordentlich auf dem Stuhl.

Ihr Timo, ihr Mäuserich. Der so brav und so perfekt sein konnte, wenn er nur wollte. Der sie brauchte, so sehr brauchte.

Sie atmete durch. Es tat ihr leid, dass sie vorhin fast die Beherrschung verloren hätte. Vor Patrick. Sie wusste, dass er nicht wirklich verstand, worum es ging. Niemand verstand das.

Niemand außer ihr. Sie war seine Mutter. Sie trug die Verantwortung. Sie kannte ihn besser als jeder andere Mensch auf der Welt. Und sie machte es richtig. Diesmal machte sie alles richtig.

Sie ging in die Hocke, strich über die weichen blonden Locken. Er war so wunderschön, wenn er schlief.

Timo regte sich im Schlaf.

»Mäuserich?«, sagte Katharina.

Er öffnete die Augen, sah sie an.

»Hast du nachgedacht?«, flüsterte sie. »Hast du darüber nachgedacht, was du vorhin gemacht hast?«

Er wirkte kurz irritiert, nickte dann zögernd.

»Verstehst du, dass du das nicht darfst? Verstehst du, dass du dich nicht so benehmen darfst?«

Er nickte wieder, zog eine Hand unter der Decke hervor und rieb sich die Augen. »Ich hab dich lieb, Mäuserich«, sagte sie. Auf Timos Gesicht breitete sich ein dankbares Lächeln aus. Katharina wurde warm.

Sie hätte ihn nicht wecken dürfen. Sie hatte ihn gar nicht wecken wollen, nicht wirklich, obwohl sie diesen Moment gebraucht hatte. In dem er ihr nah war, in dem sie fühlen konnte, wie sehr er sie brauchte.

»Magst du noch einen Film schauen, jetzt?«

Timo rieb sich erneut über die Augen, schien zu zögern. »Ich bin ein bisschen müde«, murmelte er dann.

Katharina seufzte leise. »Ja, natürlich. Schlaf weiter, Mäuserich.« Sie versuchte, das Gefühl der Enttäuschung wegzuschieben.

Timo setzte sich auf. »Doch ... ich will.« Er sah sie an. »Aber keine Pa-pa-panda...?«

»Keine Pandabären, nein. Das sind blöde Pandabären, Mäuserich. Die sind für Dumme, nicht für uns. Wir haben so viele schöne andere Filme.« Sie nahm ihren Sohn, der mittlerweile auf der Bettkante saß, hoch. Eigentlich war er zu groß, um ihn zu tragen, aber Katharina genoss es trotzdem, seinen kleinen Kopf an ihrer Schulter zu spüren.

Im Wohnzimmer setzte sie sich mit ihm aufs Sofa, breitete eine Decke über sie beide und griff nach der Fernbedienung. »Findet Nemo« lag noch im DVD-Spieler. Timo starrte gebannt auf den Bildschirm. Vergessen das Theater, Babyfilm, langweilig, blöd. Timo vorhin, Timo jetzt. Welten, die dazwischenlagen.

Sie überlegte, ob sie Patrick eine Nachricht schreiben sollte. Sie kannte ihn. Sie ahnte, dass er sich die Schuld an der Szene vorhin gegeben hatte.

Patrick neigte zu dieser Art der Egozentrik, bildete sich immer ein, dass alles, was um ihn herum geschah, mit ihm zu tun hatte. Obwohl das wirklich Unsinn war. Er hatte diese Verabredung nicht erwähnt. Aber so war er eben. Er vergaß solche Dinge, vor allem, wenn er viel um die Ohren hatte. Er meinte das nicht böse. Es gab Dinge, die man nicht ändern konnte. Patrick liebte sie. Und sie liebte Patrick. Er arbeitete hart, und er brauchte seine Freiräume. Andere Freiräume als sie, Abende wie diesen, an denen er mit einem alten Freund ein Bier trank. Eine Nachricht von ihr würde eindringen in diesen Bereich, sie würde stören. Eine Nachricht würde sie zu der Art Frau machen, die sie nicht sein wollte. Die sie nicht war.

Timo gähnte verstohlen und kuschelte sich noch ein bisschen enger an sie. Seine Atemzüge wurden gleichmäßig. Er war eingeschlafen.

6

Flo kennt die Frau. Diese Frau, die so lange und so ausdauernd und so hartnäckig geklingelt hat, dass die Tür jetzt offen ist. Dabei wollte sie nicht aufmachen. Sie hat Schmerzen, Kopfschmerzen, sie will zurück in ihr Bett, sie will weiterschlafen, sie ist müde.

Trotzdem hat sie die Tür geöffnet. Und da steht diese Frau, die sich offenbar nicht dafür interessiert, was Flo gerade will und was nicht. Sie schiebt sie einfach beiseite, marschiert an ihr vorbei in die Wohnung und geht in die Küche. Flo kennt die Frau. Jetzt endlich fällt ihr ein, wer sie ist. Gromitz, sie heißt Anja Gromitz, sie ist vom Amt.

Flo folgt der Gromitz in die Küche. Auf dem Tisch stehen noch die vollen Aschenbecher und leeren Bierflaschen. Flo hat sie nicht weggeräumt. Gestern. Oder vorhin. Sie war fix und fertig, als alle weg waren. Fast alle, denn irgendwer ist geblieben, fällt ihr jetzt ein. Sie hat jemanden mitgenommen in ihr Bett. Da liegt er wahrscheinlich noch. Flo hat nicht darauf geachtet, als die Klingel sie eben aufgeschreckt hat.

Sie haben nicht nur Bier getrunken, darum ist die Erinnerung so verschwommen. Jemand hatte etwas mitgebracht. Gutes Zeug. Es hat reingehauen. Darum konnte sie ja auch nicht mehr aufräumen.

Vermutlich sollte ihr das peinlich sein vor der Gromitz. Aber das ist es nicht. Eine wie die erwartet sowieso nichts anderes von einer wie Flo.

»Sind Sie einigermaßen klar?« Die Gromitz mustert sie mit einem Blick, der eher prüfend als vorwurfsvoll ist.

Flo nickt. Sie sucht nach der Glaskanne und füllt Wasser in den Tank. Sie findet die Dose mit dem Kaffee. Die Maschine beginnt zu blubbern. Das wird helfen, den Nebel aus dem Kopf zu vertreiben.

»Es geht um Kim«, sagt die Gromitz.

Kim. Flo will nicht, dass die Gromitz Kims Namen sagt.

Das löst jedes Mal diesen Blitz im Kopf aus. Sie denkt nicht mehr oft an Kim. Es tut noch immer weh, auch wenn der Schmerz mit der Zeit taub geworden ist und sich in etwas verwandelt hat, das nicht mehr wirklich zu ihr gehört.

Sie hat verstanden, dass es gut ist, dass Kim nicht mehr bei ihr ist. Sie hat es versaut mit Kim. Sie hat gelernt, damit zu leben.

»Ist sie hier?« Die Gromitz schaut Flo an.

Was soll das? Was ist das für eine Frage? Flo schüttelt den Kopf. Natürlich nicht, will sie sagen, ihr habt sie mir doch weggenommen, ihr wisst doch, dass sie nicht hier ist.

Sie überlegt, wann sie Kim zum letzten Mal gesehen hat. Sie besucht sie manchmal. Aber Kim mag das nicht. Sie ist wütend auf Flo, und das zeigt sie ihr auch. Dazu hat sie jedes Recht, das weiß Flo, aber es fühlt sich trotzdem nicht gut an, wenn sie sie besucht. Darum macht sie das eher selten.

»Sie ist in der Wohngruppe«, sagt Flo jetzt, um irgendetwas zu sagen, und sofort fühlt es sich dumm an, denn wenn jemand das weiß, dann doch wohl die Gromitz. »Es geht ihr gut«, fügt sie hinzu, aber das klingt noch dümmer. »Es ist besser für sie, das verstehe ich, wirklich.« Sie sagt das, weil sie hofft, dass es das ist, was die Gromitz hören will. Damit sie zurückgeht in ihr Amt, in ihre Welt, damit sie sie in Ruhe lässt.

Die Gromitz schlägt mit der flachen Hand auf den Tisch. Die leeren Flaschen klirren. »Reißen Sie sich zusammen! Schaffen Sie es, mir jetzt zuzuhören? Sich zu konzentrieren? Ja?« Ihr Ton ist scharf. Die Gromitz ist wütend.

Flo nickt. Sie weiß nicht, was sie sonst tun soll. »Ich brauche einen Kaffee«, sagt sie.

Die Gromitz mustert sie zweifelnd. Steht dann auf und fischt einen Becher aus dem Berg mit dem dreckigen Geschirr neben der Spüle. Sie inspiziert ihn mit diesem Sozialarbeiterinnenblick. Dreht den Hahn auf und spült den Becher, bevor sie ihn mit Kaffee füllt und vor ihr abstellt. Keine Milch. Flo mag Kaffee ohne Milch nicht. Aber sie will auf keinen Fall, dass die Gromitz den Kühlschrank aufmacht und hineinsieht. Darum greift sie nach dem Becher und trinkt ein paar Schlucke. Bitter. Aber gut.

»Es tut mir leid«, sagt die Gromitz. »Ich wollte Sie nicht anschreien. Aber es ist wichtig. Ich brauche Sie.«

Ein merkwürdiger Satz. Ein Satz, der Flo Angst macht. Das ist Quatsch. Niemand braucht sie. Ganz sicher nicht eine wie die Gromitz. Flo ist nicht zu allzu viel zu gebrauchen. So ist das. Schon lange.

»Es geht Kim nicht gut«, sagt die Gromitz. »Es tut mir sehr leid, das hätte alles nicht passieren dürfen, aber es geht Kim gar nicht gut.«

Flo starrt sie an und versucht, ihr zu folgen.

»Sie ist verschwunden«, sagt die Gromitz. »Ich hatte gehofft, dass sie hier ist.« Sie räuspert sich. Redet weiter. Flo hört die Worte, sie schwirren um sie herum, sie kriechen in ihr Ohr, in ihren vernebelten Verstand. Obwohl sie das nicht will. Sie will das nicht hören, diese Worte, die zu einer Geschichte werden, einer schlimmen Geschichte, einer unerträglichen.

Sie ist doch ein Kind, will sie brüllen, Kim ist doch noch ein Kind, mein kleines Mädchen. Sie ist doch nicht hier, sondern dort, weil sie dort sicher ist, weil man dort auf sie aufpasst und sie beschützt. Weil Flo selbst nicht gut darin war, weil es ihr zu viel geworden ist, immer wieder, weil sie zu oft betrunken war, bedröhnt, weil sie es nicht geschafft hat mit dem Kind. Darum ist Kim dort und in Sicherheit, und trotzdem erzählt die Gromitz diese Geschichte, die Flo kaum erträgt. Aber die Gromitz redet immer weiter, zwingt ihr die Worte auf, während Flo Kaffee trinkt, hektische kleine Schlucke, nicht weil sie will, sondern weil sie muss, weil sie es anders nicht aushält.

Das alles. Die Geschichte. Die Gedanken.

Und dann liegt der Kaffeebecher auf dem Boden. Scherben, eine Pfütze. Weil Flo ihn da hingeschleudert hat. Weil sie aufgesprungen ist und schreit. »Was soll das? Was ist denn das für eine Scheiße?« Sie schreit so laut, dass ihr Hals schmerzt. »Wie konnte das passieren? Warum habt ihr nicht auf sie aufgepasst? Darum ist sie doch dort und nicht hier!«

»Ich weiß.« Der Ton der Gromitz ist schlimmer als alles andere. Das, was mitschwingt. Etwas, das nicht zu einer wie ihr passt. »Es tut mir leid«, sagt sie, obwohl Leute wie sie das nie sagen. »Natürlich hätte das nie passieren dürfen. Aber es ist passiert. Und darum brauche ich Sie jetzt. Sie hat sich geweigert, zur Polizei zu gehen. Ich habe es geschafft, sie zur anonymen Spurensicherung zu überreden. Es war hart für sie, aber sie hat das super gemacht. Aber dann … sie ist einfach abgehauen. Und ich habe keine Ahnung, wo sie ist. Ich mache mir wirklich Sorgen. Sie packt das nicht allein. Sie braucht uns. Sie braucht auch Sie. Sie braucht jetzt wirklich ihre Mutter, verstehen Sie das?«

Flo hat sich wieder auf den Stuhl sinken lassen. Sie sitzt da und nickt. Weil sie es versteht. Weil sich in diesem Moment der letzte Nebel auflöst. Weil etwas klar ist, klarer als je zuvor. Sie sitzt da und versteht, was sie vorher nicht verstanden hat.

7

Patrick hielt inne, bevor er aus dem Hauseingang trat. Er sah nach rechts und nach links, um sich zu versichern, dass der Bürgersteig leer war.

Er strich sich die Haare aus dem Gesicht. Sie waren noch feucht. Normalerweise föhnte er sich nach dem Duschen. Normalerweise störte es ihn nicht, dass man das Bad nicht abschließen konnte. Aber seit dieser Jakob da war, war nichts mehr normal. Und das störte ihn. Es störte ihn enorm, dass er sich auf einmal etwas anziehen musste, wenn er durch die Wohnung lief, weil er schnell aufs Klo wollte oder in die Küche. Nur in Sarahs Zimmer gab es noch so etwas wie Privatsphäre.

Ja, dieser Typ störte Patrick massiv. Aber ihm war klar, dass Sarah nur darauf wartete, dass er etwas in der Richtung äußerte. Sie liebte diese Art von Provokation.

Es ging nicht um Eifersucht. Obwohl Patrick sich gern einredete, dass er der Einzige war, mit dem Sarah ins Bett ging, war ihm klar, dass das vermutlich nicht der Fall war. Es gehörte zu den Dingen, über die sie nicht sprachen. Allerdings fiel dieser Jungspund mit dem schlaffen Händedruck mit Sicherheit nicht in ihr Beuteschema.

Die Provokation fand auf einer anderen Ebene statt. Es war Sarahs Art, einfach so zu tun, als sei das, was sie tat, das Normalste der Welt. Irgendein Typ suchte ein Zimmer und fragte, ob er einen Aushang machen durfte am Schwarzen Brett im Laden. Das reichte, um sie auf die gloriose Idee zu bringen, dass es ja nett wäre, mal wieder einen Mitbewohner zu haben. Weil die Wohnung schließlich groß genug war. Und weil sie den Typen irgendwie sympathisch fand.

Irgendwie sympathisch! Patrick schnaubte leise. Sehr sympathisch, klar, mit dieser verkrachten Geschichte. Drogen und Knast und Psychiatrie – das hatte Sarah natürlich auch erwähnt, so ganz am Rande. Denn das war ja kein Hinderungsgrund, ganz im Gegenteil.

Man hätte es für ein Helfersyndrom halten können, aber Patrick wusste es besser. Es ging Sarah nicht darum, gebraucht zu werden. Vielmehr wollte sie der Welt mit solchen Aktionen demonstrieren, was zu glauben sie selbst unbedingt entschlossen war. Dass alles nämlich im Grunde ganz einfach war. Wenn man nur wollte. Dass das, was gemeinhin als gesunder Menschenverstand oder Vernunft galt, einfach nur Ausdruck von Vorurteilen und bürgerlicher Bequemlichkeit war.

Aber das war nicht sein Problem. Sarah war erwachsen. Sie konnte tun, was sie wollte. Wenn sie es als alleinstehende Frau für klug hielt, sich einen Psycho in die Wohnung zu holen, konnte er sie nicht daran hindern. Er konnte nur hoffen, dass dieser Jakob schnell wieder verschwand. Nicht nur, weil er nervte. Aber auch.

Glücklicherweise war der Abend mild, die nassen Haare also kein Problem. Sie würden schnell trocknen. Und selbst für den unwahrscheinlichen Fall, dass er um diese Zeit jemanden traf, den er kannte – es gab tausend harmlose Erklärungen für nasse Haare.

Er ging die leere Straße entlang. Es war nicht weit, nur ein paar Minuten Fußmarsch bis zur Kneipe. Ein Laden, den er in seinem normalen Leben nie betreten hätte. Ein bisschen schmierig, immer leicht überheizt, die Biergläser nie ohne diesen sichtbaren Fettfilm. Dort bestand mit Sicherheit keine Gefahr, auf einen Bekannten zu treffen. Er würde sich an den Tresen setzen, zwei oder drei Bier runterkippen. Damit er eine Fahne hatte, wenn er nach Hause kam, und auch sonst roch, wie er riechen musste. Nach Kneipe, nicht nach Dusche.

Das Ritual war ihm mittlerweile fast ans Herz gewachsen. Diese Übergangszone von der einen in die andere Welt. Zwei Welten, die nichts miteinander zu tun hatten.

Er liebte Katharina. Sie war die Mutter seines Kindes, seine Partnerin, sie teilte sein Leben, seinen Alltag. Der natürlich seinen Tribut forderte. Ein stressiger Job, ein Kind, das veränderte eine Beziehung. Das war völlig normal. Und es war richtig, nötig sogar, denn es ging in einer Ehe ja um Stabilität. Und die war eben nur möglich, wenn man nicht in einem dauernden Spannungsverhältnis lebte. Katharina und er waren ein gutes Team. Sie hatte ihre Macken, genau wie er. Aber im Kern waren sie sich einig, worum es im Leben ging. Worauf es letztlich ankam.

Katharina war in gewisser Hinsicht das Gegenteil von Sarah, die sich bis heute an diese pubertäre Verachtung für das, was ein erwachsenes Leben ausmachte, klammerte. Sarah stellte alles in Frage. Sie fürchtete Stabilität wie der Teufel das Weihwasser. Darum waren Sarah und er nicht wirklich kompatibel, nie gewesen. Und eben das machte den Reiz aus. Es ging nicht um Sex, jedenfalls nicht nur. Es ging um etwas, das er selbst schwer fassen konnte. Ein Gefühl von Freiheit, das er hatte, wenn er mit Sarah zusammen war. Es fühlte sich ein bisschen an wie Urlaub von seinem realen Leben.

Er war kein Idiot. Ihm war klar, was er riskierte. Darum hatte er mehr als einmal versucht, die Sache zu beenden. Aber es war immer dasselbe Spiel. Es ging ein paar Wochen gut. Und dann war da irgendeine Frau, die ihr irgendwie ähnelte. Ein winziger Erinnerungsfetzen, der reichte, um diese leise Sehnsucht zu wecken, die sich zu einem Wunsch entwickelte, der dann irgendwann dringlich genug wurde, um ihm das Gefühl zu geben, dass er etwas brauchte, existenziell und unbedingt. Etwas, das er nur bei Sarah bekam.

Und dann rief er sie doch wieder an.

Sie tat ihm gut. Und das half ihm, mit dem Rest klarzukommen. Es hatte nichts mit Katharina zu tun, nichts mit seiner Ehe. Es war kompliziert. Und gleichzeitig ganz einfach. Und es brachte nichts, darüber nachzugrübeln.

Patrick beschleunigte seine Schritte. Er würde sich an diesen Tresen setzen, Bier trinken, dabei auf den Fernseher starren, in dem in Dauerschleife irgendwelche absurden Sportübertragungen liefen. Und dann würde er nach Hause gehen zu seiner Frau, die er liebte, zu seinem Sohn, den er auch liebte. So wie immer.

Er bog um die Ecke, sah die Lichter der Kneipe.

Eine Gestalt taumelte aus der Tür. Schwankte, sah sich orientierungslos um. Suchte dann mit einem Arm Halt an der Hauswand, stützte sich ab, beugte sich vor und erbrach sich auf den Bürgersteig.

8

Katharina hatte Timo nach oben ins Bett getragen. Sie hatte im Wohnzimmer die Decke zusammengefaltet, sie ordentlich über die Sofalehne gelegt, dann das saubere Geschirr aus der Spülmaschine geräumt.

Sie gähnte. Die Uhr, die über der Küchentür hing und leise und beruhigend tickte, zeigte kurz vor zwölf. Patrick würde jeden Moment zurück sein.

Sie beschloss, auf ihn zu warten, schenkte sich ein Glas Wein ein und setzte sich an den Küchentisch.

Sie griff nach der Tageszeitung, die auf dem Papierstapel am Rand des Tisches lag, und blätterte mechanisch, ohne wirklich zu lesen. Erneut gähnte sie. Vielleicht war es doch besser, ins Bett zu gehen. Immerhin lag das ganze Wochenende vor ihnen. Reichlich Zeit für ein Glas Wein, ganz in Ruhe.

Für morgen hatte sie einen Zoobesuch geplant. Sie freute sich darauf. Timo liebte den Zoo. Und Katharina liebte sein kindliches Staunen, die Aufregung über Affen, Löwen und Elefanten. Sie mochte das Gefühl, wenn er zwischen ihr und Patrick ging, seine kleinen Hände in jeweils eine große geschoben. Und sie mochte die Blicke, die man ihnen zuwarf. Das Lächeln auf den Gesichtern der alten Damen, wenn sie sie anschauten. Patrick und Katharina, ein schönes und glückliches Paar mit ihrem wunderschönen kleinen Jungen.

Sie stand auf, ging hinüber zum Fenster und sah hinaus in den dunklen Garten. Die Silhouette des Trampolins ragte in den dunklen Himmel, der hohe Aufbau des Sicherheitsnetzes wirkte fast bedrohlich. Die Äste des Apfelbaums bewegten sich sacht im Wind. Es hatte aufgehört zu regnen. Für das Wochenende waren frühlingshaft milde Temperaturen gemeldet, viel Sonne. Perfekt.

Die Post fiel ihr ein. Sie hatte vorhin vergessen, sie aus dem Kasten zu holen. Sie ging in den Flur, schlüpfte in ihre Schuhe und griff nach dem Schlüssel. Am Gartentor schweifte ihr Blick über die Straße. Patrick war mit dem Bus unterwegs, würde von der Haltestelle laufen. Manchmal nahm er ein Taxi, aber das kam selten vor.

Sie zog ein paar Umschläge aus dem Kasten, verschloss ihn ordentlich wieder. Noch ein Blick die Straße hinauf, die leer blieb.

Sie schenkte sich Wein nach, bevor sie begann, die Umschläge durchzusehen. Werbung eines Stromanbieters, die Monatsrechnung der Musikschule und dann das, was sie nicht sehen wollte.

Die ordentlichen Druckbuchstaben, akkurat und seelenlos. Der Umschlag korrekt frankiert, adressiert an Patrick und sie. Der fehlende Absender. Nichtssagend und bedrohlich.

Sie legte den Umschlag auf den Tisch und griff nach der Flasche, um sich nachzuschenken. Sie trank hastig, bevor sie wieder nach dem Brief griff und ihn langsam öffnete. Obwohl das nicht wirklich nötig war. Weil sie wusste, was sie finden würde, wieder einmal. Sie zog das weiße Blatt trotzdem heraus, entfaltete es. Neutrales DIN-A4-Papier, Massenware. Das Datum war das Einzige, was sich änderte. Ansonsten immer das gleiche Bild. Eine Zeile, sauber ausgedruckt, ein paar Worte.

Niemand entkommt der Wahrheit. Du verdienst ihn nicht.

Sie zwang sich, die Zähne, die sie zu fest aufeinanderpresste, voneinander zu lösen. Atmete durch.

Drei Monate war es her, dass der erste Brief gekommen war.

Es hatte ihr kurz den Boden unter den Füßen weggezogen. Sie erinnerte sich an die Angst, die Panik, die sich in fassungslose Wut verwandelt hatte, als ihr klar geworden war, wer ihr das antat.

Sarah!

Der Name hüllte Katharinas Gehirn noch immer in eine

rote Wolke, die ihr die Sicht nahm und den Atem raubte. In ihr das Bedürfnis weckte, um sich zu schlagen und zu schreien.

Dabei hätte sie damit rechnen müssen, dass sie irgendwann wieder aus ihrem Loch gekrochen kam. Sie hatte es gewusst, schon damals. In dieser grauenhaften Nacht hatte sie es mit jeder Faser ihres Körpers gespürt. Sie hatte es irgendwann ausgeblendet, weil sie die Sache anders nicht durchgestanden hätte. Sie hatte sich auf das konzentrieren müssen, worauf es letztlich ankam. Nicht Sarah. Sondern Patrick, Patrick und sie. Sie hatte es geschafft. Zusammen mit Patrick hatte sie das wiederaufgebaut, was Sarah fast zerstört hatte. Sie hatten die Krise gemeistert. Und sie hatte gewonnen.

Trotzdem hatte sie nie vergessen, was da in Sarahs Augen gewesen war. In dem Blick, mit dem sie Patrick angesehen hatte.

Nein, Sarah hatte keine Chance. Und das wusste sie, das wusste sie genau. Und eben das ertrug sie nicht. Darum schrieb sie diese Briefe.

Nachdem der erste Schock abgeklungen war, waren Katharina noch andere Dinge klar geworden. Wichtige Dinge. Sarah hatte mit Sicherheit versucht, sich wieder an Patrick heranzumachen, ihn ein zweites Mal in ihr klebriges Netz zu locken. Und weil sie erkannt hatte, dass das nicht funktionierte, suchte sie nun nach einem anderen Weg, das, was sie nicht ertrug, zu zerstören. Mit feigen anonymen Briefen, in denen sie von einer Wahrheit schwafelte, die nur in ihrem Kopf existierte.

Niedrig, verzweifelt, boshaft. Und sinnlos, denn Katharina war entschlossen, das auszuhalten. So lange wie nötig. Bis Sarah begriff, dass sie nichts ausrichten konnte, dass kein Millimeter Platz war für sie in diesem Haus, in diesem Leben.

Wo zum Teufel blieb Patrick?

Sie unterdrückte den Impuls, das Papier zusammenzuknüllen und durch die Küche zu schleudern.

Wo zum Teufel *war* Patrick?

Wie eine giftige Schlange schoss der Gedanke durch ihren Kopf. Ein Gedanke, den sie nicht zulassen durfte. Denn genau das war es, was diese Schlampe erreichen wollte. Misstrauen säen, einen Keil zwischen sie treiben.

Sie legte den Brief auf den Tisch, massierte sich die Nasenwurzel, bis sich die hysterische Sorge beruhigte und zurückzog. Sie hatte es bis hier geschafft, und sie würde durchhalten.

Nach dem ersten Brief war die Versuchung, heimlich Patricks Handy zu kontrollieren, fast übermächtig gewesen. Etwas in ihr hatte wieder angefangen, ihn zu belauern, nach verräterischen Hinweisen zu suchen. Der Dämon war erwacht. Aber sie hatte ihn in die Schranken gewiesen. Patrick hatte ihr etwas versprochen. Und sie vertraute ihm.

Weil sie ihn liebte. Weil er sie liebte.

Das war die Wahrheit.

Patrick war in der Kneipe und trank ein Bier mit seinem Freund Robert, mit dem er auch Tennis spielte. Katharina erinnerte sich flüchtig an ihn. Er und Patrick kannten sich schon ewig. Robert war unverheiratet, kinderlos, beruflich stark eingespannt. Kein Teil des gemeinsamen Bekanntenkreises, sondern Patricks Freund, sein Raum, sein Bereich. Seine Freiheit, die er brauchte, aber nicht missbrauchte.

Patrick trank ein Bier, er blieb nie allzu lange und war jetzt mit Sicherheit schon auf dem Heimweg, unterwegs nach Hause, zu ihr und Timo.

Sie faltete den Zettel zusammen und steckte ihn zurück in den Umschlag. Sah sich wieder um, sah die Rosen, die Patrick ihr vor ein paar Tagen mitgebracht hatte, einfach so. Timos Kunstwerke am Kühlschrank. Die dickwandigen Teebecher, die nebeneinander an der Leiste hingen, die sie in dieser zauberhaften Töpferei auf Sylt entdeckt hatten an dem wunderbaren Wochenende vor ein paar Jahren. Sie sah alle Wahrheit, die sie brauchte. Auf die es ankam.

Ein schönes Leben, ein behagliches Zuhause. Sicherheit, Liebe und Vertrauen.

Patrick würde jeden Moment hier sein. Sie würden noch ein Glas Wein zusammen trinken, sich dann ins Bett legen. Morgen würden sie in den Zoo gehen, abends gemütlich zusammensitzen. Dann ein fauler Sonntag mit langem Frühstück, bei dem sie gemeinsam die Sonntagszeitung lasen, während Timo in seinem Zimmer spielte oder Bilder vom Zoo malte. Am Sonntagnachmittag waren sie bei Adele zum Kaffee eingeladen. Ein normales und schönes Wochenende, das ihnen gehörte, kein Platz für verschwendete Gedanken an giftige Briefe.

Wie aufs Stichwort hörte sie das leise Quietschen des Gartentors.

Er war da. Alles war gut.

Sie griff nach dem Umschlag, sah sich eilig um. Ihr Blick fiel auf den Weidenkorb mit den alten Zeitungen, der neben dem Tisch auf dem Boden stand und darauf wartete, zur Papiertonne getragen zu werden. Sie stopfte den Umschlag dazwischen, irgendwo in die Mitte, verbannte ihn aus dem Blickfeld, aus den Gedanken, aus der Realität.

Sie hörte, wie die Haustür ins Schloss fiel. Patricks Schritte im Flur. Sie strich sich die Haare aus dem Gesicht, atmete durch und setzte ein Lächeln auf.

9

Patrick hatte gehofft, dass Katharina schon schlief. Stattdessen saß sie am Tisch und strahlte ihn an.

»Hallo, Schatz, magst du noch ein Glas Wein?«

Er mochte nicht. Aber er nickte trotzdem und küsste sie zur Begrüßung. Er setzte sich an den Tisch, während sie ihm ein Glas holte und einschenkte.

»Wie war dein Abend?«

»Nett«, sagte er.

»Wie geht es Robert?«

»Gut.« Er trank einen Schluck Wein. »Entschuldige, ich bin müde. Es war nicht aufregend, das Übliche. Und hier? Alles wieder in Ordnung?«

»Ja, alles bestens. Warum fragst du?« Sie klang ehrlich irritiert. Als habe sie die Szene vom Abendessen völlig vergessen. Patrick fragte sich, wie viel Wein sie schon getrunken hatte.

»Wegen vorhin«, sagte er. »Du hast dich ziemlich aufgeregt. Wegen der Milch ...«

»Es ging nicht um die Milch. Du weißt doch, dass das nichts mit der Milch zu tun hatte.«

»Natürlich.« Er bemühte sich um einen versöhnlichen Tonfall. Er war wirklich müde. Er wollte nicht streiten. Ganz im Gegenteil. »Was sind das denn für dubiose Karate-Pandas, dass sein Herz so daran hängt?«, erkundigte er sich.

»Ach, es ist ... Dreck. Totaler Schwachsinn. Es geht nur ums Prügeln. Er will das sehen, weil dieser Gerald und seine Kumpane im Kindergarten von nichts anderem reden.«

»Sei nicht so streng mit ihm. So sind sie halt in dem Alter.«

Sie verzog das Gesicht und schüttelte den Kopf. »Das mag ja sein. Aber das bedeutet nicht, dass man das auch noch unterstützen sollte. Und du weißt, dass er ... dieser Mist ist mit Sicherheit nicht gut für ihn.«

»Ja, ja, natürlich, ich weiß. Entschuldige, ich wollte nicht ...« Er zögerte. »Es ist nicht leicht, oder? Wenn sie auf einmal ihren eigenen Kopf haben, wenn sie einem langsam zu entwachsen beginnen.«

»Was?« Jetzt klang sie amüsiert. »Patrick, er ist fünf. Er entwächst dir nicht. Warum denkst du das?«

»Ich ...« Ich doch nicht, wollte er sagen, aber es ging ja auch nicht um ihn. »Nur so ein Gedanke.« Er trank den letzten Schluck Wein. »Ich bin wirklich erledigt«, sagte er. »Lass uns ins Bett gehen.«

10

»Was kann ich für Sie tun?« Die Stimme der Betreuerin klingt neutral. So, als würde es sie Mühe kosten, jeden Vorwurf daraus fernzuhalten. Den Vorwurf, den man Flo zu Recht macht. Jedes Mal, wenn sie kommt. Das letzte Mal ist Monate her.

»Ich bin …« Flo muss schlucken. Sie will nicht weinen. Sie hat genug geweint in den letzten Tagen. Weinen bringt nichts. Sie muss etwas tun. Darum ist sie hier. Darum sagt sie: »Ich bin die Mutter von Kim.«

Die Miene der Betreuerin verändert sich. Der distanzierte Vorwurf weicht, macht etwas anderem Platz. Etwas, das Flo allerdings noch viel weniger gefällt. Mitleid.

»Oh«, sagt die Frau. »Kommen Sie … kommen Sie rein, bitte.« Sie macht Platz, lässt Flo in den Wohnungsflur. »Gibt es was Neues?«

Flo schüttelt stumm den Kopf. Natürlich gibt es nichts Neues. Wie auch? Niemand unternimmt etwas. Sie war bei der Polizei, mit der Gromitz, Anja, so nennt sie sie jetzt. Die Polizisten waren nett. Sie suchen nach ihr, sie halten die Augen offen. Aber sie glauben nicht, dass ihr etwas Schreckliches passiert ist. Sie wissen nicht, dass ihr etwas Schreckliches passiert ist, weil Kim das ja nicht sagen will, sondern lieber weggelaufen ist. Für die Polizei ist sie einfach eine Ausreißerin. Eine von vielen in diesem Alter. Es ist nicht das erste Mal, dass sie ein paar Tage verschwindet. Sie halten Ausschau. Aber mehr tun sie nicht.

Die Betreuerin will die Wohnungstür gerade schließen, als die Gromitz die Treppe hochhastet und das Schweigen, das gerade peinlich zu werden beginnt, beendet. Sie entschuldigt sich für die Verspätung und begrüßt die Betreuerin. »Wir wollen mit Natascha reden«, sagt sie. »Ist sie da?«

Die Betreuerin nickt, deutet den Flur hinunter in Richtung der Türen. »In ihrem Zimmer«, sagt sie. »Wollt ihr einen Kaffee?«

»Danke nein«, sagt die Gromitz, gibt Flo einen Wink. Sie gehen den Flur entlang. Es ist eine schöne Wohnung, freundliche Farben, ein weicher Teppich im Flur, Bilder an der Wand. Flo kennt die Wohnung, sie war ja schon hier. Trotzdem fühlt es sich an, als würde sie das alles zum ersten Mal sehen. Als wäre sie eine andere. So fühlt sie sich schon die ganze Zeit, seit die Gromitz – Anja – in ihre Wohnung geplatzt ist und in ihr Leben.

So wie damals Kim in ihr Leben geplatzt ist.

Daran hat sie oft denken müssen in den letzten Tagen. An dieses Gefühl, als sie damals den Test in der Hand hielt. Zwei Striche, positiv. Ein Kind. Das Letzte, was sie gebrauchen konnte. Sie war ja selbst noch ein Kind, obwohl sie sich nicht so fühlte. Zu Hause war sie rausgeflogen. »Er oder wir«, hatte ihr Vater gesagt, während ihre Mutter geheult hatte. Sie hatten Paul gehasst, alle beide. Weil er älter war als Flo, ein Punk, er war cool, hatte Musik gemacht. Ein Nichtsnutz. Ein Tagedieb. Worte, die ihre Eltern gebrauchten, ganz im Ernst, Worte, die deutlich machten, was für arme, vernagelte Spießer sie waren. Er oder wir. Die Entscheidung war Flo nicht schwergefallen.

Sie war verliebt, sie wollte weg, sie war siebzehn und bereit fürs Leben. Paul wollte sowieso nach Berlin und nahm sie mit. Sie kamen bei Freunden von ihm unter. Er war in einer Band, sie traten manchmal auf. Sie feierten die Nächte durch, sie hatten Spaß, Sex, Drogen und Alkohol, sie hatten alles, was sie brauchten und wollten. Geld war knapp, aber es reichte immer, sie kamen über die Runden.

Und dann das. Ein Kind. Kim. Ihr Kind.

Kim. Der Name steht an der Zimmertür, auf die die Gromitz zusteuert. Auf einer großen blauen Wolke, ausgeschnitten aus Tonpapier, verziert mit Glitzersternen. »Natascha und Kim«, steht da. Die Gromitz klopft.

»Was?« Die Stimme von der anderen Seite klingt mürrisch.

Die Gromitz drückt die Klinke, geht in den Raum, und Flo

folgt ihr. Natascha hockt auf dem Bett. Sie hat Stöpsel in den Ohren, zieht einen heraus und schaut sie missmutig an.

»Hallo«, sagt Flo. »Ich bin –«

»Ich weiß, wer du bist«, unterbricht Natascha.

Flo wollte etwas ganz anderes sagen. Die offene Feindseligkeit bringt sie durcheinander. Sie reißt sich zusammen und ruft sich in Erinnerung, dass da ein Kind sitzt, vierzehn, so alt wie Kim. Natascha gibt sich Mühe, älter auszusehen. Ihre langen Haare sind hellblond gefärbt, Piercings an Augenbraue und Oberlippe. Sie trägt zu viel Make-up, der Lippenstift ist zu dunkel. Wieder muss Flo an damals denken. Sie hat mit Henna gefärbt und die Ringe nur in den Ohren getragen. Aber sie hat dasselbe gemeint.

»Natascha, wir müssen mit dir reden.« Die Gromitz klingt ruhig. »Nimmst du bitte mal kurz die Ohrstöpsel raus?«

Natascha stößt genervt die Luft aus, tut dann aber, was die Gromitz gesagt hat.

»Wir brauchen deine Hilfe«, sagt die Gromitz. »Wir müssen Kim finden, so schnell wie möglich.«

»Und was hab ich damit zu tun?« Natascha greift sich eine Haarsträhne, betrachtet konzentriert die Spitzen.

»Wir machen uns Sorgen. Du weißt, dass es ihr dreckig geht. Du bist ihre Freundin. Du musst uns sagen, wo sie ist.«

»Muss ich das?« Natascha klingt höhnisch. Sie lässt die Haarsträhne los, nestelt an ihren Kopfhörern herum und macht Anstalten, sie wieder in die Ohren zu stecken.

»Ja«, hört Flo sich sagen. »Ja, du musst. Bitte. Ich bin ihre Mutter, ich …«

Natascha lacht. »Das fällt dir ja früh ein«, sagt sie. »Ey, du hast nicht mal Weihnachten mit ihr gefeiert. Tolle Leistung, Mutti, echt!«

»Das ist nicht wahr, ich … war hier, ich wollte sie holen, aber sie wollte nicht mitkommen.« Es fühlt sich falsch an, sich zu verteidigen. In diesem Ton. Vor diesem Kind.

»Ja, Überraschung! Total komisch, dass sie keinen Bock

auf deine Drecksbude hatte und die Typen, die da vermutlich rumhängen. Du warst ja schon dicht, als du gekommen bist. Aber hey, ist in Ordnung. Hier war es okay. Alles gut. Nervt nur ein bisschen, dass du jetzt auf krass betroffen machst. Dazu ist es ein bisschen zu spät.«

»Natascha, das reicht«, sagt die Gromitz. »Das hilft jetzt niemandem weiter.«

»Genau!« Natascha sieht sie herausfordernd an. »Sag ich doch.«

»Ich habe Mist gebaut«, sagt Flo. »Ich habe jede Menge Mist gebaut, das weiß ich. Aber ich habe Angst um sie.«

»Das solltest du auch!« Natascha klingt auf einmal heiser. Sie wendet den Blick ab und schaut zur Wand. Sie schnieft leise.

»Ich brauche deine Hilfe. Bitte!« Flo schaut Natascha an.

Sie würde ihr gern erzählen, wie es damals war, bevor alles den Bach runtergegangen ist. Am Anfang, als sie sich gefreut hatten, sie und auch Paul, auf ihr Baby. Sie hatten eine Wohnung gefunden, nichts Tolles, anderthalb Zimmer, aber günstig. Paul jobbte, spielte immer mehr Gigs. Sie hatten es tatsächlich hingekriegt, sie brauchten ja nicht viel, sich, das Baby, ein Zuhause. Paul hatte für Kim Gitarre gespielt, als sie noch in Flos Bauch gewesen war, und Kim hatte da drin gestrampelt, als würde es ihr gefallen.

Und dann war sie da, so winzig, so wunderschön, so perfekt, und sie waren nach Hause gegangen mit ihrem Kind. Das war der schönste Tag in Flos Leben.

Der letzte schöne Tag, an den sie sich erinnert.

Denn es war anders gewesen, viel schwieriger, als sie es sich vorgestellt hatten. Kim hatte immerzu geschrien, wollte nie schlafen. Geschrei, vollgekackte Windeln, Stillen, Geschrei, vollgekackte Windeln, Stillen, Geschrei, vollgekackte Windeln, Geschrei, Geschrei, Stillen, Geschrei. Das ist ganz normal, hatte der Arzt gesagt, sie hat Koliken, und manche Babys sind eben unruhiger als andere.

Das kann echt nicht sein, hatte Paul gesagt, ein Kind, das ununterbrochen plärrt, das ist nicht normal, das ist Irrsinn. Er war unzufrieden und wütend.

Erst nur auf Flo, dann auch auf Kim.

Flo war zu müde und zu erschöpft, um sich groß darum zu scheren. Kim forderte all ihre Energie. Sie konnte sich nicht auch noch um Paul kümmern. Der war sowieso schon mehr weg als zu Hause. Irgendwo bei irgendwem, Gitarre spielen, mal ein paar Stunden schlafen. Erst war er ganze Tage weggeblieben, dann auch Nächte. Weil er auch mal wieder Spaß wollte, sich besaufen, was einwerfen, sich mal wieder amüsieren. Und vögeln natürlich, er brauchte auch mal wieder Sex mit irgendjemandem, der keine lebende Leiche war und dabei kaum die Augen aufhalten konnte. Flo hatte nicht die Kraft gehabt, sich darüber aufzuregen. Auch nicht, als er dann für immer wegblieb.

Nach Spanien, hatte irgendjemand gesagt, er ist mit so einer Frau nach Spanien abgehauen.

Flo war allein mit Kim.

Und Flo liebte Kim. Obwohl sie sie aussaugte. Und darum hatte sie doch irgendwann angefangen, Paul zu hassen, weil er einfach abgehauen war. Weil sie genau verstand, warum er das getan hatte.

Flo liebte ihr Kind. Aber sie hasste ihr Leben.

Das will sie diesem Mädchen erzählen. Aber das tut sie nicht.

Obwohl sie das vielleicht sogar verstehen würde. Wie es dann irgendwann war, dass sie einfach mal rausmusste, einfach mal rausgegangen ist. Was trinken, zu viel trinken, Kim allein lassen, Zeug nehmen, sich besser fühlen, sich einbilden, dass das irgendwie helfen würde.

Sie erzählt nicht, wie schlimm es war, als die vom Amt vor der Tür standen. Auch nicht, wie schrecklich es war, als sie sie das erste Mal wegholten. Sie erzählt nicht, wie sie gekämpft hat, bis sie sie zurückhatte. Und auch nicht, wie dann alles wieder von vorn losging und wieder schiefgegangen ist, immer wieder.

Sie erzählt es nicht, weil es ihre eigene Schuld ist. Darum ist Natascha nicht auf ihrer Seite. Sie sieht nur das, was nicht zu übersehen ist. Flo ist eine schlechte Mutter.

Alles, was Natascha sagt und denkt, stimmt.

Aber das hier ist kein Wettkampf. Es geht nicht darum, wer sich wann wie dreckig gefühlt hat. Das hier ist ein Notfall.

Natascha schluchzt auf. »Scheiße«, sagt sie. »Scheiße!«, schreit sie dann.

»Was?« Die Gromitz klingt noch immer ganz ruhig. »Was ist los, Natascha?«

»Scheiße!«, brüllt Natascha wieder. »Das ist los! Ich kann euch nicht helfen. Echt nicht. Ich hab keine Ahnung, wo sie hin ist. Sie hat sich wie die letzte Bitch benommen. War sauer auf mich, ey, auf mich! Weil ich sie gewarnt hab. Der Typ war ein Vollspast, das hat man doch sofort gesehen. So einer, der sich für was Besseres hält mit seinem Gymnasium und seinem reichen Papi. Das war doch so klar, dass der sie nur ficken wollte. Aber sie war total verknallt und total bescheuert. Ich hab ihr gesagt, dass sie da nicht hingehen soll, nicht allein, weil das klar war, dass das eine komische Nummer ist. Aber sie hat gesagt, dass ich nur eifersüchtig bin. Scheiße, ey, als ob! Und dann … dann kam sie zurück und war voll der Zombie. Und sie hat gesagt, dass ich jetzt voll stolz auf mich sein kann, weil ich ja immer so recht habe. Das war total unfair, das hab ich ja gar nicht gesagt, ich hätte doch nie …« Natascha schluchzt wieder auf.

Die Gromitz setzt sich neben sie aufs Bett, legt einen Arm um sie und hält sie fest. Natascha lehnt ihre Stirn an die Schulter der Gromitz und heult.

»Das kriegen wir hin«, sagt die Gromitz. »Das hat sie nicht so gemeint. Sie ist deine Freundin. Aber das, was sie erlebt hat … Es geht ihr schlecht. Darum mache ich mir ja Sorgen. Darum müssen wir sie finden, verstehst du? Damit wir das in Ordnung bringen können.«

Natascha hebt den Kopf. Sie wischt sich mit dem Pulloverärmel die laufende Nase ab. Jetzt sieht sie aus wie das Kind, das sie ist. »Fuck«, sagt sie. »Was wollt ihr denn schon machen? Der Typ hat sie vergewaltigt. Wie wollt ihr das denn bitte in Ordnung bringen?«

»Sie braucht Hilfe«, sagt die Gromitz. »Und wir helfen ihr.«

»Sie muss zur Polizei gehen«, sagt Flo. »Ich gehe mit ihr zur Polizei …«

Die Gromitz wirft ihr einen warnenden Blick zu, aber es ist zu spät.

»Super Idee.« Natascha schnieft noch einmal, klingt aber wieder aggressiv. »Die Bullen, die werden sich bestimmt ein Bein ausreißen, um dem Typen mit dem reichen Papa die Hölle richtig heißzumachen. Für eine wie Kim. Auf welchem Planeten lebst du denn, ey?«

»Darum kümmern wir uns später«, sagt die Gromitz. »Wichtig ist, dass wir sie finden. Also bitte, Natascha, hilf uns.«

»Ich kann nicht. Wirklich nicht. Sie hat es mir nicht gesagt. Sie hat überhaupt nicht mehr mit mir geredet, danach. Mit keinem hat sie geredet, weißt du doch, die war echt wie ein Zombie. Und dann war sie weg. Ich weiß nicht, wo sie ist.«

Die Gromitz seufzt. »Aber du hast vielleicht eine Idee, wo sie sein könnte.«

Natascha zögert. Schüttelt dann den Kopf. »Nee«, sagt sie. »Ist egal, wie scheiße sie sich aufgeführt hat, sie ist immer noch meine Freundin. Und wenn sie nicht will, dass ihr sie findet … sie ist eh schon sauer auf mich. Wenn ich sie jetzt noch verpfeife, dann …«

»Natascha, das ist kindisch. Eben weil sie deine Freundin ist, weißt du sehr genau, dass sie jetzt jemanden braucht. Dich. Uns. Sie denkt vielleicht, dass sie allein klarkommt, aber das stimmt nicht. Also … bitte. Bitte, denk nach.« Die Gromitz kramt in ihrer Tasche, zieht ein Taschentuch heraus und gibt

es Natascha. Die schnäuzt sich. Scheint zu überlegen. Zuckt dann kurz die Schultern.

»Bremer Straße«, nuschelt sie dann. »Da ist so ein Abbruchhaus. Da hängen ein paar Leute ab, also, die sind eigentlich auf der Straße, aber die pennen da. Die sind ganz okay, und sie haben Hunde. Kim mag Hunde doch so gern, darum hat sie manchmal mit denen abgehangen. Kann sein, dass sie da ist.«

11

»Vorsicht, mein Spatz, sie sind noch heiß.« Adele nahm den Teller mit den saftigen Schokokeksen, die sie gerade aus dem Ofen geholt hatte, aus Timos Reichweite und stellte ihn auf den gedeckten Terrassentisch. Der Nachmittag war frühlingshaft warm, darum hatte sie beschlossen, draußen Kaffee zu trinken. Zwei Gedecke zu viel, leider, denn Patrick hatte sich entschuldigen lassen. Er war lieber in die Praxis gefahren, um sich um irgendwelchen Papierkram zu kümmern. Als Erich das gehört hatte, hatte auch er sich umgehend zurückgezogen.

Adele fand das schade, obwohl sie natürlich Verständnis für Patrick hatte. Sie kannte das ja, so war es ständig gewesen, als es noch Erichs Praxis gewesen war. So viele Sonntage, so viele Abende und »Notfälle«. Mittlerweile setzte Adele das Wort innerlich in Anführungszeichen. Erich hatte sich immer leidlich um Diskretion bemüht, aber irgendwann hatte auch sie die Augen nicht mehr davor verschließen können, dass nicht alle unaufschiebbaren, dringlichen Verpflichtungen mit seinem Beruf zusammenhingen, sondern allzu oft mit Erichs ganz eigenen unaufschiebbaren und dringlichen Bedürfnissen. Sie hatte gelernt, es zu ignorieren. Bis es ihr irgendwann wirklich egal gewesen war. Und jetzt spielte es ohnehin keine Rolle mehr, denn die Zeiten waren lange vorbei. Ob es das Alter war, das Erich hatte zur Ruhe kommen lassen, oder schlicht der Umstand, dass er bei den Frauen, die ihn interessierten, nicht mehr landen konnte, wusste sie nicht. Sie hatte auch keine Lust, darüber nachzudenken. Zumal es nicht fair war, Patrick auch nur gedanklich damit in Verbindung zu bringen. Er war ein wunderbarer Ehemann, der seine Frau auf Händen trug. Er arbeitete zu viel, aber er würde Katharina nie antun, was Erich ihr angetan hatte.

Abgesehen davon war es ihr heute eigentlich ganz recht, mit Katharina allein zu sein.

Sie lächelte Timo an. Ein so süßer und ernsthafter kleiner Kerl! Sie goss sich Kaffee ein und griff dann nach einem Keks. Er war noch warm, aber nicht mehr zu heiß. Sie hielt ihn Timo hin.

Der zögerte. »Ist da Zu-zu-zucker drin?« Er nuschelte die Worte eilig heraus und sah zu Boden.

»Ja sicher, mein Spatz, das weißt du doch«, sagte sie. »Erinnerst du dich, letzte Woche haben wir zusammen Kekse gebacken, genau diese. Du hast mir geholfen, du hast den Zucker ganz ordentlich abgewogen, zweihundert Gramm.« Es war ein zauberhafter Nachmittag gewesen. Ein gut gelaunter Timo, der eifrig und konzentriert bei der Sache gewesen war, sein kleiner Mund teigverschmiert, das T-Shirt mit Mehl bestäubt. Wie stolz er gestrahlt hatte, als sie das Blech aus dem Ofen gezogen hatten.

Jetzt verzog sich sein Gesicht, und die schon im Ansatz ausgestreckte Hand zuckte zurück, floh hinter seinen Rücken.

»Was ist denn? Komm, du musst doch probieren. Damit ich weiß, ob ich sie alleine auch gut hingekriegt habe.«

Timo schüttelte den Kopf. »Ich da-da-darf keinen Zucker.«

Adele unterdrückte ein Seufzen. Vermutlich hatte man den armen Jungen im Kindergarten wieder mit irgendeiner Ernährungsvorschrift malträtiert, die er viel zu ernst nahm.

»Seit wann denn?«, fragte sie.

Timo zuckte die Schultern.

»Ich glaube, gegen einen kleinen Keks ist nichts einzuwenden. Wenn man sehr, sehr viel Zucker isst, dann ist das nicht gesund. Aber ein Keks kann wirklich nicht schaden.«

»Ich darf keinen Zucker!«, wiederholte Timo etwas bestimmter. »Mama sagt, ich darf keinen Zu-zu… Zucker.«

Adele war ehrlich überrascht. Das war neu. Und merkwürdig. Katharina achtete natürlich darauf, dass Timo sich gesund ernährte. Aber sie neigte eigentlich nicht zu derart dogmatischen Regeln.

»Weil ich davon …« Timo stockte, runzelte die Stirn, als denke er angestrengt nach. »Weil ich davon aggressiv werde!«, erklärte er dann. Die konzentrierte, trotzdem leicht vernuschelte Aussprache des komplizierten Wortes zeigte, dass er keine Ahnung hatte, was er da sagte.

Sein Blick, der sich sehnsüchtig an dem Keks festgesaugt hatte, der in Adeles Hand langsam matschig wurde, sprach allerdings eine andere Sprache.

»Dann dreh ich wi-wi-wieder durch«, erklärte Timo, der ihre Verständnislosigkeit bemerkte, und senkte erneut den Blick. »Dann ärgere ich Mama, und da-das will ich nicht, weil das nicht gut ist, die Mama ä-ä-ärgern …«

»Ich glaube, da hast du etwas falsch verstanden, Spatz.«

Timo sah sie zweifelnd an.

»Nun nimm ihn schon.« Adele lächelte ihm aufmunternd zu. »Die Mama ist sowieso gerade oben und sagt dem Opa Erich Hallo. Wir müssen ihr ja nichts davon verraten.«

Zumal es Wichtigeres gibt, dachte sie, und ich ihr jetzt gleich etwas verraten muss, das sie mit Sicherheit von einem verbotenen Keks ablenkt. Sie hatte es direkt am Anfang sagen wollen, als die beiden gekommen waren. Aber dann hatte es sich nicht ergeben. Es war schwer, wenn man gerade den Tisch gedeckt, das Blech Kekse in den Ofen geschoben hatte. Wenn man sich niederließ und Katharina über neue

Ideen für die Küche plauderte, während Timo im Sandkasten buddelte. Es war nicht leicht, eine passende Überleitung zu finden.

»Ach, vergiss die Küche, das lohnt sich nicht mehr, weil ich bald tot bin«?

Nein, das sagte man nicht so einfach.

Dann hatte Katharina angekündigt, kurz hoch zu Erich zu gehen, der sich in seinem Arbeitszimmer verkrochen hatte. Hallo sagen, wie sich das gehörte. Adele war sofort nervös geworden. Obwohl es unwahrscheinlich war, dass Erich die Sache von sich aus zur Sprache bringen würde.

An dem Abend, an dem sie ihm davon erzählt hatte, hatte er erst fassungslos gewirkt. Dann hatte er knappe und präzise medizinische Fragen gestellt. »Scheiße«, hatte er irgendwann gesagt, um dann so nah an eine emotionale Äußerung zu kommen wie lange nicht mehr: »Das tut mir leid, was für eine Scheiße.« Er hatte angekündigt, sich so schnell wie möglich mit dem behandelnden Arzt in Verbindung zu setzen.

Warum auch immer.

Und dann waren sie ins Bett gegangen.

Seit diesem Abend fühlte er sich sichtlich unbehaglich in ihrer Gegenwart. Er wich ihr aus, wann immer er konnte. Adele nahm es ihm nicht einmal übel. Sie kannte ihn lange genug. Es gab Dinge, die ihn überforderten. Schon damals, als zum ersten Mal ein Arzt ihr Leben in Schutt und Asche gelegt hatte. Er verbarg seine Hilflosigkeit hinter diesem harschen Ton. So ist das im Leben, hatte er gesagt, man kriegt halt nicht immer, was man will. Heul nicht, hatte er gesagt, und hör auf, darüber zu reden, das ändert doch nichts. Und sie hatte aufgehört. Darüber zu reden. Und zu heulen. Sie hatte es sich einfach abgewöhnt.

Bis dann Katharina in ihr Leben getreten war. Jemand, der nachfragte und solche Dinge hören wollte. Darum konnte Adele es jetzt kaum erwarten, dass sie zurückkam, sich zu ihr setzte und all das tat, was Erich eben nicht tun konnte.

Sie hungerte nach einer Umarmung, nach jemandem, der ihre Hand hielt und wenigstens versuchte, sie zu trösten, auch wenn es keinen Trost gab. Sie wollte mit Katharina reden, jetzt sofort. Und außerdem wollte sie, dass Timo diesen Keks aß, dabei verzückt das kleine Gesicht verzog. Wenn Timo jetzt diesen Keks aß, würde sich das Gefühl der Beklemmung wenigstens für den Moment auflösen.

»Wir verraten niemandem etwas«, sagte sie also. »Das ist dann unser Geheimnis, Spatz.«

»Nein!« Timos Brüllen kam so unvermittelt, dass sie vor Schreck den Keks fallen ließ. »Nein«, brüllte er wieder. »Nein, nein, nein!« Er schlug um sich, erst ziellos, dann packten seine Hände die Tischdecke, zerrten sie mit wütender Kraft vom Tisch. Teller und Tassen flogen, etwas zerbrach klirrend auf den Waschbetonplatten der Terrasse. Die Milch aus dem Sahnekännchen vermischte sich mit den verstreuten Zuckerwürfeln.

»Was ist denn hier los?« Katharina stand in der offenen Terrassentür. »Was machst du denn da, Timo? Bist du verrückt geworden?«

»Es ist nichts«, sagte Adele. »Nur ein kleiner Unfall, nichts passiert …« Sie lachte nervös.

Katharina beachtete sie gar nicht, sondern ging auf Timo zu, der jetzt stocksteif dastand und sie ängstlich ansah.

»Es ist alles in Ordnung.« Adele hörte selbst, wie künstlich ihre Heiterkeit klang. »Das fegen wir schnell weg, das macht gar nichts.«

Katharina war in die Hocke gegangen, ihr Gesicht dicht vor dem von Timo. »Hast du den Verstand verloren?«, zischte sie. »Warum hast du das gemacht? Warum hast du diese Schweinerei hier angerichtet?« Die letzte Frage brüllte sie, laut, zu laut sogar für Adeles Ohren. Für Timo, der so nah war, musste es unerträglich sein. »Was fällt dir ein? Warum tust du so etwas?«

Timo schluchzte auf.

»Es war meine Schuld, Katharina, er kann nichts dafür …«, setzte Adele an, aber in diesem Moment schoss Katharina abrupt aus der Hocke nach oben.

»Um Himmels willen! Timo! Das ist … Herrgott!«

Jetzt sah Adele ihn auch, den Fleck, dunkel und verräterisch in Timos Schritt.

»Geh!«, sagte Katharina tonlos. »Geh sofort ins Bad und mach dich sauber. Und da bleibst du, bis ich dich hole, ist das klar?«

Timo drehte sich um und rannte ins Haus. Seine Bewegungen wirkten ungelenk und eckig, weil er offenbar versuchte, so wenig wie möglich mit der nassen Hose in Berührung zu kommen.

»Mein Gott«, stöhnte Katharina, legte beide Hände an die Schläfen und begann, sie kreisend zu massieren.

Adele überwand langsam den Schock. Was hatte sie da nur angerichtet? Sie wusste doch, dass Katharina Timo nichts durchgehen ließ. Natürlich war das, was er getan hatte, nicht in Ordnung, Katharinas Wut nachvollziehbar. Aber es war ja wirklich nicht sein Fehler gewesen, sondern ihrer. Auch wenn sie gerade nicht genau verstand, was da passiert war.

»Es war meine Schuld«, wiederholte sie.

»Ach ja? Inwiefern? Hast du ihm in die Hose gemacht?«

»Katharina, das hat er doch nicht mit Absicht getan.«

»Da wäre ich mir nicht so sicher.«

»Katharina, bitte. Er war außer sich. Er hatte Angst …« Vor dir, hätte sie um ein Haar gesagt, verkniff es sich aber in letzter Sekunde. »Du tust ihm unrecht, wirklich. Ich wollte ihm einen Keks geben. Und er hat gesagt, dass du ihm das verboten hast. Aber er mag sie doch so gern, darum habe ich versucht, ihn zu überreden, und dann …« Es klang unlogisch, es klang wirr, aber genau so war es ja gewesen. »Ich habe ihn unter Druck gesetzt, und er …« Hatte Angst, blitzte es wieder durch ihren Kopf. Schon bevor du gekommen bist. Er hatte entsetzliche Angst davor, einen Keks zu essen, den du verboten hast. Darum hat er diesen Wutanfall bekommen, hat völlig überreagiert.

Katharina schüttelte den Kopf. »Adele, lass es, bitte! Hör auf, ihn in Schutz zu nehmen. Es ist nicht akzeptabel, dass er sich so aufführt, wenn er nicht bekommt, was er will.«

»So war das nicht. Es war wirklich meine Schuld. Ich habe ihn überfordert, er war in der Zwickmühle. Er wollte wirklich brav sein –«

»Ich habe es gesehen!«, unterbrach Katharina sie. »Ich habe gesehen, was er getan hat. Mit Vorsatz. Und Absicht. Ich kann ihm das nicht durchgehen lassen!«

»Ja, ja, das stimmt natürlich«, lenkte Adele ein. »Ich meine ja nur … er ist doch noch so klein …«

»Er ist fünf!«

»Eben.« Adele holte Luft. »Er ist fünf Jahre alt. Er war wütend. Und durcheinander. Es bringt doch nichts, ihn dafür zu bestrafen. Wir müssen doch gucken, wo das herkommt. Man hat doch ein Recht, wütend zu sein, manchmal …« Sie brach ab. Das hatte sie gar nicht sagen wollen. Das hätte sie auch nicht sagen dürfen, das verriet Katharinas verärgerte Miene.

»*Wir?*« Ihre Stimme klang eisig. »Adele, bei aller Liebe, *wir* müssen gar nichts. Ich weiß, du meinst es gut. Aber das Letzte, was ich im Moment brauchen kann, sind irgendwelche küchenpsychologischen Ratschläge.« Sie verschränkte die Arme vor der Brust. »Oder gar jemanden, der mir in den Rücken fällt. Er braucht klare Regeln. Und wenn *wir* uns da nicht einig sind, dann ist es vielleicht keine gute Idee, dass er so viel Zeit hier verbringt!«

Adele zuckte zusammen. »Katharina, bitte!« Sie schluckte. »Das ist doch –«

»Ich weiß, dass du es gut meinst. Aber du solltest dich nicht in Dinge einmischen, von denen du keine Ahnung hast. Du weißt nicht, wie das ist, als Mutter!«

Sie meint das nicht so, dachte Adele. Nein. Natürlich hatte

Katharina das nicht so gemeint. Sie wusste es schließlich. Sie war einer der wenigen Menschen, die genau wussten, wie sehr es immer noch schmerzte. Das, worüber sie längst hätte hinwegkommen müssen. Worüber hinwegzukommen sie sich bemüht hatte, Jahr um Jahr, bis sie begriffen hatte, dass diese Wunde nie ganz heilen würde. Sie war keine Mutter. Würde nie eine sein. Sie war nur eine alte Frau, allein mit Erich, der, genau wie sie, von Tag zu Tag nutzloser wurde. Mit einem Leben, das entsetzlich leer gewesen war, bis Katharina gekommen war, mit Timo, und die Lücke gefüllt hatte. Katharina, die ihr immer wieder versicherte, dass sie eben nicht nutzlos war, nicht weniger wert, sondern die beste Ersatz-Mutter und -Oma, die man sich nur wünschen konnte.

Nicht: Du solltest dich nicht in Dinge einmischen, von denen du keine Ahnung hast.

Nicht: Du weißt nicht, wie das ist, als Mutter.

Sie war wütend, sagte sich Adele. Katharina war außer sich, genau wie Timo eben. Sie hatte das nicht so gemeint. Aber eben darum hätte sie es nicht sagen dürfen. Ausgerechnet jetzt. Wo ihnen so wenig Zeit blieb. Aber das wusste sie ja nicht. Wenn Katharina gewusst hätte, wie es um sie stand, dann hätte sie so etwas nie gesagt.

Adele versuchte die Gedanken, die immer schneller in ihrem Kopf kreisten, zu bremsen. Sie schluckte das enge Gefühl im Hals weg.

»Entschuldige«, sagte sie. »Lass uns nicht streiten, bitte. Das ist doch alles gar nicht so schlimm. Ich habe bestimmt irgendwo noch eine Hose von ihm, ich schaue gleich nach. Er muss was Trockenes anziehen, damit er sich nicht erkältet.«

»Mach dir keine Mühe«, sagte Katharina. »Ich denke, es ist besser, wenn wir jetzt fahren.« Sie drehte sich auf dem Absatz um und marschierte durch die offene Terrassentür ins Haus. Als kurz darauf die Haustür ins Schloss fiel, hatte sie sich nicht einmal verabschiedet.

Adele stand da, allein. Sie überlegte, ob sie weinen sollte. Das tat man vermutlich in so einer Situation. Wenn man es sich nicht vor ewigen Zeiten abgewöhnt hatte.

12

Es war nicht richtig, dass sie hier war. Denn eigentlich gehörte sie am Mittwoch ihm. Ihm ganz allein. Darum mochte er den Mittwoch, darum war der Mittwoch kostbar.

Er hatte sich so an die Berechenbarkeit ihres Lebens gewöhnt, dass er solche Unregelmäßigkeiten fast persönlich nahm. Er verließ sich auf sie. Das gab ihm die Sicherheit, die er brauchte, um bestimmte Dinge tun zu können. So wie neulich, es war erst ein paar Tage her. Bei der Erinnerung schlug ihm das Herz wieder bis zum Hals. Dabei war das Risiko minimal gewesen. Er hatte gewusst, wo sie hinging. Und dass es mindestens zwei Stunden dauern würde, bis sie aus dem dämlichen Fitnessstudio, das sie gar nicht nötig hatte, zurückkam.

Nachdem sie aufgebrochen war, hatte er eine Viertelstunde gewartet, bevor er dann in den Garten gegangen war. Er hatte sich die ordentlichen Beete angeschaut, den gepflegten Rasen. Den Sandkasten und dieses Trampolin, das ein bisschen zu wuchtig wirkte, um in den optisch ansonsten so perfekten Garten zu passen. Ein Zugeständnis an das Kind, das war offensichtlich.

Er war auf die Terrasse gegangen. Da standen ein Tisch und sechs Stühle, massiv, Teakholz, wetterbeständig, noch ohne Polster.

Er hatte sich hingesetzt, hatte die Ellbogen auf den Tisch gestützt. In aller Seelenruhe. So hatte es sich tatsächlich angefühlt. Seine Seele war zur Ruhe gekommen, obwohl sein Körper geschwitzt hatte vor Nervosität.

Irgendwann war er aufgestanden, hatte sich vor das große Fenster gestellt und sich das Wohnzimmer angesehen. Modern und schlicht, ein Raum in perfekter Ordnung, in dem alles zueinanderpasste. Er hatte sich vorgestellt, wie es wäre, mit ihr auf dem großen cremefarbenen Sofa zu sitzen. Er hatte sich vorgestellt, wie es sich anfühlen würde, da drinnen zu sein. Bei ihr. Er hatte sich vorgestellt, dass es sich anfühlen würde, als würde er dort hingehören.

Er hatte sogar kurz überlegt, ob er reingehen sollte. Es wäre ganz einfach gewesen, das Schloss an der Terrassentür war keine Herausforderung. Er hätte ohne Probleme eindringen können, es ausprobieren, anprobieren, ihr Haus, ihr Wohnzimmer.

Aber das hatte er nicht getan. Es wäre dumm gewesen und hätte die Dinge verkompliziert. Er musste Geduld haben. Noch war sie nicht so weit und er auch nicht. Aber die Dinge bewegten sich. Er konnte es nicht benennen, aber er spürte deutlich, dass er ihr näherkam.

Umso mehr ärgerte ihn diese Unordnung am Mittwoch. Sie betrog ihn um etwas, das ihm zustand.

Er sah hinüber zur Tür, durch die sie gleich wieder nach draußen kommen würde. Mit dem Kind. Er merkte, dass er nicht nur verärgert war. Sondern auch gespannt. Weil diese Unordnung etwas bedeutete. Etwas passierte, bewegte sich, sie kam ihm immer näher.

Auch wenn sie das noch nicht ahnte.

13

»Timo, bitte, jetzt mach!« Katharina stand im Vorraum des Kindergartens, in dem sich Timo eben in aufreizender Langsamkeit die Hausschuhe auszog.

»Aber ich will lieber hi-hi… Ich will bleiben. Es gibt Nudeln«, maulte er. »Ich bleibe i-i-immer zum Essen am Mittwoch, warum darf ich heute nicht Nu-nu-nudeln …?«

»Weil wir zum Arzt müssen. Das habe ich dir doch erklärt. Es ist eine Ausnahme.«

»Ich wi-wi-will keine Ausnahme!« Timo hob den Hausschuh, schleuderte ihn in eine Ecke.

Katharina atmete durch und versuchte, die aufsteigende Wut unter Kontrolle zu halten. Sie war müde. Sie hatte schlecht geschlafen, wirr geträumt. Der Sonntag saß ihr noch immer in den Knochen. Dieser Rückschlag, gerade als sie begonnen hatte, sich ein bisschen zu entspannen. Sie hatte sich wirklich eingebildet, dass es besser wurde. Aber sie hatte sich offenbar zu früh gefreut. Darum hatte sie gleich am Montag Timos neuen Kinderarzt angerufen. Die arrogante Zicke von Sprechstundenhilfe hatte sie betteln lassen. Sie bedaure, aber in dieser Woche sei es ganz und gar unmöglich, hatte sie gesagt, der Herr Doktor habe leider keine Kapazitäten mehr frei. Es hatte Katharina alle Beherrschung und Penetranz gekostet, ihr diesen Termin abzuringen. Mittwoch kurz vor Praxisschluss. Wenn sie nicht pünktlich kamen, würden sie mit Sicherheit vor verschlossenen Türen stehen.

»Zieh jetzt sofort die Schuhe an! Es ist mein Ernst, Timo. Es reicht jetzt!« Sie sah ihn an. Er wich ihrem Blick aus, schob bockig das Kinn vor.

»Ach hallo, wie schön!« Die Stimme ließ sie zusammenzucken. »Das ist ja super, dass ich dich treffe.« Doro strahlte sie an.

Nicht jetzt, dachte Katharina, um Himmels willen nicht ausgerechnet das noch. »Hallo, ja, schön. Aber wir haben es leider echt eilig«, sagte sie. »Wir haben einen Termin.«

»Ja, klar.« Doro nickte verständnisvoll, ließ sich aber trotzdem nicht beirren in ihrer Mission. »Aber wo ich dich gerade treffe – der Benno will sich so gern mal wieder mit dem Timo verabreden.«

Katharina zwang sich zu einem Lächeln. Doro hatte sich

in den Kopf gesetzt, dass Timo und Benno die allerbesten Freunde waren. Was im Prinzip in Ordnung war. Timo tat sich ein bisschen schwer, Freundschaften zu schließen, und Katharina hatte kein Problem damit, dass die beiden im Kindergarten zusammen spielten. Aber nachdem sie Timo von der ersten Verabredung bei Benno zu Hause abgeholt hatte, hatte sie sich geschworen, dass das auch die letzte sein würde. Doro hatte mit einer Flasche Bier in der chaotischen Küche gesessen, während die Fritteuse aufheizte, um Pommes als Beilage für die fettigen Tiefkühl-Burger, die sie zum Abendessen servieren wollte, zuzubereiten. Die Kinder hatten vor dem Computer im Wohnzimmer gehockt, mit glasigem Blick stumpf auf irgendwelche Knöpfe gedrückt. Natürlich hatte Timo einen Tobsuchtsanfall bekommen, weil Katharina freundlich, aber bestimmt die Einladung zum Abendessen ausgeschlagen hatte. Und dann noch einen zu Hause, weil er völlig überreizt gewesen war. Er hatte auf ihre Frage, was genau sie denn gespielt hatten, ausweichend geantwortet, was ihren Verdacht, dass er die gesamte Zeit vor dem Bildschirm verbracht hatte, noch bestärkte.

»Ja, ich will bei Benno spielen«, drang Timos Stimme in ihre Gedanken. »Ja, ja, darf ich zu Benno?«

»Timo, bitte! Wir müssen uns sputen.« Katharina ging in die Hocke, um ihm zu helfen, die Schuhe anzuziehen. Sein Bein zuckte kurz, als wollte er nach ihr treten, aber sie erwischte es rechtzeitig und hielt es fest.

»Wie wäre es morgen?« Doro schien entschlossen, Nägel mit Köpfen zu machen. »Ich könnte die beiden morgen abholen. Er kann auch gerne zum Abendessen bleiben.«

»Morgen ist schlecht.« Katharina gab sich Mühe, bedauernd zu klingen. Sie griff nach Timos Jacke. »Komm, ich helfe dir.«

»Nein! Das ka-ka-kann ich allein!« Er riss ihr wütend die Jacke aus der Hand, nestelte umständlich am Ärmel herum. »Ich will zu Benno morgen!«

»Freitag?«, bohrte Doro weiter. »Freitag ginge auch …«

Katharinas Handy begann zu klingeln. Dankbar zog sie es aus der Tasche, zuckte entschuldigend die Schultern. Ein Blick aufs Display zerstörte das Gefühl der Erleichterung. Adele schon wieder. Zum vierten Mal heute, verdammt. Sie hatte keine Lust, mit ihr zu reden. Das grenzte langsam an Terror.

Sie nahm das Gespräch trotzdem an. Es schien das kleinere Übel, obwohl die weinerliche Stimme, die ihr entgegendrang, nicht unbedingt zu ihrer Entspannung beitrug.

»Ja, natürlich bleibt es dabei«, sagte sie, als Adele ihre weitschweifige Frage endlich zu Ende gebracht hatte. »Ich bin gerade in Eile, ich habe leider keine Zeit jetzt. Ich bringe ihn nachher vorbei.« Sie drückte Adele weg. Nahm aufatmend zur Kenntnis, dass Timo endlich seinen Anorak anhatte. Sie ging wieder in die Hocke, half ihm mit dem Reißverschluss. Er machte sich steif, ließ sie aber gewähren.

Katharina packte seine Hand und lächelte Doro unverbindlich zu. »Du, diese Woche ist echt schlecht bei uns«, sagte sie. »Aber wir kriegen das schon hin. Ich rufe dich an, okay? Und jetzt entschuldige, wir müssen wirklich los. Bis dann.«

14

Adele saß auf der Bank am Rand des Spielplatzes. Es war erstaunlich warm. Obwohl sie die Jacke ausgezogen hatte, schwitzte sie hier in der Sonne. Besorgt sah sie hinüber zu Timo, der, ein wenig abseits von den anderen Kindern, in einer Ecke der großen Sandspielfläche hockte und mit seinem Bagger spielte. Sein kleines Gesicht war gerötet, ihm musste in seinem Pullover schrecklich heiß sein. Aber er hatte sich geweigert, ihn auszuziehen. Sein Ton und sein Blick waren kampflustig gewesen. Er hatte eindeutig keinen guten Tag.

Er wirkte misslaunig, dabei irgendwie abwesend. Wie so oft in letzter Zeit.

Adele hoffte, dass er nicht krank wurde. Wie so oft in letzter Zeit.

Sie hatte ihm seinen Willen gelassen. Sie war zu müde, um sich auf diese Machtkämpfchen einzulassen. Und zu erleichtert, dass er da war. Seit Sonntag hatte sie die Angst nicht losgelassen, dass Katharina mit ihrer Drohung Ernst machen könnte. Allein der Gedanke, dass Timo nicht mehr mindestens zwei Nachmittage in der Woche bei ihr verbrachte, war unerträglich. Genau wie der Umstand, dass Katharina seit diesem unseligen Streit jede Kommunikation verweigerte. Sie nahm ihre Anrufe nicht an, rief nicht zurück. Vorhin hatte sie Timo bis zum Gartentor begleitet. Sie hatte gewartet, bis Adele die Tür geöffnet hatte, dann war sie einfach gegangen. Nur ein kurzes Winken hatte sie für sie übrig gehabt. Sie strafte sie ab. Für etwas, das Adele nicht einmal wirklich verstand.

»Ich tue wirklich genug, ich tue das auch wirklich gern, aber manchmal würde ich ihr am liebsten die Brocken vor die Füße schmeißen!« Die gereizte Stimme von Frau Riemenschneider riss sie aus ihren Gedanken. »Es geht ja schließlich nicht um mich oder um sie, sondern um das Wohl der Kinder!« Wie so oft erging sie sich in einer wütenden Tirade über die Undankbarkeit ihrer Tochter. »Chiara«, brüllte sie jetzt so unvermittelt, dass Adele zusammenzuckte. »Ich habe das genau gesehen! Wenn du deine Schwester noch ein einziges Mal schubst, dann gehen wir sofort nach Hause, hast du das verstanden?«

Adele mochte Frau Riemenschneider. Sie hatten sich hier kennengelernt, zwei Omas auf dem Spielplatz, die sich ein wenig abseitshielten von den jungen Müttern. Frau Riemenschneiders Tochter war Juristin, sie arbeitete Vollzeit und machte Karriere. An guten Tagen platzte ihr Mutterherz vor Stolz. An anderen spuckte sie Gift und Galle und klagte über die Egozentrik und die unzähligen menschlichen und erzieherischen Mängel ihrer Tochter. Anfangs hatte Adele das befremdet. Sie hätte nie so über Katharina geredet, quasi öffentlich, mit irgendeiner Frau auf dem Spielplatz. Aber sie hatte sich daran gewöhnt. Und mittlerweile fand sie es fast erfrischend, dass Frau Riemenschneider ihrem Ärger so unverblümt Luft machte. Heute beneidete sie sie beinahe um diesen routinierten Dauerzwist. Nicht dass sie sich nach Konflikten sehnte. Streit war ihr immer zuwider gewesen. Aber wenn man aussprach, was einen ärgerte, wenn man darüber diskutierte, konnte man die Dinge immerhin aus der Welt schaffen.

Letztlich bereute Adele nichts von dem, was sie am Sonntag gesagt hatte. Sie hätte Katharina allerdings gern erklärt, was sie gemeint hatte und worum es ihr eigentlich ging. Um Timo nämlich, Timos Wohl, das Wohl des Kindes, da hatte Frau Riemenschneider schon recht.

Die griff gerade in ihre Tasche und zog eine Schachtel Zigaretten hervor. Sie war eine der wenigen, die auf dem Spielplatz rauchten. Und anders als die jungen Mütter, die sich dazu verschämt hinter irgendwelche Büsche zurückzogen, tat sie es offen, fast provokant. Noch etwas, das Adele an ihr gefiel. Sie fand das irgendwie verwegen, auch wenn sie den Geruch nicht ausstehen konnte.

»Mit wem unterhält sich Ihr Enkel denn da so angeregt?« Frau Riemenschneider deutete mit der brennenden Zigarette in Richtung Waldrand.

Adeles Blick folgte ihrer Geste, und der Schreck durchfuhr sie so jäh, dass sie sich nicht mit dem mittlerweile schon so vertrauten Unbehagen darüber, dass sie das Missverständnis nie aufgeklärt hatte, aufhalten konnte. Die Selbstverständlichkeit, mit der Frau Riemenschneider davon ausgegangen war, dass Timo ihr Enkel, Katharina ihre Tochter war, hatte sie so verblüfft, dass sie gar nicht dazu gekommen war, die Sache richtigzustellen. Es spielte letztlich auch keine Rolle, hatte sie dann gedacht, und das stimmte ja auch. Mit Sicherheit war es in diesem Moment ihr kleinstes Problem. Ihr Herz begann zu rasen.

»Timo!«, rief sie und sprang auf. »Timo, komm sofort hierher …« Sie lief los, blieb mit den Absätzen im klebrigen Sand hängen, stolperte mühevoll vorwärts. »Timo!«, rief sie wieder und versuchte, die Panik in Schach zu halten, während sie sah, wie der Mann sich umdrehte und davonging. Schnell, aber nicht allzu eilig verschwand er zwischen den Bäumen.

Timo rappelte sich hoch und sah ihr entgegen. »Wa-was? Was soll ich je-jetzt schon wieder?«

»Wer war das? Mit wem hast du da geredet?«

»Mit so einem Mann.«

»Ja, das habe ich gesehen. Aber was war das für ein Mann? Kennst du den?«

Timo zuckte die Schultern. »Weiß nicht …«

»Du darfst nicht mit Fremden reden, Spatz. Das weißt du doch!« Adele bemühte sich, das Zittern in ihrer Stimme zu unterdrücken. »Was wollte er denn? Was hat er gesagt?«

»Weiß nicht«, wiederholte Timo. »Ich soll der Ma-mamama einen Gruß sagen.«

Adeles Herzschlag beruhigte sich etwas. »Ach, das war ein Freund von der Mama?« Falscher Alarm, dachte sie, Gott sei Dank. Trotzdem schämte sie sich, dass sie es nicht gesehen hatte, dass Frau Riemenschneider sie erst darauf hatte hinweisen müssen. Weil sie so mit sich selbst befasst gewesen war, so durcheinander, so unkonzentriert. Das ließ sich jetzt nicht mehr ändern. Und es war ja nichts passiert, Timo hatte mit einem Bekannten ein paar Worte gewechselt, es gab keinen Grund, sich darüber aufzuregen. Anders als das, was sie jetzt bemerkte, das, was nicht zu übersehen war, da in Timos Schritt. Sie holte Luft, wollte etwas sagen, besann sich dann aber. Er hatte bemerkt, dass sie es bemerkt hatte, wich ihrem Blick aus und schaute verlegen zu Boden.

Adele sah sich rasch um. Die anderen Kinder waren weit weg. Niemand hatte das Malheur bemerkt. Und es war sicher besser, wenn das so blieb. Sie strich Timo durchs verschwitzte Haar. »Ich glaube, wir gehen jetzt lieber nach Hause«, sagte sie. »Ich hole schnell unsere Jacken. Nimmst du den Bagger?«

Keine Widerworte diesmal, Timo nickte stumm und setzte sich in Bewegung. Adele ging zurück zur Bank, versicherte Frau Riemenschneider rasch, dass alles in bester Ordnung sei, nur der Vater eines Kindergartenfreundes. Dann entschuldigte sie sich, Zeit vergessen, eine Verabredung. Sie winkte noch kurz den Riemenschneider-Mädchen zu, die sich unbeirrt und mit zunehmender körperlicher Vehemenz um die Schaukel zankten, und verließ dann mit Timo den Spielplatz.

15

Er verlangsamte seine Schritte, stoppte schließlich. Beugte sich vor, stützte sich gegen einen Baumstamm, rang nach Luft. Seine Beine zitterten. Er war gerannt, viel zu schnell. Weggerannt.

Nicht vor der Alten. Vor der Alten hatte er keine Angst, die war nicht das Problem. Die Angst kam von ganz woanders.

Sie kam aus ihm, sie war in ihm.

Er hatte einen Fehler gemacht.

Er war ihnen gefolgt, erst zum Kinderarzt, dann zur Alten. Bis dahin war alles wie immer gewesen. Er hatte alles unter Kontrolle. Aber dann hatte er diesem Impuls nachgegeben.

Er hatte sie gehen lassen und war geblieben. Bei der Alten und dem Kind. Es hatte sich richtig angefühlt, folgerichtig. Genau wie das eben. Er hatte sich hinreißen lassen von diesem trügerischen Gefühl der Sicherheit. Und der Gelegenheit, die so günstig gewesen war.

Der Junge hatte da im Sand gesessen. Ganz allein, während die Alte auf der Bank hockte, vertieft in ihr Getratsche. Sie war weit weg gewesen, genau wie die anderen Kinder, zu denen der Junge Abstand hielt.

Timo.

Er kannte den Namen, natürlich. Sie brüllte ihn oft genug. Trotzdem war er in seinem Kopf bis heute das Kind gewesen. Der Junge. Jetzt war er Timo.

Timo. Ein schöner Name. Einer, der zu diesem Kind passte, dessen Blicke immer wieder heimlich zu denen wanderten, die woanders spielten, miteinander, ohne ihn. Sehnsüchtige Blicke, die er jedes Mal schnell zurückbefahl zu seinem Bagger. Ein Spielzeug, das mit Sicherheit teuer gewesen war und um das andere Kinder ihn vielleicht beneidet hätten, wenn sie nah genug gekommen wären. Aber Timo spielte allein.

Es hatte sich so einfach angefühlt. So unumgänglich. Er hatte sich vorsichtig genähert. Er hatte ihn nicht erschrecken wollen.

Er hatte ihn nicht erschreckt. Timo hatte ihn neugierig angeschaut, da war nur ein winziger Hauch Misstrauen gewesen.

»Hallo?«, hatte er gesagt, fragend und ernst.

»Du bist Timo, oder?« Er hatte ihn angelächelt.

Der Junge hatte genickt. »Wa-warum weißt du das?«

Er hatte kurz gezögert. »Ich bin ein Freund von deiner Mama«, hatte er dann gesagt.

Timo hatte ihn skeptisch angesehen. »Ich kenne dich a-aber nicht. Warum ke-kennst du meine Mama?«

»Von früher«, hatte er gesagt. »Das ist schon lange her.« Er hatte sich räuspern müssen. »Bestell ihr Grüße«, hatte er gesagt. »Deiner Mama.«

Dann hatte die Alte endlich bemerkt, dass etwas vorging. Sie hatte hysterisch Timos Namen gebrüllt, war durch den

Sand gestolpert. Sie hatte sich aufgeführt, als würde er dem Jungen ein Messer an die Kehle halten.

Er hatte sich umgedreht und war gegangen. Langsam zunächst, erst im Schutz des Waldes war er losgerannt. So schnell er konnte. So weit er konnte. Weg von dem, was ihn erst jetzt mit voller Wucht traf.

Sein Atem beruhigte sich langsam. Er richtete sich auf und lehnte sich mit dem Rücken an den Baumstamm. Schloss die Augen und sah ihn vor sich. Er sah Timos Gesicht, gestochen scharf. Und er sah das, was er die ganze Zeit gewusst hatte. Und doch nicht begriffen.

Es ging nicht nur um sie. Es ging auch um ihn. Es ging um diesen Jungen, um Timo. Der ihm wie aus dem Gesicht geschnitten war.

16

»Und?« Rikes Stimme drang durch den Vorhang der Umkleidekabine, in der sich Katharina im Spiegel musterte.

»Ich weiß nicht …« Sie öffnete den Vorhang, trat vor die Kabine und drehte sich.

Rike lachte. »Was gibt es da bitte nicht zu wissen? Du siehst toll aus.«

Katharina lächelte. Nicht dass sie diese Bestätigung gebraucht hätte, ausgerechnet von Rike, die als Stil- und Modeberaterin mit Sicherheit eine Fehlbesetzung war. Sie hatte ja Augen im Kopf und gesehen, dass die Hose wie angegossen saß, zusammen mit der weich fallenden Bluse ihrer Figur schmeichelte.

»Meinst du wirklich?«, fragte sie trotzdem.

»Absolut, ja. Schlag zu!«

Katharina zog sich wieder in die Kabine zurück und musterte sich noch einmal im Spiegel. Das Training im Studio zahlte sich aus. Sie war keine zwanzig mehr, aber sie konnte sich definitiv noch sehen lassen. Und darum würde sie zuschlagen, ja, obwohl sie weder Hose noch Bluse brauchte. Aber das spielte glücklicherweise keine Rolle. Und es bekam ihrer Laune gerade ausgezeichnet, sich etwas zu gönnen.

Eigentlich war sie mit Rike verabredet gewesen, um nach einem Geburtstagsgeschenk für Patrick zu suchen. Das hatte sich als leichte Übung herausgestellt, denn der Kaschmirpullover in dem warmen Blau war ihr sofort ins Auge gefallen. Eine wunderschöne Farbe, er fühlte sich traumhaft an, würde bestens zu Patricks dunklem Haar und seinen Augen passen. Er war nicht ganz billig, ganz sicher hätte Patrick ihn sich nicht selbst gekauft, aber eben darum war er ein perfektes Geschenk.

Von dem schnellen Erfolg beflügelt hatten Rike und sie sich noch ein bisschen umgesehen. Eher Katharina als Rike, die eigentlich nur wahllos in den Ständern mit den reduzierten Restposten herumsuchte, hin und wieder ein Preisschild studierte und dann schnell das Interesse verlor. Der Laden war vermutlich außerhalb ihres Preissegments. Das spielte allerdings keine große Rolle, denn Rike interessierte sich nicht wirklich für Klamotten. Ein Jammer, dachte Katharina manchmal, denn mit ein bisschen Mühe hätte Rike wesentlich mehr aus sich machen können. Katharinas Versuche, sie in dieser Richtung zu motivieren, waren allerdings gescheitert. Umso dankbarer war Katharina dafür, dass sie trotzdem kein Problem damit hatte, sie hin und wieder zum Bummeln zu begleiten. Manche Dinge machten zu zweit einfach mehr Spaß.

Sie war gern mit Rike zusammen. Obwohl sie so verschieden waren. Weil sie so verschieden waren vielleicht. Rike war anders als die meisten Frauen, die Katharina kannte, darum war sie ihr im Fitnessstudio gleich aufgefallen. Die verwaschenen Sportklamotten stachen aus dem vorherrschenden bunten Lycra heraus. Überhaupt wirkte Rike irgendwie fremd in dieser Welt der Selbstoptimierung. Aber sie kam regelmäßig, absolvierte den Deep-Work-Kurs, Pilates und den Gerätezirkel, genau wie Katharina. Darum waren sie ins Gespräch gekommen, und Katharina hatte schnell gemerkt, dass hinter Rikes etwas spröder Fassade eine angenehme Persönlichkeit mit trockenem Humor steckte. Irgendwann hatten sie nach dem Training einen Kaffee zusammen getrunken, und mit der Zeit war daraus erst Gewohnheit und dann eine Art Freundschaft geworden. Etwas, das Katharina vermisst hatte, ohne dass es ihr wirklich bewusst gewesen war.

Als sie Patrick kennengelernt hatte, war sie neu in der Stadt gewesen. Natürlich hatte er sie seinen Freunden und Kollegen vorgestellt. Zusammen mit den anderen Müttern, die sie nach Timos Geburt auf dem Spielplatz, im Kindergarten, in der Musikschule und beim Turnen kennengelernt hatte, bildeten sie einen stabilen und netten Bekanntenkreis. Und Katharina mochte diese anderen Mütter, jedenfalls viele von ihnen. Aber letztlich kreisten ihre Gespräche ständig um dieselben Dinge, blieben an der Oberfläche. Katharina hatte jemand wie Rike gefehlt.

Sie war alleinstehend und kinderlos, arbeitete freiberuflich als Übersetzerin. Ein Job, der weit weniger glamourös war, als er klang, wie sie versicherte, denn sie befasste sich überwiegend mit Gebrauchsanweisungen und Beipackzetteln. Sie beklagte sich nicht, obwohl offensichtlich war, dass sie nicht sonderlich gut verdiente.

Rikes Leben unterschied sich in jeder Hinsicht von Katharinas. Und ebendarum war sie so gern mit ihr zusammen. Es lenkte sie von all dem ab, was sie stresste und an ihr zehrte. Für Rike war sie einfach Katharina, nicht Timos Mutter, nicht Patricks Frau. Obwohl Rike Timo vergötterte und immer gern einsprang, wenn Not am Mann war. Auf ihre angenehme und zugewandte Rike-Art.

Von der sie heute noch ein bisschen mehr brauchen konnte

als sonst. »Sollen wir noch was trinken gehen?«, fragte sie, als sie vor dem Laden auf der Straße standen. Sie war gut gelaunt, fast ein bisschen aufgekratzt. Sie hatte noch keine Lust, nach Hause zu gehen. »Komm, ich gebe einen Sekt aus!«

»Musst du nicht Timo abholen?« Rike warf einen Blick auf die Uhr.

Katharinas Stimmung bröselte ein wenig. »Das macht Patrick«, sagte sie kurz.

Rike sah sie fragend an.

»Er holt ihn auf dem Heimweg ab. Er hat Mittwochnachmittag immer nur ein paar Privatpatienten, da wird es nicht zu spät.«

»Aha?« Rike zog die Augenbrauen hoch.

Katharina seufzte. Manchmal war es schwer, Rike etwas vorzumachen. »Ich habe gerade keine Lust auf Adele«, sagte sie und deutete auf das Café schräg gegenüber. »Geh doch schon mal und besetz uns einen Tisch. Da ist noch Sonne, wir können draußen sitzen. Ich springe mal schnell in die Apotheke, bin in drei Minuten bei dir.«

»Okay.« Rike nickte.

»Ein paar Vitamine«, erklärte Katharina. Biss sich auf die Zunge. Niemand hatte gefragt. »Ich bin ein bisschen schlapp in letzter Zeit«, plapperte sie trotzdem weiter.

»Vielleicht diese Erkältung, die rumgeht.« Rike klang nicht, als sei sie besonders interessiert. »Ich warte dann drüben. Bis gleich.«

In der Apotheke reichte Katharina nervös das Rezept über den Tresen. Sie mied den Blick der Apothekerin und versuchte gleichzeitig, das alberne Gefühl wegzuschieben. Sie war niemandem Rechenschaft schuldig. Sie löste ein Rezept ein, weiter nichts.

Trotzdem war sie erleichtert, als sie gezahlt und die kleine Tüte in ihrer Handtasche verstaut hatte.

Sie überquerte die Straße und setzte sich zu Rike an den Tisch. »Hast du schon bestellt?«

Rike nickte. »Zwei Sekt – ich nehme dich beim Wort.« Sie lächelte. »Was ist denn mit Adele?«, fragte sie dann. »Hattet ihr Streit?«

»Nein«, sagte Katharina. »Doch. Ja. Ich weiß auch nicht, was mit ihr los ist. Sie nervt schrecklich im Moment.«

Rike lachte leise. »Das ist ja ganz was Neues.«

Katharina seufzte. Rike war die Einzige, mit der sie je darüber gesprochen hatte, was sich mit Adele in ihr Leben geschlichen hatte. Als Erich damals Patrick in die Praxis geholt und ihm mit der Nachfolge vor der Nase herumgewedelt hatte, war völlig klar gewesen, dass er mehr als berufliches Engagement erwartete. Gutsherrenart, hatte Patrick damals gescherzt und die Augen gerollt. Tatsächlich waren Katharina und Timo so etwas wie ein Geschenk für Adele gewesen, die zunehmend einsame und gelangweilte Gattin.

Anfangs hatte es Katharina nicht einmal gestört. Adele liebte Timo und war begierig darauf, die Ersatz-Oma zu spielen. Eine willkommene Entlastung, damals wie heute. Eigentlich hatte Katharina das Arrangement gefallen. Patrick war ein Einzelkind, genau wie sie. Seine Mutter war tot, sein Vater hatte sie kurz vor Patricks Geburt verlassen und nie eine Rolle gespielt. Katharina selbst hatte keinen Kontakt zu ihren Eltern. Aus guten Gründen, sie bedauerte das nicht. Aber es tat ihr leid, dass Timo weder Oma noch Opa hatte, und darum hatte sie nichts dagegen gehabt, dass Adele und Erich diese Rolle übernahmen. Sie gönnte Adele die Freude, mit Timo anzugeben und endlich vor ihren Freundinnen im Enkel-Wettstreit bestehen zu können. Es war völlig in Ordnung, dass sie stolz Bilder von ihm zeigte, dass Erich eine Schaukel und eine Sandkiste in den Garten stellte und dass sich das unbenutzte Gästezimmer der beiden nach und nach mit Spielzeug und Kleidern für Timo füllte. Er war gern bei Adele, Adele liebte ihn von Herzen, alle waren zufrieden.

Und doch gab es dieses Problem, eines, das im Lauf der Zeit immer akuter, gleichzeitig unaussprechlicher wurde. Katharina mochte Adele nicht. Die ewige Dulderpose und ihre Betulichkeit gingen ihr auf die Nerven. Wann immer sie mit Adele zusammen war, hatte sie das Gefühl, etwas füttern zu müssen. Einen unstillbaren Hunger nach Zuwendung, Bestätigung und Dankbarkeit. Aus dem anfänglichen Mitleid war schnell ein leiser Widerwille geworden, den sie immer weniger verstecken konnte. Katharina hasste das latent schlechte Gewissen, das sie ständig hatte, weil Adele mehr forderte, als sie zu geben bereit und imstande war.

»Sie meint es doch gut.« Rikes Stimme riss Katharina aus ihren Gedanken. »Sie kann halt nicht aus ihrer Haut.«

»Ja. Ja, natürlich. Das ist mir schon klar. Aber sie muss begreifen, dass es Grenzen gibt.« Grenzen, die sie in letzter Zeit ständig überschritt. So wie am Sonntag. Es konnte nicht sein, dass ausgerechnet Adele sie über die emotionalen Befindlichkeiten ihres Sohnes belehrte. Sie war eindeutig zu weit gegangen.

»Das renkt sich schon wieder ein«, sagte sie. Sie hatte keine Lust, jetzt darüber zu reden. Oder auch nur darüber nachzudenken. »Ich brauche einfach ein bisschen Abstand. Das tut uns beiden ganz gut.«

Der Kellner näherte sich. »Zwei Sekt für die Damen«, verkündete er strahlend und stellte die Flöten auf den Tisch. »Wohl bekomm's!«

Sie stießen an. Katharina lehnte sich zurück, genoss einen Moment die warmen Sonnenstrahlen. »Sag mal, hast du mitgekriegt, dass an der Talsperre dieses neue Lokal aufgemacht hat?«, fragte sie dann. »Ganz schick, habe ich gehört, mit großer Terrasse und gleich daneben ein Spielplatz. Ich habe überlegt, dass man da vielleicht Patricks Geburtstag feiern könnte. Allerdings würde ich es mir vorher gern mal anschauen. Hast du Lust, vielleicht irgendwann nächste Woche?«

17

»Ach, du bist es.« Adele war nicht wirklich überrascht, Patrick vor der Tür stehen zu sehen. Und obwohl sie heimlich die Hoffnung gehabt hatte, dass Katharina sich doch herablassen würde, bei ihr zu klingeln, war sie angesichts der Umstände fast erleichtert, dass dem nicht so war.

Sie ließ sich umarmen und hielt sich damit ein bisschen länger auf als sonst. Sie atmete den einst so vertrauten Geruch von Desinfektion und Kittelstärke ein.

»Hat Katharina nichts gesagt?« Patrick klang überrascht. »Sie hatte irgendwas vor, darum hat sie mich gebeten, Timo abzuholen.«

Er hatte also keine Ahnung. Katharina hatte ihm nicht erzählt, was vorgefallen war. Auch das war im Grunde keine Überraschung. Und gut, denn es machte es irgendwie leichter, jetzt mit Patrick zu reden. Über das, was sie vorhin gesehen hatte. Das, was sie nicht verstand oder eben doch verstand, auch wenn sie nicht wollte. Etwas, das ihr unaussprechlich erschien, aber ausgesprochen werden musste.

Herrgott! Sie musste sich zusammennehmen. Wie sollte sie etwas geradeaus über die Lippen bringen, das sich schon in ihrem Kopf so verhedderte? »Komm doch erst mal rein«, sagte sie. »Timo ist oben und hört seine CD fertig. Magst du was trinken?«

»Danke nein, sei nicht böse, aber ich würde lieber schnell …« Patrick warf einen Blick auf die Uhr.

Natürlich. Er hatte einen langen Tag hinter sich, er war müde, er hatte bestimmt Hunger. Aber darauf konnte sie gerade keine Rücksicht nehmen.

»Lass ihn noch kurz fertig hören, bitte. Patrick, können wir uns kurz unterhalten?«

»Natürlich.« Er wirkte irritiert, folgte ihr aber ins Wohnzimmer und ließ sich auf der abgeschabten Wildledercouch nieder. »Was hast du denn auf dem Herzen?«

Sein Ton war fremd, gleichzeitig unangenehm vertraut. Er klang wie ihr Arzt. Freundlich, zugewandt, dabei ein bisschen zu unverbindlich und professionell. Er klang wie einer, der seine Pflicht tat und mit seiner Zeit und seiner Empathie haushalten musste.

»Es ist wegen Timo«, setzte sie an. Sie schluckte kurz. »Ich weiß nicht recht, wie ich es sagen soll, aber …« Sie zögerte. »Wir waren auf dem Spielplatz heute, weißt du, diesem Abenteuerspielplatz im Wald, wo er so gern hingeht. Es war warm, richtig heiß in der Sonne. Aber er wollte den Pullover nicht ausziehen. Er war völlig verschwitzt.« Sie sah die leise Ungeduld in Patricks Miene und versuchte sich zusammenzunehmen. Warum passierte ihr das immer? Warum war es so schwer, zum Punkt zu kommen? »Er hat nicht mit sich reden lassen.«

Patrick lachte leise. »Gott, ja, ich kann es mir vorstellen. Es tut mir leid, Adele. Er kann furchtbar bockig sein im Moment. Es wird besser, aber bis das ganz ausgestanden ist, dauert es vermutlich noch ein bisschen.« Er warf ihr einen forschenden Blick zu. »Hör mal, wenn es dir zu viel wird, dann musst du es sagen, ja? Du weißt, wie dankbar Katharina dir ist, und ich auch. Aber uns ist beiden bewusst, dass er in einer ziemlich schwierigen Phase ist. Niemand würde dir übel nehmen –«

»Nein«, unterbrach Adele ihn eilig. »Nein, darum geht es nicht.« Sie versuchte sich zu konzentrieren. »Er hat sich ziemlich eingesaut beim Spielen.« Das reichte, beschloss sie, es war ja die Wahrheit. Er hatte sich eingesaut, ein kleines Malheur, kein Drama, obwohl es zu oft vorkam in letzter Zeit. »Darum wollte ich ihn in die Wanne setzen, als wir wieder hier waren«, fuhr sie hastig fort. »Er badet ja eigentlich gern. Aber heute wollte er nicht. Er hat sich ziemlich gesträubt.«

Auch das war eine etwas geschönte Version dessen, was sich abgespielt hatte. Timo hatte sich aufgeführt wie ein Berserker. Er hatte ein Zahnputzglas nach ihr geworfen, das sie zum Glück verfehlte und an der Badezimmerwand zerschellt war. Er hatte sie beschimpft, hatte sich auf dem Boden gewälzt vor Wut. Es hatte ewig gedauert, bis er sich so weit beruhigt hatte, dass sie ihm die verdreckten Kleider ausziehen und ihn in die Wanne setzen konnte.

Da hatte sie es dann gesehen.

Patrick lehnte sich zurück, verschränkte die Arme vor der Brust, mühte sich sichtlich, seine Ungeduld zu verbergen. Adele zwang sich, zur Sache zu kommen. »Seine Arme«, sagte sie.

»Ja?« Patrick sah sie verständnislos an.

»Da sind blaue Flecken. An den Oberarmen. Und als ich ihn gefragt habe, was da passiert ist, ist er ausgewichen. Er hat gesagt, dass er hingefallen ist und sich gestoßen hat. Er wollte ganz offensichtlich nicht darüber reden.«

»Er ist fünf, Adele. Und gerade im Moment wirklich ein Rabauke. Er tobt herum, er stößt sich, er fällt dauernd hin. Vielleicht hat er sich im Kindergarten mit irgendwem gehauen. Das kann Katharina nicht leiden, da wird sie ziemlich sauer, das weiß er genau, darum erzählt er das wahrscheinlich nicht.« Er zuckte die Schultern, hob die Hände, um seine Ratlosigkeit zu verdeutlichen. »Vermutlich kann er sich selbst nicht so genau erinnern, wie das passiert ist. Ich verstehe nicht, worauf du hinauswillst.«

»Er wollte nicht, dass ich das sehe. Darum hat er auf dem Spielplatz den Pullover anbehalten. Und …« Adele seufzte. »Ich kann mir beim besten Willen nicht vorstellen, wie man hinfallen oder sich stoßen muss, um sich so zu verletzen. Es sieht aus, als ob … Schau es dir einfach selbst an, Patrick. Es sieht aus, als ob ihn jemand gepackt hat. Als ob ihn jemand viel zu fest festgehalten hat.«

»Was willst du damit sagen?«

»Nichts, gar nichts, ich …« Adele biss sich auf die Unterlippe. »Ich mache mir einfach Sorgen, Patrick. Er ist wild, ja, das weiß ich. Aber findest du nicht, dass er sich auffallend oft verletzt in letzter Zeit? Und … ich weiß nicht, ich finde, er hat sich verändert. Er zieht sich so oft zurück, manchmal kommt er mir fast verängstigt vor. Und dann wieder so … so wütend. Katharina ist gestresst, das ist klar, das verstehe ich. Aber sie ist auch schrecklich reizbar, oder?« Sie warf Patrick einen hilfesuchenden Blick zu. Sah etwas in seinen Augen, das sie kurz beruhigte. Er verstand. Patrick verstand genau, wovon sie redete. Der Moment der Erleichterung währte allerdings nur kurz.

»Adele, ich weiß, du meinst es gut. Aber du kannst nicht ernsthaft hier sitzen und andeuten …« Er räusperte sich. »Du weißt so gut wie ich, dass Katharina nie … ich meine, das ist ein ungeheuerlicher Vorwurf –«

»Kein Vorwurf«, unterbrach Adele eilig. Sie hätte es wissen müssen. Er war ihr Mann. Natürlich nahm er sie in Schutz. Es war eine Frage der Loyalität. Und es gab Gedanken, die für ihn noch undenkbarer waren als für sie selbst. »Es geht doch nicht um Vorwürfe. Und ich will mit Sicherheit weder etwas andeuten noch gar unterstellen. Ich weiß, dass Katharina alles tut für Timo. Ich will ihr nichts Böses, wirklich nicht. Du weißt, dass ich sie liebe wie eine Tochter.« Sie suchte nach Worten. »Aber ich weiß auch, dass Menschen nicht perfekt sind, nur weil man sie liebt.«

»Adele, bitte!« Jetzt klang er fast verärgert. »Das ist doch lächerlich.«

Adele schüttelte den Kopf. Spürte wieder die Wut, diesen neuen, fremden, aber präsenten Zorn. Es war nicht lächerlich, das hier war ganz und gar nicht lächerlich. »Ich mache mir Sorgen«, wiederholte sie, zwang sich zur Ruhe. »Das ist alles, was ich dir sagen wollte. Ich habe Timos Arme gesehen. Und ich hoffe bei Gott, dass es eine einfache und harmlose Erklärung gibt. Aber du musst …« Sie schluckte. »Du musst auf sie aufpassen, Patrick. Auf deine Frau. Und auf deinen Sohn.«

»Adele, was ist denn los mit dir?« Er starrte sie an. »Um Gottes willen, jetzt wein doch nicht.«

Adele schämte sich, versuchte sich zu beherrschen. »Entschuldige, ich …« Sie schniefte. »Bitte sag ihr, dass sie mich anrufen soll. Sie muss wieder mit mir reden! Ich … ich brauche sie doch und … ich muss mit ihr reden, wir müssen reden. Ich schaffe das doch nicht alleine.«

»Jetzt mal langsam. Was soll das heißen – sie redet nicht mit dir? Adele, sag mir bitte sofort, was hier eigentlich los ist.« Patrick klang noch immer bestimmt, aber alle Härte war aus seinem Ton gewichen.

»Ich kann nicht …« Sie zögerte, weil sie merkte, dass das nicht stimmte. Sie konnte. Sie wollte sogar. Jetzt, denn der Moment schien ausnahmsweise völlig richtig, perfekt geradezu, um das zu sagen, was sie zu sagen hatte. Und das tat sie. Er hörte zu, unterbrach sie nicht.

»Mein Gott«, sagte er leise, als sie fertig war. Er wirkte erschüttert. »Mein Gott, Adele, es tut mir so leid!« Er stand auf, kam zu ihr. Er nahm sie in den Arm und hielt sie fest. »Es tut mir so leid«, sagte er wieder. »Bist du denn sicher, dass man nichts … Ich meine, du solltest eine zweite Meinung einholen. Und es gibt doch heute ganz andere Möglichkeiten, sie machen riesige Fortschritte in den Therapieansätzen, da muss man recherchieren.«

Sie löste sich aus seiner Umarmung und sah ihn an. »Patrick, bitte nicht. Überlass das mal Erich. Nicht dass es etwas ändert. Ich brauche keine zweite Meinung, ich brauche ein Wunder. Das werde ich vermutlich nicht bekommen. Aber bitte sag Katharina nichts. Ich muss das selber tun, ich möchte, dass sie es von mir erfährt. Sag ihr einfach, dass sie sich bitte melden soll.«

Sie wandte sich ab, schämte sich auf einmal. Was tat sie bloß? Sie hatte nur über Timo reden wollen. Aber irgendwie vermischten sich die Dinge in ihrem Kopf. Sie ging zur Schrankwand, der wuchtigen braunen Schrankwand, die sie in diesem Moment mit sinnloser Inbrunst hasste. Als sei sie an allem schuld. Sie öffnete eine Schublade, holte ein Taschentuch heraus.

»Entschuldige«, sagte sie.

Von der Treppe hörte man Schritte.

»Die CD ist zu Ende.« Timo stand in der halb offenen Wohnzimmertür. »Oh, ha-hallo, Papa«, sagte er dann, klang wenig enthusiastisch und wandte sich umgehend wieder an Adele. »Darf i-ich jetzt fernsehen?«

Adele lächelte. »Nein, mein Spatz, jetzt nicht. Es ist schon spät, ihr müsst los. Die Mama wartet sicher schon auf euch.«

18

»Alles klar, Sportsfreund?« Patrick hatte sich auf die Bettkante gesetzt. Nach dem erfreulich friedlichen Abendessen hatte Katharina Timo nach oben geschickt, damit er sich die Zähne putzte und den Schlafanzug anzog. Jetzt lag er da und sah ihn aus müden Augen an. Er ließ sich von ihm über den Kopf streichen und sich noch einmal zudecken. Alles wäre normal gewesen, genau wie immer, wenn da nicht dieser Satz in seinem Kopf gewesen wäre. Adeles Satz. *Schau es dir an, Patrick.*

Das klang theoretisch sehr einfach. Praktisch war es allerdings verdammt kompliziert. Er konnte seinen Sohn ja kaum auffordern, mal eben den Schlafanzug auszuziehen. Mit welcher Begründung? Abgesehen davon fühlte sich allein die Vorstellung, das zu tun, falsch an. Wie ein Verrat an Katharina. Ja, sie verlor manchmal die Nerven. Und natürlich hatte Patrick die Szene vom Abendessen neulich noch vor Augen. Wie sie Timo gepackt und geschüttelt hatte. Sie war grob gewesen. Möglicherweise ein bisschen zu grob. Es war nicht ausgeschlossen, dass Timo tatsächlich ein paar blaue Flecken davongetragen hatte. Das war nicht in Ordnung, das verstand sich von selbst. Aber eben weil Katharina die Letzte war, die ihm da widersprochen hätte, war das, was Adele angedeutet hatte, völlig bizarr. Genau wie die Frage, die er sich gerade heimlich stellte. Wie lange war es her, dass er sein eigenes Kind nackt gesehen hatte? Was für ein blödsinniger Gedanke! Als sei es ein Problem, dass Timo selbstständig war für sein Alter. Er zog sich alleine an und aus. Wenn er duschte, hatte Katharina ein Auge darauf. In die Badewanne ging er eigentlich nur noch bei Adele, die ihm erlaubte, stundenlang im Wasser zu sitzen und mit Schaum und Booten zu spielen. Adele, die Timo alles erlaubte. Die ihn abgöttisch liebte. Und der es nicht gut ging. Psychisch und physisch. Sie war in einer Situation, in der vermutlich jeder Gespenster sehen würde. Darum verbot es sich auch, wütend auf sie zu sein, obwohl es ihm in diesem Moment schwerfiel. Wie konnte sie ihn in so eine Situation bringen, in der er am Bett seines Sohnes saß und solche Dinge dachte?

Natürlich könnte er jetzt einfach nach unten gehen und Katharina darauf ansprechen. Allerdings brauchte es nicht viel Phantasie, sich vorzustellen, wie sie darauf reagieren würde. Ihr Streit mit Adele würde mit Sicherheit komplett eskalieren. Und das galt es zu vermeiden. Aus Gründen, die er wiederum nicht erwähnen durfte, weil Adele ihm dieses Versprechen abgenommen hatte. Er verstand ja, dass es ihr wichtig war, Katharina selbst zu erzählen, was mit ihr los war. Aber wenn die je erfahren würde, dass er schon vorher Bescheid gewusst und nichts gesagt hatte, wäre sie definitiv stinksauer auf ihn.

Großartig. Egal, was er tat, er konnte nur verlieren.

»Schlaf gut, Tiger.« Er streichelte Timo über den Kopf. »Und träum was Schönes.«

Timo lächelte müde. »Du auch, Papa. Gute Nacht.«

Patrick ging nach unten. Katharina hatte die Küche aufgeräumt und saß im Wohnzimmer auf der Couch. Er setzte sich neben sie, legte einen Arm um ihre Schulter und zog sie an sich. Sie lehnte ihren Kopf an seine Schulter.

»Alles gut bei dir?«, fragte er.

Sie setzte sich auf und sah ihn zweifelnd an. »Ja, sicher. Warum fragst du?«

»Nur so«, log er. »Ich darf doch wohl fragen, wie es meiner Frau geht.«

Sie neigte den Kopf ein wenig zur Seite. »Ja, das darfst du sehr gerne. Aber deine Frau darf auch fragen, ob es dafür einen Grund gibt. Sehe ich so schlimm aus?«

»Natürlich nicht, Schatz. Ganz im Gegenteil.« Er legte eine Hand an ihre Wange. Sie schmiegte kurz ihr Gesicht in seine Handfläche. »Es ist nur … Adele. Sie hat vorhin so eine Bemerkung gemacht. Dass es dir vielleicht ein bisschen viel ist in letzter Zeit.«

»Herrgott!« Katharina seufzte genervt und hob den Kopf wieder. »Ehrlich, ich weiß nicht, was mit ihr los ist. Sie ist völlig neben der Spur. Und Erich ist auch verquer. Ich wollte ihm am Sonntag nur kurz Hallo sagen, und er hat mich kaum angeschaut. Konnte es nicht erwarten, dass ich wieder aus seinem muffigen Arbeitszimmer verschwinde.«

Verdammt! An Erich hatte Patrick noch gar nicht gedacht. Aber er konnte sich lebhaft vorstellen, wie überfordert der mit der Situation war. Er war nicht unbedingt ein feinfühliger Typ, ganz sicher nicht Adele gegenüber. Er musste ihn anrufen, so bald wie möglich. Das immerhin hatte Adele ihm ja nicht verboten.

»Was war denn das für ein Streit? Mit Adele, meine ich.«

»Ach, hat sie gepetzt?« Katharina klang spitz.

»Nein, nein. Sie hat es nur erwähnt. Es liegt ihr auf der Seele. Was war denn?«

»Nichts. Eigentlich. Timo hat sich aufgeführt. Und sie war der Ansicht, dass ich ihn auf den Schoß nehmen und trösten soll, weil er nichts dafür kann, wie er sich benimmt. Sie hat sich ziemlich im Ton vergriffen.«

»Ruf sie an«, sagte Patrick. »Sie wartet darauf. Sie ist eine alte Frau, Katharina, das nimmt sie furchtbar mit.«

Katharina zog die Stirn kraus. »Das weiß ich doch. Aber es ist ja nicht so, als würde ich seit Monaten nicht mit ihr reden. Ich brauche einfach ein paar Tage Sendepause.« Sie schwieg einen Moment. »Ich dachte neulich schon mal ... kann es vielleicht sein, dass etwas nicht stimmt mit ihr? Dass sie altersdepressiv wird? Oder dement? Sie ist wirklich komisch in letzter Zeit.«

»Jetzt mal den Teufel nicht gleich an die Wand«, sagte Patrick und bereute das umgehend. Was für eine unbedachte, dumme Bemerkung. Aber er war abgelenkt von dem, was Katharina gerade gesagt hatte. War es möglich, dass Adele Metastasen im Gehirn hatte? Er hoffte, dass dem nicht so war, aber nach allem, was sie erzählt hatte, konnte man das vermutlich nicht ausschließen. Es war so verdammt deprimierend. Er ließ sich ins Sofapolster sinken, seufzte tief. »Ach, verdammt«, murmelte er und griff nach der Fernbedienung.

Katharina nahm sie ihm umgehend aus der Hand. »Patrick! Kannst du mir jetzt bitte sagen, was hier eigentlich los ist?«

»Nichts ... ich meine ...«

»Bitte! Jetzt mach den Mund auf!«

Ihr Ton machte deutlich, dass er verloren hatte. »Du musst mir versprechen, dass du nicht sauer wirst.« Es war den Versuch wert, dachte er. Auch wenn er wusste, dass sich dieser Wunsch mit Sicherheit nicht erfüllen würde.

19

Es ist schon fast dunkel, als Flo an dem Haus in der Bremer Straße ankommt. Eine elende Straße, eine elende Gegend. Elende Häuser. Es ist gar nicht weit entfernt von ihrer eigenen

Wohnung. Die ist auch kein Palast, aber kein Vergleich zu der Ruine, vor der sie jetzt steht.

Es gibt eine völlig verzogene Haustür, die sich nicht mehr richtig schließen lässt, darum kann Flo ins Treppenhaus. Es stinkt nach Urin und Moder. Sie drückt den Lichtschalter. Nichts passiert. Natürlich nicht.

Vorsichtig tastet sie sich durch das Halbdunkel des Hausflurs. Sie zuckt zurück, als sie ein Knurren hört. Eine Silhouette auf der Treppe. Ein Hund. Kim mag Hunde gern, schießt es Flo durch den Kopf. Das hat sie nicht gewusst. Das hat Kim nicht von ihr. Sie selbst kann Hunde nicht ausstehen, sie hat sich immer vor ihnen gefürchtet. Vor allen Hunden, auch vor kleinen.

Dieser hier ist nicht klein. Sondern ziemlich groß.

»Aus«, sagt sie trotzdem. »Hau ab!« Sie klingt kläglich, wie ein kleines Mädchen. Sie zwingt sich, einen Schritt auf das Tier zuzumachen. Ihr Herz rast. Obwohl es kalt ist, beginnt sie zu schwitzen.

»Hau ab!«, sagt sie noch mal, diesmal lauter und bestimmter. Sie versucht sich daran zu erinnern, was sie über Hunde weiß, die knurren, die einem nicht freundlich begegnen. Man darf ihnen nicht in die Augen schauen, glaubt sie, aber sie weiß es nicht genau.

Es ist nur ein Hund. Das Schlimmste, was passieren kann, ist, dass er sie beißt. Mehr nicht, nur ein Hundebiss, das ist nichts, versucht sie sich einzureden. Das tut weh, aber längst nicht so weh wie andere Dinge. Er ist nicht groß genug, um sie ernsthaft zu verletzen. Das jedenfalls hofft sie, als sie noch einen Schritt vorwärts macht.

Er fängt an zu bellen.

Flo wünschte, dass die Gromitz da wäre. Irgendetwas sagt ihr, dass die sich nicht von einem Hund einschüchtern lassen würde. Sie würde ihn anbrüllen, nach ihm treten, sie würde ihn verjagen. So eine wie die Gromitz kann das.

Aber sie waren sich einig, dass es besser ist, wenn Flo es allein versucht. Eine wie die Gromitz ist hier nicht willkommen. Die machen sofort zu, hat sie gesagt. Sie hat vermutlich recht. Trotzdem fühlt sich Flo in diesem Moment so erbärmlich und schwach, dass sie sich nach der Gromitz sehnt. Als wäre sie ein Kind, obwohl sie doch eine Mutter sein will und muss. Sie kann das alleine. Es geht um Kim. Es geht um ihre Tochter!

»Hau ab!« Jetzt brüllt sie den Hund an. Und zu ihrer Überraschung hört er auf zu bellen. Er winselt sogar kurz, dreht sich um und läuft die Treppe hinauf.

Sie folgt ihm bis zum ersten Stock. Eine Wohnung, ganz ohne Tür.

»Hallo?«, ruft sie, geht in den Flur, sieht sich um.

»Was willst du hier?« Wieder eine Silhouette, in einem der leeren Türrahmen. Jemand, dessen Gesicht sie nicht sehen kann. Sie kann nicht einmal sagen, ob es ein Junge oder ein Mädchen ist. Eine Mütze, tief ins Gesicht gezogen, ein zu großer Kapuzenpullover. Der Hund sitzt daneben, jetzt ganz ruhig.

»Ich suche Kim«, sagt Flo.

»Kenn ich nicht.« Es kommt so schnell und in einem Ton, dass Flo weiß, dass es gelogen ist.

»Ich weiß, dass sie hier ist. Ich muss mit ihr reden.«

»Ach ja? Na, Pech gehabt. Hier gibt es keine Kim.«

»Hör auf mit dem Scheiß«, sagt sie. »Es ist wichtig. Ich will nur mit ihr reden.« Erst jetzt fällt ihr ein, dass sie sich vorbereitet hat. »Ich habe euch was zu essen mitgebracht.« Sie nimmt den Rucksack von der Schulter.

»Wie großzügig!« Das klingt noch immer schnippisch, aber nicht mehr so feindselig.

Im Raum dahinter rührt sich etwas. Raschelnde Geräusche, dann taucht eine zweite Gestalt auf. »Was ist los?« Flo fühlt die Erleichterung fast körperlich. Sie erkennt die Stimme sofort. Sie ist da. Sie lebt.

»Kim«, sagt sie.

»Scheiße, was willst du denn hier?«

»Ich hab euch was zu essen …«, setzt sie wieder an und hält den Rucksack nach vorn. »Bitte, Kim, ich will nur kurz mit dir sprechen.«

»Hau ab!«, sagt Kim, so wie Flo eben zu dem Hund.

»Ich gehe erst, wenn du mit mir geredet hast.«

»Scheiße«, sagt Kim wieder. Sie dreht sich um und geht zurück in den Raum, zusammen mit dem anderen und dem Hund. Die Tür ist frei, und Flo folgt ihr. Isomatten, Schlafsäcke, vier oder fünf auf dem kahlen Boden. Ein intaktes Fenster immerhin, aber es ist trotzdem kalt. Und auch hier stinkt es. Sie stellt den Rucksack auf den Boden.

»Kim, geht es dir gut?« Sie bereut die Frage sofort.

Kim schnaubt. »Super«, sagt sie. »Könnte nicht besser sein.«

»Wir suchen nach dir. Alle suchen dich. Du musst zurück, bitte, du musst wieder in die Wohngruppe.«

»Warum? Damit es dir besser geht? Oder denen?« Kim grinst böse. »Mir geht's bestens, ich bleibe lieber hier.«

»Du kannst auch zu mir kommen.«

Kim mustert sie abfällig. »Hast du jetzt dein Herz für Kinder entdeckt, oder was?«

Flo atmet tief durch. »Ich weiß, dass ich Mist gebaut habe. Viel Mist. Aber es geht nicht um mich. Es geht um dich. Es geht um das, was passiert ist. Das hier ist keine Lösung. Du musst wieder in die Schule, du … Wir kriegen das alles wieder hin.«

»Na klar!« Kim klingt höhnisch. »Sicher kriegen wir das hin. Aber stell dir vor, da hab ich keinen Bock drauf. Gar keinen. Ich mach das lieber alleine.«

»Wir gehen zur Polizei, Kim. Das, was passiert ist –«

»Halt die Fresse!« Kim wird laut. »Gar nichts ist passiert! Fick dich! Fickt euch alle! Hört auf, so zu tun, als würdet ihr irgendwas kapieren. Nimm deinen Fraß und verpiss dich, ja? Wir brauchen deine Almosen nicht. Und wenn du versuchst,

uns die Bullen auf den Hals zu hetzen, dann suchen wir uns was anderes.«

»Ich hetze dir nicht die Bullen auf den Hals. Ich will nur …« Da sein, denkt sie, sagt es aber nicht, weil es lächerlich klingt und lächerlich ist. Helfen, denkt sie. Dasselbe in Grün.

»Gehst du mit mir was trinken? Irgendwo? Was essen?« Es ist den Versuch wert.

»Verpiss dich!«

Flo kämpft die Welle von Verzweiflung nieder. Die Gromitz hat sie gewarnt. Sie hat versucht, sie auf das hier vorzubereiten. Sie ist hier nicht willkommen, niemand ist hier willkommen. Es ist trotzdem wichtig, dass sie es versucht. Eine Brücke baut, auch wenn Kim sie vielleicht nie betreten wird.

»Ich bin da«, sagt sie. »Du weißt, wo du mich findest. Denk drüber nach. Ich bin die beschissenste Mutter der Welt, das weiß ich. Aber ich bin da. Ich …« Sie zögert. »Ich liebe dich, Kim. Und ich will …« Wieder bringt sie den Satz nicht zu Ende.

»Verpiss dich«, sagt Kim wieder. Der Hund knurrt.

Flo geht.

20

Katharina hatte sich zusammengerissen. Sie hatte eisern den Kurs absolviert und dabei versucht, die Empörung in körperliche Energie umzusetzen. Sie hatte es geschafft, mit den anderen zu plaudern und zu scherzen. So zu tun, als wäre nichts.

Erst beim obligatorischen Kaffee danach mit Rike war es aus ihr herausgebrochen. Sie hatte geredet wie ein Wasserfall, hatte sich ausgekotzt, während Rike lauschte und angesichts der Ungeheuerlichkeit sprachlos wirkte.

»Wow!«, sagte sie jetzt nach einem Moment des Schweigens. »Das ist ja echt … ein Ding!«

Katharina griff nach dem Löffel, zerrührte wütend das Herz auf dem Milchschaum. »Ich weiß nicht, was ich machen soll. Wie kann sie so einen Mist erzählen? Patrick, ausgerechnet Patrick. Wobei ich ja nur hoffen kann, dass sie es nur Patrick erzählt und nicht durch die Gegend rennt und jedem, der es hören will, einredet, dass ich …« Sie brachte es nicht über sich, es auszusprechen. Das Unfassbare, ja, es war unfassbar. Wie konnte Adele es wagen? Sich einzumischen in Dinge, die sie weder verstand noch beurteilen konnte?

»Da mach dir mal keine Sorgen«, sagte Rike. »Sie hat doch niemanden. Und ich glaube nicht, dass sie so etwas mal eben an der Käsetheke oder beim Kirchenkränzchen erwähnt.«

Katharina nickte unschlüssig. »Wahrscheinlich hast du recht. Gott, ich hoffe, dass du recht hast. Ich weiß wirklich nicht, was ich tun soll.« Sie merkte, dass ihre Augen zu schwimmen begannen. Dabei hatte sie genug geheult. Sie schluckte die Tränen weg. »Ich bin nur froh, dass Patrick es mir erzählt hat. Das haut mich fast am meisten um, diese Intriganz. Wie kann sie das tun? Was denkt sie sich dabei?«

»Sie ist krank.« Rike trank einen Schluck Kaffee. »Das darfst du nicht vergessen. Sie ist in einem emotionalen Ausnahmezustand. Du bist ihr aus dem Weg gegangen, sie fühlt sich schlecht behandelt. Darum hat sie sich da anscheinend in irgendwas reingesteigert. Und dass sie mit Patrick spricht, ist doch irgendwie naheliegend. Sie hatte ja keine Gelegenheit, das mit dir zu klären.«

»Nimmst du sie jetzt auch noch in Schutz? Und was soll das heißen – das mit mir zu klären? Was bitte soll ich denn da klären?«

Rike seufzte. »Jetzt sei nicht sauer auf mich. Ich wollte nur sagen, dass es möglicherweise Gründe gibt. Für so einen … Aussetzer. Das sieht ihr eigentlich nicht ähnlich.«

Katharina seufzte, putzte sich die Nase und nickte dann

langsam. »Mir tut es ja auch leid. Das mit dem Krebs, das ist natürlich furchtbar. Aber halt auch typisch, total typisch für sie. Seit Wochen rennt sie mit dieser Leichenbittermiene rum. Leidend und vorwurfsvoll. Vermutlich weiß sie es seit Monaten. Aber sie erwartet, dass man irgendwie riecht, was los ist. Warum hat sie es nicht einfach gesagt? Mir. Nicht Patrick. Herrgott, und dann auch noch unter dem Siegel der Verschwiegenheit. Sie kennt ihn doch. Sie weiß genau, dass er mit solchen Sachen nicht klarkommt. Außerdem kann sie nicht ernsthaft von ihm erwarten, dass er mir so was tatsächlich verschweigt. Mich quasi ins Messer laufen lässt. Ich verstehe wirklich nicht, was in ihrem Kopf vorgeht.«

»Was willst du jetzt machen?« Rike schob sich einen Löffel Milchschaum in den Mund.

Katharina zuckte die Schultern. »Ich habe keine Ahnung. Nichts, nicht bevor ich mich beruhigt habe. Sie ist krank. Und natürlich muss ich … Ich meine, ich werde für sie da sein. Aber ich bin derart sauer im Moment, ich muss das erst mal verdauen. Ich kann nicht einfach so tun, als wäre nichts.« Sie zögerte. »Obwohl ich eigentlich am liebsten direkt hinfahren und ihr die Hölle heißmachen würde. Das klären. Und dann schauen, wie es weitergehen soll. Mit Timo, meine ich. Ich habe schon länger das Gefühl, dass sie völlig überfordert ist mit ihm. Und ich weiß, wie wichtig es für sie ist, Zeit mit ihm zu verbringen. Ich will ihr das nicht nehmen. Aber ich kann auch nicht verantworten, dass er ganze Nachmittage allein mit ihr ist, wenn sie das nicht im Griff hat. Ach, verdammt, ich habe keine Ahnung, wie das alles werden soll.«

»Vielleicht ist es wirklich besser, wenn du dich erst ein bisschen beruhigst.« Rike trank den letzten Schluck aus ihrer Tasse. »Schlaf drüber. Nimm dir ein paar Tage Zeit. Wenn du jetzt hinfährst, eskaliert die Sache womöglich komplett. Sprich mit Patrick. Überlegt euch genau, wie ihr das lösen wollt.«

»Meinst du?« Katharina sah sie zweifelnd an.

Rike nickte.

Katharina überlegte. Es fühlte sich falsch an, Adele und ihre Krankheit noch länger zu ignorieren. Mochte sie noch so wütend sein, sie ahnte, was sie durchmachte. Andererseits hatte Rike recht. Wenn sie jetzt zu ihr fuhr und eine Szene machte, war nichts gewonnen. Es war mit Sicherheit besser, wenn sie sich erst beruhigte und nach Lösungen suchte, nach irgendeinem Weg, mit der ganzen Situation umzugehen.

»Das wird schon.« Rike griff nach ihrer Hand, drückte sie kurz.

21

Patrick war betrunken. Das war keine Entschuldigung, aber immerhin eine Erklärung dafür, dass all das, was da in seinem Kopf herumgeisterte, plötzlich aus ihm herausgesprudelt war.

Ein Fehler, das machte Sarahs Blick klar. Genau wie der Ton, in dem sie »Das ist jetzt nicht dein Ernst« sagte.

Patrick war nicht ganz klar, was genau sie so aufbrachte.

Natürlich war das Thema an sich nicht unproblematisch. Normalerweise vermied er es, mit ihr über solche Dinge zu reden. Timo und Katharina, Adele, Sorgen aus diesem anderen Leben, das hier eigentlich nichts verloren hatte.

Aber es kam vor. Ab und zu. Und außerdem hatte sie gefragt. Sie hatte gemerkt, dass ihn etwas belastete, und hatte so lange gebohrt, bis er ihr davon erzählt hatte.

Sie hatte gefragt – er hatte geantwortet, und es war jetzt wirklich nicht seine Schuld, dass ihr das, was er gesagt hatte, offenbar nicht in den Kram passte. Aber wenn es irgendetwas gab, wozu er jetzt überhaupt keine Lust hatte, dann war es mit Sicherheit ein alberner Streit.

»Entschuldige«, sagte er darum. »Ich wollte nicht … vergiss es einfach.« Er hatte zu viel getrunken, sie hatte zu viel getrunken, und vielleicht konnte man den Abend noch retten, indem man das Thema einfach beendete. »Das war blöd von mir.«

Sarah richtete sich im Bett auf, griff nach ihrem T-Shirt und zog es über. Verdammt. Nichts zu retten offenbar.

»Ich soll das *vergessen*?« Sie starrte ihn wütend an. »*Einfach* vergessen?« Sie spuckte die Worte eher, als dass sie sie sprach, griff nach ihrer Bierflasche und trank einen großen Schluck. Dann atmete sie demonstrativ durch.

»Es tut mir leid«, unternahm er einen weiteren Versuch. »Ich wollte mich nicht bei dir ausheulen.« Das stimmte nicht ganz und war trotzdem die richtige Aussage im Moment.

»Darum geht es doch nicht!« Sie seufzte genervt.

»Ach nein? Worum geht es denn bitte dann?«

»Es geht darum, dass du mir gerade erzählt hast, dass du dir Sorgen machst. Weil deine Frau möglicherweise deinen Sohn misshandelt.«

»Jetzt mal langsam«, protestierte Patrick. »Das habe ich so nicht gesagt! Ich habe nur erzählt, was Adele angedeutet hat. Herrgott, sie ist eine alte Frau, sie ist krank, das ist doch alles –«

»Lass das«, unterbrach Sarah. »Das ist billig, sogar für deine Verhältnisse. Soweit ich das verstanden habe, hat Adele nichts an den Augen. Mit denen sie Hämatome gesehen hat. Sie hat dir gesagt, dass sie das Verhalten deiner Frau deinem Sohn gegenüber beunruhigend findet. Und du erzählst mir noch in aller Seelenruhe, dass du diese blauen Flecken möglicherweise erklären kannst, weil du dabei warst, als sie ihn angegriffen hat.«

»Angegriffen? Das ist doch absurd! Katharina würde nie im Leben –«

»Sie würde ihn nie im Leben packen und schütteln? Du warst dabei!«

»Du drehst mir das Wort im Mund um!«

»Nein, ganz im Gegenteil. Ich verhindere, dass du dir alles so drehst, wie du es haben willst. Dein Sohn hat Hämatome!«

»Das behauptet Adele! Ich habe das nicht gesehen.« Patrick bemühte sich, bestimmt zu klingen und nicht an all die kleinen Verletzungen in den letzten Monaten zu denken. Timo war ein wildes Kind. Timo tobte. Und in seinem Alter waren blaue Flecken ganz normal, genau wie ein verdrehtes Gelenk oder ein aufgeschlagenes Knie. Er lernte gerade erst, Gefahren einzuschätzen. Das hier ging in eine völlig falsche Richtung.

»Schlimm genug! Vielleicht solltest du mal hinschauen.« Sarah holte tief Luft, schien sich zur Ruhe zu zwingen. »Im Ernst, Patrick. Das. Und diese Verhaltensänderung. Das ist symptomatisch. Ich will dir doch nichts Böses. Aber du musst hinschauen, du musst verdammt noch mal dringend hinschauen.«

»Er ist fünf Jahre alt. Natürlich tut er sich manchmal weh. Oder er weiß nicht, wohin mit sich, und zieht sich darum zurück. Und – ja, er stottert, aber auch das kommt in dem Alter häufig vor. Und es ist verdammt noch mal kein Drama, dass er manchmal in die Hose macht. Das ist völlig normal. Hör auf, das zu pathologisieren!«

»Es ist eben nicht normal!« Sarah brüllte jetzt. »Und ich pathologisiere nicht. Ich weiß, wovon ich rede, erinnerst du dich? Ich weiß, wie das läuft. Wie es ist, wenn alle wegschauen. Weil es so furchtbar unangenehm ist, sich mit dem zu befassen, was nun einmal nicht sein darf!«

»Das reicht jetzt!« Patricks betrunkenes Unbehagen kippte allmählich in den altvertrauten Widerwillen. Da war sie wieder. Sarah, die moralische Drama-Queen, das Maß aller Dinge. Sarah, die alles so viel besser wusste und verstand als alle anderen Menschen auf der Welt. Die ihn erst dazu brachte, über etwas zu reden, über das er tatsächlich reden wollte. Weil es oft half, mit Sarah zu reden. Weil sie ihm meistens Dinge sagte, die ihm halfen, klarer zu sehen.

Aber jetzt half sie ihm nicht, sondern kreierte lieber ein bizarres Horrorszenario, das jeder Grundlage entbehrte. Er hätte wissen müssen, dass sie bei diesem Thema die denkbar schlechteste Ansprechpartnerin war. Er hatte es vergessen, weil sie eben leider auch der einzige Mensch war, mit dem er darüber sprechen konnte. Er hätte trotzdem den Mund halten sollen, verdammt. Scheißalkohol!

»Jetzt lass mal die Kirche im Dorf«, sagte er.

Sarah lachte auf. »Deine Frau misshandelt möglicherweise dein Kind. Ist das das Dorf, in dem du deine Kirche gerne hättest?«

»Niemand misshandelt mein Kind! Das ist totaler Quatsch. Katharina liebt Timo!«

»Es mag dich überraschen, aber die meisten Leute prügeln ihre Kinder nicht, weil sie sie hassen, sondern weil sie überfordert sind. Weil sie sich und ihre Aggressionen nicht unter Kontrolle haben.«

»Lass das! Es geht nicht um dich, Sarah. Es geht nicht immer um dich!« Patrick angelte nach seiner Hose. »Das mit deinem Vater, das war etwas völlig anderes. Er war krank!«

»Im Unterschied zu deiner Mustergattin?«

»Das höre ich mir nicht länger an.« Patrick stand auf und begann sich anzuziehen. »Das geht wirklich zu weit.« Er war froh, dass sie einen Moment den Mund hielt. Obwohl er diese Art Schweigen kannte und darum wusste, dass es kein gutes Schweigen war. Ganz im Gegenteil. Er warf ihr einen Blick zu.

Sie saß da in ihrem ausgeleierten T-Shirt, ihr Haar war wirr und die Schminke unter ihren Augen verlaufen. Sie saß da wie ein lebender Vorwurf. Was zum Teufel mache ich hier eigentlich?, dachte er. Mit dieser Furie, dieser selbstgerechten Frau, die sich anmaßte, diese Dinge zu sagen?

»Du hast keine Ahnung«, sagte er. »Du hast keine Ahnung, wer Katharina ist. Was sie durchgemacht hat.« Er zögerte, war nicht sicher, ob er weiterreden sollte. Aber er musste, denn dieser Blick von Sarah, dieser Impetus der Unfehlbarkeit, verlangte nach einem Dämpfer.

»Sie würde Timo nie wehtun! Sie hat schon einmal ein Kind verloren. Sie würde ihr Leben für ihn geben!«

»Was? Das hast du mir nie erzählt.« Sarahs Wut schien einer betroffenen Neugier gewichen zu sein. »Was ist passiert?«

»Ich weiß es nicht genau. Sie spricht nicht darüber.«

Sarah stieß die Luft aus. »Bitte? Das kann doch wohl nicht wahr sein. Die Mutter deines Kindes spricht mit dir nicht darüber? Das ist doch total krank!« So schnell, wie sie aufgetaucht war, verschwand die richtige Sarah wieder und mit ihr Patricks Hoffnung, die Situation irgendwie zu entspannen.

»Das ist es eben nicht!«, brüllte er. »Das ist genau dein Problem, Sarah. Du kannst es nicht, du kannst Menschen einfach nicht sein lassen. Du musst bohren und wühlen und herumstochern, egal, wie weh das anderen tut. Weil du nicht kapierst, dass nicht alle so funktionieren wie du. Manches wird nicht leichter, wenn man ständig darüber redet. Ganz im Gegenteil!«

»Ich habe nicht gesagt, dass man ständig darüber reden muss. Aber es gibt Dinge …« Sarah brach ab.

Er hatte sie getroffen. Und für einen kurzen Moment war er zufrieden. Einen sehr kurzen Moment, denn natürlich hielt sie nicht den Mund, natürlich konnte sie es nicht gut sein lassen, einfach mal gut sein lassen, oder womöglich sogar zugeben, dass sie übers Ziel hinausgeschossen war.

»Mir ist klar, dass du eine sonderbare Beziehung führst. Ich kapiere es nicht, ich kapiere nicht, was du da eigentlich tust. Und das muss ich ja auch nicht. Du bist erwachsen. Es ist deine Sache. Aber jetzt geht es um dein Kind. Und darum, dass du offenbar keine Ahnung hast, wer deine Frau eigentlich ist. Was, wenn sie ein Problem hat? Möglicherweise gute Gründe, nicht über das zu sprechen, was damals passiert ist? Mit diesem anderen Kind?«

Die Worte trafen ihn wie ein Fausthieb. Er war einiges gewohnt von Sarah, aber diese infame Boshaftigkeit ging zu weit. »Halt den Mund«, presste er heraus. »Wage es nicht ... halt einfach deinen Mund, ja!« Er griff nach seinem Pullover, zog ihn über das T-Shirt und ging in Richtung Tür. »Hörst du dir eigentlich manchmal selber zu? Und du nennst mich krank? Verdammt, ich hätte dir nie davon erzählen dürfen!«

»Da hast du ausnahmsweise vielleicht völlig recht! Aber dafür ist es jetzt zu spät. Es geht nicht um mich. Es geht ausnahmsweise auch nicht um dich.«

»Vergiss es!« Patrick öffnete die Schlafzimmertür. »Vergiss es einfach.«

Sarah schüttelte den Kopf. »Nein, mein Lieber. Ich werde es nicht vergessen. Punkt. Ich kann nicht. Entweder du unternimmst etwas, oder ...«

Patrick drehte sich um. »Oder was?«

»Oder ich werde dich zwingen. Ich werde dich notfalls dazu zwingen, der Wahrheit ins Gesicht zu sehen, Patrick, und das ist mein heiliger Ernst.«

22

»Was machst du denn da?«

Erichs Stimme ließ Adele zusammenzucken. »Nichts«, sagte sie und klappte eilig den Laptop zu, der vor ihr auf dem Tisch stand. »Ich habe bloß meine Mails kontrolliert. Warum? Brauchst du etwas?«

»Nein, nein.« Er stand in der Küchentür, wirkte unschlüssig. »Ich wollte nur mal nach dir schauen. Ich wollte dich nicht stören, entschuldige.« Er strich sich nervös über die Glatze.

Adele musterte ihn zweifelnd. Es war nicht Erichs Art, aus dem Fernsehsessel aufzustehen, um nach ihr zu schauen.

Oder gar auf den Gedanken zu kommen, er könne sie bei irgendetwas stören. Obwohl er genau das tat, darum konnte sie sich jetzt nicht mit seinem sonderbaren Verhalten befassen. Sie musste nachdenken. Über diese Nachricht.

»Ich komme gleich«, sagte sie. »Ich mache hier noch schnell fertig. Geh ruhig wieder rüber.«

Sobald er verschwunden war, klappte sie den Computer wieder auf und starrte auf die Buchstaben auf dem Bildschirm.

Den Absender, der ihr nichts sagte, kein Name, sondern eine Aneinanderreihung von Buchstaben und Zahlen. Den Betreff. *Katharina.*

Sie war wie elektrisiert gewesen, als sie die Mail gesehen hatte. Auf eine ungute Art, denn wer schrieb schon eine Nachricht mit einem solchen Betreff? Das war so persönlich, so übergriffig und irritierend, genau wie das, was im Textfeld folgte.

Sehr geehrte Frau Fischer,
obwohl mir klar ist, wie sonderbar Ihnen mein Anliegen vorkommen muss, wende ich mich heute an Sie, weil ich weiß, dass Ihnen Timo genauso am Herzen liegt wie mir. Darum möchte ich mit Ihnen über Katharina reden. Es gibt Dinge, die Sie wissen. Und Dinge, die Sie wissen sollten. Bitte denken Sie darüber nach. Ich wäre Ihnen sehr dankbar, wenn Sie sich zeitnah bei mir melden würden.

Adele nahm die Brille ab, rieb sich die Augen. Sie hatte keine Ahnung, was sie davon halten sollte. Die formale Anrede, dieser Text, höflich, aber doch irgendwie persönlich und diffus bedrohlich. Kein Name darunter, nur eine Handynummer. Was sollte das bedeuten? Und was sollte sie damit anfangen?

Nichts, dachte sie, denn das war krank. Eindeutig etwas, mit dem sie nichts zu tun haben wollte. Obwohl der Gedanke, mit irgendjemandem über diese Situation zu reden, verlockend war. Eine Situation, die allerdings niemanden etwas anging. Obwohl dieser dubiose Jemand ja offenbar etwas darüber wusste. Mehr als sie selbst womöglich, aber das konnte sie erst dann wissen, wenn sie tatsächlich dort anrief.

Die Küchentür öffnete sich erneut. Adele unterdrückte ein Seufzen. Erich schon wieder, was war nur los mit ihm? Sie sah ihren Mann an. Er sah alt aus, und das lag nicht nur an dem furchtbaren Neonlicht. Seine Haut war fahl, die Tränensäcke unter seinen Augen schimmerten bläulich und ungesund.

»Adele, wenn du ... wenn du Fragen hast, dann kannst du dich jederzeit an mich wenden.« Er warf einen bedeutungsvollen Blick auf den Laptop und setzte sich zu ihr an den Tisch.

Es dauerte einen Moment, bis sie verstand. Einen weiteren, bis sie sich daran erinnert hatte, dass er es gut meinte. So war er eben, Erich, der Augenarzt, seit Jahren im Ruhestand. Und doch tief gefestigt in seiner Arroganz. Obwohl er sich im Unterschied zu ihr nie mit dem Computer angefreundet hatte. Mit Sicherheit weniger gut über den aktuellen Stand der Krebs- und Schmerztherapie informiert war als sie.

»Danke, Erich, aber damit hat es nichts zu tun«, sagte sie, den Blick ebenfalls auf den Computer gerichtet. »Mit dem Krebs«, fügte sie an, denn es schien ihr wichtig, das Wort auszusprechen. »Mach dir keine Sorgen, ich bin in guten Händen. Dr. Braumann hat mir alles erklärt. Ich kann ihn jederzeit alles fragen, er ist wirklich sehr nett und macht das ganz wunderbar.«

Erichs Gesicht verzog sich unwillig. Aber er verkniff sich einen Kommentar. Nickte stumm und wirkte dabei so verloren, dass Adele fast Mitleid mit ihm hatte.

»Mach dir keine Sorgen, ja?«, wiederholte sie. »Geh ruhig wieder rüber.«

»Kommst du mit?« Er sah sie hoffnungsvoll an. »Hast du Lust, ein Glas Wein mit mir zu trinken?«

»Was?« Adeles Gefühl, in einem merkwürdigen Paralleluniversum gelandet zu sein, verstärkte sich. Sie sah ihn zweifelnd an. »Ja, ich meine … ich komme gleich. Was ist denn los mit dir?«

»Nichts!« Seine Empörung klang künstlich. »Muss denn etwas mit mir los sein, damit ich mit meiner Frau ein Glas Wein trinken will?«

Ja, dachte Adele, allerdings. Aber das sagte sie nicht, sie kam auch gar nicht dazu, denn er war schon aufgesprungen. Sie folgte ihm. Ein Glas Wein war jetzt vielleicht genau richtig. Um diese Mail zu vergessen, um sich ein bisschen abzulenken und zu entspannen, damit sie schlafen konnte. Und dann weitersehen.

Er entkorkte schon die Flasche, als sie ins Wohnzimmer kam. Eine gute Flasche aus dem Keller. Er hatte sie nach oben geholt, bevor er gefragt hatte. Er hatte die schönen Gläser aus dem Schrank geholt, sie auf den Couchtisch gestellt, er hatte sogar an Untersetzer gedacht. Daneben lag ein Paket, ein Geschenk offenbar. Merkwürdiger konnte der Abend nicht mehr werden, dachte sie, als er »Setz dich« sagte. Als wäre sie zu Besuch gekommen. Er reichte ihr ein gefülltes Glas, prostete ihr zu und deutete auf das Paket. »Für dich.«

Adele setzte sich aufs Sofa. Sie drehte das Päckchen kurz in den Händen, bevor sie begann, vorsichtig das Geschenkpapier zu entfernen. Dann starrte sie verständnislos auf den Einband des schweren Bildbandes. Gondeln, leicht unscharf im Vordergrund, dahinter die Kulisse Venedigs.

»Danke«, sagte sie. »Das ist … sehr lieb von dir.«

»Ja. Also, nein, das ist nicht das richtige Geschenk, eher eine Einstimmung, verstehst du?« Erich hob sein Glas, nippte nervös. »Ich habe mir überlegt … ich dachte, wir fahren nach Venedig. Da wolltest du doch immer hin.«

Adele war dankbar für das Weinglas, an dem sie sich festhalten konnte. Sie trank einen großen Schluck, um diesen Druck, den sie auf einmal im Brustkorb spürte, zu mildern.

Sie schloss kurz die Augen. Zwanzig Jahre, verdammt. Zwanzig Jahre war es her. Sie erinnerte sich gut, weil es der Moment gewesen war, in dem sie endgültig begriffen hatte, dass die guten Zeiten vorbei waren. Die, in denen sie zusammen Dinge unternommen hatten, gemeinsam verreist waren. In ihrem Kopf waren noch verschwommene Bilder, sepiastichige Strände, luftige Sommerkleider, romantische Gassen im Abendlicht. Hübsche Lokale, Erich, der ihr den Stuhl nach hinten rückte, Erich, der ihre Hand hielt, Erich und sie ein Paar, ein glückliches Paar. Bis er dann in der Praxis so viel zu tun hatte, bis er bemerkt hatte, dass er sich zu Hause am besten erholte. Viel besser als mit Adele irgendwo anders, in Venedig zum Beispiel.

Sie räusperte sich. »Erich, das ist nett von dir, aber ...« Sie nahm erneut die Brille ab, rieb sich die Augen, die schon wieder brannten. Sie versuchte sich vorzustellen, wie es wäre. Mit Erich im Caffè Florian am Markusplatz zu sitzen, ein Vermögen für einen Espresso zu bezahlen. In einem zauberhaften Zimmer in einem Palazzo zu übernachten, in einer Gondel zu sitzen, buntes Glas in Murano zu kaufen. »Das ist wirklich ganz rührend, aber ich glaube, es ist keine so gute Idee.«

Er stieß erleichtert die Luft aus. Setzte dann schuldbewusst eine bekümmerte Miene auf. »Das dachte ich mir schon. Ich meine, jetzt in deinem Zustand ...« Er schenkte sich und ihr, die überrascht war, dass ihr Glas schon leer war, nach. »Ich habe es Patrick gleich gesagt«, murmelte er.

»Patrick? Was hat Patrick damit zu tun?« Ihre Frage erübrigte sich in dem Moment, in dem sie sie ausgesprochen hatte. Sie hatte Patrick gebeten, es für sich zu behalten. Katharina gegenüber, nur Katharina gegenüber, erinnerte sie sich, natürlich ging er zu Recht davon aus, dass Erich Bescheid wusste. Und im Grunde war es nett von ihm, Erich zu erklären, wie man mit einer sterbenden Ehefrau zu verfahren hatte.

»Er hat nichts damit zu tun, es war nur ... Wir haben telefoniert. Und, na ja, da kam mir dann der Gedanke, dass du vielleicht gern nach Venedig fahren würdest«, stammelte Erich.

»Danke, ich weiß das wirklich zu schätzen. Aber ich fürchte, eine Reise wäre mir doch ein bisschen zu viel.« Die Lüge ging ihr erschreckend glatt über die Lippen. Wieder musterte sie ihn verstohlen. Der Alkohol stieg ihr zu Kopf, anders konnte sie sich diese traurige Zärtlichkeit nicht erklären. Ein Kind, dachte sie, er ist immer ein Kind geblieben, egozentrisch, fordernd, auf seinen Vorteil bedacht. Ein Kind, das sich einfach das nahm, was ihm vermeintlich zustand. Erichs Welt hatte sich immer um Erichs Bedürfnisse gedreht. Und er war nie auf die Idee gekommen, etwas zurückzugeben, weil in ihm diese unerschütterliche Überzeugung wohnte, dass seine reine Existenz ausreichte, um andere glücklich zu machen. Sie hatte ihn gewähren lassen, all die Jahre. Es war zu spät, das zu ändern.

Lieber wollte sie sich darauf konzentrieren, dass er es versuchte. Halbherzig und ungelenk, aber immerhin.

»Ich will einfach …«, setzte er an, seufzte kurz. »Ich will nur, dass du weißt, dass ich …«

Ihr Körper versteifte sich. Ein paar ängstliche Sekunden fürchtete sie, dass er den Satz zu Ende bringen würde. Das sagen, was Patrick ihm mit Sicherheit auch ins Skript geschrieben hatte. Sie war dankbar, dass er die Worte trotzdem nicht über die Lippen brachte. Wenn Erich jetzt gesagt hätte, dass er sie liebte, dann wäre all das Tröstliche des Moments mit einem Schlag zerstört gewesen.

Keine Lügen, dachte sie. Sie brauchte keine Lügen mehr. Sie musste mit dem auskommen, was sie hatte. Erich, nutzlos, hilflos, verzweifelt und alt, genau wie sie selbst. Und doch da, ihr Mann, hier und jetzt.

Wirre Gedanken, sie war betrunken, so betrunken, dass sie tatsächlich das Gefühl hatte, dass es vielleicht reichte, so, wie es war.

Jetzt hellte sich seine Miene wieder auf. »Aber das mit der Küche«, sagte er, »das mit dem Licht, meine ich, das machen wir. Also – ich mache das. Du suchst dir etwas aus, dann bestelle ich jemanden, der sich darum kümmert.«

Ihr Nacken verkrampfte sich.

»Ich hatte keine Ahnung, dass du so unglücklich mit deiner Küche bist. Ich fand das Licht ja immer ganz praktisch, hell eben. Aber ich bin ja auch nicht so oft in der Küche. Also, was ich sagen will: Das ist kein Problem. Wir fangen mit dem Licht an, wir können zusammen in diesen Laden fahren, den Lampenladen da im Industriegebiet, da gibt es auch ein Küchenstudio, glaube ich. Und du suchst dir einfach was aus.«

Adele nickte langsam. Versuchte, das einzuordnen, was er ihr gerade auch verraten hatte. Sie wusste es. Katharina wusste Bescheid. Patrick hätte sonst mit Sicherheit diese unselige Küche nicht erwähnt.

Er hatte Katharina alles erzählt. Katharina wusste Bescheid. Und sie hatte sich trotzdem nicht gemeldet.

»Habe ich etwas Falsches gesagt?« Erich klang unsicher.

»Nein, nein.« Sie zwang sich zu einem Lächeln. »Das ist eine gute Idee, Erich. Das machen wir.« Sie griff wieder nach ihrem Glas, trank den letzten Schluck.

»Ich mache noch einen auf.« Er sprang auf. »Ich hole noch eine Flasche.«

Adele wollte widersprechen, aus Vernunft, aus Gewohnheit und weil es nicht sein konnte, dass diese Flasche schon leer war. Aber sie kam nicht dazu, er war schon verschwunden.

Ließ sie allein mit den Gedanken, die sie immer weniger greifen konnte gerade. *Es gibt Dinge, die Sie wissen. Und Dinge, die Sie wissen sollten. Bitte denken Sie darüber nach.*

Und dann war er zurück und entkorkte die nächste Flasche. »Der Wein ist gut, oder?«, hörte sie ihn sagen.

Sie nickte. »Er erinnert mich an den, den wir damals auf Kreta getrunken haben«, sagte sie, obwohl das Unsinn war.

Es war ewig her, sie erinnerte sich nicht daran, wie irgendein Wein irgendwo geschmeckt hatte. »Weißt du noch, in dieser Taverne am Hafen, in der es diesen phantastischen Fisch gab. Und den Wein, der so billig war. Wir waren völlig betrunken, ich wäre fast ins Hafenbecken gefallen auf dem Heimweg …«

Erich nickte. Lächelte tatsächlich. »In Chania war das, oder?«

Adele lächelte zurück. Sie hob ihr Glas, prostete Erich zu. Nicht dem alten Mann, der ihr da gegenübersaß, sondern dem, der er gewesen war. Damals in Chania, an den Stränden, in den romantischen Gassen, den zauberhaften Hotels. Dem jungen, attraktiven Erich, der ihre Hand gehalten und ihr den Stuhl zurechtgerückt hatte. Ihrem Mann, mit dem sie vor langer Zeit einmal glücklich gewesen war.

23

Sarah trank noch einen Schluck. Eine blöde Idee, sie wollte kein Bier mehr, sie hatte genug getrunken. Der Geschmack auf der Zunge war widerwärtig, außerdem war ihr übel.

Sie stellte die Flasche auf den Boden neben dem Bett, ließ sich in die Kissen zurücksinken und schloss die Augen. Schlafen. Das wollte sie. Schlafen und den ganzen Mist für ein paar Stunden vergessen. Aber an Schlaf war nicht zu denken. Sie war zu aufgebracht, sie brauchte ein Ventil, musste sich bewegen, raus aus diesem Bett, das noch nach ihm roch. Arschloch, was für ein Arschloch, es war nicht zu fassen!

Sie schwang entschlossen die Füße aus dem Bett und stieß dabei die Bierflasche um. Sie fluchte, beachtete die Lache, die sich auf dem weichen Flickenteppich ausbreitete, aber nicht weiter. Stattdessen griff sie nach ihrem Bademantel, schlüpfte hinein und verließ ihr Zimmer. Sie versuchte, möglichst leise über den Flur zu schleichen, obwohl das unsinnig war. Es war unwahrscheinlich, dass Jakob schon schlief. Weder Patrick noch sie hatten sich bemüht, ihre Stimmen zu dämpfen. Er hatte vermutlich jedes Wort gehört, so groß war die Wohnung nicht.

Peinlich. Erbärmlich!

Sie taumelte, stützte sich mit der Hand an der Wand ab. Egal, dachte sie, mit der Peinlichkeit würde sie sich befassen, wenn sie wieder nüchtern war. Jetzt brauchte sie eine Dusche.

Sie schloss die Badezimmertür hinter sich und drehte das Wasser auf. Während erste Dampfschwaden aufstiegen, zog sie Bademantel und T-Shirt aus, ließ beides auf den Boden fallen. Sie stieg in die Duschkabine, legte den Kopf in den Nacken und ließ das heiße Wasser über ihr Gesicht strömen.

Was war sie nur für eine dämliche Kuh! Warum machte sie sich immer wieder vor, dass sie mit diesem ganzen Scheiß wirklich leben und umgehen konnte?

Sie lehnte sich an die gekachelte Wand, um ihre Hüfte zu entlasten. Sie brannte, schmerzte schlimmer als sonst. Als wolle sie sie an die Nacht damals erinnern. An den Moment, in dem sie endgültig begriffen hatte, dass es neben dem Patrick, den sie liebte, noch diesen anderen gab. Das verlassene Kind, Sohn einer Frau, die ihr Leben darauf verwendet hatte, die Entbehrung, die man ihr und ihm zugemutet hatte, zu zelebrieren. Patricks Mutter hatte ihre Sache gut gemacht, das musste man ihr lassen. Sie hatte ihn erschaffen, diesen falschen Patrick, getrieben von der irrationalen Angst, etwas falsch zu machen. Der all das anstrebte und erreichte, worum sie sich betrogen gefühlt hatte. Ein Leben in satter Wohlanständigkeit, Vater, Mutter, Kind im trauten Eigenheim, Familie Mustermann, Geld, Gold, ein sorgenfreies Leben. Im Grunde konnte Patrick nichts dafür.

Aber das, was sie wahnsinnig machte, war ja auch nicht der Umstand, dass er war, wie er nun einmal war. Es war vielmehr sein eiserner Wille, es zu leugnen. Diese standhafte Weigerung, bestimmte Dinge zu reflektieren oder zu hinterfragen.

Er nahm die innere Leere und die Frustration einfach hin und tat, als seien sie ein notwendiger Bestandteil dessen, was er als *erwachsen sein* bezeichnete. Er akzeptierte seine Rolle als guter und loyaler Gatte und hart arbeitender Familienvater nicht nur klaglos, sondern bastelte sich eine Art persönliches Heldentum daraus. Ja, Patrick brachte gerne Opfer. Und er weigerte sich, zu sehen, dass diese Opfer in erster Linie dazu dienten, die verlogene Ehe mit einer Frau, die ihrerseits alles tat, um die für sie vorgesehene Rolle musterhaft und klaglos zu erfüllen, aufrecht zu halten. Er weigerte sich, das Offensichtliche zu sehen. Er kam gar nicht auf die Idee, darüber nachzudenken, ob er wirklich glücklich war, weil er voll damit beschäftigt war, alles richtig zu machen.

Es machte sie rasend, genau wie ihre eigene Dämlichkeit. Dieses verdammte Gefühl, das einfach nicht wegging. Ihre Sehnsucht nach dem anderen Patrick, den es eben auch gab. Dem richtigen Patrick, den sie so gut kannte, so lange. Mit dem sie reden konnte, lachen, schweigen, mit dem sie zusammen sein wollte. Weil sie ihn liebte, ob es ihr gefiel oder nicht.

Auch wenn er ihr bestimmte Dinge schuldig blieb.

Sie rieb sich die schmerzende Hüfte und versuchte das betrunkene Selbstmitleid wegzuschieben. Sie glitt an der gefliesten Wand langsam nach unten und hockte da im warmen Regen der Dusche, umarmte ihre angezogenen Beine und ließ den Kopf auf die Knie sinken. Sie konzentrierte sich auf die Wut, denn das war sinnvoller, als hier in tausend Stücke zu zerfallen.

Zumal es nicht um ihn ging und nicht um diese sonderbare und kranke Beziehung, die er da führte. Es ging um ein Kind. Um sein Kind.

Sarah konnte noch immer nicht fassen, dass er sich offenbar im Ernst eingebildet hatte, dass er sich volllaufen lassen und ihr eine solche Geschichte vor die Füße kotzen konnte, um sich dann irgendwie besser zu fühlen und zur Tagesordnung überzugehen. Er kannte sie doch, er musste doch wissen, dass sie so nicht tickte.

Sie hob den Kopf, streckte die Arme und hangelte sich wieder nach oben. Fast wäre sie in der nassen Kabine ausgerutscht, fing sich aber in der letzten Sekunde. Sie griff nach dem Duschgel, gab eine ordentliche Portion davon in die Handfläche.

Es ging nicht. Das war keine neue Erkenntnis, aber sie war in diesem Moment drängend und akut. Sie liebte ihn. Aber es funktionierte nicht, es würde nie funktionieren. Es hatte nie funktioniert. Darum hatten sie sich ja getrennt, damals, immer wieder. Um verlässlich irgendwann wieder da anzufangen, wo sie aufgehört hatten. Dabei hatte es Situationen gegeben, in denen sie den Absprung hätte schaffen können. Schon vor der schrecklichen Nacht. Schon als sie aufgetaucht war. Katharina.

Es war in einer der »Off«-Phasen gewesen, beleidigte Funkstille nach einem hässlichen Streit, wochenlang. Irgendjemand hatte Sarah erzählt, dass er eine Neue hatte, schwer verliebt wirkte. Es hatte natürlich wehgetan. Aber sie hatte sich auch irgendwie erleichtert gefühlt. Sie war müde gewesen, sie wollte dieses aufreibende Hin und Her nicht länger. Es war gut, hatte sie gedacht, besser für sie beide. Sie hatte ihn vermisst, sie war eifersüchtig gewesen, aber es war besser geworden, jeden Tag ein bisschen besser. Sie war auf einem guten Weg gewesen, bis sie ihnen zufällig in die Arme gelaufen war. Dem jungen Glück, das Hand in Hand durch den sonnigen Park schlenderte. Patrick hatte die peinliche Situation erstaunlich kaltschnäuzig gemeistert. Ohne mit der Wimper zu zucken, hatte er sie bekannt gemacht. *Sarah, eine Freundin. Katharina, meine Verlobte.*

Verlobt – es hatte Sarah alle Kraft gekostet, die Fassung zu wahren. Aber sie hatte Katharinas Hand geschüttelt und freundlich gelächelt. Sie hatte es geschafft, ein paar Belanglosigkeiten von sich zu geben, ohne sie dabei anzustarren –

dieses makellose Frauchen, das da an seinem Arm hing, ihn mit anbetenden Blicken von schräg unten bedachte. Sarahs Gehirn hatte besessen all die winzigen Kleinigkeiten abgespeichert. Wie er mit ihr sprach, wie er auf sie reagierte, wie er mit ihr umging. Ein paar Minuten nur, aber die hatten gereicht, um die Eifersucht in Fassungslosigkeit zu verwandeln. Wie entschlossen er schien, diese Lüge zu inszenieren. Er hatte die perfekte Frau gefunden, die richtige Frau für den falschen Patrick.

Und ihr war in diesem Moment klar gewesen, dass er zurückkommen würde. Um sich das zu holen, was er wirklich brauchte.

Sie hatte recht behalten.

Und jetzt stand sie hier, betrunken unter der Dusche, und fühlte sich betrogen um etwas, das sie nicht einmal greifen konnte. Sie hasste sich dafür, dass sie ihn damals nicht zum Teufel gejagt hatte, statt ihn wieder in ihr Leben zu lassen und sich so zu seiner Komplizin zu machen, die es ihm ermöglichte, sich und den Rest zu ertragen.

Sie hatte sich eingeredet, dass sie bekam, was sie wollte. Dass sie Katharina den falschen Patrick überlassen konnte. Das falsche Leben. Sie hatte sich wirklich eingebildet, dass es möglich war, mit dem anderen Patrick glücklich zu sein. An einem anderen Ort, im lächerlichen Wolkenkuckucksheim, das doch immer wieder bedrohlich schwankte.

Das er eben endgültig zum Einsturz gebracht hatte.

Sarah drehte das Wasser ab. Sie trocknete sich ab, zog den Bademantel wieder über. Sie putzte ihre Zähne, holte sich eine Flasche Wasser aus der Küche und kehrte dann in ihr Bett zurück. Schlafen. Einfach schlafen.

Nicht denken. Nicht heulen. Nicht wüten.

Dafür war morgen noch Zeit genug.

24

Adele umklammerte den Becher. Der Kaffee wärmte ihre kalten Hände. Sie saß wieder am Küchentisch, obwohl es drüben im Wohnzimmer schöner gewesen war.

Erich war ins Bett gegangen. Adele kicherte bei dem Gedanken, dass er tatsächlich versucht hatte, sie zum Mitkommen zu überreden. Dass sie das noch erleben durfte ... Gott, sie war wirklich betrunken. Genau wie er, zwei Flaschen Wein hatten sie geleert, dann hatte er noch den Grappa aus dem Schrank geholt, weil sie gerade die alten Bilder vom Italienurlaub angeschaut hatten. Ein alter Mann und eine alte Frau, die sich nach allen Regeln der Kunst betranken. Es hatte sich fast verwegen angefühlt, so schrecklich unvernünftig. Und schön. Der Alkohol hatte ihnen das ermöglicht, was sie im Lauf der Jahre irgendwie verlernt hatten. Sich gemeinsam zu erinnern an alles, was gut gewesen war. Sie wussten beide, dass sie irgendwann falsch abgebogen waren. Umso wichtiger war es, dass es die guten Momente und Jahre gab, die ihnen keiner nehmen konnte.

Sie nippte am Kaffee. Er war zu stark. Es war ohnehin keine gute Idee, jetzt Kaffee zu trinken. Sie würde kein Auge zutun in dieser Nacht, schon jetzt schlug ihr Herz unruhig und hektisch. Aber es war egal. Sie hatte keine Lust, vernünftig zu sein. Sie wollte betrunken in der Küche sitzen, Kaffee trinken und sich ein bisschen getröstet fühlen.

Noch einmal nachdenken. Weil es sich jetzt leichter anfühlte, weil der Alkohol die Gedanken mutiger und größer machte.

Sie schämte sich, weil sie vorhin so unschlüssig auf diese sonderbare Mail reagiert hatte. Einen perfiden Versuch, sie gegen Katharina aufzuhetzen. Sie würde mit Sicherheit nicht ihre letzten Monate damit vergeuden, sich mit dem Menschen zu streiten, der ihr so am Herzen lag. Sie liebte Katharina. Natürlich war sie nicht die Tochter, die sie sich immer gewünscht hatte. Aber sie kam ihr nahe. Sie hatte ihre Fehler. Und es musste sich etwas ändern, es ging so nicht weiter mit Timo. Aber das konnte man lösen, das war möglich. Sie würde Katharina helfen, und Katharina würde ihr helfen. Sie gehörte zu ihr, genau wie Erich, wie Patrick und Timo, ja, Timo vor allem. Sie würde nicht zulassen, dass die einzige Familie, die sie je gehabt hatte, auf den letzten Metern auseinanderbrach.

Sie warf einen Blick auf die Uhr. Kurz nach zehn. Katharina war bestimmt noch wach. Adele stand auf, holte das Telefon aus der Station im Flur, wählte die Nummer, lauschte dem Tuten und nippte dabei weiter am Kaffee. »Der gewünschte Teilnehmer ist momentan nicht erreichbar«, drang die Computerstimme aus dem Hörer. »Wenn Sie eine Rückrufbitte per SMS …« Adele nahm das Telefon vom Ohr weg, drückte die Zwei. Erinnerte sich dabei daran, wie oft sie in den letzten Tagen diese elende Zwei gedrückt hatte.

Katharina war zu Hause, mit Sicherheit saß sie auf dem Sofa, las etwas, sah mit Patrick fern, während Timo oben in seinem Bett schlief. Sie hatte das Handy auf dem schicken Couchtisch liegen, der so perfekt in ihr Wohnzimmer passte, in dem alles so geschmackvoll war, so ganz anders als Adeles Alptraum in Braun.

Adele malte sich aus, wie Katharina nach dem Telefon griff, ihre Nummer erkannte. Ehe sie es verhindern konnte, stellte sie sich vor, wie sie kurz die Augen verdrehte, leise und genervt stöhnte. *Adele schon wieder*, würde sie zu Patrick sagen. *Da gehe ich nicht dran.*

Sie sah Patrick nicken, ja, Adele, die alte, kranke Hysterikerin, würde er denken, Katharina wortlos zustimmen, den Mund halten wie immer, weil er ein Feigling war, genau wie Erich, Erich hier oben im Bett, und dort oben Timo, Timo in seinem Bett, Timo mit blauen Flecken, Timo, der Angst hatte vor seiner Mutter, der ständig in die Hose machte, der ihr kaum noch in die Augen sehen konnte, Timo, mit dem etwas passierte …

Sie schniefte. Herrgott, nein! Sie hatte keine Lust mehr zu heulen. Vielleicht war es nicht so falsch gewesen, sich das abzugewöhnen. Es half nämlich nicht. Es half nie. Kein bisschen. »Der Teilnehmer …«

Sie ließ die tote Stimme nicht zu Ende reden. Drückte nicht die Zwei. Sie pfiff auf Rückrufbitten per SMS.

Sie stand auf. Schwankte ein wenig, aber das lag mehr am Kreislauf als am Alkohol, sagte sie sich. Der Kaffee hatte geholfen, sie fühlte sich deutlich klarer.

Sie schaltete das Licht in der Küche aus, griff sich den Mantel und ihre Handtasche vom Garderobenhaken, nahm den Autoschlüssel aus der Schale auf dem Garderobenschränkchen und ging in die Garage. Während das Tor langsam nach oben glitt, flog sie kurz ein Zweifel an. Kaffee hin oder her, sie war alles andere als nüchtern. Es war nicht ihre Art, sich betrunken hinters Steuer zu setzen. Aber was sollte schon groß passieren? Im schlimmsten Fall würde man sie erwischen und ihr den Führerschein abnehmen. Peinlich, aber kein Drama, und eigentlich spielte es keine Rolle, sie konnte auf den Führerschein verzichten in den letzten paar Monaten. Sie konnte auf viele Dinge verzichten, sie konnte tun, was ihr gefiel, weil sie die Konsequenzen nicht mehr fürchten musste. So hatte sogar der Krebs seine Vorteile. Sie konnte sich auf das konzentrieren, was wirklich wichtig war.

25

Katharina lag auf dem Sofa und presste das Kühlpad gegen ihre rechte Wange. Das beeindruckte den pochenden Schmerz zwar wenig, gab ihr aber immerhin das Gefühl, sich dagegen zu wehren. Sie hätte die Tablette früher nehmen sollen, gleich beim Abendessen, als sich der Zahn wieder gemeldet hatte. Aber dann hätte Patrick nachgefragt, und sie hätte zugeben müssen, dass sie noch immer keinen Termin für die Wurzelbehandlung gemacht hatte. An der kein Weg vorbeiführte, die dringend erforderlich war, umgehend, wie Dr. Burscheid ihr munter grinsend versichert hatte.

Dr. Burscheid, dachte Katharina, nicht Alexander, schon gar nicht Alex. In der Praxis war er Dr. Burscheid. Den sie hasste. Weil er ein schlechter Zahnarzt war. Er war unsensibel und nahm ihre Angst nicht ernst. Immerhin hatte er ihr Schmerzmittel in die Hand gedrückt, eine großzügige Menge, bevor er sie aus dem Behandlungsraum geleitet und die Damen vom Empfang aufgefordert hatte, ihr schnellstmöglich einen Termin zu geben. Sobald er wieder verschwunden war, hatte Katharina etwas von einem vergessenen Terminkalender gemurmelt. Sie hatte versprochen, gleich anzurufen, wenn sie nach Hause kam.

Das war vor zwei Wochen gewesen.

Seitdem kam und ging der Schmerz, wurde langsam vehementer. Und im Lauf des heutigen Tages war ihr klar geworden, dass die Tabletten auf Dauer keine Lösung waren. Sie musste sich in das Unvermeidliche fügen und ihre neurotische Angst vor dem Zahnarzt überwinden. Sie hasste Zahnärzte. Alle Zahnärzte, aber am meisten mit Sicherheit Dr. Burscheid, Alex, und seine ständigen Witzchen.

Ihr Handy begann zu klingeln, ein unerträgliches Gedudel. Sie streckte die Hand aus, angelte es vom Glastisch und sah aufs Display. Ein Stöhnen entfuhr ihr. Adele schon wieder. Sie wollte nicht, sie konnte auch nicht, jetzt gerade wirklich nicht. Verdammter Zahn, verdammter Schmerz, verdammte Feigheit. Burscheid war ein Pfuscher, allenfalls ein mittelmäßiger Zahnarzt. Aber er war mit einer Kollegin von Patrick verheiratet, einer, die er schätzte. Darum verband sie eine lockere Freundschaft, gelegentliche gegenseitige Einladungen. Solange die Burscheids sich nicht scheiden ließen, führte kein Weg an ihm vorbei. Und nach Trennung sah es bei den beiden leider nicht aus.

Patrick sah das Problem nicht. Wenn sie ihn nicht mochte, dann sollte sie woanders hingehen, hatte er gesagt, als sie sich beklagt hatte. Er konnte schrecklich ignorant sein, wenn es um die feinen sozialen Regeln ging, um ein Gleichgewicht, das man besser nicht störte. Auch darum hatte sie die Tablette vorhin nicht genommen. Sie hatte keine Lust auf eine Diskussion gehabt. Sie war ohnehin gereizt genug, nicht nur wegen der Schmerzen.

Das Handy begann erneut zu klingeln. Katharina versuchte, den penetranten Ton zu ignorieren, und presste das kalte Pad fester auf die Wange. Sie versuchte, das schlechte Gewissen wegzuschieben. Sie musste mit Adele reden, dringend. Und wenn sie ganz ehrlich war, war es nicht nur die Wut wegen dieser ungeheuerlichen Anschuldigung, die sie davon abgehalten hatte. Es war auch die Krankheit, die sie überforderte. Die mit sich brachte, dass Adele die Aufmerksamkeit, um die sie auf ihre ungeschickte Art bettelte, zustand. Katharina war nicht sicher, ob sie diesem Anspruch gewachsen war.

Aber sie würde sich kümmern, natürlich würde sie sich kümmern, das würde sich alles finden, sobald sie diese Zahnschmerzen los war.

Sie würde das Wochenende irgendwie durchhalten und noch eine Tablette nehmen. Die würde ihr vermutlich den Rest geben, das Zeug machte sie ziemlich benommen. Aber es sprach ja nichts dagegen, sich ins Bett zu legen, einfach einzuschlafen, bevor Patrick nach Hause kam. Sie wollte sowieso nicht, dass er sie so sah, verschwollen, weinerlich und gereizt.

Sie rappelte sich vom Sofa hoch, nahm das Handy und brachte es in die Küche, wo sie es an das Ladekabel anschloss. Sie schluckte die Tablette, ging nach oben und hatte sich gerade ins Bett gelegt und nach ihrem Buch gegriffen, als es an der Tür klingelte.

Sie fluchte, schlug die Bettdecke zurück. Es war halb elf. Hatte Patrick seinen Schlüssel vergessen? Sie schlüpfte in die

Hausschuhe und ging nach unten. Strich sich kurz das Haar glatt, bevor sie die Tür öffnete.

»Um Gottes willen! Was ist passiert?« Sie starrte Adele ungläubig an. Sie sah furchtbar aus. Die grauen Haare hingen strähnig in ihr fleckiges Gesicht, die Wimperntusche war verschmiert.

»Wir müssen uns unterhalten!« Sie lallte, und mit den Worten schlug Katharina eine deutliche Alkoholfahne entgegen. Sie wich ein Stück zurück. Komm rein, hätte sie sagen müssen, aber sie brachte es nicht über die Lippen. Am liebsten hätte sie ihr die Tür vor der Nase zugeklappt.

»Warum gehst du nicht ans Telefon? Warum rufst du mich nicht zurück?« Adele schwankte.

Katharina konnte es nicht fassen. So hatte sie Adele noch nie erlebt. Sturzbetrunken, erbärmlich, gleichzeitig auf eine Art aggressiv, mit der sie in diesem Moment weder umgehen konnte noch wollte.

»Ich hatte viel zu tun«, sagte sie. »Es tut mir leid …« Sie erspähte über Adeles Schulter das Auto, das vor dem Haus am Straßenrand stand. »Bist du etwa gefahren? Das kannst du doch nicht machen!«

»Hört auf, mir zu sagen, was ich machen kann. Ich kann machen, was ich will.« Ein trotziger Ton hatte sich in Adeles Stimme geschlichen. So schnell er gekommen war, so schnell verschwand er wieder. »Bitte, Katharina! Es ist wichtig, ich muss wirklich mit dir reden. Ich hab so eine Mail bekommen, weißt du, und ich verstehe das alles gerade nicht …«

»Du bist betrunken, Adele. Gib mir den Autoschlüssel. Ich rufe Erich an, er soll dich abholen.«

»Ich will nicht abgeholt werden«, sagte Adele brüsk. »Ich will mit dir reden. Über Timo. Ich liebe ihn, verstehst du das nicht? Und dich liebe ich auch, aber ich kann nicht zulassen, dass du das mit ihm machst. Und dass du so mit mir umgehst. Du liebst mich doch auch, Katharina, bitte.«

Katharinas ohnehin dünner Geduldsfaden drohte zu reißen. Hätte Adele Timos Namen nicht ausgesprochen, dann hätte sie es vielleicht geschafft, die Wut in Schach zu halten. Eine Wut, die mit dieser Jammergestalt schlecht in Verbindung zu bringen war. Sie versuchte sich zu beherrschen.

»Ich werde ganz sicher jetzt nicht mit dir über Timo reden! Und auch nicht über irgendetwas sonst. Du bist in keinem Zustand, um ein Gespräch zu führen. Um es mal vorsichtig zu formulieren.«

»Hör auf!« Adele klang wie ein bockiges Kleinkind. »Ich bin nicht blöd. Ich bin nicht blind. Du kannst mich so nicht behandeln. Und deinen Sohn auch nicht. Lässt du mich jetzt rein, oder was?«

»Nein.« Katharina schüttelte entschlossen den Kopf. »Bei aller Liebe, Adele, es ist gleich elf. Ich habe Zahnschmerzen. Ich muss wieder ins Bett. Ich rufe dir jetzt ein Taxi …«

»Ich will kein Taxi. Ich will, dass das aufhört. Katharina, ich habe es doch gesehen! Das kannst du nicht tun, er ist doch noch so klein, er ist ein Kind. Und er hat Angst, er hat so schreckliche Angst vor dir. Ich weiß doch, dass du ihn liebst. Aber es ist keine Schande, zuzugeben, dass man überfordert ist. Du brauchst Hilfe, Katharina, du brauchst dringend Hilfe. Ich bin für dich da, verstehst du, ich bin immer für dich da!« Adele musste sich an der Hauswand abstützen.

»Hast du den Verstand verloren? Hier so herumzubrüllen?« Katharinas Blick wanderte unwillkürlich zu den Nachbarhäusern, dunkle Fenster, Gott sei Dank. »Ich rufe jetzt ein Taxi und versuche, das hier zu vergessen. Wir reden, wenn du wieder nüchtern bist.«

»Hör auf, mich wie eine Idiotin zu behandeln!«

»Ich behandele dich nicht wie eine Idiotin. Sondern wie eine betrunkene Frau, die vor meiner Tür steht und Dinge sagt, die ihr spätestens morgen sehr leidtun werden. Ist dir eigentlich klar, was du da gerade tust?«

»Du lässt mir keine Wahl! Ich muss Timo doch helfen. Was soll ich denn sonst tun?«

»Den Mund halten«, fauchte Katharina. »Du solltest jetzt den Mund halten. Bei aller Liebe, das hier geht zu weit!«

Sie wollte sich gerade umdrehen, um das Telefon zu holen, als sie das Taxi sah, das eben in die Sackgasse einbog und hinter Adeles Auto stoppte. Patrick stieg aus, bezahlte den Fahrer. Katharina schaltete blitzschnell.

»Patrick!«, rief sie. »Patrick, er soll warten!« Sie deutete auf Adele.

Patrick schien nicht wirklich zu verstehen, beugte sich aber zum Fahrer, bevor er das Gartentor öffnete und aufs Haus zuging. Nicht ging, dachte Katharina, eher taumelte. Herrgott! Sie unterdrückte einen Fluch. Womit hatte sie das verdient? Ihr war kalt, sie war müde, der Schmerz pochte wie ein Presslufthammer in ihrem Kopf. Sie wollte ins Bett, sofort, sie hatte keine Lust, sich mit einer betrunkenen Adele oder einem noch betrunkeneren Patrick zu befassen.

»Ich bin hier, um dich zu warnen«, lallte Adele neben ihr. »Katharina, ich muss dich wirklich warnen …«

»Wie kannst du es wagen?«, zischte Katharina. »Adele, du redest dich gerade um Kopf und Kragen, begreifst du das nicht?« Sie sah sich rasch um. Noch immer dunkel, aber wenn das hier so weiterging, würden bald die Nachbarn hinter den Gardinen stehen und interessiert verfolgen, wie Adele herumposaunte, dass sie ihr Kind schlug.

Sie packte Adeles Arm, näherte ihr Gesicht deren Ohr, obwohl der Schnapsgestank ihr Übelkeit bereitete. »Du willst mich warnen, ja? Dann pass auf, denn jetzt warne ich *dich*. Wenn du noch ein einziges Mal irgendjemandem erzählst, ich würde mein Kind schlagen, dann wird das Konsequenzen haben. Hast du das verstanden?«

»Nein!« Adele versuchte, sich zu befreien, aber Katharinas Griff war gnadenlos. Sie zerrte sie den Weg entlang in Richtung Gartentür.

»Was ist denn hier los?« Patricks Gesichtsausdruck wirkte dümmlich betrunken.

»Nichts«, versetzte Katharina knapp. »Gib mir kurz deinen Geldbeutel, ja?«

»Was?«

»Verdammt noch mal, Patrick! Bitte!«

Er nickte, kramte endlos in seiner Tasche, reichte ihr sein Portemonnaie. Katharina zerrte Adele, deren Gegenwehr zum Glück mehr und mehr erlahmte, weiter bis zum Taxi. Sie öffnete die hintere Tür, drückte Adele auf den Sitz, knallte die Autotür zu und beugte sich dann zum geöffneten Fenster des Fahrers. Sie nannte Adeles Adresse, zahlte im Voraus für die Fahrt und bedankte sich so höflich, wie sie konnte. Der Fahrer wirkte angesichts seiner nun haltlos schluchzenden Fracht nicht wirklich begeistert, protestierte aber nicht.

Als der Wagen gewendet hatte und sie die Rücklichter hinter der Kurve verschwinden sah, atmete Katharina erleichtert auf.

»Was war denn das?« Patrick war neben sie getreten. Noch eine Fahne, fies und beißend, noch mehr Übelkeit.

»Nichts«, sagte sie. »Ich erkläre es dir morgen.«

26

»Morgen!« Jakob stand am Herd, warf Sarah einen Blick über die Schulter zu und zog grinsend die Augenbrauen nach oben. »Spiegelei?«

»Kaffee.« Sie erwiderte sein Grinsen. »Ich bin nur aufgestanden, weil es nach Kaffee riecht. Ich brauche sofort Kaffee. Viel Kaffee!« Sie ging zur Maschine, schenkte sich einen Becher ein und setzte sich damit an den Tisch. Sie trank, massierte sich dann die schmerzenden Schläfen. »Okay«, sagte sie. »Jetzt kann ich über Spiegelei reden. Sehr gerne sogar.« Sie stand wieder auf, holte sich eine Flasche Wasser aus dem

Kühlschrank, dazu eine Kopfschmerztablette aus der Schublade und fuhr mit ihrer Notfallbehandlung fort.

»Schlimm?«, erkundigte sich Jakob mitfühlend, während er die Eier aus dem Kühlschrank nahm.

»Frag nicht.« Sarah trank den ersten Schluck Kaffee. »Aber ich erwarte kein Mitleid. Ich bin selbst schuld.« Sie schüttelte den Kopf, ließ es sofort wieder, denn es tat weh. »Sorry, dass wir gestern so laut waren.«

Jakob stellte den Karton mit den Eiern neben dem Herd ab, schlug vier davon in die Pfanne. »Es ist deine Wohnung. Kein Ding.«

»Das stimmt.« Sie stand auf, begann den Tisch zu decken. Teller, Butter, Wurst, Käse, Milch, sie griff einfach nach dem, was ihr vor die Nase kam. »Aber darum geht es ja nicht. Es ist mir trotzdem peinlich. Dass du das alles mitgekriegt hast, meine ich. Es war wirklich ein Scheißabend.«

Jakob hatte ihr den Rücken zugewandt und hantierte mit der Pfanne. Ein verlockender Duft breitete sich in der Küche aus. »Klang so, ja.« Er nahm die Pfanne vom Herd und stellte sie auf den Untersetzer auf dem Tisch. Er setzte sich. »Aber vergiss es einfach. Das geht mich nichts an, Sarah.«

»Stimmt«, sagte sie wieder und schnitt sich eine dicke Scheibe Brot ab.

»Es ist nur …« Er zögerte.

»Ja? Was?« Sie sah ihn fragend an.

»Nichts.«

»Ach so. Nichts. Na dann …« Sie lachte leise. »Komm schon, was ist es? Nur?«

»Der Typ ist echt ein Arsch!«

Sarah sah ihn überrascht an. Sie wusste, dass Jakob nicht allzu viel für Patrick übrighatte. Anfangs hatte sie das nervös gemacht. Sie mochte Jakob, sehr sogar. Und grundsätzlich gefiel es ihr, dass er mehr in ihr sah als eine Mitbewohnerin oder Vermieterin. Das war schließlich das, was sie wollte. Jemanden, mit dem sie über mehr reden konnte als über

Putzplan und Einkaufsliste. Ein Mitbewohner, der auch ein Freund war. Aber das funktionierte nur, wenn es bestimmte Grenzen gab. Glücklicherweise hatte sich die Sorge, dass Jakob da etwas missverstand, irgendwann verflüchtigt. Er ging Patrick aus dem Weg, das war in Ordnung. Und normalerweise verkniff er sich jeden Kommentar. Ebendarum war diese Bemerkung irritierend. Genau wie ihr automatisches Bedürfnis, Patrick in Schutz zu nehmen. Obwohl er das im Moment wirklich nicht verdiente.

Auch wenn ihr das, was sich gestern in ihrem betrunkenen Kopf noch so unverhandelbar und richtig angefühlt hatte, im hellen Licht des Katzenjammers weit diffuser erschien. Sie hatte ihn in die Ecke gedrängt mit ihren Argumenten. So wie immer, wenn sie stritten. Darin war Patrick nie gut gewesen.

Sie strich Butter auf ihr Brot und angelte sich ein Spiegelei aus der Pfanne.

»Es ist einfach irgendwie aus dem Ruder gelaufen. Ich habe überreagiert. Manchmal bringt er mich wirklich auf die Palme.«

Jakob kaute und schluckte. Dann hob er den Blick und sah sie an. »Das ist Bullshit, Sarah. Und das weißt du genau.«

»Was? Wie meinst du das?«

Er legte Messer und Gabel ab, holte Luft. »Sorry, aber ich habe es gehört. Jedes verdammte Wort. Und das, was er gesagt hat … Scheiße, es sind immer dieselben Typen. Die wohlanständigen bürgerlichen Geldsäcke mit ihren beschissenen Vorzeigefamilien. Die nur sehen, was sie sehen wollen. Und denen niemand hinter die Fassade guckt. Die können in aller Ruhe ihre Kinder vermöbeln oder sonst wie zugrunde richten. Sind ja keine Asozialen, keine Sozialfälle, die den ganzen Tag saufen und versagen. Die kriegt man leicht dran. Aber mit den Anständigen legt sich keiner gern an, denen will man nicht in die Quere kommen. Weil sie sich ja wehren können. Ganz anders als ihre Kinder. Aber das interessiert im Zweifel keine Sau.« Er griff wieder nach dem Besteck, stopfte sich einen Bissen Ei in den Mund. »Sorry, aber das macht mich echt wütend«, sagte er mit vollem Mund.

Sarah seufzte. »Ja«, sagte sie. »Ich verstehe, was du meinst. Aber … so ist Patrick nicht. Wirklich nicht.«

Sie musterte Jakob. Sie wusste nicht viel über seine Kindheit. Genug allerdings, um zu ahnen, was ihn so aufbrachte. Ein nach außen gutbürgerliches Elternhaus, in dessen Innerem eine Lieblosigkeit geherrscht hatte, vor der er schon in der Pubertät in Alkohol und Drogen geflohen war. Nachdem dann sein Vater bei einem Autounfall umgekommen war, hatte er völlig den Halt verloren. Er war abgerutscht, hatte sich fast zugrunde gerichtet, bis er dann endlich verstanden hatte, dass es an ihm lag, dass er sich selbst retten konnte. Eine Leistung, die Sarah bewunderte. Jakob war stark. Aber natürlich hatte ihn dieser Streit gestern an einem wunden Punkt erwischt. Natürlich sah er Parallelen, egal, ob die realistisch waren oder nicht. Sie hätte daran denken sollen.

Aber da schloss er sich, der unselige Kreis. Sie hätte denken sollen, verdammt, ein bisschen denken, bevor sie zuschlug. Das wäre eine wirklich gute Idee gewesen. »Ach Scheiße«, murmelte sie.

»Ja, genau.« Jakob schob den Teller von sich. »Tut mir leid, Sarah, ich wollte eigentlich nur sagen, dass du recht gehabt hast. Mit allem. Das kann er nicht bringen. Es geht um sein Kind. Und es ist gut, wenn jemand ihm das klarmacht.«

»Es ist nicht so einfach«, wiederholte sie.

»Doch«, widersprach Jakob. Erneut wunderte Sarah sich. Es war nicht seine Art, so hartnäckig an einem Thema festzuhalten, wenn sie so deutlich machte, dass sie nicht darüber reden wollte.

»Es ist ganz genau so einfach«, fuhr er fort. »Und das weißt du genau. Das ist einer der Gründe, warum ich dich so mag. Du legst den Finger in die Wunde. Auch wenn jemand ganz laut ›Aua‹ schreit. Weil du nämlich weißt, dass manche Dinge ganz einfach sind. Weil du siehst, was richtig und was falsch ist.«

Sarah seufzte erneut. »Das ehrt mich sehr, dass du mich so siehst. Aber glaub mir, das täuscht. Ich muss noch einmal mit ihm reden, ganz in Ruhe. Ich habe doch keine Ahnung, was da wirklich abgeht. Wir reden hier vom Familienleben meines verheirateten Liebhabers. Wir reden von dem Kind, das er mit einer anderen hat. Meine Einsichten und Einflussmöglichkeiten sind da ein bisschen begrenzt.«

»Darum geht es doch nicht.« Jakob sah sie wütend an. »Du hast es gestern selber gesagt. Es geht um ein Kind. Ein Kind kann sich nicht wehren. Und darum muss man hinsehen. Und man muss etwas unternehmen, wenn es nötig ist. Irgendjemand muss diesen Mann zwingen, sich zu der Sache zu verhalten und der Wahrheit ins Gesicht zu sehen. Genau wie du gesagt hast.«

»Hey, jetzt komm mal wieder runter.« Sarah sah ihn zweifelnd an. »Glaub mir, ich werde das nicht auf sich beruhen lassen. Aber du musst mir auch glauben, dass er … er ist kein …« Sarah brach ab. Sie hatte keine Ahnung, was sie sagen wollte. Irgendetwas, um Jakob zu beruhigen. Sie hatte ihn noch nie so emotional erlebt. Die Sache nahm ihn offenbar wirklich mit. Genau wie sie.

Verdammt, so ging das nicht weiter. Sie wollte das nicht sein – eine Frau, die verkatert am Frühstückstisch saß und ihren Liebhaber gegen Vorwürfe verteidigte, die sie selbst ihm gemacht hatte. Die Rolle stand ihr nicht. Sie wollte nicht die Frau sein, die aus der Distanz auf das schaute, was im Leben des Mannes, den sie liebte, wichtig war. Sie war keine, die es ertrug, keinen Einfluss nehmen zu können. Das Problem waren letztlich nicht Patricks Frau und sein Kind. Es war komplexer. Und es war höchste Zeit, dass sie etwas klärte. Mit sich. Und dann mit Patrick.

Sie konnte dieses Gefühl, dass sie sehenden Auges auf die

nächste große Katastrophe zusteuerten, nicht länger ignorieren.

27

»Adele?«

Sie fuhr aus einem unruhigen Schlaf hoch. Es dauerte einen Moment, bis sie sich orientiert hatte und begriff, dass sie zu Hause war, in ihrem Bett. Das war gut.

Ganz anders als die Erinnerung, deren Einzelteile sich jetzt zusammenfügten. An Katharina im Nachthemd, die sie vor der Tür hatte stehen lassen und die sie anbrüllte, bevor sie sie mit Gewalt zu diesem Taxi schleifte. Der Fahrer hatte kein Wort mit ihr gewechselt, mit der betrunkenen Alten im Fond. Zu dem stechenden Schmerz hinter ihrer Stirn gesellte sich brennende Scham.

»Adele!« Erich stand in der Tür, frisch rasiert und angezogen. Er hielt das Telefon in der Hand.

Schlagartig war sie wach. War es die Sache vielleicht doch wert gewesen?

»Das war Patrick.« Der anklagende Ton machte alle Hoffnung zunichte. Sie stöhnte leise. Noch nie in ihrem Leben hatte sie sich so elend gefühlt.

»Was hast du dir bloß dabei gedacht?« Erich schüttelte empört den Kopf. »Was ist denn nur in dich gefahren?«

Alles, hätte sie gern gebrüllt. Nichts. Sie hatte nichts gedacht, sondern etwas getan. Etwas Falsches, etwas Dummes vielleicht, aber es ging doch nicht um Denken. Sondern um Tun.

Aber sie schwieg. Allein bei der Vorstellung, Worte aneinanderzufügen, gar laut zu werden, drohte ihr Kopf zu platzen.

Sie ließ sich zurück auf ihr Kissen sinken und widerstand

mit Mühe dem Impuls, sich die Decke übers Gesicht zu ziehen, um sich zu verstecken wie ein kleines Kind.

Immerhin schien Erich nun zu dem Schluss zu kommen, dass er von ihr in diesem Moment keine Rechtfertigung zu erwarten hatte. »Wir reden später darüber«, sagte er, und es klang wie eine Drohung. »Ich gehe jetzt erst mal los und hole mein Auto.«

Er machte sich nicht die Mühe, die Schlafzimmertür zu schließen, bevor er die Treppe hinunterpolterte. Jeder Schritt ein Vorwurf.

Adele hörte ihn unten rumoren. Sie schloss die Augen. Ja, sie schämte sich. Aber da war noch etwas anderes. Traurigkeit. Wie leicht, dachte sie, wie leicht wäre es jetzt für ihn gewesen. Wenn er statt des Telefons einen Becher Kaffee in der Hand gehalten hätte. Wenn er sich an ihr Bett gesetzt hätte und diese Frage, diese vollkommen berechtigte Frage, in einem anderen Ton gestellt hätte. *Was ist nur in dich gefahren?* Sie fragte sich das ja selbst.

Sie lachte leise und bitter. Was war sie für eine erbärmliche Person. Ein einziger Abend, ein bisschen Wein und Grappa, und schon war das alte und nutzlose Gefühl wieder da. Die fast vergessene Hoffnung und diese diffuse Sehnsucht. Es war idiotisch. Es mochte ja sein, dass Erich sich nach Venedig gequält hätte. Aber das hätte er nicht für sie getan, sondern um seine Pflicht zu erfüllen. Damit er sich selbst besser fühlte und vor allen anderen dastand wie ein anständiger Ehemann. Natürlich würde er ihr eine neue Lampe kaufen, vermutlich eine neue Küche, wenn sie das wollte. Aber das Mindeste, was er im Gegenzug erwartete, waren Dankbarkeit und Wohlverhalten. Er würde sich nicht ändern. Das hier würde sich nicht ändern. Dieser Mann liebte sie nicht. Er ertrug sie, aus Gründen, die er vermutlich selbst nicht verstand. Genau wie Katharina. So bitter dieser Gedanke war – Adele kam nicht länger darum herum. Solange sie nützlich war und tat, was von ihr erwartet wurde, belohnte man sie mit ein bisschen Aufmerksamkeit. Aber in dem Moment, wo sie etwas wollte, brauchte, etwas forderte, strafte man sie ab und ließ sie draußen vor der Tür stehen.

Wenn du noch ein einziges Mal irgendjemandem erzählst, ich würde mein Kind schlagen, dann wird das Konsequenzen haben.

Die Drohung war deutlich gewesen. Und Adele hatte nicht den geringsten Zweifel daran, dass Katharina nicht zögern würde, sie wahr zu machen. Sie würde ihr Timo wegnehmen, wenn sie nicht aufhörte, unangenehme Wahrheiten auszusprechen. Ein Gedanke, den sie kaum aushalten konnte.

Ja, sie hatte einen Fehler gemacht. Sie hätte nicht betrunken dort hinfahren dürfen. Aber sie hatte trotzdem etwas Besseres verdient, als dass man sie vor der Tür stehen und betteln ließ. Und sie dann einfach wegschickte.

Sie hörte wieder Schritte, Erich kam zurück.

»Wo ist der Autoschlüssel?« Jetzt versuchte er nicht einmal mehr, seine Verärgerung zu verbergen.

»In meiner Handtasche.«

»Da ist er nicht!«

Dieser Ton!

»Dann vielleicht in der Jackentasche!« Erneut setzte sie sich auf. »Ich habe keine Ahnung, wo der blöde Schlüssel ist. Nimm den Ersatzschlüssel!«, fauchte sie.

Er sah sie ungläubig an. »Herrgott, Adele, was ist denn los mit dir? Erst machst du dich zum Gespött, und jetzt tust du so, als wäre das meine Schuld!« Er klang verächtlich. Rührte sich nicht vom Fleck. Erwartete er tatsächlich, dass sie jetzt aufstand und nach dem blöden Schlüssel suchte?

»Geh weg«, stöhnte sie. »Geh einfach weg!«

Er schnaubte. »Ja, etwas anderes bleibt mir ja nicht übrig, oder? Es wird eine Weile dauern. Ich werde mir wohl irgendwo unterwegs ein Frühstück besorgen müssen.«

Dann war er weg. Adele hörte die Haustür ins Schloss fallen.

Sie lag noch einen Moment da, aber an Schlaf war nicht mehr zu denken. Sie schwang die Beine aus dem Bett, rappelte sich auf. Sie brauchte etwas zu trinken, sie hatte schrecklichen Durst. Auf dem Weg in die Küche sammelte sie ihre Tasche auf, die im Flur auf dem Boden lag. Sie tastete hinein, hatte den Autoschlüssel sofort in der Hand. Sie stellte die Tasche auf den Küchentisch neben den Laptop, füllte ein Glas mit Leitungswasser und trank gierig. Dann setzte sie Kaffee auf. Immer wieder fiel ihr Blick auf den Laptop. Sie öffnete ihn und startete das Mailprogramm.

Es gibt Dinge, die Sie wissen. Und Dinge, die Sie wissen sollten.

Ich wäre Ihnen sehr dankbar, wenn Sie sich zeitnah bei mir melden würden ...

Adele atmete tief durch. Dann holte sie ihr Handy.

28

Der Junge brüllte wie am Spieß. Er trat nach Patrick, wehrte sich verzweifelt gegen seine Mutter und die Sprechstundenhilfe, die versuchten, ihn zu bändigen und die Arme festzuhalten, um zu verhindern, dass er sich mit der Hand das zugeschwollene Auge rieb.

»Schon gut, schon gut ...«, beruhigte Patrick, der vor dem tobenden Kind in die Hocke gegangen war. »Ich weiß, es tut weh. Du bist sehr tapfer, aber ich muss mir das ganz kurz anschauen, okay? Damit es dir schnell wieder besser geht.« Er schaute zur Mutter. »Was ist passiert?«

»Er ist gerannt, und da war dieser Ast.« Man hörte der Frau an, dass sie den Tränen nahe war. »Er hat ihn mitten ins Gesicht bekommen, das Ding war voller Splitter, und er hat sofort gerieben.«

Patrick inspizierte die blutende Platzwunde, die sich quer

über das Auge zog, und hob dann vorsichtig das geschwollene Lid. Er drückte die Schulter des zitternden Jungen, der mittlerweile nur noch leise schluchzte.

»Du machst das ganz toll, Niklas«, sagte er. »Noch ein ganz kleines bisschen, dann tut es nicht mehr weh.« Er richtete sich auf. »Es sieht vermutlich schlimmer aus, als es ist. Das kriegen wir hin«, sagte er zur Mutter, bevor er sich an seine Sprechstundenhilfe wandte. »Das Auge kühlen. Und geben Sie ihm etwas zur Beruhigung bitte. Dann in Raum 3. Bereiten Sie ihn vor. Ich wasche mich und komme.«

Er verließ den Behandlungsraum, hastete in sein kleines Büro, sah auf die Uhr. Verdammt! Er hatte versprochen, Timo in seiner Mittagspause von der Logopädin abzuholen. Katharina musste sich einer Wurzelbehandlung unterziehen. Ihr Zahn hatte sich übers Wochenende entzündet. Alex hatte ihr am Samstag einen Gefälligkeitstermin gemacht, aber offenbar war etwas schiefgegangen, denn am Sonntag waren die Schmerzen zurückgekommen, die Wange war wieder angeschwollen. Das Wochenende war eine einzige Strapaze gewesen. Dass Timo ausgerechnet heute früh über dubiose Bauchschmerzen geklagt hatte und nicht in den Kindergarten gehen wollte, hatte die Situation nicht gerade entspannt.

Es war unumgänglich, dass Katharina diesen verdammten Zahnarzttermin wahrnahm, sie war ein Notfall. Genau wie der kleine Niklas drüben in Raum 3. Der war allerdings Patricks Notfall.

Patrick kannte den Jungen und seine Mutter seit Jahren. Niklas litt an einer zerebralen Sehstörung und war schon ewig bei ihm in Behandlung. Er vertraute ihm. Genau wie die Mutter. Darum waren sie hier, für den Jungen war es hier leichter als im Krankenhaus. Es war keine Option, sie wegzuschicken in irgendeine Klinik.

Er griff nach dem Telefon, wählte Katharinas Handynummer. Bis das Beruhigungsmittel und die Betäubung wirkten, würde es ohnehin noch einen Moment dauern. Katharina meldete sich. Sie klang fast munter. Hätte er es nicht besser gewusst, er hätte angenommen, dass es ihr prächtig ging. »Schatz, ich … es tut mir wahnsinnig leid, aber ich kann Timo nicht abholen«, sagte er. »Ich habe einen Notfall, ein Kind, er ist acht, ich muss mich darum kümmern. Kann sein, dass es schnell geht, aber möglicherweise dauert es länger, darum …«

»Scheiße! Verdammt, ich … entschuldige. Diese blöden Schmerzen machen mich fertig, entschuldige bitte.«

»Nein, um Himmels willen, ich weiß doch, dass du zu diesem Termin musst. Wirklich. Vielleicht kann Timo einfach da warten, bis ich komme. Oder er geht allein nach Hause, es ist ja nicht weit, und er weiß, wo der Ersatzschüssel liegt.«

»Sei nicht albern! Er ist fünf, Patrick. Auf keinen Fall wandert er allein durch die Gegend.«

»Ich könnte jemanden schicken. Ich könnte Frau Moritzen bitten, ihn abzuholen.«

»Patrick!«, sagte sie ungeduldig. »Das ist Unsinn. Du kannst von deiner Azubi kaum verlangen, für uns das Kindermädchen zu spielen. Abgesehen davon kennt Timo sie nicht. Und wir haben ihm tausendmal erklärt, dass er genau das nie tun darf. Mit jemandem mitgehen, den er nicht kennt, auch wenn der behauptet, dass wir ihn geschickt haben.«

»Ja, sicher, ja, du hast recht … Was machen wir denn jetzt?«

»Ich schlage vor, du beendest dieses Telefonat und tust, was du tun musst. Ich rufe Rike an. Vielleicht haben wir Glück, vielleicht kann sie spontan. Und wenn nicht, dann verschiebe ich eben diesen Zahnarzttermin. Ich werde es überleben.«

»Das halte ich für keine gute Idee, Katharina. Verdammt, es tut mir wirklich so leid.«

Sie seufzte. »Patrick. Schluss jetzt. Es ist nicht deine Schuld. Ich krieg das hin. Kümmere du dich um deinen Notfall. Jetzt. Mach's gut, Schatz.«

Sie beendete das Gespräch. Patrick atmete durch. Sie war

wunderbar, dachte er, ging zum Waschbecken, rollte die Ärmel nach oben und konzentrierte sich auf das, was nun zu tun war.

29

Adele zog das Blech aus dem Ofen. Genau richtig, nicht zu hart, nicht zu weich, süß duftend lagen die Kekse auf dem Backpapier. Ihre Hände zitterten, das heiße Blech glitt ihr aus den Händen, knallte auf den Herd. Die Kekse rutschten zur Seite, einige landeten auf der Arbeitsplatte.

»Alles in Ordnung?« Erich stand in der Küchentür, er klang alarmiert. »Ist etwas passiert?«

»Mir ist nur das Blech aus der Hand gerutscht.« Adele hob die Hände, die in den dicken Topflappenhandschuhen steckten und noch immer zitterten. Oder schon wieder? Was machte Erich überhaupt hier? Er hätte längst weg sein müssen.

»Ach, dann kommt er heute? Timo, meine ich?« Er warf ihr einen vorsichtigen Blick zu. Nachdem er am Samstag das Auto geholt hatte, hatte er kein Wort mehr über die Sache verloren. Und als sie sich einigermaßen von ihrem Kater erholt hatte, war sie ihm dankbar dafür gewesen.

»Ja«, sagte sie. »Ich meine, nein.« Was für eine dumme Antwort. »Musst du nicht zur Bank?« Sie wusste, dass der Termin heute war. So ein Erich-Termin mit dem Vermögensberater. Einer dieser Termine, die nur dazu dienten, dass er sich seiner eigenen Wichtigkeit versichern konnte, weil da ja dieses Geld war, sinnloses und überflüssiges Geld, das sich irgendwo vermehrte, weil Erich immer alles richtig machte. Die Bank lag gleich um die Ecke, er würde zu Fuß gehen, der Gesundheit zuliebe. Er würde gut gelaunt sein, wenn er nach Hause kam.

»Ja, gleich, ich wollte gerade los. Also kommt Timo jetzt oder nicht?«

»Kannst du bitte aufhören, mich zu löchern?«, schnappte sie. »Ich muss das hier jetzt sauber machen.«

»Hör mal!« Jetzt klang er beleidigt. »Ich habe dir eine ganz normale Frage gestellt.«

»Ja«, sagte sie. »Entschuldige.«

»Ich würde es halt gerne wissen, weil ich dachte … Also, wenn Timo nicht kommt, dann könnten wir ja vielleicht nach meinem Termin in den Lampenladen fahren.«

Adele seufzte. Seit Jahrzehnten ignorierte dieser Mann sie und alle ihre Bedürfnisse, und jetzt tat er so, als hinge sämtliche Seligkeit von dieser verdammten Lampe ab.

»Hast du Lust?«

»Ja, nein … ich … ich habe Kopfschmerzen. Geh erst mal zur Bank, wir können ja überlegen, wenn du zurückkommst.«

»Gut. In Ordnung.« Er klang enttäuscht. Und sie fühlte sich schon wieder erbärmlich. Er gab sich Mühe, und sie stieß ihn weg. Ausgerechnet jetzt, in einer Situation, in der sie sich so allein und überfordert fühlte und sich nach jemandem sehnte, mit dem sie reden konnte.

»Erich«, sagte sie und räusperte sich. »Erich, ich … habe etwas furchtbar Dummes getan.« Kaum waren ihr die Worte entschlüpft, bereute sie sie schon. Es war sinnlos. Wenn irgendjemand es nicht verstehen würde, dann war das Erich. Und mit Sicherheit würde er ihr nicht helfen. Er würde sich einmischen und damit alles noch schlimmer machen.

Sie musste sich zusammennehmen. Sie war allein, ja, aber das war sie schließlich immer. Und es hieß nicht, dass sie es nicht hinkriegen würde. Sie musste das schaffen. Zumal sie auch etwas anderes bemerkte in diesem Moment. Die winzige Verschiebung in Erichs Mimik. Ein kaum wahrnehmbarer Widerwille, den sie trotzdem sofort erkannte, weil sie ihn oft genug gesehen hatte. Verschon mich, sagte etwas in diesem

Gesicht, verschon mich mit deinen dummen kleinen Problemen.

Sein Blick war jetzt prüfend. Nicht mehr fragend.

»Ich habe es vergessen«, improvisierte sie eilig. »Ich bin nicht sicher, ob er heute kommt oder nicht. Ich habe irgendwie die Termine durcheinandergebracht. Und trotzdem Kekse gebacken. Furchtbar dumm von mir, nicht wahr?« Erneut zwang sie sich zu einem Lächeln, schüttelte den Kopf, um ihre eigene Schusseligkeit zu demonstrieren. »Aber das ist ja nicht so schlimm. Und jetzt beeil dich lieber, du kommst noch zu spät. Ich lege mich einfach eine Weile hin. Und wenn du zurückkommst, dann sehen wir weiter.«

30

Katharina hatte den Strauß Blumen unter den Arm geklemmt und balancierte das Papptablett mit dem Kuchen in der einen Hand, während sie mit der anderen die Haustür aufschloss. Kuchen und Blumen für Rike. Ein bisschen dürftig kam es ihr vor, denn ihre Freundin verdiente weit mehr dafür, dass sie ihr das Leben gerettet hatte. Genau so fühlte es sich in diesem Moment an.

Noch war da die unangenehme Taubheit in Zunge und Lippen. Doch die würde verschwinden, genau wie dieser quälende, unerträgliche Schmerz, der sie an den Rand des Wahnsinns getrieben hatte. Der Vormittag war ein Alptraum gewesen, an den sie sich nur verschwommen erinnerte.

Aber daran wollte sie jetzt nicht denken. Es war überstanden. Sie hatte es geschafft. Und gleich würde Rike mit Timo kommen. Die beiden würden Kuchen essen – zur Feier des Tages hatte sie auch Timo ein Schokohörnchen mitgebracht. Zucker hin oder her, es war ein guter Tag für eine Ausnahme.

Sie ging in die Küche, stellte das Kuchentablett auf die Arbeitsplatte und die Blumen in ein Glas Wasser. Dann setzte sie Kaffee auf. Dabei warf sie einen Blick auf die Uhr über der Küchentür. Sie wunderte sich kurz, wo sie blieben. Bevor sie es verhindern konnte, war dieses unangenehm vertraute Gefühl da. Ein Gedanke, der harmlos daherkam, aber dann in Sekundenbruchteilen zu einer nervösen Sorge mutierte. Zu der irrationalen Angst, dass etwas passiert war.

Sie wusste, dass das idiotisch war. Das Leben hielt sich nicht immer an Regeln und Zeitpläne. Schon gar nicht mit einem Kind in Timos Alter. Vielleicht hatte Rike eine Bekannte getroffen, sich verplaudert. Vielleicht hatte Timo seinen Rucksack liegen lassen, sie hatten noch einmal zurückgehen müssen, das kam häufiger vor. Er hatte keinen guten Tag gehabt, und wenn er noch immer so bockig war wie vorhin, dann konnte auch ein kurzer Weg sehr lang werden. Es gab tausend harmlose Gründe für eine kleine Verspätung.

Sie betastete gedankenverloren ihre tauben Lippen, zuckte zusammen, als es klingelte. Sie grinste kurz – über sich, die unsinnige Sorge. Es klingelte wieder. Durchdringend, immer wieder, es klingelte Sturm. Vermutlich musste Timo aufs Klo. Offensichtlich war es dringend.

Sie lief zur Tür. »Ich komme, ich komme ja …« Sie öffnete die Haustür. »Ich bin schon da, ist ja schon gut –«, sagte sie noch, aber dann sah sie Rike. Nur Rike. Rikes Gesicht. Und wusste sofort, dass nichts gut war, noch bevor ihre Freundin den Mund aufmachte und »Ist er hier?« fragte, atemlos und gehetzt.

Das Pochende in ihrem Kopf drohte auszubrechen.

»Was? Wer?«, fragte sie, eine überflüssige Frage, aber eine, die ihr half, sich noch einen Moment zu verweigern, das fernzuhalten, was sie nicht wissen wollte.

»Timo? Ist er hier?«

Katharina wurde schwindelig. »Was? Nein. Wieso …?«

»Ich war ein paar Minuten zu spät. Ich bin rechtzeitig losgegangen, ich schwöre, aber dann hatte mich so ein Idiot zugeparkt, in der zweiten Reihe. Er kam dann gleich, es hat nicht lange gedauert, höchstens fünf Minuten, wirklich, und –«

»Rike!« Katharina musste sich beherrschen, um sie nicht zu packen und zu schütteln. »Rike, was ist passiert?«

»Timo war nicht da. Ich war wirklich allerhöchstens fünf Minuten zu spät. Er saß nicht im Wartebereich. Und keiner war am Empfang, und ich dachte, er hat vielleicht die Geduld verloren und ist alleine losmarschiert. Es ist ja nicht weit, ich dachte … ich habe gehofft, dass er hier ist.«

Katharinas Körper verkrampfte sich, die Gedanken begannen zu rasen. Der Wartebereich. Die Praxis war in einem Ärztehaus untergebracht. In der Eingangshalle gab es eine Sitzecke. Einsehbar vom Empfang, ein Ort, an dem ein Kind warten konnte. Die Logopädin hatte selbst kleine Kinder, sie hatte Katharina versichert, dass das kein Problem war. Dass man ein Kind dort in der Halle sitzen lassen konnte, ein paar Minuten, dass man ein Auge darauf hatte vom Empfang, der ständig besetzt war. Es konnte nichts passieren, hatte sie versichert, und Katharina hatte ihr geglaubt. Weil sie gut war, fachlich herausragend, weil Timo sie mochte. Weil sie froh sein konnten, so schnell einen Platz bei ihr zu bekommen, hatte sie das ungute Gefühl weggeschoben. Sich heimlich geschworen, dass ihr Sohn nie allein in dieser Halle sitzen und warten würde.

Rike schluchzte auf. »Gott, was machen wir denn jetzt? Du hast die Nummer, oder, du hast die Nummer von der Logopädin? Wir müssen da anrufen! Es war keiner da in der Praxis, ich bin hochgefahren. Und die vom Empfang konnte sich nicht an Timo erinnern, hat sie gesagt, aber sie war kurz hinten, hat Kopien gemacht, und …« Sie brach ab, schlug sich eine Hand vor den Mund. »Scheiße«, murmelte sie, »mir ist komisch … Entschuldige, ich …« Sie schob Katharina zur Seite, stürmte an ihr vorbei, durch den Flur nach hinten zur

Gästetoilette. Die Tür schlug hinter ihr zu, man hörte Wasser rauschen.

Katharina stand einfach da. Keine Panik, versuchte sie sich zu sagen, keine Panik jetzt, ruhig bleiben. Es ist nichts passiert, es gibt eine Erklärung, es ist alles in Ordnung, ich muss nachdenken, ich muss überlegen, keine Panik.

Sie hörte ihr Handy. Es lag in der Küche, der Ton verriet, dass eine SMS gekommen war. Gott sei Dank! Alles in Ordnung. Falscher Alarm. Das würde in der Nachricht stehen. Genau das. Sie rannte in die Küche, griff nach dem Telefon, öffnete die Nachricht. Alles in Ordnung, dachte sie, las, las noch einmal. Und noch einmal. Obwohl sie verstanden hatte. Schon beim ersten Mal.

Sag die Wahrheit. Dann bekommt ihr ihn zurück.

Das Telefon vibrierte, gab einen weiteren Ton von sich. Katharina hätte es fast fallen lassen. Mit zitternden Fingern öffnete sie die nächste Nachricht.

Ruf Patrick an. Er soll nach Hause kommen. Kein Wort zu niemandem. Keine Polizei. Niemand verlässt das Haus. Sag die Wahrheit. Dann geschieht ihm nichts.

Katharinas Hals war trocken. Sie hob den Blick. Sah sich in der Küche um, sah helle Fliesen, die saubere Arbeitsplatte, die Blumen. Hinter dem Fenster das Trampolin, der Apfelbaum, schön, sicher, richtig.

Auf einmal die Kulisse für einen Alptraum.

Sie ignorierte die aufsteigende Übelkeit. Zwang ihre zitternden Finger, die Nachricht wegzuwischen. Um Patricks Nummer zu wählen.

31

Patrick schwitzte, als er das Haus betrat. Er hatte nicht wirklich verstanden, was los war, aber Katharina hatte hysterisch genug geklungen, um ihn zur Eile zu treiben. Er rief nach ihr.

»Hier.« Die Stimme kam aus dem Wohnzimmer. Es war nicht Katharinas.

Sie saß auf der Couch und hielt den Oberkörper aufrecht wie ein Lineal. Die Hände in ihrem Schoß waren zu Fäusten geballt, die Fingerknöchel schimmerten weiß. Neben ihr hockte Rike, in sich zusammengesunken, ein Häuflein Elend. Sie wirkte wie ein körperlicher Gegenentwurf zu Katharinas Spannung.

»Katharina!« Patrick lief zum Sofa. »Schatz, um Gottes willen, was …?« Er beendete den Satz nicht. Die Worte schienen ihm auf einmal unerträglich belanglos.

»Patrick!«, rief Rike. »Gott sei Dank!« Sie bemühte sich wenig erfolgreich, ihre Erleichterung zu verstecken.

Patrick ignorierte sie. Er konzentrierte sich auf seine Frau. Er beugte sich zu ihr, legte seine Arme um sie. Katharina schien seine Berührung nicht einmal zu bemerken. Sie zitterte, ihr Atem ging flach und hektisch, ein leicht säuerlicher Schweißgeruch umgab sie. Eindeutig ein Schock. Er löste den unsinnigen Versuch einer Umarmung, nahm ihr Gesicht in die Hände und zwang es sanft in eine Position, in der sie ihn ansehen konnte.

Aber das tat sie nicht. Ihr Blick ging ins Leere.

»Katharina, leg dich hin. Leg deine Beine hoch. Du musst –«

»Lass das!« Als habe jemand einen Schalter umgelegt, war sie auf einmal da. Sie fixierte ihn mit ihrem Blick, die Stimme klang fest. »Lass das, Patrick. Das ist jetzt nicht wichtig.«

Patrick richtete sich auf. Er warf Rike einen Blick zu. »Was ist los? Was ist passiert? Ist etwas mit … wo ist Timo?«

Katharina wandte den Kopf. Sie nickte Rike zu, auffordernd, herrisch fast.

»Es tut mir so leid …« Rike brach ab und räusperte sich. »Ich wollte ihn abholen«, sagte sie dann. »Ich war zu spät. Ein paar Minuten nur, ich konnte nichts dafür, es waren höchstens fünf Minuten und ...« Sie schniefte. »Er war nicht da. Er saß nicht im Wartebereich, also habe ich ihn gesucht, ich habe alle gefragt, aber die Logopädin war schon weg, und die Frau an der Rezeption hat ihn nicht gesehen, und ich dachte, er wäre vielleicht hier, aber ... Es tut mir so leid, es tut mir so entsetzlich leid.«

»Lass das!«, sagte Katharina wieder. Scharf, diesmal an Rike adressiert. »Wir wissen, dass es dir leidtut. Und das sollte es, bei Gott, das sollte es auch. Aber damit können wir uns jetzt nicht befassen. Wir haben andere Probleme.«

Sie griff nach dem Handy, das vor ihr auf dem Couchtisch lag, stand auf und reichte es Patrick.

Er las. »Was soll das? Ich verstehe das nicht –«

»Es ist nicht schwer zu verstehen«, unterbrach Katharina. Derselbe Ton wie Rike gegenüber. Als würde es sie Mühe kosten, das Wort an ihn zu richten und seine Anwesenheit zu ertragen. Als hätte er etwas falsch gemacht, so wie Rike, die doch nichts falsch gemacht hatte, nicht wirklich. »Jemand hat Timo. Irgendjemand hat meinen Sohn entführt!«

Katharinas Stimme war schrill geworden. Sie machte einen Schritt in seine Richtung, schwankte dann. Patrick fing sie auf. Alle Härte und Starre schien aus ihr gewichen zu sein, sie klammerte sich an ihn und ließ sich festhalten. So, als könnte er sie beschützen vor dem, was da gerade über sie hereinbrach. Er spürte, wie sich Schweißtropfen auf seiner Stirn bildeten.

Katharina löste sich von ihm. Er zog seine Jacke aus, warf sie achtlos über einen Stuhl. Rike wich zurück und starrte ihn entsetzt an. Das OP-Hemd, natürlich. Er war gerade aus dem Behandlungsraum gekommen, als Katharinas Anruf ihn erreicht hatte. Die Platzwunde am Auge des Jungen hatte stark geblutet, er hatte sich die Finger immer wieder am Hemd abgewischt und sich nicht weiter darum gekümmert. Der Eingriff hatte sich komplizierter gestaltet als gedacht, aber es war gut gelaufen. Der Junge würde keine bleibenden Schäden am Auge davontragen. Er war stolz und zufrieden gewesen. Er hatte sogar darüber nachgedacht, am Abend auf dem Heimweg eine Flasche Sekt zu besorgen, um mit Katharina darauf anzustoßen. Er hatte sich gut gefühlt.

Bis er ihre Stimme am Telefon gehört hatte.

»Komm«, hatte sie gesagt. »Komm sofort nach Hause. Sprich mit niemandem. Komm einfach. Etwas Schreckliches ist passiert.«

Er hatte nach seiner Jacke gegriffen und war zum Auto gerannt. Wie ferngesteuert, Autopilot, darum war ein blutverschmiertes OP-Hemd seine geringste Sorge gewesen. Und das war es auch jetzt noch, obwohl er sich auf einmal besudelt fühlte. Vom Blut eines fremden Kindes, das ihm wichtiger gewesen war als sein Sohn, den er hätte abholen müssen. Er hätte dieses andere Kind ins Krankenhaus schicken können, pünktlich bei der Logopädin ankommen, nicht fünf Minuten zu spät, nicht drei, nicht eine Minute zu spät. Dann wäre jetzt alles in Ordnung.

Er riss sich zusammen. Das war absurd. Und es war nicht fair, Rike ernstlich eine Schuld geben zu wollen.

Er bugsierte Katharina vorsichtig zurück aufs Sofa. Dann griff er wieder nach dem Handy und las die Nachrichten noch einmal. Er hörte, wie Katharina laut und durchdringend zu schluchzen begann.

Patrick versuchte, das Geräusch auszublenden. Er musste sich konzentrieren. Er starrte auf die Worte.

Sag die Wahrheit.

Das konnte nicht sein. Seine Gedanken schienen zu zersplittern. Das konnte nicht sein. Es war unmöglich, unvorstellbar. Und doch war der Gedanke da.

Es war seine Schuld. Die nichts mit einer OP zu tun hatte und nichts damit, dass er Timo nicht abgeholt hatte.

Sag die Wahrheit.

Nein! Das war krank. Es war unmöglich.

»Jemand hat ihn gezwungen.« Katharina sprach schnell. »Er würde nie freiwillig mit einem Fremden mitgehen, das haben wir ihm tausendmal eingeschärft. Das würde er nicht tun …«

Patrick hörte sie kaum, denn die Gedanken hallten laut und unbarmherzig in seinem Kopf. *Ich werde dich notfalls dazu zwingen, der Wahrheit ins Gesicht zu sehen, Patrick*, hatte Sarah gesagt, *und das ist mein heiliger Ernst.*

Aber das waren nur Worte gewesen. Eine betrunkene, alberne und übersteigerte Drohung, mit der sie ihn hatte treffen wollen. Es bedeutete nichts. Und außerdem kannte Timo sie nicht. Patrick versuchte, diesen Gedanken festzuhalten, denn das wiederum bedeutete … nichts, begriff er, das bedeutete gar nichts.

»Er ist fünf«, sagte er tonlos. »Egal, was wir ihm erklärt haben – jeder Erwachsene kann ein fünfjähriges Kind überreden mitzugehen.«

»Nein. Nein, er hat versprochen, dass er nie –«

»Katharina, beruhige dich. Bitte, wir müssen realistisch bleiben. Alle Möglichkeiten in Betracht ziehen. Auch die, die dir nicht gefallen.« Er zögerte. »Er schickt diese Nachrichten an dich. Denk nach, bitte überleg ganz genau, Katharina. Gab es etwas … gibt es irgendjemanden, der dich –«

»Ich?« Sie fuhr hoch. »Du denkst, ich bin schuld?«

»Es geht doch nicht um Schuld. Aber die Nachrichten kommen auf dein Handy. Das können wir nicht ignorieren.«

Katharina schlang die Arme um den Oberkörper und begann, sich vor- und zurückzuwiegen. »Meine Nummer«, murmelte sie. »Meine Handynummer steht in Timos Jacke. In Timos Mütze, in Timos Rucksack. Für den … für den Notfall. Damit man mich erreichen kann, wenn etwas ist.«

Patricks heimliche und drängende Hoffnung, all die absurden Überlegungen in seinem Kopf zu beenden, zerplatzte. Sie hatte recht.

»Was sollen wir denn tun? Was machen wir denn jetzt?«, stöhnte Katharina.

Patrick schloss kurz die Augen. »Wir müssen zur Polizei«, sagte er dann. Es war die einzig vernünftige Möglichkeit. Es war das, was man tat, das, was man in so einer Situation tun musste.

»Nein!« Katharina klang bestimmt. »Auf keinen Fall die Polizei. Das Risiko ist zu hoch. Ich lasse nicht zu, dass irgendwer das Leben meines Sohnes in Gefahr bringt.«

Patrick griff noch einmal nach dem Handy. Er starrte aufs Display. *Sag die Wahrheit.*

»Wir müssen ruhig bleiben«, sagte er. »Wir dürfen jetzt nicht die Nerven verlieren, Katharina. Ich kümmere mich darum. Ich verspreche dir –«

»Ich kann jetzt keine leeren Versprechungen brauchen«, schnappte sie. »Und genau das ist es, was wir von der Polizei zu erwarten haben. Ich lasse das nicht zu. Unter keinen Umständen!«

Es war nicht nur ihr Ton. Sondern auch das, was jetzt gerade so deutlich in Patricks Bewusstsein sickerte. *Mein Sohn. Ich.* Sie tat, als wäre er gar nicht da. Als hätte das alles nur am Rande mit ihm zu tun. Als wäre vollkommen klar, dass von ihm nichts zu erwarten war. Er holte Luft, bremste sich aber im letzten Moment. Es war mit Sicherheit nicht sinnvoll, jetzt eine Grundsatzdiskussion zu beginnen. Er musste nachdenken. In Ruhe. Um das, was unmöglich war, auszuschließen.

Katharina begann wieder zu schluchzen. Patrick bemerkte, dass Rikes Blick noch immer an seinem blutigen OP-Hemd klebte. Er sah an sich hinunter, sah die bräunlichen, eingetrockneten Schlieren.

»Ich gehe duschen und mich umziehen«, sagte er. »Ich bin gleich wieder da. Kommst du solange klar hier?«

Rike nickte. Es wirkte nicht überzeugend.

32

Flo schreckt hoch, als es klingelt. Sie ist auf dem Sofa eingeschlafen. Das passiert ihr oft in letzter Zeit. Es ist ihr ganz recht so, die Abende sind lang. Sie ist viel allein, und es ist nicht leicht, Zeit auszuhalten, in der nichts passiert. Zeit ohne Betäubung. Sie trinkt fast nichts mehr, nur ganz selten, wenn sie sich abends mit jemandem trifft, und dann nicht zu viel. Sie hat seit Ewigkeiten nichts mehr genommen. Sie kann stolz auf sich sein, sagt die Gromitz, aber das ist sie nicht. Es ist keine Leistung. Sie hat sich nicht angestrengt. Es hat sich einfach ergeben. Der Wunsch, klar zu sein. Es geht ihr besser, körperlich. Sie könnte zufrieden sein. Aber auch das ist sie nicht. Stolz und Zufriedenheit sind keine Option, wenn man das, worauf es wirklich ankommt, eben nicht schafft.

Sie kommt nicht weiter. Sie kommt ihr nicht näher.

Sie gibt trotzdem nicht auf. Immer wieder geht sie in die Bremer Straße. Es sind kurze Besuche, eher Stippvisiten, die Kim immerhin duldet. Aber sie zeigt deutlich, dass sie sie nicht wirklich dorthaben will. Sie nimmt das, was Flo ihr mitbringt. Essen, ab und zu auch Zigaretten, warme Kleider, weil es draußen immer kälter wird. Kim redet nicht viel mit ihr. Aber es ist trotzdem gut, sie zu sehen, nach ihr zu sehen. Es fällt Flo jedes Mal schwer, sie dort zurückzulassen. Aber sie kann es aushalten. Sie muss. Sie versteht, dass es für Kim im Moment wichtig ist.

Es klingelt wieder. Vielleicht ist es die Gromitz. Sie kommt ab und zu vorbei oder ruft an. Nicht mehr dienstlich, denn Flo hat ihr das Versprechen abgenommen, Kim vorerst in Ruhe zu lassen. Natürlich will auch sie, dass sie in die Wohngruppe zurückgeht. Sie kann nicht auf der Straße bleiben. Seit ein paar Tagen schüttet es ununterbrochen, die Nächte sind schon jetzt zu kalt. Aber wenn man Kim zwingt, wenn sie jetzt das Gefühl hat, von Flo oder der Gromitz verraten zu werden, dann ist die letzte Chance verspielt. Dann wird sie wieder verschwinden und dafür sorgen, dass sie wirklich niemand mehr findet.

Flo schaut auf die Uhr. Es ist nicht die Gromitz, die würde so spät nicht klingeln. Sie geht durch den winzigen Flur und macht die Tür auf.

»Können wir hier pennen?« Kims Ton ist barsch. Sie weicht Flos Blick aus. Man merkt, dass sie um nichts bitten will. »Nur für eine Nacht. Die Bullen waren da und haben Stress gemacht. Wir mussten da weg, und es ist arschkalt.«

Flo schaut auf den Hund, diesen hässlichen Hund mit den kahlen Stellen im Fell, der ausnahmsweise ganz ruhig ist, sie nicht anbellt und anknurrt wie sonst immer.

Sie hat trotzdem Angst vor ihm.

»Klar«, sagt sie. »Komm rein.«

Sie gibt sich Mühe, ganz ruhig zu bleiben. Dabei würde sie am liebsten heulen vor Glück.

33

Es kostete Katharina jeden Funken Kraft, nicht auszurasten und Patrick ins Gesicht zu schreien, dass es seine Schuld war, allein seine Schuld.

So einfach war es nicht, das wusste sie ja. Er hatte einen Fehler gemacht, einen schrecklichen Fehler. Aber das war lange her. Er hatte es eingesehen, er hatte es korrigiert, alles getan, um es wiedergutzumachen. Es war nicht seine Schuld, dass diese Frau besessen war. Wahnsinnig.

Und auch sie hatte einen Fehler gemacht. Sie hatte die Sache nicht ernst genommen. Sie hatte unterschätzt, wie weit Sarah zu gehen bereit war. Und jetzt saß sie da, unfähig, einen klaren Gedanken zu fassen. Die Angst und der Schmerz schienen alle Gedanken zu lähmen. Die Vorstellung, dass Timo irgendwo da draußen war. Allein. Dass er Angst hatte, weinte, nach ihr rief. Bilder, die kaum zu ertragen waren. Genau wie diese Erinnerung an Timo, schrecklich real, Timo, der auf dem Boden lag und um sich schlug. Sein unerträgliches Kreischen. *Lass mich. Ich hasse dich.* Dazu ihre Schmerzen, der pochende Kiefer und das Gefühl, sich jenseits der Realität zu befinden.

Sie hielt es kaum aus, daran zu denken. Aber sie musste. Denn das war der Moment gewesen, in dem sie aufgeblickt und sich verzweifelt umgesehen hatte, peinlich berührt. Und da hatte sie sie gesehen. Sarah war da gewesen, heute Mittag, auf dem Parkplatz vor dem Ärztehaus.

Sarah hatte alles gesehen.

Ein Trugbild, hatte Katharina gedacht, das die Schmerzen und die Tabletten aus ihrem Unterbewusstsein gezerrt hatten. Sie hatte sich geirrt.

Sie zwang sich, langsam und tief zu atmen. Sie durfte jetzt nicht die Nerven verlieren. Sie versuchte sich darauf zu konzentrieren, dass es ihm gut ging. Sarah würde Timo nie etwas antun. Sie würde Patricks Kind kein Haar krümmen. Sie war nicht dumm.

Nur besessen. Wahnsinnig. Katharina keuchte.

»Kann ich etwas für dich tun?« Rikes Stimme klang weinerlich.

Katharina hob den Kopf, vermied es dabei, sie wirklich anzusehen. Sie war nah, so nah, dass Katharina nur die Arme hätte ausstrecken müssen, um sie zu packen. Sie hätte die Hände um Rikes Hals legen können, zudrücken. Ihren Kopf gegen die Wand schlagen, immer wieder. Um ihr begreiflich zu machen, dass es nichts gab, gar nichts, was sie tun konnte, um das hier wiedergutzumachen. Etwas in ihr sehnte sich danach, den inneren Druck zu mildern, sich Luft zu machen. Aber sie wusste, dass sie das nicht durfte.

»Möchtest du vielleicht einen Tee?«

Atmen. Ein und aus. Ruhig bleiben. Der Zorn auf Rike war genauso sinnlos wie der auf Patrick. Etwas, das Energie kostete, die Energie, die sie für andere Dinge brauchte. Ihr Zorn brachte sie nur weiter, wenn er sich auf das richtige Ziel konzentrierte.

Sie hörte das leise Rauschen in den Wasserleitungen. Hielt sich fest an dem Klang, der suggerierte, dass es noch so etwas wie Normalität gab. Sie schob eine Hand unter den Oberschenkel, packte mit Daumen und Zeigefinger alles Fleisch, das sie erwischen konnte. Kniff zu, so fest, wie sie konnte. Der körperliche Schmerz war weniger intensiv, als sie gehofft hatte. Er half ihr trotzdem.

Denk nach, Katharina. Du musst nachdenken!

»Ein Tee wäre wunderbar«, sagte sie und war selbst überrascht, wie ruhig sie klang. Rike nickte dankbar und floh in die Küche.

Es war eine Erleichterung, allein zu sein. Es machte es einfacher, zu fokussieren. Sarahs Plan war ebenso simpel wie perfide. Sie wusste, wie Patrick funktionierte. Ihr war völlig klar, dass er zur Polizei wollte. In Patricks Welt wandte man sich an Autoritäten, wenn einen etwas überforderte. Man gab die Verantwortung an die ab, die vermeintlich kompetenter waren. Jemand wie Patrick kam gar nicht auf die Idee, dass auch diese Instanzen fehlbar waren. Sich gegen einen wenden konnten, mehr zerstören als retten.

Anders als Sarah. Der war klar, dass die Polizei Fragen stellen würde. Man würde Patrick und sie zwingen, Dinge auszusprechen. Wenn sie zur Polizei gingen, würde alles ans Licht kommen. Sie wusste nicht, ob man Patrick juristisch noch belangen konnte nach all den Jahren. Aber mit Sicherheit würde es seinen Ruf schädigen, nachhaltig und dauerhaft. Mit Sicherheit würden sich alle das Maul zerreißen. All das, was stabil und verlässlich war, würde in Frage gestellt werden. Das, wofür sie gekämpft hatten. Sie und Patrick.

Das wusste Sarah. Das war es, was sie wollte.

Trotzdem hatte Katharina einen Trumpf im Ärmel. Sarah hatte keine Ahnung, was wirklich auf dem Spiel stand. Und darum unterschätzte sie Katharina. Sie würde nicht zulassen, dass Sarah ihr Leben zerstörte. Und das ihres Kindes.

Sie hörte Rike in der Küche hantieren. Nervenzerfetzende, gleichzeitig wohltuende Geräuschkulisse, die die roten Nebelfetzen an den Rand des Blickfelds drängte.

Katharina richtete den Blick auf den schmalen Teppich, der zwischen Couchtisch und Fernseher lag. Farblich passend zum Sofa, sie hatten ewig gesucht, bis sie das perfekte Modell gefunden hatten. Sie dachte daran, wie gern Timo dort lag, heimlich den weichen Flor streichelte, wenn er sich unbeobachtet fühlte. Der Gedanke trieb ihr die Tränen in die Augen und gab ihr gleichzeitig Kraft.

Niemand würde ihr das hier nehmen. Niemand!

Sie würde Patrick davon abhalten, blindlings in die Falle zu laufen, die Sarah gebaut hatte. Sie war überrascht gewesen, als er eben so schnell eingelenkt hatte und einverstanden gewesen war, die Polizei außen vor zu lassen. Aber sie kannte ihn gut genug, um zu wissen, dass er seine Meinung jederzeit wieder ändern konnte.

Und darum musste sie handeln.

Sie griff nach dem Handy. Zögerte, wählte dann erneut die Nummer, von der die furchtbare SMS gekommen war. Vergeblich, aber das überraschte sie nicht, denn so leicht machte Sarah es ihr nicht. Sie wollte ja nichts von ihr, sondern von Patrick.

Sie legte das Handy wieder ab, ließ den Blick durch den Raum wandern. Sah das Sofa, das perfekte Sofa, daneben das Regal, maßangefertigt, vor den Büchern die gerahmten Bilder. Timo als zahnlos grinsender Säugling. Timo als Kleinkind, am Strand mit Patrick. Timo stolz strahlend mit seinem Laufrad. Ihr Kind. Ihr Leben. Sie würde es schaffen. Sie würde ihr Kind retten.

Sie musste mit Patrick reden. Sie musste ihm erklären, was hier passierte. Er konnte nichts dafür, dass Sarah ihn liebte, auf diese kranke Art. Er konnte nichts dafür, dass sie ihn bestrafen wollte, weil er die richtige Entscheidung getroffen hatte.

Aber er konnte versuchen, sie zur Vernunft zu bringen. Patrick war der Schlüssel.

Die Tür öffnete sich, Rike kam zurück. Sie stellte zwei Becher auf den Tisch, in denen traurig Teebeutel schwammen.

»Danke«, sagte Katharina, Rike lohnte es ihr mit einem unsicheren Lächeln. Rike, die Timo vergötterte. Sie würde alles für Timo tun und für Katharina. Rike war auf ihrer Seite.

»Es tut mir leid«, sagte Katharina leise. Das stimmte so nicht. Aber die Lüge ging ihr einfach und glatt über die Lippen. Sie brauchte Rike, sie brauchte jeden Verbündeten, der ihr zur Verfügung stand. »Ich hätte das nicht sagen sollen eben. Du kannst nichts dafür.«

»Schon gut«, sagte Rike. »Ich verstehe ja ... ich meine, ich kann mir vorstellen ... Gott, ich fühle mich schrecklich.«

Katharina griff nach ihrer Hand, drückte sie sanft. »Wir stehen das durch«, sagte sie leise. »Wir stehen das irgendwie durch.«

34

Patrick drehte das Wasser aus, griff nach dem Handtuch und trocknete sich nachlässig ab, bevor er das Handy von der Ablage nahm. Keine neuen Nachrichten. Das war keine Überraschung, denn während er unter dem heißen Wasserstrahl gestanden hatte, hatte er angestrengt gelauscht. Er hätte gehört, wenn sie geantwortet hätte.

Sarah, melde dich! Sofort!, hatte er geschrieben.

Und jetzt stand er da, nackt und fröstelnd, die Haut gespannt vom zu heißen Wasser, und starrte auf das Handy.

Sie hatte mehrfach versucht, ihn zu erreichen. Vorhin, gegen zwei, als Katharina Timo gerade zur Logopädie gebracht hatte. Als er im OP gewesen war. Drei entgangene Anrufe. Und dann diese Nachricht.

Ruf mich an!, hatte sie geschrieben. *Das hier ist schlimmer, als du glaubst. Ich kann so nicht weitermachen. Ich muss etwas tun!*

Nur Worte, dachte er, Sarah war noch immer im Drama-Modus. Sie war wütend auf ihn. Und wenn Sarah wütend war, dann schlug sie um sich. Sie war impulsiv. Aber sie war nicht grausam. Nein, Sarah würde ihm so etwas nie antun.

Oder doch? Er dachte an den Abend, an diese Wut. Sie hatte die ganze Sache persönlich genommen. Es war unwahrscheinlich, natürlich war es unwahrscheinlich, dass sie sich zu einer solchen Idiotie hatte hinreißen lassen. Aber er musste sichergehen. Bevor er zur Polizei ging, musste er diesen lächerlichen Verdacht ausräumen.

Erneut wählte er ihre Nummer. Bekam wieder nur die Mailbox. Das war so typisch für sie. Warum forderte sie ihn erst so dramatisch auf, ihn anzurufen, und ließ ihn dann verhungern?

Ich kann so nicht weitermachen. Ich muss etwas tun.

Nur Worte. So war Sarah. Er kannte sie doch.

Die Frustration glich körperlichem Schmerz. Wie hatte er nur in so einen Schlamassel geraten können?

Das geht zu weit, tippte er jetzt. *Melde dich! Sofort!* Er drückte auf Senden. Trotz der sanften Wärme, die die Fußbodenheizung unter den glatten, edlen Fliesen abgab, hatte er Gänsehaut am ganzen Körper.

Die Polizei. Das war die einzige Möglichkeit. Es ging um Timo, verdammt, es ging um sein Kind. Und wenn Sarah tatsächlich etwas mit dieser Sache zu tun hatte, dann hatte er keinen, aber auch gar keinen Grund, sie zu schützen.

Er stöhnte leise. Schloss kurz die Augen. Die Wahrheit, dachte er, die verdammte Wahrheit war, dass er nicht sie schützte, sondern sich selbst. Er dachte an Katharinas Gesicht eben, kreidebleich und versteinert. Er wollte sich nicht einmal vorstellen, wie sie reagieren würde, wenn er seinen Verdacht aussprach und ihr erklären musste, warum er diese Möglichkeit in Betracht zog.

35

Sie ist weg, als Flo aufwacht. Dabei hat sie sich extra früh den Wecker gestellt. Sie hat beim Einschlafen überlegt, welche Geschäfte schon aufhaben um diese Zeit, damit sie etwas zum Frühstück einkaufen kann. Und Hundefutter.

Aber Kim ist weg. So, wie sie es angekündigt hat, denkt Flo, aber es ist trotzdem schrecklich. Das Gefühl, dass sie etwas gehabt und dann wieder verloren hat.

Flo geht wieder in die Bremer Straße. Aber da sind nur Bauarbeiter, sie reißen das Haus jetzt ab. Sie haben die vertrieben, für die es Zuflucht war. Flo sucht wieder, geht ziellos und planlos und sinnlos durch die Stadt. Aber nicht hoffnungslos. Sie kann die Hoffnung nicht aufgeben. Aufgeben ist keine Option.

Und dann, zwei Wochen später, klingelt Kim wieder. Nur für eine Nacht, sie legt Wert darauf. Nur eine Nacht.

Aber die Nächte wiederholen sich, es werden mehr. Sie kommt. Sie geht. Es fällt Flo jedes Mal schwer, es auszuhalten. Sie fragt sich, wo sie ist und was sie tut und was ihr passiert, wenn sie wegbleibt. Sie macht sich Sorgen, jedes Mal. Aber sie fragt nicht, wo Kim gewesen ist. Sie fragt nicht, wann sie wiederkommt.

Sie lernt, damit umzugehen. Sie hat jetzt immer Frühstück im Haus. Und Hundefutter. Sie drängt Kim nicht, sie fordert nichts. Sie kann ihrem Kind nur etwas anbieten. Sie ist glücklich, wenn Kim es nimmt. Als sie zum ersten Mal ihre Tasche dalässt, weint Flo heimlich vor Freude.

Flo kauft eine Matratze und legt sie ins Wohnzimmer. Sie

treibt auch einen Hundekorb auf, den stellt sie daneben, in die Küche einen Napf. Sie lässt einen Schlüssel machen und legt ihn auf den Tisch. Er liegt da lange. Aber irgendwann ist er verschwunden.

Es ist schwer, wenn Kim weg ist. Es ist auch schwer, wenn sie da ist. Flo hört sie in der Nacht. Kim hat Alpträume. Sie weint und schreit. Flo geht zu ihr, versucht, sie zu wecken, zu trösten, zu beruhigen. Meistens jagt Kim sie weg, und der Hund knurrt. Er schläft nie im Korb, sondern neben Kim auf der Matratze. Kim macht keinen Schritt ohne ihn.

Manchmal wird Kim wütend. Ohne erkennbaren Anlass flippt sie aus, schreit Flo an und beschimpft sie. Manchmal sitzt sie einfach auf dem Sofa und starrt auf den Fernseher oder in die Luft.

Typisch für eine posttraumatische Belastungsstörung, sagt die Gromitz. Mit ihr telefoniert Flo regelmäßig. Sie ist ihr dankbar, weil sie sie machen lässt. Aber sie will den Kontakt halten, sie will wissen, wie es läuft, wie es Kim geht. Und Flo.

Dann wird Kim krank. Sie hat hohes Fieber. Die Gromitz muss vorbeikommen, um ihre Krankenkassenkarte zu bringen. Kim ist wütend, als sie die Gromitz sieht, aber zu schwach, um sich wirklich aufzuführen. Sie lässt sich sogar von ihr zur Ärztin fahren. Zu einer, die die Gromitz kennt. Zu einer, die auch Kim kennt. Sie verschreibt ihr etwas gegen Fieber und Husten und die Schmerzen. Und etwas anderes. Sie redet mit Kim, immer wieder. Und irgendwann ist Kim einverstanden.

Sie geht zur Therapie. Nicht immer so regelmäßig, wie sie sollte, aber immerhin. Kim redet mit der Therapeutin. Über alles.

Und die Therapeutin redet mit Flo. Sie macht ihr Mut und sagt, dass sie es richtig macht. Dass Kim Zeit braucht, viel Zeit vielleicht. Dass sie langsam lernen muss, wieder zu vertrauen. Und dass sie irgendwann auch mit Flo reden wird. Wenn es richtig für sie ist.

Die Therapeutin erklärt Flo, was sie selbst sehen kann. Kim ist stark. Gleichzeitig schwach, tief beschädigt. Es ist schwer für Flo, es auszuhalten. Das nächtliche Weinen und Schreien, die Wutausbrüche. Aber für Kim ist alles noch viel schwerer.

Flo ist verzweifelt. Und glücklich.

Und sie ist wütend. So wütend, dass sie es manchmal kaum aushält. Sie denkt daran, dass der, der ihrer Tochter das angetan hat, jede Nacht in seinem Bett liegt und tief und ruhig schläft. Er lebt sein Leben, als wäre nichts gewesen. Es ist falsch und ungerecht. Er darf nicht davonkommen. Er muss zur Rechenschaft gezogen werden.

Es ist Kims Entscheidung, sagt die Therapeutin, allein Kims Entscheidung. Und darum drängt Flo Kim nicht.

Aber sie sagt es manchmal. Sie erinnert Kim daran, dass sie sich wehren kann. Dass sie nicht weniger wert ist als andere. Dass er bestraft werden muss. Sie sagt es immer wieder. Nicht immer laut, sondern oft auch wortlos. Du bist es wert, sagt sie, dir steht Gerechtigkeit genauso zu wie allen anderen.

Sie hofft, dass Kim sie irgendwann hört.

36

Sie brauchte eine Tablette. Das wurde Katharina in dem Moment klar, in dem Patrick wiederkam – frisch geduscht, in dem T-Shirt, das er so gern trug. Ein unerträglicher Anblick, der die Wut wieder wie einen Blitz durch ihren Körper zucken ließ.

Sie brauchte eine Tablette.

Etwas, das gegen das Trommelfeuer in ihrem Kopf half. Sie musste sich beherrschen. Sie murmelte etwas, stand auf und verließ den Raum. Die Handtasche lag noch im Flur, sie nahm sie, zog sich in die Gästetoilette zurück. Mit zitternden Fingern suchte sie den Blister, drückte eine Tablette in die Handfläche. Sie zögerte. Es würde helfen, die Dinge weicher machen, leiser, weniger drängend. Und ebendarum war es vielleicht ein Fehler. Sie wusste, welchen Preis sie für diese künstliche Ruhe bezahlte.

Sie hörte Patricks Schritte im Flur, er klopfte leise an die Tür. »Ist alles in Ordnung?«

»Ja.« Ihre Stimme glich einem Krächzen. »Ich brauche nur einen Moment.« Sie starrte auf die Tablette. Seine Schritte entfernten sich.

Patrick, dachte sie. Mein Mann. Timos Vater. Der Mann, den ich liebe. Der Mann, der mich liebt. Patrick. Schwach, dachte sie, ein ungewohnter und doch vertrauter Gedanke. Patrick brauchte sie. Genau wie Timo. Er brauchte sie wach und präsent. Nicht gedämpft, nicht weit weg von dem, was hier geschah. Und sie brauchte ihren Zorn.

Sie hatte einen Fehler gemacht. Nicht nur, weil sie diese Briefe nicht ernst genommen hatte. Sondern schon viel früher. Damals. Sie hatte es in jener Nacht in der Hand gehabt. Und sie hatte eine Entscheidung getroffen, die sie schon kurz danach bereut hatte.

Als sie zu ihr gegangen war, zu Sarah, die zerschmettert und geschunden in dem Krankenhausbett gelegen hatte. Aber das hatte sie nicht davon abgehalten, die Sätze zu sagen, die jetzt laut in Katharinas Kopf hallten. *Ich bin nicht dein Problem*, hatte sie gesagt. *Ich bin nur ein Symptom. Du kannst dich auf Dauer nicht vor der Wahrheit verstecken. Sie wird dich irgendwann einholen. Genau wie mich.*

Leere Worte, hatte Katharina damals gedacht. Phrasen, Sarahs letztes Aufbäumen. Sie tat, als habe sie noch immer Oberwasser.

Sie war sicher gewesen, dass sie gewonnen hatte. Sie hatte keine Angst gehabt, weil sie unterschätzt hatte, wie weit Sarah zu gehen bereit war.

Aber Sarah unterschätzte auch sie. Sie machte sich keine Vorstellung davon, was sie aushalten konnte und würde, um ihr Kind zurückzubekommen.

Sie stopfte die Tablette in die Hosentasche. Musterte ihr Spiegelbild. Die Wimperntusche war vom Weinen verschmiert, ihr Gesicht war fleckig und glänzte. Sie griff nach dem kleinen Etui, das auf der Ablage über dem Waschbecken lag, und beseitigte die schwarzen Spuren. Sie zögerte kurz und machte dann weiter. Sie cremte und puderte, dann bürstete sie sich die wirren Haare. Es fühlte sich falsch an, wie Patricks Anblick eben. Unangebracht eitel, obwohl es mit Eitelkeit nichts zu tun hatte. Als sie fertig war, sah sie, was sie sehen wollte. Kein Wrack. Kein Opfer. Sondern eine Frau, die sich die Kontrolle nicht abnehmen ließ. Eine, die bereit war zu kämpfen.

Sie drehte den Hahn auf und ließ kaltes Wasser über ihre Handgelenke laufen.

Sie würde das schaffen. Alles andere war keine Option.

Sie schloss die Tür auf und ging zurück ins Wohnzimmer.

Rike saß noch immer am Tisch. Patrick stand am Fenster und sah hinaus. Jetzt drehte er sich um und sah sie mit diesem hilflosen und besorgten Blick an. Sie wich ihm aus, nahm stattdessen wieder das Handy vom Tisch.

Sag die Wahrheit.

Patrick kam näher. Er schien sie berühren zu wollen, hielt dann aber inne und griff stattdessen nach der Jacke, die er vorhin über den Stuhl geworfen hatte. Er kramte in den Taschen.

»Was suchst du?«

»Den Autoschlüssel. Wo ist mein verdammter Autoschlüssel?«

»Was soll das?« Katharina sah ihn verständnislos an.

»Ich gehe. Ich suche meinen Sohn!«

»Nein!« Katharina hätte ihn am liebsten gepackt. »Du kannst nicht … Hör mir zu, Patrick –«

»Ich muss!«, unterbrach er sie. »Was soll ich denn sonst machen? Hier sitzen und einfach warten?«

Katharina zwang sich zur Ruhe. »Was genau willst du denn tun? Durch die Straßen rennen und seinen Namen rufen?«

»Ich fahre zu diesem Ärztehaus.« Er klang gereizt. »Ein Kind verschwindet nicht einfach so. Irgendjemand muss etwas gesehen haben.« Er unterbrach die hektische Wühlerei und fing an, durch den Raum zu tigern.

»Wir müssen ruhig bleiben!«

Katharina zuckte zusammen. Sie hatte Rikes Anwesenheit kurz völlig ausgeblendet. Ihr »Wir« irritierte sie, tat aber gleichzeitig gut, denn für einen kleinen Moment konnte sie sich wenigstens einbilden, dass nicht alle Verantwortung auf ihr lastete.

»Wir müssen uns darauf konzentrieren, was dieser Mensch will. Die Wahrheit. Was soll das? Worum könnte es gehen? Wer hasst dich, wer hasst euch so, dass er euch so etwas antun würde? Und warum?«

Patricks Schritt stockte. Katharina hörte ihn atmen. Zu laut, zu schwer. »Patrick? Alles in Ordnung?«

Er wich ihrem Blick aus. »Ja, natürlich, könnte nicht besser sein«, schnappte er, schien seinen Sarkasmus aber im selben Moment zu bereuen. »Entschuldige ...« Er kramte in seiner Hosentasche und zog sein eigenes Handy hervor.

Falsch!, brüllte etwas in Katharina. Sein betont beiläufiger Blick. Falsch, das ganze Bild, wie er dastand, über das Display wischte. »Patrick, was machst du da?« Sie ließ ihn nicht aus den Augen, darum entging ihr der leise Hauch Schuldbewusstsein, der über sein Gesicht huschte, nicht.

»Nichts, ich wollte nur schauen ... Die Praxis, ich bin Hals über Kopf weg.«

Er log. Kein Zweifel, er log. »Patrick!«, wiederholte sie. Sie hasste den hysterischen Klang ihrer Stimme. »Verschweigst du mir etwas? Sag die Wahrheit!« Kaum waren die Worte ausgesprochen, bereute sie sie. Wie konnte ihr ausgerechnet das herausrutschen? Diese drei Worte, die bleischwer und giftig in der Luft zu hängen schienen? Sie schlug eine Hand vor den Mund, als könne sie es so zurückholen, das, was doch ganz anders gemeint war.

Denn ihr war schlagartig klar geworden, was er wirklich vorhatte.

Er wollte nicht zum Ärztehaus fahren.

Er wollte zur Polizei. Das erklärte, warum er vorhin so schnell eingelenkt hatte. So war Patrick. Er hasste Konflikte, er wich ihnen aus, wann immer er konnte. Tat dann trotzdem genau das, was er für richtig hielt.

Patrick wollte zur Polizei, weil er nicht bereit war, das hier auszuhalten. Für sie. Und Timo. Es war ihm zu viel. Wie so oft. Der Gedanke tat weh, gleichzeitig gut, denn er erinnerte sie daran, was ihre Aufgabe war.

»Niemand verlässt das Haus«, sagte sie. »Die Anweisung ist klar. Du bleibst!« Sie dachte kurz nach. Das reichte nicht, um ihn aufzuhalten. »Wenn jemand geht, dann sie.« Sie deutete auf Rike. »Niemand weiß, dass sie hier ist. Sie ist im letzten Moment eingesprungen. Sie wird weniger Verdacht erregen.« Das war natürlich Unsinn, denn jeder, der da draußen herumlief und Fragen nach einem Kind stellte, erregte Verdacht. Aber eine bessere Lösung fiel ihr auf die Schnelle nicht ein. Außerdem würde es ihr die Gelegenheit geben, mit Patrick zu reden. Allein.

Rike keuchte. »Nein!« Die Ruhe, die sie eben noch gezeigt hatte, war schlagartig verschwunden. »Bitte … das kann ich nicht.« Sie klang kläglich.

»Natürlich kannst du!«, herrschte Katharina sie an. »Oder hast du vergessen, dass wir wegen dir in dieser Lage sind? Du schuldest mir etwas, Rike, du schuldest mir alles! Und darum wirst du tun, was ich sage.«

Rike keuchte erneut. Sie presste eine Hand auf die Brust, sprang dann auf und stürmte aus dem Raum.

»Was soll das?« Patrick klang fassungslos. »Warum behandelst du sie so? Du weißt genau, dass sie nichts dafürkann. Und du siehst doch, wie fertig sie ist. Sie wird nichts ausrichten.«

»Sie wird genauso viel ausrichten wie du. Patrick, du darfst jetzt nicht –«

»Es tut mir leid.« Rikes Stimme von der Tür unterbrach sie. Sie klang heiser. »Natürlich tue ich es. Ich tue alles, alles, was ihr wollt …«

In diesem Moment gab Katharinas Handy einen Ton von sich. Sie schrie kurz auf, bevor sie danach griff. Las. Erst leise. Dann laut.

»Es ist viel einfacher, als du denkst. Sag die Wahrheit.«

37

Es ging rasend schnell. Katharina stürzte sich auf Rike, packte sie an den Schultern und schüttelte sie.

»Du!«, kreischte sie und begann, auf sie einzuschlagen.

Rike wich zurück, immer weiter, bis sie mit dem Rücken zur Wand stand. Sie machte keine Anstalten, sich gegen Katharinas Schläge zu wehren, gab keinen Laut von sich. Die Szene war so unwirklich, dass Patrick einen Moment brauchte, um den Schock zu überwinden. Er packte Katharina, versuchte, ihre Arme festzuhalten, und zerrte sie zurück.

»Was tust du da? Um Gottes willen, was machst du denn?«

Katharina wehrte sich und setzte dabei erstaunliche Kräfte frei. »Die Nachricht!«, schrie sie. »Sie war draußen, dann kam die Nachricht. Das ist doch kein Zufall!«

Patrick hielt sie fest und versuchte zu verstehen, was sie da sagte. Kein Zufall? Ein Blick auf Rike, die an der Wand lehnte und zitterte, der das Blut aus der Nase rann, reichte aus, um klarzumachen, wie absurd die Anschuldigung war.

»Du steckst mit ihr unter einer Decke«, zischte Katharina. »Du machst mit ihr gemeinsame Sache!«

Rike schluchzte auf. »Katharina, du kannst doch nicht wirklich denken, dass ich so etwas tun würde!«

Katharinas Gegenwehr wurde schwächer. Sie machte noch

ein paar halbherzige Versuche, sich aus seinem Griff zu winden, schien sich aber wieder unter Kontrolle zu haben. Auch sie hatte zu weinen begonnen.

Patrick führte sie zum Tisch, drückte sie auf einen Stuhl. Sie ließ es geschehen.

»Katharina, bitte«, hörte man Rike leise heulen. »Bitte sag, dass du mir glaubst.«

Katharina nickte stumm.

Eben noch eine Furie und kaum zu bändigen, war sie jetzt völlig in sich zusammengefallen. Er versuchte, nicht daran zu denken, was sie mit Rike getan hätte, wenn er nicht eingegriffen hätte. Aber da war noch etwas, das sich in seinen Schock mischte. Mit *ihr* hatte sie gesagt, du steckst mit *ihr* unter einer Decke. Hatte er das falsch verstanden? Oder wusste sie etwas, wusste sie mehr, als sie zugab?

Verdammt, er wurde genauso paranoid, wie sie offenbar schon war. Katharina war am Ende, in einem emotionalen Ausnahmezustand. Und das war mehr als verständlich. Obwohl es die Situation nicht einfacher machte.

»Es tut mir leid«, wisperte sie jetzt. »Natürlich glaube ich dir, Rike.«

Patrick legte beide Hände auf ihre Schultern und drückte sie sanft. Katharina ließ ihn kurz gewähren, dann stand sie auf.

»Komm«, sagte sie und streckte Rike eine Hand entgegen. »Wir müssen das kühlen.«

Sie wirkte völlig ruhig. Patrick hatte trotzdem kein gutes Gefühl, als die beiden zusammen den Raum verließen.

Er musste etwas tun. Jetzt.

Er checkte erneut sein Handy. Nichts.

Wahnsinnig, ich werde wahnsinnig, dachte er, als Katharina und Rike, die sich einen feuchten Waschlappen auf die Nase presste, während sich um ihr linkes Auge ein grünlicher Schatten bildete, zurückkamen.

Er stand auf und ignorierte den leichten Schwindel.

»Ich gehe jetzt.« Er legte das Handy auf den Tisch und begann wieder, in seiner Jackentasche nach dem Schlüssel zu suchen.

Katharina sah ihn an. »Mach dich nicht lächerlich«, sagte sie. »Du gehst nirgendwohin.«

Es war ihr Ton, der klare Befehlscharakter ihrer Aussage. Es war ihr Blick, ihre Haltung. Und die Erinnerung an etwas, das er fast vergessen hatte.

»Wir bleiben hier«, fuhr sie fort. »Alle! Es geht um Timos Leben. Wir müssen das aushalten. Ich kann das. Und du auch!«

Da stand eine Katharina, die weit weg war. Ganz allein, kompromisslos und zu allem entschlossen.

Als hätte das, was hier passierte, nichts mit ihm zu tun.

»Hörst du dir eigentlich selbst zu?« Seine Stimme war rau. »Merkst du nicht, was du da gerade tust?«

Sie erwiderte seinen Blick. »Ich tue, was ich tun muss. Ich sorge dafür, dass meinem Kind nichts passiert.«

»*Deinem* Kind? Verdammt, er ist auch mein Kind. Er ist mein Sohn!« Er versuchte sich zurückzuhalten. Es half niemandem, wenn er jetzt einen Streit vom Zaun brach. Ausgerechnet jetzt diese Dinge aussprach, die in seinem Kopf waren. *Die Wahrheit.* »Hast du es wirklich vergessen, Katharina? Hast du tatsächlich vergessen, dass es *dein* Kind nicht gäbe, wenn es nach dir gegangen wäre?« Er hörte sich selbst, den boshaften Unterton, und hasste sich dafür, aber er konnte nicht aufhören.

Obwohl sie dieses Wimmern von sich gab und sich an Rikes Arm klammerte. Obwohl ihr Blick nicht mehr entschlossen war, sondern ein stilles Flehen.

»Du wolltest ihn umbringen«, sagte er trotzdem. »Das ist die Wahrheit. Du wolltest *dein* Kind töten!«

38

Ein leichter Wind vom Meer, die Sonne geht gleich unter. Die Wellen schimmern kitschig golden, der Weißwein ist so kalt, dass kleine Tropfen von den Gläsern perlen.

Es ist der letzte Abend des verlängerten Wochenendes. Morgen fliegen sie zurück. Patrick trinkt einen Schluck. Er versucht, Sonnenuntergang und Wein zu genießen, wenigstens das. Damit sich dieser Kurztrip, den sie sich eigentlich nicht leisten können, doch irgendwie gelohnt hat. Sie sind erst vor ein paar Wochen von der Hochzeitsreise nach Sizilien zurückgekommen. Es war wunderschön, alles war perfekt. Trotzdem Verschwendung, hatte Katharina gesagt und gelacht, man sieht ja so wenig, wenn man nur Augen füreinander hat. Perfekte Verschwendung, hatte er erwidert und sie zurück ins Hotelbett gezogen. Es war perfekt, es blieb perfekt, auch zu Hause, sie waren glücklich.

Dann kam der September, nicht golden, sondern grau, nasskalter Nieselregen, der auf die Stimmung drückte. Katharinas Heiterkeit wirkte irgendwie bemüht, der Glückstaumel ächzte unter dem Alltag. Darum hatte er sich zu dieser kleinen Flucht hinreißen lassen. Noch einmal Sonne und Meer, Capri diesmal. Sie ist ihm um den Hals gefallen. »Du bist verrückt«, hat sie in sein Ohr geflüstert. »Ich liebe dich, du Wahnsinniger!«

Der Kellner kommt. Er wirft Katharina einen fragenden Blick zu. Sie hat ihr Essen kaum angerührt. Er räumt die Teller ab, Patrick bestellt noch eine Flasche Wein.

Er ist frustriert. Nein, mehr als das, mittlerweile ist er wütend. Er versteht nicht, was los ist. Er hat sie gefragt. »Nichts«, hat sie gesagt. »Alles wunderbar.« Er weiß nicht, was er tun soll. Was anfangen mit dieser Frau, die so anders ist als die Katharina, die er liebt. Die Katharina, die nie zickig ist, sich nicht in vorwurfsvolles Schweigen hüllt und zurückzieht. Die Katharina, mit der das Glück so leicht scheint, weil sie will, was er will. So war es jedenfalls, aber jetzt ist da dieser bittere Geschmack in seinem Hals.

»Was ist los?« Er hasst seinen Ton, er hasst dieses Gespräch schon jetzt. Wir müssen reden. Er möchte das nicht. »Bitte sag mir, was mit dir los ist.«

»Nichts.« Sie schaut auf ihr Glas, lässt den kalten Wein kreisen.

Er möchte schreien. Sein eigenes Glas nehmen und auf den Fliesenboden der Terrasse schleudern. Stattdessen trinkt er einen großen Schluck. Dann noch einen.

Seit sie hier sind, schaut sie ihn kaum an. Wenn sie es doch tut, ist da keine Spur mehr von diesem Strahlen, das ihn dazu bringt, sie sofort küssen zu wollen. Stattdessen weicht sie seinen Blicken aus. Und auch seinen Berührungen. Sie versteift sich unter seinen Händen, am Tag und in der Nacht. Sie redet kaum. Sitzt am Strand, starrt in ein Buch, aber sie blättert nie um.

»Katharina, schau mich an. Bitte!«

Sie tut es. Weil er es verlangt, daran lässt sie keinen Zweifel. Ein paar Sekunden hält sie durch, dann senkt sie den Blick wieder.

»Sag es mir, bitte!« Er bemüht sich, nicht verzweifelt zu klingen. »Habe ich etwas falsch gemacht? Rede mit mir.«

Ihr Gesicht verzieht sich. Kurz fürchtet er, sie würde anfangen zu weinen. »Es hat nichts mit dir zu tun«, sagt sie, so leise, dass er sie kaum versteht. Sie zögert. Und dann: »Es ist … ich bin schwanger.«

Ein Schock. Natürlich ist das ein Schock. Patrick hebt sein Glas, stürzt den Rest Wein hinunter. Er schenkt nach. Seine Hände zittern. Sie haben zusammen darüber gelacht. Über die Leute, die davon ausgingen, dass es nur einen Grund für eine so schnelle Hochzeit geben konnte. Über die verstohlenen Blicke auf Katharinas flachen Bauch. Sie haben darüber gelacht, weil sie sich auch da einig waren. Wie so oft, wie immer. Patrick liebt seinen Job, er ist ehrgeizig, hat Ziele, er will Karriere machen. Katharina hasst ihren Job, sie hat keine Lust mehr, darum ist es Zeit, dass sie sich neu orientiert und etwas findet, das sie wirklich tun will. Kinder sind gerade kein Thema.

Patrick sucht nach Worten, ist aber tatsächlich sprachlos. Er schaut Katharina an, seine wunderschöne Frau. Und etwas geschieht. Es trifft ihn nicht wie ein Blitz, es ist eher eine Welle, die langsam auf ihn zurollt, sanft in seine Vorstellung schwappt, während er sie ansieht. Ihre Haare, die im Abendlicht glänzen wie ein Heiligenschein, die Augen, magisch grün, und der perfekte Schwung ihrer Lippen. Ihre Nase, ein bisschen zu schmal und zu spitz. Er sieht all das in einem anderen, einem winzigen Gesicht. Er sieht eine kleine Hand, die nach seiner greift, sich festhält, während dicke Beinchen erste Schritte wagen.

»Gott, Katharina …«, stammelt er. »Das ist –«

Sie hebt eine Hand. »Ich weiß. Ich kann es mir nicht erklären, wirklich nicht, es war keine Absicht, das musst du mir glauben.«

»Natürlich! Natürlich glaube ich dir.« Er greift nach ihrer Hand und küsst sie, erst die Handinnenfläche, dann jeden einzelnen Finger. Dabei versucht er, die fremden, unerwarteten Gefühle zu sortieren.

»Es ist okay, Schatz«, sagt er. »Ich muss das nur … erst mal verarbeiten.« Er lacht nervös und sucht wieder nach Worten, um diesen inneren Film zu fassen. Ein kleiner Rücken, den er sanft anschubst auf einer Schaukel, Kinderjuchzen. Ein kleiner Kopf auf einem Kissen, andächtig lauschend, während er vorliest. Er sucht die richtigen Worte für das, was er fühlt, das Neue, das Unerwartete.

»Wir werden eine Familie sein. Das ist … unglaublich.« Es ist ihm peinlich, aber er merkt, dass ihm Tränen der Rührung in die Augen steigen.

»Patrick!« Sie spricht nicht laut. Aber etwas in ihrem Ton lässt ihn aufhorchen, reißt ihn aus den Bildern, den Gedanken, reißt ihn aus dieser unerwarteten süßen Seligkeit.

Etwas Hartes, Kaltes.

Etwas, das auch in ihren Augen ist. »Ich werde es nicht kriegen«, sagt sie, die Stimme nüchtern und geschäftsmäßig. »Ich werde dieses Kind auf keinen Fall kriegen. Sobald wir zu Hause sind, mache ich einen entsprechenden Termin.«

Als die Sonne aufgeht, sitzt er am Strand im feuchten Sand, neben sich eine Flasche Wein. Er kann sich nicht erinnern, wo er die herhat. Er will sich nicht erinnern, nicht an den Wein, nicht an den Streit. Es war ihr erster richtiger Streit, obwohl er nicht richtig war, denn sie hat nicht gestritten. Sie hat nicht diskutiert, da war nur eisige Entschlossenheit, Augen ohne Liebe, ohne Vertrauen, ohne Mitleid.

Sie ist irgendwann einfach aufgestanden und gegangen. Patrick ist ihr nicht gefolgt.

Er ist sitzen geblieben. Er hat aufs Meer geschaut, hat Wein bestellt, immer wieder, bis das Restaurant schloss. Dann ist er zum Hafen hinuntergewankt, hat mehr Wein gesucht und gefunden und getrunken, bis jetzt, Sonnenaufgang, es ist höchste Zeit. Er rappelt sich hoch und geht zum Hotel. Er wirft Kleider in seinen Koffer. Sie wechseln kein Wort, keinen Blick. Nicht auf der Fahrt zum Flughafen, nicht im Flugzeug. Hämmernde Kopfschmerzen, saure Übelkeit. Das Gefühl körperlicher Erleichterung, als sie endlich in der Wohnung ankommen. Sprachlos. Er legt sich ins Bett und schläft.

Als er aufwacht, ist er wieder klar. Er hat noch immer Kopfschmerzen, ruft in der Klinik an und meldet sich krank. Er nimmt eine Tablette und wartet. Wieder legt er sich Worte zurecht. Er sehnt sich nach ihr. Nach seiner Katharina mit den strahlenden Augen, seiner Frau, die ihn zärtlich anlächelt, ihn küsst, seine Hand hält. Die nah und vertraut ist.

Es hat nichts mit dir zu tun, hat sie gesagt.

Wie kann sie so etwas sagen?

»Du darfst das nicht tun«, sagt er, als sie endlich nach Hause kommt. »Ich würde es nicht ertragen.«

Sie sieht ihn an, nickt stumm. Sie ist bleich und sieht entsetzlich müde aus.

»Ich kann dich nicht zwingen. Aber ich bitte dich. Ich flehe dich an. Das darfst du nicht tun!«

»Ich kann nicht anders«, sagt sie.

»Warum nicht?«

»Das verstehst du nicht.«

»Dann erklär es mir! Rede mit mir, Katharina. Du kannst nicht mein Kind umbringen und mich mit so einer Floskel abspeisen!«

»Floskel?« Endlich ist da etwas. Eine Regung. Endlich hat er das Gefühl, nicht mehr gegen eine Wand zu rennen. »Du hast keine Ahnung, Patrick! Du hast keine Vorstellung davon, was es bedeutet, ein Kind zu haben. Du weißt nicht, wie es sich anfühlt, wenn man …« Sie stockt. »Wenn man versagt.« Sie spricht so leise, dass er sie kaum verstehen kann.

»Katharina, das ist doch lächerlich. Es ist nicht leicht, das glaube ich ja, aber warum sollten wir versagen? Woher willst du wissen, wie es sich anfühlt?«

Ihr Blick bringt ihn zum Schweigen, und endlich begreift er, was sie da gerade gesagt hat. Diese Frau, seine Frau, die er liebt, von der er so wenig weiß. Ein Neuanfang, das hat sie gesagt. Sie hat von einer gescheiterten Beziehung gesprochen, schmerzlich, aber vorbei, sie will nicht darüber reden. Er hat das verstanden, mehr noch, es war ihm recht, auch er wollte nicht über bestimmte Dinge reden, sondern lieber neu anfangen mit ihr, ohne Ballast.

»Erklär es mir«, sagt er. »Erzähl mir davon, Katharina, erzähl mir alles … bitte!«

Sie atmet schwer und schüttelt den Kopf. »Ich kann nicht.«

»Aber warum nicht? Hilf mir doch, es zu verstehen. Ich weiß nicht mehr, wer du bist. Was wir sind. Ich verstehe nicht, was in dir vorgeht. Und ich weiß, dass ich damit nicht klarkomme.«

»Was soll das heißen?

»Das soll gar nichts heißen.«

»Du verlässt mich?«

»Das sage ich doch gar nicht.« Und er meint es auch nicht. Aber er kann sich tatsächlich nicht vorstellen, wie es weitergehen soll, wenn sie wirklich abtreibt. Er will es sich nicht vorstellen.

»Ich will dieses Kind«, sagt er. »Mein Kind, dein Kind, unser Kind. Das weiß ich, das weiß ich mit Sicherheit.«

Der letzte Rest Farbe ist aus ihrem Gesicht gewichen. Sie zittert. Er will zu ihr gehen und sie in den Arm nehmen, er will sie halten und trösten, er will, dass alles wieder gut ist. Aber da ist diese Mauer um sie, eine Mauer, die er nicht durchdringen kann. »Erklär es mir«, sagt er wieder.

Sie nickt. Fast gedankenverloren. So, als wäre sie nicht sicher, ob das alles real ist. »Ich habe es erlebt. Wie es ist, wenn man ein Kind verliert. Ich habe überlebt. Aber ich kann das nicht noch einmal aushalten.« Die Starre weicht aus ihrem Körper, das maskenhafte Gesicht verzieht sich, Tränen laufen aus ihren Augen. Die Mauer bröselt, zerfällt, hinter ihr sieht Patrick seine Frau, Katharina, er sieht Schmerz und Angst. Und fühlt sich auf einmal erbärmlich und herzlos. Gleichzeitig besser, weil er sie erreicht hat. Er kann sich nähern, kann die Arme ausstrecken, sie halten, während sie schluchzt und sich an ihn lehnt.

»Ich wusste doch nicht … Bitte erzähl mir davon. Erzähl es mir!«

»Bitte«, schluchzt sie. »Bitte, zwing mich nicht dazu.«

»Ich zwinge dich nicht! Aber du bist nicht allein, Katharina. Was immer passiert ist, es ist vorbei. Vergangenheit. Ich bin jetzt da, ich bin immer da, und ich verspreche dir, dass nichts Schlimmes passieren wird. Ich werde auf euch aufpassen, ich werde immer da sein für dich und unser Kind!«

39

»Ist sie das?« Katharinas Stimme zerrte Patrick zurück in die Gegenwart. »Ist das deine *Wahrheit*?« Sie schnaubte. »Du wirst auf uns aufpassen, ja? Du wirst immer da sein? Er ist weg, Patrick! Timo ist weg! Weil du …« Sie brach ab.

»Weil ich was? Das hier ist doch nicht meine Schuld!« Er musste das sagen. Er musste es glauben.

»Bist du dir da sicher?«

»Was soll das? Was willst du denn damit sagen?«

»Nichts!« Sie sprang auf. »Was soll ich denn noch sagen? Offensichtlich hast du mir nie verziehen. Obwohl du alles bekommen hast, alles, was du wolltest. Du hast mich erpresst. Du hast gewonnen. Und es kostet dich nichts, es hat dich nie etwas gekostet. Ich weiß nicht, was du eigentlich noch willst.«

»Ich habe dich nicht erpresst!« Wieder ein Satz, den er sagen musste. Um ihn wahr zu machen. So hatte es sich nicht angefühlt. Er hatte sie gerettet, das traf es eher. Vor ihren irrationalen Ängsten, den Folgen eines Traumas, über das sie nie hatte sprechen können. Er hatte sie vor einem Schritt bewahrt, den sie sich selbst nie verziehen hätte. Das bewies doch das hier, ihr Leben, Timo und sie, es war doch ganz offensichtlich das, was sie wollte.

Sie räusperte sich. »Ich habe ihn bekommen«, sagte sie. »Ich habe einen Sohn, um den ich mich kümmere. Für den ich alles tue, jeden Tag. Das ist mein Leben, Patrick, nicht deins. Du kennst ihn nicht einmal wirklich, du hast keine Ahnung, wer dein Sohn eigentlich ist. Das ist die Wahrheit.«

Empörung wallte in ihm auf. Der Vorwurf traf ihn, kam ihm gleichzeitig ungerecht vor. Er konnte nichts dafür, dass er arbeiten gehen musste. Dass sie ihn fernhielt von allem, was mit Timo zu tun hatte. Das war nicht fair. Aber es war sinnlos, sich jetzt irgendwelche Vorwürfe an den Kopf zu werfen.

»Du hast mir versprochen, dass nichts Schreckliches passieren wird. Und jetzt ist er weg! Timo ist verschwunden!

Und wenn ihm etwas zustößt, wenn ihm irgendetwas passiert, dann …« Ihre Stimme brach.

Er hätte den Mund halten sollen. Es war wichtig, dass sie zusammenhielten. Sie mussten das gemeinsam durchstehen. Das, was möglicherweise eben doch seine Schuld war, wenn auch ganz anders, als sie ahnen konnte.

Verdammte Sarah, dachte er, warum meldete sie sich nicht?

Er holte Luft, wollte etwas sagen, irgendetwas Versöhnliches oder Tröstliches, das Katharina beruhigen würde, aber er kam nicht dazu, denn in diesem Moment gab sein Handy ein Signal von sich.

Sein Handy, das noch immer auf dem Tisch lag.

Er erstarrte. Nur kurz, wenige Sekunden, die aber zu lang waren, um zu verhindern, dass das geschah, was auf keinen Fall geschehen durfte. Er sah Katharinas Hand, sah, wie sie danach griff, er sah ihre Finger, die übers Display wischten. Er sah, wie sie las. Den Blick hob. Ihn ansah. Erst ungläubig.

Dann voller Hass. Nacktem, brennendem Hass.

40

Das Blut rauschte laut in ihren Ohren. Falsch, so falsch, und doch ein anderes Falsch als eben noch, als er dagestanden hatte, frisch geduscht mit seinem Handy. Sie hatte gespürt, dass etwas nicht stimmte. Aber sie hatte nicht mit so einem Schlag gerechnet. Ihr Gehirn fühlte sich an wie schockgefroren.

Sie zwang sich, den Griff um das Handy zu lockern, und ließ es zu Boden fallen. Dann stand sie langsam auf.

Patrick gab einen gequälten Laut von sich und kam auf sie zu. Sie wich zurück. Allein der Gedanke, dass er sie berühren könnte, war unerträglich. Das hier war unerträglich, diese Worte, diese Nachricht, das S. darunter, alberne Abkürzung, als könne sie irgendjemanden täuschen, Sarah, deren Name doch groß und breit ganz oben stand, über all den Nachrichten, Hunderte vermutlich.

Sie war da gewesen. Die ganze Zeit war sie da gewesen.

Obwohl er ihr sein Wort gegeben hatte. Er hatte geschworen, dass er sie nie wieder sehen, nie wieder mit ihr reden würde. Und sie hatte ihm geglaubt. Sie hatte ihm vertraut. Weil er es verlangt hatte. Vertrauen ist wichtig, hatte er gesagt, das hier kann nur funktionieren, wenn du es schaffst, mir wieder zu vertrauen. Und sie hatte sich dazu gezwungen. Es war anstrengend gewesen, aber sie hatte es geschafft, sie hatte ihm wieder vertraut. Dem Lügner, dem Betrüger, dem Verräter.

Sie ließ sich auf das Sofa fallen, weil ihre Beine sich auf einmal weich und kraftlos anfühlten. Sie saß da, nach vorn geneigt, sah ihr Spiegelbild in der Platte des Glastischs. Da stand der große Kristallaschenbecher, obwohl niemand rauchte. Irgendein Erbstück aus Patricks Familie, er hatte ihn behalten wollen, darum stand er da, darum konnte ihre Hand jetzt danach greifen, sich festhalten an dem Ding, kühl und schwer.

Sie hob den Blick, sah, dass er sein Handy in der Hand hatte, die Nachricht las, die Worte, die sich in die Eismasse, die ihr Gehirn war, eingeätzt hatten.

Ich weiß, was ich weiß. Und darum tue ich, was ich tun muss. Es tut mir leid, aber es geht nicht anders. S.

Sie dachte daran, wie er geweint hatte, gefleht. *Ich will dich, ich will doch nur dich,* hatte er gesagt. *Ich kann ohne dich nicht leben. Es tut mir leid, es tut mir so leid, ich war ein Idiot, verzeih mir. Bitte verzeih mir.*

Er hatte ihre Hand genommen. Sie gedrückt, gehalten.

Nie wieder, hatte er gesagt, *das schwöre ich dir.*

Der laute Knall durchbrach die unerträgliche Gedankenschleife.

Die Risse durchzogen den Glastisch wie ein Spinnennetz. Sie betrachtete ihre Hand. Sah ihr dabei zu, wie sie den

Aschenbecher erneut hob, ihn ein weiteres Mal auf die Fläche schlug.

»Katharina, nein …«, hörte sie Patrick stammeln. »Es ist nicht so, wie du denkst.«

Sie hätte am liebsten die Hände auf beide Ohren gelegt. Konzentrieren, sie musste sich konzentrieren. Weil alles anders war, als sie gedacht hatte. Weil das, was sie eben noch hatte schützen wollen, um jeden Preis, längst kaputt war. Und weil der unerträgliche Verrat eine andere, ungleich viel schlimmere Erkenntnis nach sich zog.

Sarah hatte, was sie wollte. Sie hatte Patrick schon längst. Und darum keinen Grund, Timo zu entführen.

Die Gewissheit riss jede Deckung weg, ließ sie schutzlos, wehrlos, nackt vor all den anderen Möglichkeiten, vor dieser Möglichkeit, die doch keine Möglichkeit war.

Wer hasst dich so sehr, dass er euch so etwas antun würde?, hatte Rike gefragt. Aber es ergab keinen Sinn. Da war Hass gewesen damals, ja, er hatte sie gehasst. Für alles, was sie gewesen war und getan hatte. Aber sie hatte sich freigekauft, er hatte sie gehen lassen, und niemand hatte je nach ihr gesucht. Er hatte mit Sicherheit kein Interesse an irgendeiner Wahrheit. Und außerdem war er tot. Es konnte nicht sein. Es war unmöglich.

Fast beiläufig hob sie wieder den Aschenbecher, ließ ihn auf das Glas niederfahren, ohne den Blick von Patrick zu wenden. Kurz befriedigte sie das, was sie sah, die Angst, das Zucken, als das dumpfe Geräusch erklang.

»Bitte hör auf, hör doch auf!« Seine Stimme war weinerlich. Er klang wie der verlogene Schwächling, der er war. »Es ist anders, als du denkst, es ist nur …« Er brach ab. Hob die Hände zum Nacken, senkte den Kopf.

»Nur was?«, schrie sie. »Was?«

»Ich weiß, wie es klingt, aber …«

»Was?« Ihre Stimme überschlug sich. Der rote Nebel waberte am Rand ihres Gesichtsfeldes, drohte sie einzuhüllen, sie blind zu machen, rasend, sie dazu zu bringen, mit dem Aschenbecher aufzuspringen.

»Ich kann das jetzt nicht im Detail erklären, aber es kann sein, dass Timo bei Sarah ist. Darum habe ich … Ich habe versucht, sie zu erreichen.«

Langsam, ganz langsam sickerte die Information in ihr Bewusstsein.

»Du hast versucht, sie zu erreichen?« Kurz hatte sie das Gefühl, nicht mehr atmen zu können. »Diese Irre hat meinen Sohn, und du hast *versucht, sie zu erreichen*?« Sie schrie. Sie konnte nicht anders, obwohl sie den Klang selbst unerträglich fand. Schmerz, Hysterie, Zorn. Und etwas, das man nicht hörte, obwohl es wichtig war. Erleichterung, eine perverse Erleichterung. Sie hatte sich doch nicht geirrt. Timo war bei Sarah. Und Patrick wusste Bescheid. Sie verstand es nicht, aber er würde zu ihr fahren und ihn holen. Er würde Timo zurückbringen.

»Geh«, sagte sie kalt. »Geh und bring mir mein Kind zurück. Sonst …« Sonst gehe ich, dachte sie. Und wenn ich gehe, dann bringe ich sie um.

Seine Hände zitterten, als er wieder nach der Jacke griff. Diesmal fand er den Autoschlüssel auf Anhieb. »Ich erkläre es dir später, ich erkläre dir alles, sobald ich wieder da bin.«

»Geh!«, brüllte sie. »Geh jetzt, hau ab, geh!« Der letzte Schlag mit dem Aschenbecher gab dem Glastisch den Rest. In spitzen Scherben stürzte die Platte zu Boden.

41

Ein Fehler, ein einziger Fehltritt hatte ausgereicht, um alles ins Chaos zu stürzen. Er hätte Timo nie ansprechen dürfen.

Es war, als sei eine Membran gerissen, die Schutzhülle, die verhindert hatte, dass die Dinge ineinanderliefen. Jetzt schaffte er es nicht mehr, sie voneinander zu trennen. Es war unmöglich, zu schauen, ohne zu fühlen, zu sehen, ohne zu begreifen. Und es war unmöglich, zu begreifen, ohne zu handeln.

Ein Fehler. Das war ihm mit jedem Tag klarer geworden. Mit jeder Nacht, in der er von Timo geträumt hatte. Jede Nacht hörte er seine Stimme, jede Nacht wisperte und flüsterte sie, jede Nacht kam Timo näher. Jeden Tag verbot er sich, in ihre Nähe zu kommen. Er musste sich erst beruhigen. Obwohl er sie vermisste, sie und jetzt auch Timo. So sehr, dass er es irgendwann nicht mehr ausgehalten hatte.

Er war schwach geworden. Und darum hatte er das gesehen, was er nicht hatte sehen wollen. Etwas, das er nicht verstand, das ihn schockierte. Weil es zeigte, dass es nicht so war, wie er gedacht hatte.

Es war nicht seine Schuld. Natürlich war es nicht seine Schuld. Aber trotzdem seine Verantwortung. Und darum war Schritt für Schritt nicht länger eine Option.

Er musste sie konfrontieren. Sie zwingen, zu erklären, was sie getan hatte. Er musste Timo beschützen. Er musste verhindern, dass sich die Geschichte wiederholte.

Während er noch damit beschäftigt gewesen war, diese Erkenntnis zu verarbeiten, war dann alles durcheinandergeraten. Weil Sarah aufgetaucht war, auf einmal war Sarah da gewesen. Mitten in diesem Bild, in dem sie nichts verloren hatte. Eine Halluzination, hatte er gedacht. Aber Halluzinationen liefen nicht auf einen zu, winkten und riefen seinen Namen.

Er war weggelaufen. Er hätte in diesem Moment nicht mit ihr reden und ihr das erklären können, was er selbst ja gerade erst zu verstehen begann.

Obwohl er es ihr erklären wollte. Irgendwann. Wenn er es konnte.

Als er zurück zum Parkplatz gekommen war, war sie weg gewesen.

Und er war wieder allein mit der Gewissheit, dass er keine Wahl mehr hatte. Er musste etwas tun. Die Dinge waren jenseits der Kontrolle. Es war nicht seine Schuld. Sondern ihre, ganz allein ihre. Und darum musste er sich jetzt beeilen. Er musste zu ihr, zu diesem Haus. Er musste ihr ins Gesicht sehen und sie zwingen, sich dem zu stellen, was sie getan hatte. Eben. Und damals.

Er musste das jetzt zu Ende bringen.

42

Patrick hatte das Auto in der Einfahrt stehen lassen, statt es wie sonst in die Garage zu fahren. Auf dem kurzen Weg von der Haustür sah er sich immer wieder um. Er spähte nach heimlichen Beobachtern, suchte nach sichtbaren Zeichen dafür, dass die Welt vollständig aus den Fugen geraten war. Aber die Sackgasse lag da wie immer, öde und ausgestorben. Gott, er hasste dieses tote, sterile Viertel.

Der vertraute Gedanke kam ganz beiläufig. Er erinnerte sich daran, dass er genau das auch an diesem Morgen gedacht hatte. Als er froh gewesen war, endlich im Auto zu sitzen und der angespannten Stimmung im Haus zu entkommen. Dem quengeligen Timo, der nicht in den Kindergarten wollte. Katharina, die sich die geschwollene Wange kühlte, spürbar gereizt, obwohl sie ihr Bestes tat, es zu verbergen. Ja, er war froh gewesen, als er im Auto saß und auf dem Weg in die Praxis war. Und jetzt sehnte er sich mit jeder Faser seines Seins zurück nach dieser lästigen Alltagsszene. Er konnte nicht fassen, in welchem Tempo sein Leben in Stücke zerfiel.

Sein Sohn war verschwunden. Und statt das zu tun, was man in so einer Lage tat, statt umgehend die Polizei einzuschalten, hatte er den Dingen ihren Lauf gelassen. Gewartet, bis es zu spät war.

Allein der Gedanke, der Polizei jetzt die Situation zu erklären, war haarsträubend.

Das, was er hätte sagen müssen: »Meine Geliebte hat möglicherweise meinen Sohn entführt. Ja, es ist vorstellbar, sie neigt zur Unberechenbarkeit und hat vielleicht überreagiert, nachdem ich ihr erzählt habe, dass es Leute gibt, die der Ansicht sind, dass meine Frau unser Kind schlägt. Was selbstverständlich undenkbar ist, auch wenn sie gerade ihrer besten Freundin fast die Nase gebrochen und kurz darauf einen Glastisch zertrümmert hat.«

Wahnsinn! Verdammter Wahnsinn.

Was war er für ein Idiot! Wie hatte er so unvorsichtig sein können, so abgelenkt? Normalerweise achtete er wie ein Schießhund darauf, dass sein Handy nicht einfach irgendwo herumlag. Tausendmal hatte er sich vorgenommen, das Ding endlich zu sichern, und war irgendwie nie dazu gekommen. Aber unter normalen Umständen hätte Katharina es auch nicht einfach genommen und seine Nachrichten gelesen. Es gab bestimmte Regeln, an die sie sich hielten, alle beide. Dinge, die man einfach nicht tat. Normalerweise.

Er schlug mit der Faust aufs Lenkrad. Es brachte nichts, sich jetzt selbst zu geißeln. Er musste ruhig bleiben und das tun, was er tun konnte. Er musste die Sache mit Sarah klären und seinen Sohn nach Hause bringen. Und dann konnte er sich um den Rest kümmern. Dann konnte er versuchen zu retten, was zu retten war. Seine Ehe, seine Familie. Sie waren erwachsene Menschen. Es würde sich ein Weg finden.

Er drehte den Zündschlüssel, der Motor erwachte schnurrend zum Leben. Normalerweise erfüllte ihn das Geräusch mit Zufriedenheit. Du hast es geschafft, flüsterte der Motor an guten Tagen, es läuft, alles läuft bestens. Er liebte dieses Auto, den greifbaren Beweis dafür, dass er da war, wo er sein wollte. Aber heute zuckte er nicht einmal, als der Gang, den er zu hektisch einlegte, hässlich knirschte. Er zwang sich zu den nötigen Bewegungen und Handgriffen, Blinker, Kupplung, Schulterblick, Gas. Eins nach dem anderen. Das tun, was er tun musste.

Er würde zu Sarah fahren. Er würde diese verdammte Scheiße irgendwie wieder in Ordnung bringen.

43

Katharina hatte Rike daran gehindert, die Scherben wegzuräumen. Sie meinte es gut. Aber es fühlte sich trotzdem übergriffig an. Als wollte sie Katharina etwas wegnehmen. Diese Scherben, das Mahnmal für Patricks Verrat.

Jetzt stand Rike da und drehte den Aschenbecher, den sie aus den Trümmern geklaubt hatte, unschlüssig zwischen den Händen. »Ich weiß nicht, was ich tun soll«, sagte sie. »Wenn es irgendetwas gibt, dann sag es mir. Bitte, Katharina.«

Sie sah furchtbar aus. Die unvorteilhafte beige Strickjacke hing wie ein Lappen von ihren Schultern. Auf der Vorderseite bildeten die getrockneten bräunlichen Blutspritzer ein hässliches Muster. Katharina versuchte zu begreifen, dass sie dafür verantwortlich war. Genau wie für die Schwellung, die sich um Rikes linkes Auge ausgebreitet hatte. Sie erinnerte sich dunkel an das befreiende Gefühl, nachdem sich etwas Bahn gebrochen hatte. Und doch schien es nicht wirklich etwas mit ihr zu tun zu haben.

»Weck mich.« Sie zwang sich zu einem Lächeln. »Weck mich einfach auf und sag mir, dass das alles nur ein Alptraum ist. Damit wäre mir geholfen.«

Rike erwiderte das Lächeln nicht. Sie ging zum Esstisch, stellte den Aschenbecher ab. Dann kam sie zu ihr und legte die Arme um sie. Zu Katharinas Überraschung ertrug sie die Berührung nicht nur, sondern ließ die Stirn an Rikes Schulter sinken. Sie sog den Geruch nach Waschpulver ein, in den sich ein Hauch Schweiß mischte. Sie schluchzte, hörte Rike murmeln. Dass es ihr leidtat, dass Katharina tapfer war, dass es in Ordnung war, zu weinen, dass alles wieder gut werden würde. Leere Phrasen. Und doch richtig, ja, das war die verdammte Wahrheit. Sie würde es schaffen. Sie hatte keine Wahl. Und bald war es überstanden. Allerdings fiel es ihr gerade schwer, sich vorzustellen, dass irgendetwas je wieder gut werden würde.

Sie war erschöpft, so erschöpft wie lange nicht mehr. Und für den Moment konnte sie das zulassen. Eine Pause machen und dabei versuchen, die Einzelteile, in die sie zerfallen war, wieder zusammenzusetzen. Damit sie weitermachen konnte. Mochte der Hass auf Patrick jetzt gerade noch so brennend sein, sie hatte zu viel investiert, um jetzt einfach aufzugeben.

Patrick liebte sie. Er war der erste und der einzige Mensch in ihrem Leben, der das wirklich tat. Er war schwach, ja, aber das änderte nichts daran. Er liebte sie. Und sie liebte ihn. Sie brauchte Patrick. Genau wie Timo.

»Er kommt zurück.« Sie sagte es laut. »Patrick ist unterwegs, er holt Timo nach Hause. Bald ist mein wunderbarer kleiner Junge wieder bei mir.« Sie löste sich aus der Umarmung, strich sich die Bluse glatt. »Es wird wieder gut. Alles wird wieder gut.« Es klang idiotisch, kindisch fast, aber es half ihr, die Vorstellung auszuhalten, dass Patrick unterwegs zu ihr war, zu Sarah. So wie oft, wie unzählige Male in den letzten – Monaten? Jahren? Wie oft hatte sie zu Hause gehockt, ihm geglaubt, dass er sich mit irgendwelchen Freunden traf, dass er Tennis spielte, in der Praxis über dem Papierkram brütete. Wie oft hatte sie ihm die Freiheit, die er ja so unbedingt brauchte, zugestanden, ohne zu ahnen, dass er sie dazu nutzte, ihr das anzutun.

Nicht jetzt, mahnte sie sich. Jetzt war nur wichtig, dass er zurückkommen würde. Mit Timo. In einer Weile, Minuten, Stunden, sie musste warten, solange es eben dauerte. Sie fasste sich unwillkürlich an die enger werdende Kehle.

»Alles in Ordnung?« Rike klang alarmiert. »Geht es dir gut?«

Katharina nickte.

»Willst du darüber reden?«

»Was gibt es da zu reden?«

»Es muss schrecklich gewesen sein.« Rikes Stimme klang sanft.

»Ja. Ja, das war es. Das ist es. Ich dachte wirklich, ich kann ihm wieder vertrauen. Wie kann er mir das antun?«

»Das meine ich nicht. Ich rede von … von dem, was er gesagt hat. Das mit dem Kind. Ein Kind zu verlieren.«

Ihr Ton erinnerte Katharina an den, den dieser Therapeut angeschlagen hatte damals, nach Timos Geburt. Der Mann war ein Idiot gewesen. Sie hatte diese plumpe Art, auf die er versuchte, in dem herumzustochern, was ihr gehörte, nur schwer ertragen. Reden, sie sollte reden. Als ändere es etwas, als mache es Dinge ungeschehen oder gar besser. Sie hatte einen Weg gefunden. Sie hatte geredet, hatte ihm das erzählt, was er hören wollte. Sie hatte das Spiel mitgespielt, aber nach ihren Regeln. Und ihr Lohn war das gewesen, was ihr letztlich wirklich geholfen hatte. Ein Rezept. Etwas, das ihr bis heute half, wenn das Gefühl, es nicht zu schaffen, übermächtig wurde.

Danach war es einfacher geworden. Sie hatte es geschafft. Sie hatte es richtig gemacht, sie hatte funktioniert, und darum hatte alles andere auch funktioniert. Das jedenfalls hatte sie geglaubt.

»Katharina?« Rike sah sie fragend an. »Was ist passiert? Damals?«

»Das ist … lange her. Es ist nicht mehr wichtig, nicht jetzt, meine ich, jetzt geht es um etwas anderes. Es geht um sie, verstehst du, es geht um Sarah!«

Rike sah Katharina an. »Nein«, sagte sie leise. »Das verstehe ich eben nicht. Das verstehe ich überhaupt nicht. Wer ist diese Frau?«

»Die Sau, die meinen Ehemann vögelt!« Die vulgäre Hässlichkeit der Worte gab Katharina ein Gefühl von Zufriedenheit, zumal Rike tatsächlich kurz zusammenzuckte. »Meinen Ehemann, der mich belogen, betrogen und gedemütigt hat. Mit und wegen dieser Schlampe, die mich fertigmachen will. Darum hat sie sich meinen Sohn geschnappt.«

Rikes Stirn legte sich in Falten, die bemüht wirkten. Als wollte sie ihren guten Willen demonstrieren. »Aber warum sollte sie das tun? Was will sie denn damit erreichen?«

»Das liegt doch auf der Hand. Die Wahrheit!« Katharina spuckte das Wort aus. »Sie will Patrick für sich. Und darum will sie mich zerstören. Uns. Sie hat nie akzeptiert, dass er sich für mich entschieden hat. Und weil sie begreift, dass sie nie bekommen wird, was sie eigentlich will, versucht sie jetzt, es kaputt zu machen. Aber das wird ihr nicht gelingen. Das schafft sie nicht!«

Katharina merkte, dass sie genickt hatte, während sie sprach. Ein Artikel, den sie in irgendeiner idiotischen Zeitschrift gelesen hatte, fiel ihr ein. Dort hatte gestanden, dass positive Gesten wie Nicken die Gedanken beeinflussten, weil sie das Gehirn dazu anregten, Gründe für Nicken zu suchen und zu finden. Schwachsinn, hatte sie damals gedacht, aber in diesem Moment war ihrem Körper offenbar jedes Mittel recht, um sich vor bestimmten Gedanken und Erinnerungen zu schützen.

Wie diesem Abend zum Beispiel. Diesem Abend, an dem es angefangen hatte. Die Nacht, über die sie nicht reden wollte.

Aber vielleicht musste sie. Um Rike begreiflich zu machen, was Sarah ihr angetan hatte. Sie und Patrick.

44

Es dämmert draußen, als das Telefon klingelt. Timo sitzt im Hochstuhl und isst, alleine, darauf besteht er. Er ist müde und völlig verschmiert mit Gemüsebrei. Die Küche sieht aus wie ein Schlachtfeld. Es ist kein guter Moment, aber Katharina freut sich trotzdem, Patricks Stimme zu hören.

»Sterbenslangweilig«, sagt er. »Ich hasse Kongresse. Immerhin ist das Essen gut. Was macht mein Tiger? Gib ihn mir doch mal kurz.«

Katharina zögert, drückt Timo dann aber das Telefon in die klebrigen Hände. Er presst das zu große Ding an seinen kleinen Kopf.

»Papa«, sagt er, klingt entzückend verwundert, dann lauscht er kurz. Bewegt das Telefon weg vom Ohr, hält es vor sich und mustert es interessiert. Er schüttelt es ein bisschen, fängt dann an, es auf den Tisch zu schlagen.

Katharina nimmt es ihm ab, jetzt ist auch ihre Hand klebrig, genau wie das Telefon, sie hat Brei in den Haaren, aber das ist egal, sie muss sowieso dringend duschen. »Er hat dich auf den Tisch gehauen«, sagt sie. »Er vermisst dich. Wir vermissen dich beide.«

Patrick lacht. »Ich vermisse euch auch. Aber ich bin bald wieder da. Ich muss jetzt Schluss machen, ich bin mit ein paar Kollegen verabredet, wir ziehen noch los und versuchen, uns das hier schönzutrinken.«

»Viel Spaß«, sagt sie. »Ich liebe dich.«

»Ich liebe dich auch«, sagt er. »Ich freue mich auf dich.«

Sie beenden das Gespräch. Katharina geht zur Spüle und entfernt die Breireste vom Telefon und von ihrer Hand.

»Papa?«, sagt Timo.

»Ja, das war Papa.« Katharina streicht ihm übers Haar, fängt dann an, ihn mit einem Lappen zu säubern. »Papa hat dich lieb. Er vermisst uns. Aber er kommt bald wieder.«

»Auto«, sagt Timo. »Auto spielen.«

»Jetzt nicht, Mäuserich. Du kannst morgen wieder mit dem Auto spielen. Jetzt musst du in die Badewanne, und dann geht es ins Bett.« Sie hebt Timo aus dem Stuhl, trägt ihn nach oben.

45

»Er hat gelogen«, sagte Katharina. »Er hat mir quasi ins Gesicht gelogen, und ich habe es nicht gemerkt. Ich bin nicht auf die Idee gekommen, dass er dazu fähig ist.«

Rike sah sie zweifelnd an. »Ich verstehe ...«, murmelte sie.

Aber Katharina wusste, dass das nicht stimmte. Rike konnte sich nicht vorstellen, wie es sich später angefühlt hatte. Als sie ständig an dieses Telefonat denken musste. So lapidar, so normal. Später hatte sie fast den Verstand verloren, wenn sie an diese wohltemperierten Lügen dachte. Fast zwanghaft hatte sie sich vorgestellt, wo er wirklich gewesen war. Was er getan hatte, während er mit ihr sprach. Sie hatte sich vorgestellt, dass er in einem Bett gelegen hatte, nackt, neben ihm die Schlampe. Sie hatte sich ausgemalt, wie er das Telefon in einer Hand gehalten hatte, während er die andere ausstreckte, um sie zu berühren. Wie sie ihn berührt hatte, gestreichelt, angefasst, dabei gegrinst, während er mit seiner dummen, arglosen Ehefrau telefonierte und ihr versicherte, dass er sie vermisste.

Sie hatte sich vorgestellt, wie sie übereinander hergefallen waren, nachdem er aufgelegt hatte. War fast wahnsinnig geworden angesichts des Verrats und der Demütigung.

»Katharina, ich verstehe wirklich, wie sehr dich das verletzt hat«, drang Rikes Stimme in ihre Gedanken. »Aber es ergibt trotzdem keinen Sinn. Wenn sie deine Ehe zerstören will – was bringt es dann, deinen Sohn zu entführen? Euren Sohn? Eine schwere Straftat zu begehen? Was würde sie gewinnen? Mit Sicherheit nicht Patrick, er würde sie hassen. Und wenn es um dich geht, wenn sie dich persönlich treffen will, dann kann sie das doch einfacher haben. Sie hat keinen Grund, keinen Grund der Welt, so etwas zu tun, sie –«

»Sie braucht keinen«, unterbrach Katharina wütend. »Das ist es ja. Du verstehst das nicht. Das ist nicht rational. Es geht nicht um Vernunft. Für sie ist das nicht einfach eine Affäre. Sie gibt mir die Schuld an ihrem verpfuschten Leben. Und sie will mich bestrafen. Ich … ich kann jetzt nicht darüber reden. Er wird bald wieder da sein. Patrick. Mit Timo. Bitte lass mich einen Moment allein, ja?«

46

Patrick drückte den Klingelknopf. Wieder und wieder, er malträtierte das verdammte Ding, als sei es verantwortlich dafür, dass die Reaktion ausblieb. Sie machte nicht auf.

Sie war nicht zu Hause. Das war die einfache, die naheliegende Erklärung. Aber genau das brachte ihn aus dem Konzept. Weil er es nicht verstand. Sie wollte doch mit ihm reden, *ruf mich an* – das hatte sie geschrieben. Sie hatte ihn genau da, wo sie ihn haben wollte. Und darum war er davon ausgegangen, dass sie auf ihn wartete. Mit Timo. Denn egal, was Katharina sich einzureden versuchte, er war fünf Jahre alt. Es war nicht schwer, sein Vertrauen zu gewinnen. Er war bestechlich, so wie alle Kinder. Patrick war sicher gewesen, dass Timo auf Sarahs Sofa saß, neben sich einen Berg Süßigkeiten, den entrückten Blick auf den Fernseher gerichtet, und sich beglückt anschaute, wie ein paar Pandas sich gegenseitig verprügelten. Während sie mit anklagender Miene in der Küche saß und sich darauf vorbereitete, irgendwelche Forderungen zu stellen.

Er zwang seine Gedanken zurück in die Spur. All das half ihm nicht weiter. Er musste nachdenken. Was wollte Sarah von ihm? War das eins dieser Spiele, die sie so gern mit ihm spielte? So eins, bei dem er nur verlieren konnte? Patrick, der Trottel, der nicht verstand, was sie für offensichtlich hielt? Wo konnte sie sein? Es fühlte sich an wie in diesen Filmen, in denen es einen Ort gab, einen geheimen, vertrauten Ort – die romantische Hütte am Flussufer, der einsame Strand –, einen, der jedem sofort einfiel, nur dem stumpfen Hauptdarsteller nicht.

Am liebsten hätte er gegen die Haustür getreten. Wieder rammte er den Klingelknopf in die Wand und zuckte zurück, als die wuchtige Tür des Altbaus plötzlich aufging. Er hatte die ältliche Frau, die ihm gegenüberstand, nicht kommen hören.

»Kann ich Ihnen helfen?« Sie musterte ihn mit demonstrativer Missbilligung und umklammerte die Leine, an deren anderem Ende ein winziger Pinscher hing, ein wenig fester.

»Nein, ich ... also, ja, ich wollte zu Frau Trimborn.« Patrick räusperte sich.

»Die ist offensichtlich nicht zu Hause!« Empört schüttelte die Frau den Kopf. »Und daran ändert sich auch nichts, wenn Sie hier wie ein Verrückter klingeln und das ganze Haus terrorisieren.«

Sie schloss die Haustür, rüttelte noch einmal kurz daran, um sicherzustellen, dass sie auch tatsächlich zu war. Dann zog sie an der Hundeleine, ging an Patrick vorbei und bemühte sich dabei um einen möglichst weiten Bogen, um ihm ja nicht zu nahe zu kommen.

Patrick zog das Handy aus der Tasche und wählte die Nummer. Er ließ sich zum tausendsten Mal mitteilen, dass der gewünschte Teilnehmer derzeit nicht verfügbar war. *Wo bist du?*, tippte er und setzte nach kurzem Zögern ein *Was willst du von mir, was soll ich denn jetzt tun?* hinzu und drückte auf Senden. Er hob den Blick, sah die Frau, die noch immer misstrauische Blicke über ihre Schulter warf und dabei so aussah, als wollte sie im nächsten Moment die Polizei anrufen.

Er zwang sich zu einem Lächeln, dann wandte er sich ab und ging zurück zum Auto.

47

Sarah starrte auf das Handy in ihrem Schoß, dieses dämliche Handy, dessen blöder Akku immer dann versagte, wenn man es am wenigsten gebrauchen konnte. Seit Monaten plante sie, sich ein neues zu kaufen. Aber sie war nicht dazu gekommen, und letztlich war es ihr ziemlich egal gewesen.

Und das war es jetzt vielleicht auch. Egal. Denn das Handy würde ihr nicht wirklich nutzen. Das hier war nichts, was man mit ein paar Kurznachrichten abhandeln oder klären konnte. Sie wollte eigentlich auch nicht mit ihm telefonieren. Allein die Vorstellung, wie er klingen würde – entschuldigend oder anklagend –, war mittlerweile unerträglich. Zumal sie sicher war, dass er das Falsche sagen würde.

Sie hatte trotzdem diese Powerbank, die Jakob ihr zum Geburtstag geschenkt hatte, angeschlossen. Die Langsamkeit, mit der sich der Akkustand den fünf Prozent näherte, die das idiotische Gerät brauchte, um in Betrieb zu gehen, trug allerdings nicht zu ihrer Entspannung bei.

Sie stopfte das Ding zurück in die Tasche und versuchte, dasselbe mit den Gedanken an Jakob zu tun.

Sie hätte ihn da nicht mit reinziehen dürfen.

Aber das hatte sie ja auch nicht. Genau genommen war es eine Verkettung unglücklicher Umstände gewesen. Saudummer Umstände.

Sie dachte an das Frühstück. An seine Vehemenz und den wütenden Ton. Er war anders gewesen als sonst. Sie hatte sich kurz gesorgt, dann nicht weiter darüber nachgedacht, weil sie zu sehr mit sich beschäftigt gewesen war. Sie hatte ihr Wochenende damit verbracht, um sich selbst zu kreisen und sich zu fragen, ob Patrick nicht recht gehabt hatte. Sie kannte sich schließlich. Sie wusste, dass sie manchmal überreagierte, wenn ihr etwas zu nahe kam. Und ihr war bewusst, dass es Situationen gab, in denen sich ihre eigenen Erfahrungen zwischen die Realität und ihre Wahrnehmung drängten.

Vielleicht lag das Problem tatsächlich bei ihr und nicht bei Patrick und seiner verdammten Katharina.

Aber jetzt wusste sie es besser. Was allerdings nicht dazu führte, dass sie sich besser fühlte. Ganz im Gegenteil.

Sie hatte selbst nicht gewusst, was genau sie eigentlich gewollt hatte, als sie vorhin dem fragwürdigen Impuls gefolgt war. Sie hatte sich erbärmlich gefühlt, gleichzeitig hatte sie keine Wahl gehabt. Sie musste sich ein Bild machen. Jetzt wünschte sie, sie wäre im Laden geblieben, anstatt heimlich der Frau ihres Geliebten nachzuschleichen und dabei Dinge zu sehen, die sie lieber nicht gesehen hätte.

Das Kind, das auf dem Boden des Parkplatzes lag und brüllte und um sich trat. Katharina, die die Beherrschung verlor. Und sie, Sarah, hatte einfach dagestanden, leidlich versteckt hinter einem geparkten Auto, und hatte zugesehen, unfähig, sich zu rühren.

Irgendwann hatte sie sich halb beschämt, halb hilfesuchend umgesehen. Sie hatte nach Zeugen Ausschau gehalten, nach anderen Leuten, die sich genauso erbärmlich verhielten wie sie und nicht eingriffen.

Und da hatte sie ihn gesehen. Jakob.

Er hatte sie genauso entgeistert angestarrt wie sie ihn. Sie hatte einen Moment gebraucht, um zu realisieren, dass er keine Ahnung hatte, was er da eben gesehen hatte. Er konnte ja nicht ahnen, dass Katharina Patricks Frau war.

Allerdings machte das nicht wirklich einen Unterschied. Er hatte gesehen, was er gesehen hatte. Und es hatte ihn offensichtlich aus dem Gleichgewicht gebracht. Sie war auf ihn zugegangen, hatte ihn gerufen, aber er hatte sich einfach umgedreht und war weggelaufen. Ihr halbherziger Versuch, ihm zu folgen, war kläglich gescheitert.

Als sie zurück zum Parkplatz gekommen war, war Katharinas Auto weg gewesen.

Warum war er einfach abgehauen?

Sie würde ihn fragen. Sie würde das klären. Aber nicht

jetzt. Erst musste sie das hier irgendwie zu einem Ende bringen.

Sie liebte Patrick. Er war ein Meister des Selbstbetrugs und konnte sie damit in den Wahnsinn treiben. Aber das änderte nichts daran, dass sie ihn liebte.

Trotzdem gab es Dinge, die sie nicht einfach hinnehmen konnte.

Sie hatte sich immer eingeredet, dass die Scheinwelt, die er sich zurechtgezimmert hatte, nichts mit ihr zu tun hatte. Aber jetzt war ihr klar, dass sie nicht weiter so tun konnte, als ginge sie das alles nichts an. Wenn sie jetzt nicht eingriff, dann war sie keinen Deut besser als er. Möglicherweise schlimmer, denn er schien ja wirklich nicht zu begreifen, was da vor seiner Nase passierte.

Es machte ihr Angst. Aber sie hatte gelernt, dass es sich rächte, wenn man vor der Angst davonlief. Manchmal war es nötig, Dinge zu zerstören, bevor die Dinge einen selbst zerstörten. Und andere Menschen.

48

Der Typ mit der Hipsterbrille und dem buschigen Vollbart sah auf, als die Ladenglocke ertönte. Patrick versuchte, seine Irritation zu verbergen. Er hätte in einem linken Frauenbuchladen nicht mit einem Mann gerechnet. Aber der Typ hockte da und legte jetzt einen Finger in das Buch, in das er gerade vertieft gewesen war.

»Hey. Kann ich dir helfen?«

Der Ton bewegte sich zwischen Langeweile und Widerwillen. Es war kein Wunder, dass der Laden so schlecht lief. Und Patrick wollte nicht geduzt werden, nicht von diesem Typen. Er riss sich zusammen. »Ich möchte zu Frau Trimborn.« Er trat auf den Verkaufstresen zu. »Zu Sarah«, setzte er hinzu, als er den Blick des Bärtigen auffing. »Ich muss sie dringend sprechen.«

»Na, da bist du nicht der Einzige.« Der Typ grinste. »Worum geht es denn? Kann ich vielleicht helfen?«

Patrick starrte auf den großen Stern, der vorne auf dem albernen Kapuzenpullover, für den der Typ viel zu alt war, prangte. »Es ist ... privat. Ich bin ein Freund von ihr.«

»Privat, ja?« Er klang auf einmal misstrauisch.

»Ja. Und es ist wichtig.« Patrick schlug automatisch den Ton an, den er ansonsten für die Praxis reserviert hatte – kurz und knapp, ein freundlicher Befehlston, der klarmachte, dass das, was er wollte, höchste Priorität hatte. Hier erreichte er damit allerdings das Gegenteil von dem, was er bezweckte.

»Wenn du ein Freund von ihr bist, dann kannst du sie ja einfach anrufen. Dann hast du ja mit Sicherheit ihre Handynummer. So ganz privat.« Der Typ hob demonstrativ gelangweilt die Schultern.

»Ich kann sie auf dem Handy nicht erreichen. Darum bin ich ja hier.« Patrick zögerte. So kam er nicht weiter. »Bitte, es ist ein Notfall, wirklich. Ich würde sonst nicht fragen.«

Der Bärtige seufzte leise, schien dann aber zu dem Schluss zu kommen, dass Patrick nicht der Feind war. »Sie ist krank«, erklärte er. »Sie war heute Vormittag hier, aber kurz vor Mittag ist sie abgehauen. Sie hat sich nicht gut gefühlt. Ich hab auch schon versucht, sie zu erreichen, weil das Kartenlesegerät mal wieder spinnt.« Er sah Patrick an. »Aber Sarah und Handy ist ja so eine Sache. Vielleicht hat sie es ausgemacht, weil sie ihre Ruhe will, wenn sie doch krank ist.« Er klang, als hätte er daran gewisse Zweifel. »Ist alles okay mit dir? Geht es dir gut?«

»Ja. Ja, natürlich«, log Patrick. Kurz vor Mittag hatte sie den Laden verlassen – es passte. Das half ihm aber nicht weiter. Immerhin war er dankbar für den Hinweis mit dem Handy. Er hätte selbst daran denken können. Sarahs Handy war eine Katastrophe. Und so absurd der Gedanke war – es passte, es passte absolut zu Sarah, dass sie ein Kind entführte und sich vorher keine Gedanken darüber machte, wie es dann weitergehen sollte.

»Möchtest du vielleicht ein Glas Wasser oder so?«, hörte er den Bebrillten sagen. Er klang jetzt aufrichtig besorgt. »Du siehst echt mies aus, Alter.«

Patrick winkte ab. »Danke.« Er räusperte sich. »Wenn Sie … wenn du sie erreichst oder wenn sie sich meldet, kannst du ihr dann bitte ausrichten, dass sie mich dringend anrufen soll? Patrick, die Nummer hat sie.«

»Patrick? Ja, okay, ich schreib es mir auf.«

»Danke«, sagte Patrick, drehte sich um und floh aus dem Laden.

Draußen lehnte er sich an die Wand, an der diverse Plakate in unterschiedlichen Zerfallsstadien hingen.

Was sollte er tun? Was sollte er denn jetzt tun?

Der Gedanke, ohne Timo nach Hause zurückzukehren, war unerträglich. Er zog wieder sein Handy aus der Tasche, las Sarahs Nachricht noch einmal.

Ich weiß, was ich weiß. Und darum tue ich, was ich tun muss. Es tut mir leid, aber es geht nicht anders. S.

Was meinte sie? Und was zum Teufel sollte er jetzt tun?

49

»Was machst du da?«

Rike zuckte zusammen. Sie hatte Katharina offenbar nicht kommen hören, starrte gedankenverloren und unschlüssig auf ihr Handy. »Nichts«, sagte sie eilig.

Katharina schob das Misstrauen, das sofort wieder erwachte, beiseite. Nein, Rike verstand nicht wirklich, um was es hier ging. Aber hätte sie hinter ihrem Rücken die Polizei anrufen wollen, dann hätte sie das längst getan. Sie musste Rike vertrauen. Sie brauchte sie.

Sie hielt es allein nicht aus. Mit den Gedanken, der brennenden und nagenden Sorge um Timo und den Fragen, die im Vergleich so unwichtig schienen, aber trotzdem an die Oberfläche drängten.

Seit wann ging das so? Seit wann belog er sie wieder? Wie hatte sie so blind sein können, so naiv, so dumm? So unaufmerksam.

»Wo bleibt er denn? Wo bleiben sie denn nur?« Sie setzte sich an den Küchentisch. Rike schwieg und starrte auf das Handy, das sie vor sich auf den Tisch gelegt hatte.

Katharina musterte sie. Versuchte zu ergründen, ob ihr Schweigen der Hilflosigkeit geschuldet war oder ob sie noch immer in Dingen herumbohren wollte, für die jetzt kein Platz war. Es spielte keine Rolle, entschied sie und ließ den Blick schweifen. Versuchte das, was tröstlich war, aufzusaugen. Ihre Küche. Ihr Zuhause. Ihr Leben. Die Wahrheit.

Ihr Blick blieb am Kühlschrank hängen. An dem Bild, Mama im Garten. Sie schluckte die aufsteigenden Tränen weg.

»Ich hasse das«, sagte sie leise.

»Was?« Rike sah sie fragend an.

Katharina deutete auf das Bild. »Gartenarbeit. Timo denkt, dass ich total gerne im Garten arbeite. Das hat er der Kindergärtnerin erzählt. Darum hat er das gemalt. Aber ich hasse es. Der ganze Dreck, die ekligen Tiere im Boden, Würmer, Spinnen, Käfer. Ich tue es trotzdem. Weil es getan werden muss. Ich kümmere mich darum. Weil jemand sich darum kümmern muss. Und es ist gut, dass Timo denkt, dass ich es gern tue. Er ist ein Kind. Aber Patrick … ich dachte, er begreift es. Ich habe mir eingebildet, dass er sieht, was ich tue. Für ihn und für Timo, jeden Tag. Ich habe mir wirklich eingebildet, dass ich meinen Teil übernehme und er seinen. Es hat sich richtig angefühlt. Stattdessen …« Sie brach ab. Dachte daran, wie bitter er geklungen hatte.

Du wolltest ihn umbringen. Das ist die Wahrheit. Du wolltest dein Kind töten.

»Es ist nicht fair«, sagte sie. »Es ist einfach nicht fair. Ich habe das nicht verdient!«

Rike sah sie skeptisch an.

»Was?« Katharina klang aggressiver als beabsichtigt. »Warum schaust du so?«

Rike zuckte die Schultern. Zögerte. »Ich glaube nach wie vor, dass du dich irrst, Katharina. Es geht nicht um Sarah. Es geht um etwas anderes.«

Katharina ging über die Bemerkung einfach hinweg. Sprach stattdessen aus, was plötzlich in ihrem Kopf war, sich dringlich anfühlte. »Er hat bestimmt Hunger. Timo muss etwas essen, wenn er nach Hause kommt.« Sie sprang auf, lief zum Kühlschrank und öffnete das Gefrierfach. Da war noch Hackfleisch. »Ich mache ihm Nudeln. Spaghetti Bolognese, das liebt er.« Sie hörte sich selbst plappern. »Ich muss das Hack in der Mikrowelle auftauen. Patrick hat bestimmt auch Hunger, wir müssen etwas essen, wir müssen alle etwas essen. Und er wird sich freuen. Er ist bestimmt durcheinander. Sie hat ihm nichts getan, sie würde ihm ja nichts tun, ganz sicher nicht, aber er versteht das alles doch nicht. Oh Gott!«

Sie legte das gefrorene Hack auf die Arbeitsplatte, schlug eine Hand vor den Mund. »Du hattest recht«, sagte sie dann. »Das Wohnzimmer, der Tisch … das darf er nicht sehen. Er wird verstört sein und hat wahrscheinlich einen Schock. Wenn er nach Hause kommt, muss alles so sein, wie er es gewohnt ist. Und das ganze Glas, das ist gefährlich, er kann sich daran schneiden. Ich muss aufräumen …« Sie bewegte sich zur Tür.

»Katharina, beruhige dich …«, hörte sie Rike rufen, aber sie kümmerte sich nicht darum. Sie lief ins Wohnzimmer. Nahm den Aschenbecher vom Esstisch und untersuchte ihn gründlich. Kein Sprung, nicht der kleinste Riss, aber möglicherweise war es trotzdem besser, ihn wegzuwerfen.

Das Klingeln des Telefons ließ sie hochschrecken. In Windeseile war sie da, riss den Apparat von der Station. »Patrick?«, keuchte sie.

»Ich bin es.« Es dauerte einen Moment, bis Katharina die Stimme erkannte. Doro, verdammt, nicht jetzt!

»Ich wollte noch mal wegen der Verabredung fragen. Störe ich dich gerade? Alles okay bei dir? Du klingst so –«

»Es ist ganz schlecht gerade, ich kann jetzt nicht …« Die Türklingel ertönte. Katharina drückte das Gespräch einfach weg. Endlich. Endlich waren sie da.

Sie stolperte über ihre eigenen Füße, taumelte mehr, als sie ging, bis sie endlich die Klinke in der Hand hatte und die Tür aufriss. »Timo«, wollte sie sagen, aber das Wort starb in ihrer Kehle, als sie sah, wer da vor der Tür stand. Ihr wurde übel.

50

Vier! Vier dämliche Logopädiepraxen in diesem Ärztehaus. Patrick starrte auf die Namen, von denen ihm keiner bekannt vorkam.

Keine Ahnung, echote Katharinas Stimme in seinem Kopf. *Du hast keine Ahnung, wer dein Sohn ist.* Nein. Das war nicht fair, darum konnte es wirklich nicht gehen. Ja, sie hatte den Namen erwähnt, mit Sicherheit, vermutlich wusste er ihn auch, aber er fiel ihm eben jetzt gerade nicht ein. Was kein Wunder war. Und außerdem keine Rolle spielte, denn das Gebäude war verschlossen, in der Halle glomm nur noch die Notbeleuchtung.

»Ist das Ihr Auto?« Ein älterer Mann trat neben ihn. Patrick zuckte zusammen. Er hatte ihn nicht kommen hören. »Da auf dem Parkplatz.« Der Mann bewegte das Kinn leicht in die Richtung. »Ich mache da jetzt gleich die Schranke zu, Sie müssen wegfahren.«

Patrick nickte. »Ja, ich … Entschuldigung, es ist nur …«

»Ja?« Der Mann musterte ihn.

»Ich suche meinen Sohn«, sagte Patrick. »Ich sollte ihn abholen. Von der Logopädie.«

»Na, da sind Sie wohl zu spät dran.« Der Mann deutete auf das Gebäude. »Sie sehen ja, Feierabend.« Er kniff die Augen zusammen, schien zu überlegen. »Aber irgendwer hat ihn ja offenbar abgeholt.« Er sah Patrick aufmunternd an. »Nee, mal keine Sorge jetzt. Hier marschiert kein Kind einfach alleine raus. Da wird schon geguckt. Die vom Empfang haben da ein Auge drauf. Das kommt ja oft vor, dass sich mal jemand verspätet. Wie alt ist er denn?«

»Fünf.«

»Oh«, sagte der Mann und schien wieder nachzudenken. »Nee, aber wie gesagt, keine Sorge. Man muss ja klingeln, um reinzukommen.« Er zeigte auf die Tür. »Und um rauszukommen, muss man innen auf den Knopf drücken. Da kommen die Kleinen gar nicht dran. Den hat jemand abgeholt. Das hat schon seine Richtigkeit.«

Patrick überlegte fieberhaft. Kramte dann seinen Geldbeutel heraus und zog das Bild von Timo aus einem Fach. »Haben Sie ihn vielleicht gesehen?«

Der Mann warf einen Blick auf das Foto und lächelte. »Ach der!«

»Ja?« Patricks Herz begann zu rasen. »Was? Ich meine, haben Sie ihn gesehen? Haben Sie zufällig gesehen, wer ihn abgeholt hat?«

»Nein, das nicht«, sagte der Mann. »Aber – na ja, ich sag mal so … Ich würde jetzt nicht drauf wetten, dass er es heute da reingeschafft hat.«

»Was? Wie meinen Sie das?«

Der Mann warf ihm einen prüfenden Blick zu. »Sie sind der Vater, ja?«

Patrick nickte.

»Ich frag nur, weil … na ja. Ich kenn den, Ihren Kleinen,

und Ihre Frau. Nette Frau. Ich kenne viele vom Sehen, ich bin ja der Hausmeister und jeden Tag hier, und da kennt man die, die regelmäßig kommen. Sagt mal Guten Tag und wechselt ein paar Worte. Und Ihrer, der ist mir irgendwann aufgefallen. Hat mich so an meinen Zweitjüngsten erinnert, darum. Der war auch so in dem Alter. Satansbraten. Also – mein Jörn jetzt. Hat seiner Mutter den letzten Nerv geraubt mit seinen Tobsuchtsanfällen.« Er warf ihm einen verständnisvollen Blick zu und lächelte versonnen. »Ist aber auf jeden Fall ein Missverständnis«, sagte er dann. »Ihrer war heute Mittag da. Das weiß ich genau.« Er grinste. »Und ich sag mal so – wäre vielleicht eine gute Idee, auf dem Heimweg ein paar Blumen für Ihre Frau zu besorgen.«

»Wie meinen Sie das?«

»Nichts für ungut, geht mich ja nichts an. Meine ich auch nicht böse, wirklich nicht, wie gesagt, ich kenne das ja. Aber Ihr Kurzer, der hatte echt einen schlechten Tag. Ich war gerade auf dem Weg zum Bäcker drüben, um mir was zu essen zu holen, als ich sie gesehen habe. Auf dem Parkplatz. Das volle Programm. Wälzen, brüllen, treten. Hat mir wirklich leidgetan, Ihre Frau. Kein Wunder, dass ihr die Hutschnur geplatzt ist.« Er zögerte. »Also, nichts für ungut«, wiederholte er. »Ich meine, Herrgott, es ist ja normal, dass sich ein Kind auch mal eine fängt, oder?«

Patrick starrte ihn an. »Was? Was sagen Sie da?«

»Nichts.« Der Mann wirkte auf einmal verunsichert, wich seinem Blick aus. Offenbar hatte er mit einer anderen Reaktion gerechnet.

»Sie hat ihn geschlagen?«

Der Mann hob abwehrend die Hand. »Um Gottes willen, nein, ich will da jetzt nichts … vielleicht eine Backpfeife. Aber das war nötig, ich meine, der Junge war ja völlig außer sich.«

»Und dann? Was ist dann passiert?«

Der Mann zuckte die Schultern. »Es ist nichts … *passiert*!« Sein Unbehagen war jetzt offensichtlich. »Sie hat ihn erst mal wieder ins Auto gepackt. Er war ja wirklich total hysterisch, so konnte sie ihn ja nicht … na ja.«

»Und?«

»Und nichts.« Der Hausmeister studierte konzentriert den Boden neben seinem linken Schuh. »Dann hab ich Mittag gemacht.« Er hob den Kopf wieder, sah Patrick an. »Hören Sie, ich wollte Sie einfach nur beruhigen. Er war hier, heute Mittag, mit seiner Mutter. Und er hat sich bestimmt beruhigt und ist rein, und irgendjemand hat ihn abgeholt. Alles in Ordnung. Mehr wollte ich gar nicht sagen.« Er sah auf seine Armbanduhr, zeigte auf den Parkplatz. »Jetzt fahren Sie mal schön nach Hause, das klärt sich da schon. Und ich muss jetzt auch wirklich die Schranke zumachen.«

51

Der Schirmständer fiel scheppernd um. Sarahs Fuß verfing sich in dem kleinen Teppich im Flur. Sie strauchelte, aber Katharina zerrte sie mit festem Griff weiter ins Wohnzimmer. Erst da ließ sie ihren Arm los und stieß sie von sich. Sarah taumelte rückwärts, stürzte und lag dann halb aufgerichtet auf dem Boden.

Katharina baute sich vor ihr auf. »Wo ist er? Was hast du mit meinem Kind gemacht?«

Sarah gab einen fassungslosen Laut von sich und machte Anstalten, sich aufzurappeln. Katharina hätte am liebsten nach ihr getreten, aber sie hielt sich zurück. »Wo ist Timo?«, schrie sie stattdessen. »Wo ist Patrick? Was soll das hier?«

Sarah war wieder auf den Beinen. Sie ließ Katharina nicht aus den Augen. Angst, sie hatte Angst, bemerkte Katharina. Und das sollte sie auch.

»Hast du den Verstand verloren?« Sarahs Stimme klang rau.

»Was ist denn hier los? Brauchst du Hilfe, Katharina?« Rike stand in der Tür.

Katharina bedeutete ihr mit einer ungeduldigen Handbewegung, sich nicht einzumischen, ohne dabei den Blick von Sarah zu wenden. »Was hast du mit meinem Kind gemacht?«

Sarah stieß ein höhnisches Lachen aus. »Ich? Du fragst mich, was ich mit deinem Kind gemacht habe?«

Katharina atmete langsam und konzentriert. Sie durfte sich nicht provozieren lassen.

Sarah hatte die Fassung wiedererlangt. »Ich wollte dir dieselbe Frage stellen. Darum bin ich hier.« Sie rieb sich den Arm. Da, wo Katharina sie gepackt hatte, klaffte ein Riss im Ärmel der Jacke. »Ich war da, Katharina. Ich habe alles gesehen. Du kannst dir das Theater sparen.«

»Halt den Mund!« Katharina versuchte, ihren hektischen Atem zu kontrollieren. Und die Gedanken, die sie jetzt nicht gebrauchen konnte. Sie konzentrierte sich auf Sarahs verzerrtes Gesicht.

»Ich habe gesehen, was du getan hast!«

»Halt den Mund«, wiederholte Katharina. Sie hörte Rike laut und schwer atmen. Sah Bilder, kurze, verschwommene Bilder von Timo, und es war, als explodiere etwas in ihrem Kopf. »Halt sofort den Mund!«, kreischte sie.

Sarah hob die Hände. »Beruhige dich!«

Wie konnte sie es wagen?

»Du musst dich beruhigen, Katharina!«

Ihr Ton! Sie hatte kein Recht auf diesen Ton, sie hatte kein Recht, hier zu sein, sie hatte kein Recht, ihr das anzutun, kein Recht, alles zu zerstören. Katharina schwankte. Zum Glück war da der Tisch. Sie tastete, umklammerte etwas. Etwas, das ihr Halt gab.

»Wir müssen darüber reden«, hörte sie Sarahs Stimme. »Über das, was du getan hast. Du brauchst Hilfe, Katharina …«

Sie merkte, wie sich ihr Arm hob, wie sich ihr Körper nach vorn bewegte und automatisch tat, was er tun musste.

»Nein!«, hörte sie Rike schreien. Sie spürte deren Hände an ihrem Arm, fest, fast brutal hinderten sie sie daran, ihn wieder zu bewegen, zu heben, erneut auszuholen.

Aber das war egal. In der Stille, die sich jetzt ausbreitete, schien noch das Geräusch nachzuklingen, das Geräusch, mit dem der Aschenbecher Sarahs Kopf getroffen hatte.

52

Da stand er wieder und versuchte mit dem klarzukommen, was sich auf einmal anfühlte wie ein wirrer Traum.

Als er die Sackgasse betreten hatte, waren seine Entschlossenheit und das, was sich kurz wie Mut angefühlt hatte, in sich zusammengefallen. Der Anblick des Hauses hatte ihn daran erinnert, wie er es sich eigentlich vorgestellt hatte. Diesen Moment, in dem sie ihm das erste Mal in die Augen sah. Einen Moment, in dem es um sie und ihn hätte gehen sollen. Um das, was er sich erhofft hatte. Gewünscht.

Es war nicht Angst gewesen, sondern eine lähmende Traurigkeit, die ihn dazu gebracht hatte, sich kurz in sein vertrautes Versteck zu schlagen und zwischen Flieder und Müll zu stehen, während sich die Minuten langsam an ihm vorbeischoben. Er hatte das Haus angestarrt und darauf gewartet, dass alles aufhörte zu wirken, als sei nichts geschehen.

Und dann war die Welt endgültig aus den Fugen geraten.

Es war kein Zufall, das immerhin hatte er sofort verstanden. Anders als auf dem Parkplatz, denn der Parkplatz war ein öffentlicher Ort, an dem Menschen zufällig sein konnten. Aber hier in dieser Sackgasse kam niemand zufällig vorbei. Mit Sicherheit nicht Sarah, die zudem zielstrebig zum Haus gegangen war. Sie hatte es eilig gehabt, zur Tür zu kommen, und hatte ohne Zögern geklingelt.

Ihm war kurz die Luft weggeblieben. Im Wortsinn. Er hatte gefürchtet, zu ersticken.

Was hatte das zu bedeuten? Was tat sie hier, was tat Sarah bei ihr? Sie kannte sie nicht, sie konnte sie nicht kennen, sie durfte nicht. Sarah hatte nichts mit dieser Frau zu tun. Sarah gehörte ihm. Sie war auf seiner Seite. Sie war der einzige Mensch, dem er wirklich vertraute. Diejenige, der er alles erzählen konnte.

Das hatte er allerdings nicht getan. Und spätestens jetzt, nachdem diese Tür sich geöffnet hatte und Sarah in diesem Haus verschwunden war, wurde ihm klar, dass das ein Fehler gewesen war.

Er schloss die Augen. Öffnete sie schnell wieder, weil er sofort das Gesicht vor sich hatte. Timos Gesicht. Timos Wut, Timos Angst, Timos Verzweiflung, die sich mit seiner eigenen mischte.

Er versuchte, ruhig zu denken. Sarah war auf diesem Parkplatz gewesen. Und offenbar hatte sie beschlossen, etwas zu unternehmen. Auch wenn Sarah keine Ahnung haben konnte, wer diese Frau war. Sie ahnte nichts von dem, was nicht seine Schuld war, aber seine Verantwortung.

Sein Kopf schmerzte. Der süße Duft des Flieders war betäubend, verursachte ein pelziges Gefühl in seiner Nase.

Er musste warten, bis Sarah wieder rauskam. Solange sie da drin war, konnte er nichts tun, als das dumpfe, fast vergessene Gefühl von Verrat von sich fernzuhalten. Die Erinnerung daran, dass sie schon einmal sein Leben zerstört hatte. Dass sie es wieder tun konnte, jetzt in diesem Moment womöglich, indem sie Sarah Dinge erzählte, die sie nicht hören durfte, nicht von ihr.

Ein Motorengeräusch schreckte ihn auf. Ein Auto bog in die Sackgasse, das Garagentor des Hauses öffnete sich, während der Wagen an ihm vorbeirollte. Er bewegte sich zu schnell, darum konnte er nicht sehen, wer am Steuer saß. Das Auto verschwand in der Garage, das Tor fuhr langsam nach unten, bevor der Fahrer ausgestiegen war. Schloss ihn aus von dem, was da drinnen vorging.

53

Patrick musste die Tür, die von der Garage in den Flur führte, mit Gewalt aufschieben. Der Teppich, der sonst in der Mitte lag, hatte sie blockiert. Er sah den umgekippten Schirmständer, die verstreuten Schuhe. Vage alarmiert lief er zur offenen Wohnzimmertür. Er stand und schaute, und auf einmal schien sich die Welt in Zeitlupe zu bewegen. Es dauerte eine gefühlte Ewigkeit, bis er es schaffte, sich wieder in Bewegung zu setzen und zu ihr zu stürzen.

»Sie hat Puls.« Rike kauerte neben Sarah und fingerte unbeholfen an ihrem Hals herum. »Sie atmet.«

Patrick schob sie grob beiseite. Etwas in ihm schaltete auf Automatik. Etwas, das ihm verbot, Sarahs wächsernes Gesicht mit den geschlossenen Augen zu betrachten, die Wunde an der Schläfe, aus der Blut sickerte und die dunklen Locken verklebte. Etwas, das ihn daran hinderte, sich an das letzte Mal zu erinnern, dass er sie so gesehen hatte. Bewusstlos, konstatierte sein Gehirn stattdessen sachlich. Blutende Platzwunde im Schläfenbereich. Er legte beide Hände an Sarahs Kopf, überstreckte vorsichtig den Hals. Dann bewegte er sein Ohr über ihr Gesicht, starrte dabei konzentriert in Richtung des Brustkorbs, sah, wie er sich leicht hob und senkte. Ihr Atem ging flach und röchelnd.

Er nahm Sarah an den Schultern, drückte vorsichtig und bewegte sie sacht. Sie stöhnte. Reaktion auf Schmerzreiz, vermerkte sein Gehirn.

»Wir brauchen einen Krankenwagen.« Rike hatte Patrick bereitwillig das Feld überlassen, jetzt schaltete sie sich wieder ein. »Wir müssen sofort einen Krankenwagen rufen!«

»Nein.« Nur das leichte Zittern in ihrer Stimme verriet, dass Katharina nicht so ruhig war, wie es den Anschein hatte. »Das geht auf keinen Fall.«

»Aber du siehst doch –«, wollte Rike protestieren.

»Was ist passiert?«, unterbrach Patrick sie und zog Sarahs Augenlid nach oben. Pupillenreflex, dachte er, legte die Hand an ihren Hals, fühlte den schwachen, aber regelmäßigen Puls.

»Sie hat …« Rike zögerte. »Katharina hat sie am Kopf getroffen mit dem Aschenbecher.«

»Halt den Mund«, sagte Katharina barsch. »Sie hat mich bedroht. Sie hat mich provoziert. Sie wollte mir nicht sagen, wo Timo ist. Ich hatte keine Wahl!« Sie schien sich zu besinnen. »Wo ist er? Wo ist Timo? Hast du ihn gefunden?«

Patrick schüttelte stumm den Kopf. Unwillkürlich hielt er die Luft an, weil er mit einem neuerlichen Ausbruch rechnete, aber Katharina stieß nur einen gequälten Laut aus.

»Sie muss es uns sagen«, wimmerte sie dann. »Sie muss uns sagen, wo er ist!«

»Katharina, sie weiß es nicht«, rief Rike. »Und sie ist bewusstlos. Sie ist schwer verletzt. Sie braucht einen Arzt!«

»Patrick ist Arzt. Er wird sich darum kümmern.«

Patrick war kurz davor, in hysterisches Gelächter auszubrechen. Die ganze Szene war unwirklich, nichts passte zusammen. Was tat Sarah hier? Und was sollte er jetzt machen? Rike lag mit ihrer Einschätzung nicht ganz falsch. Obwohl Sarah einigermaßen stabil wirkte, konnte er nicht sagen, was ein solcher Schlag auf den Kopf möglicherweise angerichtet hatte. Eine Gehirnerschütterung im besten Fall, aber es konnte weit ernster sein. Ganz sicher war es sinnvoll, dass sie untersucht und beobachtet wurde.

Sein Blick blieb an dem Aschenbecher hängen, der auf dem Teppich lag.

Wegen ihr, dachte er und kämpfte wieder gegen ein hysterisches Lachen, obwohl er am liebsten geheult hätte. Wegen Sarah war dieses Ding hier in seinem Wohnzimmer. Er hatte es vor ewigen Zeiten gekauft, als Sarah noch zu seinem echten Leben gehört hatte. Da hatte sie noch geraucht. Sie hatte Abende und Nächte auf seinem Sofa gehockt, Bier getrunken und alles vollgequalmt, während sie geredet und gestritten und gelacht hatten. Er hatte die Raucherei immer gehasst. Trotzdem hatte er diesen Aschenbecher für sie gekauft, für ein paar Euro auf dem Flohmarkt. Und als sie verschwunden war, war das Ding geblieben. Er wusste selbst nicht genau, warum er sich nicht davon hatte trennen können oder wollen.

»Es wäre vielleicht wirklich besser –«, setzte er an.

»Nein!« Katharina klang bestimmt. »Wie stellst du dir das vor, Patrick? Wenn wir einen Krankenwagen rufen, dann müssen wir erklären …« Sie fasste sich an den Hals. »Dann nehmen sie sie mit. Sie bringen sie weg. Und niemand wird sie zwingen zu sagen, wo Timo ist. Das geht nicht.« Sie holte Luft. »Es ist mir egal, was du getan hast, Patrick. Aber du bist sein Vater. Du bist Timos Vater. Es geht um unseren Sohn!«

Patricks Mund wurde trocken. Was sie da sagte, war vollkommen richtig. Auch wenn ihr die Konsequenzen nur halb bewusst zu sein schienen. Das hier würden sie erklären müssen. Und es gab keine Erklärung der Welt, die nicht dazu geführt hätte, dass die Polizei ins Spiel kam. Spätestens wenn Sarah das Bewusstsein wiedererlangte, würde sie keine Sekunde zögern, zu erzählen, was passiert war. Sie würde Katharina anzeigen, ohne jeden Zweifel. Und etwas in Bewegung setzen, was sich seinem Einfluss völlig entzog.

»Es geht um unser Kind«, hörte er Katharina wieder sagen.

Du musst dich entscheiden. Das sagte sie nicht, aber Patrick war klar, dass es darauf hinauslief. Sie oder ich, das sagte Katharina, sie oder wir, sie oder Timo. Und er musste sich entscheiden, auf welche Seite er sich schlug.

»Das ist doch lächerlich!« Rike trat einen Schritt auf Katharina zu. »Du steigerst dich da in was rein. Sarah hat keine Ahnung, wo Timo ist. Warum sollte sie, warum sollte sie so etwas tun?«

Weil sie Sarah ist, dachte Patrick. Eine Backpfeife, hatte der Hausmeister eben gesagt. Und es ergab Sinn. Wenn Sarah auf diesem Parkplatz gewesen war und gesehen hatte, was dieser Hausmeister gesehen hatte, dann ... Er musste eine Entscheidung treffen. Jetzt.

»Sie hat es gesagt.«

Patrick zuckte zusammen. Er sah zu Katharina, die ihrerseits den Blick nicht von Rike wandte.

»Sie hat gesagt, dass sie ihn hat. Und sie hat sich geweigert, mir zu sagen, wo er ist. Sie ist hierhergekommen, um mich zu quälen.«

»Das ist nicht wahr!« Rikes Ton schwankte zwischen Empörung und Unglauben. »Das hat sie nicht gesagt. Wie kannst du das behaupten?«

»Du warst nicht dabei«, herrschte Katharina sie an. »Du bist erst später dazugekommen.«

Rike schnappte nach Luft. »Das ändert nichts daran, dass sie einen Arzt braucht«, sagte sie dann.

»Ich bin Arzt.« Patrick hasste sich für jedes Wort. »Katharina hat recht. Es geht nicht anders, Rike, es geht einfach nicht anders.«

»Das kann nicht dein Ernst sein! Was seid ihr denn für Menschen?« Rike schien den Tränen nahe.

Für den Moment war Sarah stabil. Sie musste natürlich überwacht werden. Aber er konnte das verantworten. Er musste. Es gab keine Möglichkeit, die verdammte Verantwortung jetzt abzugeben.

Sie hat gesagt, dass sie ihn hat. Warum hätte Katharina lügen sollen? Und sobald Sarah zu sich kam, würde sie ihm sagen, wo Timo war. Sie würde etwas dafür fordern, aber das war egal. Er war bereit, alles zu tun, was sie wollte. Es ging um sein Kind.

Das war die einzige verdammte Verantwortung, die er jetzt wirklich hatte.

»Und wenn sie stirbt?« Rikes Stimme überschlug sich.

Patrick hörte, wie Katharina scharf Luft holte.

»Sie stirbt nicht«, sagte er eilig, trat auf Rike zu und legte ihr beide Hände auf die Schultern. »Sie wird nicht sterben«, wiederholte er, klang zuversichtlicher, als er sich fühlte. »Wir bringen sie jetzt nach oben. Ich kümmere mich um die Wunde. Und dann sehen wir weiter.«

54

Sie konnte nicht mehr zurück.

Adele saß da und nahm fast verwundert zur Kenntnis, dass der Gedanke sie in eine angenehme Aufregung versetzte. Sie konnte selbst nicht fassen, dass sie es wirklich getan hatte. Nein, sie konnte nicht mehr zurück. Aber das wollte sie auch gar nicht. Denn es tat so gut, hier zu sein.

All die Jahre war das Meer, das jetzt vor ihr im Abendlicht glitzerte, so nah gewesen. Es waren gerade mal knappe drei Stunden Fahrt. Sie hatte so oft ans Meer gedacht, sie hatte sich danach gesehnt und nie begriffen, dass sie sich einfach nur ins Auto hätte setzen und losfahren müssen. Um das zu tun, was sie jetzt tat. Mochte es sich noch so verantwortungslos und verrückt und vielleicht auch verboten anfühlen – sie spürte mit jeder Faser ihres Körpers, dass es richtig war.

Sie hatte an einer der Buden oben an der Promenade Eis gekauft und eine Flasche Bier, an der sie jetzt nippte, während sie hier im Sand saß, in ihrem guten Rock, ohne Handtuch, ohne Matte. Sie hatte die Schuhe und die Strumpfhose ausgezogen und die Füße in den Sand gegraben. Eigentlich mochte sie gar kein Bier, aber das hier schmeckte phantastisch. Es fühlte sich gut an, hier zu sitzen und den Menschen am Strand zuzuschauen. Liebespaare, die händchenhaltend am Saum des Wassers entlangschlenderten. Junge und Alte, allein, zu zweit, in Gruppen, nackte Füße, die in den sanften

Wellen platschten. Dazwischen Hunde, die ausgelassen tobten, und Kinder, die rannten, spielten und sich benahmen, als gebe es die Augen, die sie sicher im Blick behielten, gar nicht. Anfangs hatte sie sich unbehaglich gefühlt, irgendwie albern, aber die Menschen, die an ihr vorbeikamen, lächelten ihr freundlich zu. Niemand schien es sonderbar zu finden, dass sie hier saß, eine alte Dame mit einer Flasche Bier am Strand.

Sie fragte sich, wie Erich das finden würde. Oder Katharina. Hörte dann auf, sich das zu fragen, denn sie wollte nicht an Erich denken. Und ganz bestimmt nicht an Katharina.

Als sie losgefahren war, war sie schrecklich nervös gewesen. Ihr Herz hatte gewummert, die Hände am Lenkrad waren schwitzig gewesen. Sie war vorsichtig gefahren, war ewig zwischen den beängstigend großen Lkws auf der rechten Spur geschlichen. Aber irgendwann war es besser geworden. Irgendwann hatte sie sich auf die linke Spur gewagt, hatte das Radio lauter gedreht und Gas gegeben.

Die kleine Ferienwohnung mit Blick aufs Meer hatte sie im Internet gefunden. Sie hatte vergessen, den Browserverlauf zu löschen. Sie hatte in ihrer Aufregung nicht daran gedacht. Obwohl sie nicht sicher war, ob es wirklich ein Versehen gewesen war. Der Gedanke, dass Erich trotzdem nicht in der Lage sein würde, sie zu finden, erfüllte sie mit Stolz. Aber sie wollte ja nicht an Erich denken. Oder an Katharina. Nicht daran, was sie hier wirklich tat. Sie war nicht stolz darauf, dass sie die beiden bestrafte.

Aber genau genommen benahm sie sich ja nur ein bisschen verantwortungslos denen gegenüber, für die sie immer die Verantwortung übernommen hatte, ohne je eine Gegenleistung dafür bekommen zu haben.

Darum stand ihr das hier zu. Es war an der Zeit, dass sie Verantwortung für sich selbst übernahm. Und es war gut, hier zu sein. Darum ging es. Der Denkzettel, den sie ihnen damit verpasste, war letztlich nur ein Nebeneffekt. Sie erlaubte sich, einfach einmal nicht die nachsichtige Adele zu sein, die alles verstand und alles verzieh. Ihr Leben lang war sie davon ausgegangen, dass das der Preis war, den sie zahlen musste, um geliebt zu werden. Aber diese Rechnung war hinten und vorne nicht aufgegangen. Das Einzige, was es ihr eingebracht hatte, war die Schutthalde aus alter Wut, die in ihrer Seele lagerte.

Sie legte den Kopf in den Nacken. Genoss die warmen Strahlen der Abendsonne und roch den Duft des Meeres, den der sanfte Seewind zu ihr wehte.

Wenn es sich so richtig anfühlte, konnte es nicht falsch sein. Sie tat etwas für sich und für jemanden, den sie zwar nicht kannte, dem sie aber vertraute. Jemand, der auch ihr vertraute und sie als ebenbürtig behandelte. Sie verließ sich auf ihr Bauchgefühl.

Eine Möwe landete neben ihr im Sand und sah sie aus unheimlichen Vogelaugen an. Sie war ganz nah. Adele widerstand dem Drang, aufzuspringen und zu fliehen. Es war nur eine Möwe, und das hier war ihr Strand. Ihr großer Schnabel wirkte gefährlich. Aber sie war gleichzeitig sehr schön und erhaben vor den glitzernden Wellen.

Adele stellte die Bierflasche in den Sand und zog ihr Handy aus der Tasche. Sie schaltete es ein, um ein Foto zu machen. Bevor sie die Kamera aktiviert hatte, breitete die Möwe die Flügel aus und flog davon.

Das Handy summte. Das Handy brummte. Unbeantwortete Anrufe. Ungelesene Nachrichten. Es war klug gewesen, das Ding auszuschalten. Sie überflog die Liste. Erich. Immer wieder Erich.

Kein einziges Mal Katharina.

Sie schaltete das Gerät aus, steckte es zurück in die Handtasche und griff erneut nach der Bierflasche.

55

Es fühlte sich schrecklich an, allein zurückzubleiben. Aber Katharina brachte es nicht über sich, ihnen zu folgen. Patrick, der Sarah trug, den rechten Arm unter ihrem Nacken, den linken in den Kniekehlen. Als sei sie ein Kind, als sei sie kostbar. Rike hing wie eine dämliche Glucke an seinen Fersen, hatte keinen Blick mehr für sie übrig.

Die Vorstellung, dabei zuzuschauen, wie Patrick diese Frau in ihr Bett legte, in ihr gemeinsames Bett, das sie vorgestern erst mit ihrer Lieblingsbettwäsche bezogen hatte, in dem sie heute früh neben ihrem Mann aufgewacht war, allein der Gedanke, dass Sarahs Kopf auf dem Kissen liegen würde, auf seinem oder ihrem, war unerträglich.

Sie würde es verbrennen. Sie würde alles verbrennen, Kissen, Decken, sie würde das ganze Bett rausschmeißen, sobald das hier vorbei war.

Sarah würde nicht sterben. Obwohl ein Teil von Katharina sich wünschte, dass sie verreckte da oben in dem Bett, das eben noch ihr gehört hatte.

Sie dachte an Timo, der irgendwo da draußen war. Was hatte sie mit ihm gemacht? Hatte sie ihn betäubt? Eingesperrt? Sie schluchzte auf, umschlang ihren Oberkörper. Sie schaffte es nicht bis zum Sofa, sank auf den Boden. Timo!

Warum hatte Patrick ihn nicht abgeholt? Und warum war sie nicht letzte Woche zum Zahnarzt gegangen, statt zu warten und die Sache aufzuschieben, bis alles so außer Kontrolle geraten war? Sie dachte an Sarahs boshafte Worte.

Ich habe gesehen, was du getan hast.

Sie wollte nicht daran denken, was am Mittag auf dem Parkplatz passiert war. Aber sie musste. Sie musste den Nebel in ihrem Kopf durchdringen, damit sie sich wehren konnte gegen Sarah und ihr Gift.

Das Frühstück war noch klar, alle Details gestochen scharf. Timos Maulen, sein Blick, dieser Blick, den sie zu fürchten gelernt hatte. Der verriet, dass er einmal mehr ihre Schwäche ahnte und entschlossen war, sie zu nutzen. Sie hätte ihn zwingen müssen, in den Kindergarten zu gehen. Sie hatte doch gewusst, dass sie nicht in der Lage war, sich mit ihm zu beschäftigen. Natürlich hatte er sich gelangweilt. Er hatte gequengelt und unentwegt an ihr herumgezerrt. Darum hatte sie irgendwann die Regeln außer Kraft gesetzt. Sie hatte ihn vor den Fernseher gesetzt und ihm erlaubt, einen dieser unsäglichen Sender zu schauen. Er hatte Stunden vor den hektischen und grellen Bildern gesessen, die in Dauerschleife abliefen. Sie hatte gewusst, dass sich das rächen würde.

Ihre Gedanken stockten. Etwas in ihr sträubte sich dagegen, weiterzudenken, den Rest abzurufen. Timo im Auto. Wie er den Rücken durchdrückte, damit sie ihn nicht anschnallen konnte. Die erstaunliche Kraft, sein kleiner Körper zitternd vor Entschlossenheit, ihr das Leben zur Hölle zu machen. Sie dafür zu bestrafen, dass er nicht bekam, was er wollte.

Dann kam der Parkplatz. Und sie schaffte es nicht. Wie ein Vorhang schob sich etwas zwischen sie und die Erinnerung. Lieber beschwor sie ein anderes Bild von Timo. Sanft und blond, ihr Mäuserich. Der lächelte, ihr sagte, dass er sie lieb hatte. Der ihr ein Bild malte, sich an sie schmiegte.

Keiner, der auf dem Boden lag und brüllte. Keiner, der nach ihr schlug und trat.

Ich war da, Katharina. Ich habe alles gesehen. Du kannst dir das Theater sparen.

»Nein!« Katharina sprach es laut aus. »Nein«, wiederholte sie.

Ich habe gesehen, was du getan hast.

»Nein, nein, nein!« Sie richtete sich auf und presste die Hände gegen die Schläfen. Sie durfte dem nicht nachgeben. Der Angst, dieser schrecklichen Angst, und der Verzweiflung, die sie zu verschlingen drohte.

Sie rappelte sich hoch und verließ das Wohnzimmer. Im

Flur stellte sie den Schirmständer auf, schob die Schuhe in ordentlicher Reihe unter die Garderobe. Timos Gummistiefel, Timos Turnschuhe. Bald, dachte sie, bald war es überstanden.

Sie brauchte einen Kaffee. Sie alle brauchten Kaffee. Es dämmerte schon, die Nacht würde lang werden. Sie ging in die Küche, schaltete das Deckenlicht ein, setzte Kaffee auf. Neben der Maschine standen noch immer das Kuchentablett und die Blumen für Rike, daneben lag das Hackfleisch, das sie vorhin aus dem Gefrierfach genommen hatte, und taute vor sich hin. Sie stopfte alles in den Mülleimer. Dann starrte sie hinaus in den Garten. Sah ihr Spiegelbild in der Scheibe, dahinter das Trampolin, den Apfelbaum, den Rasen, der bald zum ersten Mal gemäht werden musste.

Bald. Wenn das hier vorbei war. Bald, dachte sie, bald war alles wieder gut. Weil sie nicht aufgeben würde.

Sie war verletzt, alles tat weh. Aber sie war nicht verloren. Sie war nicht zerstört. Es war anders, es war ganz anders als damals.

Sie hatte etwas, wofür es sich zu kämpfen lohnte.

Es muss schrecklich gewesen sein. Ein Kind zu verlieren, meine ich.

Rike. Rike, die nichts verstand. Es war schrecklich gewesen, natürlich. Aber so ganz anders, als sie sich vorstellen konnte.

Du wolltest ihn nicht. Du wolltest deinen Sohn umbringen!

Patricks Ton, so bitter, so böse, so unversöhnlich. Nach all den Jahren, nach allem, was sie getan hatte. All die Mühe, all die Anstrengung, all die Liebe. Um jetzt hier zu stehen und nicht zu wissen, wie sie es schaffen sollte, weiterzuatmen. Nicht vollständig den Verstand zu verlieren.

Auf einmal kam ihr das Röcheln der Kaffeemaschine unerträglich laut vor, das sanfte Licht der Küchenlampe zu grell. Adele fiel ihr plötzlich ein, Adele und ihr endloses Klagen über die verdammte Küche, die alberne Neonröhre. Adeles Weigerung, sich einzugestehen, dass es um etwas ganz anderes ging. Um ihr verpfuschtes Leben nämlich. Darum, dass es für sie zu spät war. Weil sie es nie geschafft hatte, Entscheidungen zu treffen. Schmerzliche Entscheidungen. Es kostete Kraft, aufzugeben. Das wusste Katharina. Und doch war es nötig, es war richtig, manchmal hatte man keine Wahl.

Manchmal war es die einzige Möglichkeit, noch einmal ganz von vorn anzufangen. Das hatte Adele nie begriffen. Und darum war sie verdammt zu diesem Leben, in dem es nichts gab, was den Kampf wert gewesen wäre.

Aber sie war hier. Sie hatte Patrick und Timo. Sarah würde Patrick sagen, wo er war. Und sie würde nicht sterben. Jedenfalls nicht ihr Körper. Aber wenn das hier vorbei war, war sie mit Sicherheit für Patrick gestorben. Sie war zu weit gegangen. Das, was sie getan hatte, würde nicht einmal Patrick ihr je verzeihen.

Katharina blinzelte. Sie hatte Kopfschmerzen. Sie ging zum Lichtschalter, machte das Licht aus, drückte dann auf den Knopf der Kaffeemaschine, um das dröhnende Röcheln zu unterbrechen.

Ihre Hand tastete nach der Tablette in der Tasche. Sie packte die kleine, kompakte Kapsel mit zwei Fingern. Zog sie dann heraus, steckte sie in den Mund und schluckte sie trocken.

Es ging nicht anders.

Ihr Blick fiel auf Rikes Handy, das noch immer auf dem Küchentisch lag. Sie nahm es, steckte es in die Hosentasche. Nur zur Sicherheit. Rike war durcheinander. Das war kein Wunder nach all dem, was sie gesehen und gehört hatte. Rike verstand es nicht, sie war überfordert. Das zeigte sich deutlich daran, dass sie jetzt so ein Theater machte. Dabei hatte Katharina nicht einmal besonders fest zugeschlagen. Sie hatte nur dafür gesorgt, dass Sarah den Mund hielt. Ihn erst dann wieder öffnete, wenn sie bereit war, das Richtige zu sagen.

Rike verstand das nicht, aber sie würde bald merken, dass Sarah ihr Mitleid nicht verdiente.

Wo blieben sie denn? Was taten sie so lange da oben?

Sie atmete noch einmal tief durch. Verließ dann die Küche und ging leise die Treppe hinauf.

56

»Denkst du wirklich, dass sie okay ist?« Rike stand neben Patrick und betrachtete zweifelnd Sarah, deren Atem etwas tiefer und regelmäßiger schien.

»Wir müssen sie im Auge behalten.« Der bläuliche Schimmer um Sarahs Mund und die anhaltende Bewusstlosigkeit gefielen Patrick genauso wenig wie Rike.

»Patrick!« Sie griff nach seinem Arm. »Bitte. Du bist Arzt. Das kannst du nicht machen!«

»Es geht nicht anders«, versetzte Patrick knapp. »Es ist in Ordnung«, fügte er dann schnell hinzu. »Wirklich, ich übernehme die Verantwortung.«

»Ach ja?« Rike ließ seinen Arm los und trat einen Schritt zurück. »Für was, Patrick?« Ihr Ton war fast höhnisch. »Für ihr Leben? Für Katharina?« Sie stieß laut die Luft aus. »Das eben … du warst nicht dabei. Aber ich habe es gesehen. Sie war völlig außer Kontrolle. Wenn ich nicht eingegriffen hätte, dann …« Sie brach ab und schien auf eine Reaktion zu warten. Auf eine Antwort, die Patrick ihr nicht geben konnte. Er wusste, was Rike meinte. Aber das half ihm nicht weiter. Ganz im Gegenteil.

»Außerdem hat sie gelogen!« Rike senkte die Stimme. »Sie hat dich angelogen, Patrick. Sarah hat mit keiner Silbe angedeutet, dass sie weiß, wo Timo ist. Du musst Katharina zur Besinnung bringen!«

Sie näherte sich ihm wieder, legte erneut die Hand auf seinen Oberarm. Die Berührung der warmen, leicht feuchten Hand war Patrick unangenehm. Er musste sich zwingen, Rike nicht wegzuschieben. Sie und das, was sie da sagte.

»Sie kann nicht mehr!« Er klang ruppiger, als er beabsichtigt hatte. »Verdammt, Rike, was soll ich denn tun? Sie ist am Ende ihrer Kraft. Timo ist weg! Ihr Kind ist verschwunden. Es ist doch kein Wunder, dass sie durchdreht.«

»Nein!« Rike wandte sich ab und begann, im Zimmer herumzulaufen. »Das ist ja genau das Problem. Es geht ihr nicht um Timo, ganz offensichtlich geht es ihr um etwas völlig anderes.«

»Natürlich geht es ihr um Timo!« Patrick setzte sich auf den Rand des Bettes. Gedankenverloren strich er Sarah eine Strähne aus der bleichen Stirn. Kontrollierte wieder ihren Puls. »Worum sollte es denn sonst gehen?« Er griff nach Sarahs Hand.

Rike zog ihre Strickjacke enger um sich. »Es geht ihr um Sarah und dich. Um ihre Eifersucht. Darum verbeißt sie sich in diese absurde Vorstellung, dass Sarah –«

»Es ist vielleicht weniger absurd, als du dir einbildest«, unterbrach er sie harsch. »Es ist möglich, Rike. Aus anderen Gründen, als Katharina denkt, aber … es ist nicht einmal unwahrscheinlich.«

Rike blieb stehen und sah ihn an. »Und das reicht dir? ›Nicht einmal unwahrscheinlich‹? Das ist dir genug, um kostbare Zeit zu verschwenden? So zu tun, als gäbe es keine anderen Möglichkeiten?«

»Unsinn«, sagte Patrick. »Ich ziehe alle Möglichkeiten in Betracht. Alle, verstehst du?«

Rike seufzte resigniert. Patrick sah ihren Blick. Schuldbewusst ließ er Sarahs Hand los. Rike begann wieder, durchs Zimmer zu wandern.

»Ich weiß nicht, was ich tun soll.« Sie schien eher mit sich selbst zu sprechen als mit ihm. »Ich weiß einfach nicht, was ich jetzt tun soll.«

»Ich auch nicht«, sagte er und stand auf. »Rike, ich weiß, dass das viel verlangt ist. Aber ich bitte dich trotzdem, mir zu vertrauen. Sarah wird nichts passieren. Das schwöre ich dir. Aber Katharina braucht mich jetzt. Und sie braucht auch dich. Du bist ihre Freundin. Und darum … bitte, gib mir eine Chance, das zu klären. Niemand kann dich daran hindern, zu gehen. Das zu tun, was du für richtig hältst, aber –«

Rike lachte auf. »Das denkst du wirklich, ja? Du glaubst im Ernst, dass Katharina mich jetzt einfach gehen lassen würde?«

»Natürlich. Bitte, Rike, ich rede mit ihr.«

Ein Röcheln vom Bett, schwach und gurgelnd, unterbrach ihn. »Sarah!« Er beugte sich zu ihr, sah in ihre halb geöffneten Augen. Klare Pupillen. Sie erwiderte seinen Blick. »Kannst du mich hören?«

Sarah nickte vorsichtig.

»Hast du Schmerzen?«

Sarah stieß ein gequältes Lachen aus. »Kann man wohl sagen.« Ihre Stimme war heiser. »Ich dachte, sie schlägt mich tot. Deine sanfte, zarte Frau.«

»Das ist doch lächerlich. Herrgott, ich sehe, was sie getan hat, aber das war eine Überreaktion. Sie kann nichts dafür, sie ist –«

Sarah machte Anstalten, den Kopf zu heben, verzog das Gesicht und ließ ihn wieder sinken. »Du bist ein solcher Idiot«, stieß sie hervor. »Wie kannst du sie immer noch in Schutz nehmen?« Sie sprach undeutlich, jedes Wort schien sie Mühe zu kosten. »Ich habe es gesehen«, keuchte sie. »Ich habe mit meinen eigenen Augen gesehen, wie sie ihn geschlagen hat.« Wieder rang sie nach Luft. »Hör auf, dir etwas vorzumachen, Patrick. Sie ist krank. Sie ist ein Monster!«

Ein leiser Schrei von der Tür. Patrick fuhr herum. Da stand Katharina und umklammerte mit beiden Händen den Türrahmen. Sie zitterte am ganzen Körper. Mit zwei Schritten war er bei ihr und legte die Arme um sie. Er tat, als würde er sie halten. Nicht festhalten. Er tat, als hätte er nicht bemerkt, was schon wieder in ihren Augen aufgeflackert war.

»Ruf mich«, sagte er zu Rike, während er Katharina aus dem Schlafzimmer drängte. »Ruf mich, wenn irgendetwas ist.«

57

Irgendwann sitzt Kim am Küchentisch und sieht Flo an. Ich mache es, sagt sie. Ich werde es tun.

Ein großer Schritt, sagt die Therapeutin, als sie mit Flo und der Gromitz darüber spricht. Es ist gut, dass Kim sich wehren will. Aber es ist nicht ungefährlich, sagt sie, und die Anwältin, die bei dem Gespräch dabei ist, nickt. Die Therapie hat Kim geholfen, sagt die Anwältin, aber das wird im Prozess nicht helfen. Die Anwältin ist jung, zu jung für eine Anwältin, findet Flo am Anfang. Aber ihre Zweifel verfliegen mit der Zeit, weil sie merkt, dass diese Frau weiß, was sie tut. Sie ist bereit zu kämpfen, mit Kim und für Kim. Und Kim ist stark, sagt die Therapeutin. Wenn sie sich entschlossen hat, diesen Schritt zu gehen, dann muss sie es tun. Es wird nicht leicht, sagt die Anwältin. Aber die anonyme Spurensicherung hilft. Kim hat gute Chancen.

Kim möchte, dass Flo zur Polizei mitkommt. Die Polizistin, die Kim befragt, ist freundlich. Sie wirkt einfühlsam, man merkt, dass die Geschichte, die Kim erzählt – manchmal stockend, manchmal hastig –, ihr nahegeht. Sie bleibt trotzdem sachlich, stellt Fragen, die Kim beantwortet. Sie vermittelt ihr das Gefühl, das Richtige zu tun.

Irgendwann greift Kim nach Flos Hand. Sie hält sie fest, während sie weiterspricht. Es hilft Flo, das auszuhalten, was sie hört. Die Details, die neu und schrecklich und unerträglich sind. Es hilft ihr, die Fassung zu wahren. Ruhig zu bleiben und stark. Für ihre Tochter.

Es wird nicht leicht, aber darum geht es nicht. Kim muss

sich wehren. Es gibt Gerechtigkeit für sie. Daran glaubt sie. Und Flo. Ganz fest.

Als sie aus der Dienststelle kommen, hält Kim noch immer Flos Hand. Erst als die Gromitz, die im Auto wartet, hupt, lässt sie sie los.

Die Gromitz steigt aus. Sie sagt Kim, dass sie stolz auf sie ist. Dann fährt sie sie nach Hause.

Nach Hause, denkt Flo und hat wieder dieses Gefühl, dass es gut wird, ganz langsam wird alles gut.

58

Patrick hielt Katharina, bis sie unten an der Treppe angekommen waren. Als er sie losließ, klammerte sie sich am Treppengeländer fest und sah ihn an. Ihren Mann. Er war blass, hatte Schweißflecken unter den Armen. Sie sehnte sich trotzdem zurück nach der Umarmung, die sich angefühlt hatte, als verhindere sie für den Moment, dass sie auseinanderbrach.

Monster. Das hatte Sarah gesagt. *Monster.*

Ein Wort – nur ein Wort. Das trotzdem dazu führte, dass das Gefühl von damals auf einmal wieder da war. Das, woran sie so lange nicht gedacht hatte.

Niemand hatte es laut ausgesprochen, damals, aber sie hatte es trotzdem gehört. Es hatte wie ein böser Geist über dem Getuschel geschwebt. Ein Wort, ein Gefühl und der Augenblick, in dem sie es angenommen hatte. Weil es eine Erklärung für das war, was man nicht erklären konnte. Für das, was niemand hatte hören wollen. Es war einfacher gewesen, sich zu fügen, als gegen etwas zu kämpfen, das doch schon längst gewonnen hatte.

Ein Monster. Früher. Aber nicht jetzt, nicht heute. Sie war kein Monster. Sie war Timos Mutter, und sie würde ihn nicht im Stich lassen.

»Wir müssen zurück«, sagte sie. »Wir müssen wieder hoch. Sie ist wach, wir müssen –«

»Nein!« Patricks Ton war bestimmt. »Sei vernünftig, Katharina.« Er seufzte. »Sie war bei Bewusstsein«, erklärte er dann. »Nicht wirklich wach. Es hat noch keinen Sinn, wir müssen ihr noch etwas Zeit geben, sich zu erholen.«

Er wollte sie von Sarah fernhalten. Und ein Teil von ihr verstand, warum.

»Außerdem müssen wir überlegen, was wir jetzt tun«, fuhr er fort. »Du kannst es nicht aus ihr herausprügeln. Nicht aus Sarah. Du musst mir vertrauen, Katharina.«

Katharina spürte ein hysterisches Lachen aufsteigen. Er schien nicht einmal zu merken, was er da sagte.

»Ich weiß, dass ich einen schrecklichen Fehler gemacht habe. Ich kann dir gar nicht sagen, wie leid mir das alles tut. Ich weiß, dass du wütend auf mich bist, aber …«

Wütend? Der hysterische Drang verstärkte sich. Was für ein kleines Wort, dachte sie, ein Begriff wie ein Schoßhund da, wo es um eine Bestie ging. Aber sie beherrschte sich.

»Ich wünschte bei Gott, ich könnte es dir erklären. Warum ich so dumm war. Ich wünschte, ich könnte es wiedergutmachen. Und ich werde es versuchen, ich werde alles tun, was in meiner Macht steht … Ich liebe dich, Katharina! Ich –«

»Nicht jetzt«, unterbrach sie ihn kalt. »Nicht jetzt, Patrick!«

Er nickte. Wirkte irgendwie erleichtert. »Wir müssen reden.«

Erneut missfiel ihr die Wortwahl, eine, die an billige Beziehungskrisen erinnerte. Als hätten sie sich gegenseitig etwas vorzuwerfen. Aber er hatte recht. Sie mussten gemeinsam überlegen, wie sie weiter vorgehen sollten.

»Ich habe Kaffee gemacht«, sagte sie und deutete mit dem Kopf in Richtung Küchentür. Er wirkte kurz irritiert, bewegte sich dann aber in Richtung Küche. Katharina ging ins Wohnzimmer. Sie sah sich um. Sie musste das Chaos beseitigen. Der verdammte Aschenbecher, die Scherben, all das musste verschwinden. Der Gedanke machte sie müde. Sie sah hinaus in den dunklen Garten. Schauderte unwillkürlich. Sie ging zum Fenster und ließ das Rollo hinunter, dann ließ sie sich auf einen Stuhl sinken.

Patrick kam, stellte zwei Kaffeebecher auf den Tisch. Katharina trank, hustete. Der Kaffee war lauwarm und unangenehm bitter.

»Die Maschine war aus«, sagte Patrick entschuldigend. »Ich hatte gehofft, dass er noch heiß genug ist.«

Sie nickte ungeduldig. »Ich hätte sie nicht schlagen dürfen«, sagte sie dann. »Das war dumm von mir. Aber sie hat mich provoziert.«

Er nickte verständnisvoll. Natürlich, dachte sie, er kannte Sarah ja, er kannte sie gut. Der Gedanke schmeckte noch bitterer als der Kaffee.

»Sie kann wahnsinnig stur sein, wenn sie sich im Recht fühlt.«

Er warf ihr einen Blick zu. Ihm schien bewusst zu sein, wie dünn das Eis war, auf dem sie sich gerade bewegten. »Es ist wichtig, das zu verstehen.«

Katharina räusperte sich. »Ich soll verstehen, dass sie sich im Recht fühlt? Die Frau, die mein Kind entführt und irgendwo eingesperrt hat?« Es konnte nicht schaden, ihn daran zu erinnern. Auch wenn der Gedanke ihr schon wieder die Luft abschnürte. Sie war da, Sarah war hier. Und Timo irgendwo da draußen. Allein. Sie atmete, tief und langsam, um sich zu beruhigen. Verbot sich die Vorstellung, dass er vielleicht Durst hatte, Hunger, dass er keine Luft bekam, dass er fror. Sie war froh, dass sie die Tablette genommen hatte. Die leichte Benommenheit half.

»Nein, natürlich hat sie kein Recht der Welt. Es ist nur …« Patrick zögerte. »Ich muss dich etwas fragen.« Er sah sie an. »Ich war vorhin beim Ärztehaus. Weil ich Sarah nicht finden konnte, ich wusste nicht, was ich sonst tun soll. Und ich habe mit dem Hausmeister gesprochen. Er hat etwas gesehen.«

Katharina war mit einem Schlag hellwach. »Was? Hat er … er hat sie gesehen? Warum hat er nichts unternommen, er hätte doch –«

»Nein«, unterbrach Patrick. »Nein, es geht um etwas anderes.« Er rückte mit dem Stuhl näher zum Tisch, griff über die Platte nach ihrer Hand. »Ich muss das fragen, Katharina, ich muss es wissen. Was ist vorgefallen? Was ist auf diesem Parkplatz passiert?«

»Was soll passiert sein?« Ihr wurde kalt.

»Er hat dich gesehen. Dich und Timo.«

»Das …« Sie schluckte. »Das spielt doch jetzt keine Rolle«, sagte sie.

»Doch. Möglicherweise tut es das. Bitte, Katharina.«

»Es … ging mir nicht gut. Ich hatte Schmerzen, Patrick, entsetzliche Schmerzen. Und Timo hat sich auf den Boden geschmissen, er hat getobt und nach mir getreten. Ich hätte ihn nicht so anbrüllen dürfen, aber ich konnte nicht mehr. Ich war am Ende.«

»Dieser Hausmeister, er hat gesagt …« Patrick zögerte.

»Was? Patrick, was soll das? Kannst du mir bitte sagen, worauf du hinauswillst?«

»Eine Backpfeife. So hat er das formuliert.«

Sie starrte ihn an. Falsch, das hier ging in eine ganz falsche Richtung. Sie wäre am liebsten aufgesprungen und vor dem weggerannt, was er da sagte, vor seinem Ton, dem Misstrauen, den Bildern, falsche Bilder im falschen Kontext.

Monster, flüsterte es in ihrem Kopf.

»Hast du ihn geschlagen? Hast du Timo geschlagen, Katharina?«

Sie schluchzte auf. »Nein!«, keuchte sie. »Nein, ich habe nur …« Sie hob den Kopf, räusperte sich. »Er war vollkommen außer sich. Ich musste ihn irgendwie zur Besinnung bringen.«

»Hast du ihn geschlagen?«

»Nein! Ja. Ich … war grob mit ihm. Ich wusste nicht, was

ich tun sollte. Du weißt, wie er ist, wenn er … Er hat die ganze Gegend zusammengebrüllt. Er hat seinen Kopf auf den Boden geschlagen, ich musste ihn irgendwie in den Griff kriegen. Zurück ins Auto bringen. Damit er sich beruhigen kann.«

»Und dann?«

»Was dann?«

»Was war dann? Als er im Auto war?«

Monster, flüsterte es. Katharina entzog Patrick ihre Hand. Sie umschlang mit den Armen ihren Oberkörper. Es half nicht gegen die Kälte. »Dann hat er sich beruhigt«, sagte sie. Langsam und bestimmt. »Er hat sich beruhigt. Und ich habe ihn reingebracht.« Sie atmete, konzentrierte sich auf das Bild, das sie in diesem Moment sehen konnte. Die Eingangshalle, in der es immer ein bisschen nach Putzmittel roch. Timo, bockig, den sie an der Hand hinter sich herzerrte. Die glänzenden Türen des Aufzugs, die Knöpfe, die er sonst so gern drückte. »Ich habe ihn in der Praxis abgegeben.« Das Gesicht der Logopädin, eine freundliche Begrüßung, ein verständnisvolles, leicht resigniertes Lächeln, als sie bemerkte, dass Timo schlecht aufgelegt war. »Ich habe ihn abgegeben, und dann bin ich zum Zahnarzt gefahren.«

So war es gewesen. Genau so war es gewesen.

»Aber diese Backpfeife …«

»Was ist damit? Was soll ich denn sagen? Ich habe die Nerven verloren, ja. Ich war verrückt vor Schmerzen. Es tut mir leid, ich hätte das nicht tun dürfen. Aber das spielt doch jetzt keine Rolle!«

»Doch. Ich will dich nicht quälen, wirklich nicht. Aber es ist wichtig. Ich muss wissen, was Sarah gesehen hat.«

»Warum? Wen interessiert, was diese Frau sich einbildet? Sie ist da oben. Sie weiß, wo unser Sohn ist. Wir müssen –«

»Sie braucht ein Schmerzmittel!« Rike stand in der Tür, ihre Stimme klang vorwurfsvoll.

Patrick sprang auf. »Was ist los?« Er klang alarmiert.

»Sie stöhnt vor Schmerzen. Ich kann mir das nicht länger ansehen.«

»Hast du noch was von diesem Zeug? Das, was Alex dir gegen die Zahnschmerzen gegeben hat?« Patrick sah Katharina an.

Sie nickte abwesend. Deutete auf die Handtasche. Sah ihn darin wühlen. Etwas störte sie an diesem Bild, etwas, das sie kurz vergessen hatte. Etwas, das sie aufhalten musste, aber nicht mehr konnte.

Seine Hände, in einer die kleine Tüte aus der Apotheke, in der anderen die Packung. »Was zum Teufel hat das zu bedeuten, Katharina?«

59

Sarah lehnte sich an den Kissenberg, den diese Rike hinter ihr aufgetürmt hatte. Sie hatte gierig das Glas Wasser getrunken, das sie ihr gebracht hatte. Nach kurzem Zögern hatte sie auch die Schmerztabletten genommen, obwohl sie nicht sicher war, ob sie dieser Frau mit dem verschwollenen Gesicht und den Blutflecken auf der Jacke trauen konnte oder wollte. Sie machte sie nervös mit ihrer Hektik, dem hastigen Flüstern, in dem sie ihr all diese unfassbaren Dinge erzählt hatte.

Ihr Kopf dröhnte, ihr war schwindelig.

»Er glaubt wirklich … Patrick denkt, dass ich …?« Sie schaffte es nicht, den Satz zu Ende zu bringen und das auszusprechen, was sie eigentlich nicht einmal schockieren sollte. Sie kannte ihn schließlich, ihn und seine fast besessene Entschlossenheit, sich die Dinge genau so zu erklären, wie sie ihm gerade in den Kram passten. Außerdem war das eigentliche Problem nicht, dass er ihr eine solche Tat wirklich zuzutrauen schien, sondern vielmehr die Konsequenzen, die er zog. Sein Kind war verschwunden, irgendwer schrieb kranke Nachrichten und stellte diese bizarre und schwammige Forderung. Und statt sämtliche Hebel in Bewegung zu setzen und alles zu tun, um Timo zu finden, steigerte er sich in diesen idiotischen Verdacht ihr gegenüber hinein.

»Du musst hier weg.« Rikes Stimme war so dicht neben ihrem Ohr, dass sie zusammenzuckte. Schmerz blitzte hinter ihrer Stirn auf. »Du musst ins Krankenhaus.«

Rike hatte recht. Nicht, was das Krankenhaus anging. Obwohl sie nichts dagegen gehabt hätte, dass sich jemand ihren Kopf ansah und dafür sorgte, dass der Schwindel und dieses Hämmern aufhörten. Aber bevor sie sich behandeln ließ, musste sie zur Polizei.

Hätte ihr Kopf nicht so wehgetan, sie hätte gegrinst bei diesem Gedanken. Dass ausgerechnet sie, die den Bullen unter normalen Umständen nicht über den Weg traute, sie irgendwann als einzig sinnvolle Option ansehen würde, entbehrte nicht einer gewissen Komik. Aber es ging hier nicht um eine blöde Demo oder um politische Schikane oder lächerliche Ordnungswidrigkeiten. Es ging um ein Kind. Um Patricks Kind.

Und es ging um Patricks Frau. Um das, was sie auf dem Parkplatz getan hatte. Sie musste der Polizei das erzählen. Alles, was passiert war, kurz bevor Timo verschwunden war. Alles. Und genau da gab es ein Problem.

Jakob. Er war da gewesen. Er hatte gesehen, was sie gesehen hatte. Und dann war er weggelaufen. Natürlich bedeutete das nichts, da war sie sicher. Fast sicher jedenfalls.

Sie dachte an das Frühstück. An Jakobs Wut. *Irgendjemand muss sich auf die Seite dieses Kindes schlagen. Irgendjemand muss diese Leute zwingen, sich zu der Sache zu verhalten und der Wahrheit ins Gesicht zu sehen.*

Es war absurd. Der Gedanke, dass Jakob etwas mit dieser Sache zu tun hatte, war schlicht lächerlich. Abgesehen davon hatte er keine Ahnung, dass Katharina Patricks Frau war und Timo sein Sohn. Soweit sie sich erinnern konnte, hatte sie

Jakob gegenüber nicht einmal Patricks Nachnamen erwähnt. Und selbst wenn – Jakob würde so etwas nie tun. Sie kannte ihn schließlich. Wenn auch nicht gut. Möglicherweise nicht gut genug.

Aber darum ging es nicht. Denn egal, wie sie es drehte und wendete, sie würde seine Anwesenheit auf diesem Parkplatz erwähnen müssen. Ein Kind war verschwunden. Es war nicht an ihr, zu entscheiden, was wichtig war und was nicht. Zumal er ein wichtiger Zeuge war. Er hatte gesehen, was sie gesehen hatte. Leider war ihr auch klar, wie die Polizei auf ihn reagieren würde. Sie kannte das Spiel gut genug. Jakob mit der Drogengeschichte, Jakobs Vorstrafen, sein Psychiatrieaufenthalt – Jakob würde die Polizei im Zweifel weit mehr interessieren als Katharina, die gute, verzweifelte Mutter, das zarte Frauchen, die anständige Gattin.

Ihr wurde übel. Es war ihre Schuld. Dieser verdammte Streit, diese betrunkene und lautstarke Szene – vielleicht hatte das tatsächlich etwas getriggert. Vielleicht hatte es Jakob aus der Bahn geworfen. Er war nicht gut drauf gewesen in den letzten Wochen. Sie hatte das bemerkt, aber es hatte sie nicht ernstlich beunruhigt. Sie hatte sich darauf verlassen, dass er schon sagen würde, wenn er Hilfe brauchte.

Sie hatte sich darauf verlassen, dass er ihr vertraute.

Und ebendarum kam es ihr falsch vor, ihn der Polizei zum Fraß vorzuwerfen. Denn er würde sich verraten fühlen. Und das Mindeste, was sie ihm schuldig war, war, mit ihm zu reden, ihn vorzubereiten und sich zu vergewissern, dass es keinen Grund gab, sich Sorgen zu machen.

Sie räusperte sich. »Ich brauche mein Handy«, sagte sie zu Rike. »Es ist in meiner Tasche, die müsste unten liegen –«

Rike schüttelte den Kopf. »Das ist zu riskant. Am einfachsten ist es, wenn wir das Festnetz benutzen. Da ist ein Telefon unten, hier oben gibt es bestimmt auch irgendwo einen Anschluss. Mit ein bisschen Glück denkt sie nicht daran und merkt gar nicht, wenn wir einen Krankenwagen rufen.

Ich kann das machen. Und dann bringe ich dich irgendwie hier raus. Wenn du auf der Straße bist, lenke ich sie ab, und du gehst einfach so weit, wie du kannst, bis du den Krankenwagen siehst. Schaffst du das?«

Sarah bewegte vorsichtig den Kopf. Der Schmerz intensivierte sich, ihre Sicht verschwamm, und ihr Magen hob sich. Sie würde sich kaum auf den Beinen halten können. Eine Flucht war undenkbar.

»Nein.« Es ging nicht nur darum, dass Rikes gut gemeinter Plan nicht zu realisieren war. Es ging auch um Verantwortung, um ihre Verantwortung Jakob gegenüber. Und Patrick.

Sie tastete vorsichtig nach der Wunde an ihrer Schläfe. Dann sah sie Rike an. »Ich weiß, dass du es gut meinst, aber ich bleibe. Es geht nicht anders.«

Rike starrte sie ungläubig an. »Du bist in Gefahr, verstehst du das nicht? Ich traue Katharina mittlerweile alles zu.«

Sarah zwang sich zu einem Lächeln. »Ich auch«, sagte sie leise. »Und genau darum kann ich hier nicht weg.«

60

Es war dunkel geworden. Von dem Balkon im fünften Stock konnte Adele das Meer nicht sehen, bloß die Lichter der kleinen Stadt. Sie fröstelte. Mit der Sonne war die angenehme Wärme verschwunden. Und auch die Leichtigkeit in ihrem Kopf.

Sie ging in das Wohnzimmer mit der Küchenzeile und suchte leise nach einer Strickjacke. Sie überlegte kurz, ob sie sich noch ein Bier aus dem Kühlschrank, der zu laut brummte, nehmen sollte, entschied sich dann aber dagegen. Sie ahnte, dass es anders schmecken würde als vorhin am Strand. Außerdem hatte sie Kopfschmerzen, und der fettige Backfisch vom Abendessen lag ihr im Magen.

Vielleicht sollte sie sich einfach ins Bett legen und schlafen. Aber sie war zu unruhig, außerdem wollte sie nicht so ins Bett gehen. Sie wollte nicht mit diesem leisen Zweifel einschlafen, hier am Meer. Sondern glücklich und frei.

Sie zog die Strickjacke über und nahm die Decke, die auf dem Sofa lag. Draußen ließ sie sich wieder auf dem ausladenden, bequemen Balkonstuhl nieder, wickelte sich ein und sah hinunter auf die Lichter des Ortes.

Sie tat das Richtige, erinnerte sie sich. Sie kümmerte sich um sich selbst. Sie machte etwas klar, das sie längst hätte klarmachen müssen. Und am Ende war es für alle gut.

Sie fragte sich, was Erich gerade machte.

Sie griff nach dem Handy, das auf dem Tisch lag, und schaltete es ein. Kein Brummen. Kein Summen. Er hatte offenbar aufgegeben.

Sie stellte sich vor, wie er wütend durchs Haus tigerte. Vielleicht rief er sogar die Polizei an. Der Gedanke machte sie nervös. Obwohl die Polizei nichts unternehmen würde. Sie war erwachsen, sie konnte tun, was sie wollte. Es war kein Verbrechen, ans Meer zu fahren. Und auch nicht der Rest, nein, das war kein Verbrechen, mit Sicherheit nicht. Es spielte ohnehin keine Rolle. Denn vom Rest würde die Polizei nie erfahren, und außerdem wollte sie nicht an die Polizei denken.

Dann lieber wieder an Erich. Sie überlegte, ob er etwas gegessen hatte. Sie stellte sich vor, wie er sich misslaunig ein Brot schmierte, dabei die Küche nach Kräften verwüstete, um sie zu bestrafen. Obwohl sie ihm durchaus zutraute, einfach nichts zu essen, aus lauter Bockigkeit. Weil er sich einbildete, dass auch das eine Strafe für sie war. Weil er davon ausging, dass sein leidender Vorwurf sie härter traf als ihn der Hunger.

Sie seufzte. Nein, an Erich zu denken war definitiv auch keine gute Alternative. Eigentlich wollte sie an nichts denken als an diesen Nachmittag. Ans Meer, an den Strand, an Kinderlachen und Eis, das in den Sand tropfte. An das Bier. Vielleicht doch noch eine Flasche?

Sie schüttelte den Kopf, lachte leise. Wenn sie so weitermachte, würde sie es womöglich noch schaffen, in den letzten Monaten ihres Lebens zur Trinkerin zu werden. Vielleicht keine schlechte Idee. Denn trotz des höllischen Katers an diesem Morgen dachte sie gern an den Abend und an die Momente, in denen es sich gut angefühlt hatte, warm und weich, gleichzeitig sonderbar klar.

Sie hatte sich stark gefühlt. Sichtbar und gut. Ein bisschen wie vorhin am Strand.

Erich trank bestimmt ein Bier. Möglicherweise sogar mehr. Mit Sicherheit räumte er die leeren Flaschen nicht weg. Mit Sicherheit würde er dafür sorgen, dass sie ihn bei ihrer Rückkehr in einem Stadium der Verwahrlosung vorfand, das ihre Pflichtvergessenheit deutlich machte.

Schluss! Sie wollte nicht an Erich denken.

Vielleicht war sie unfair. Vielleicht machte er sich wirklich Sorgen um sie. Es war unwahrscheinlich. Aber nicht unmöglich. Ganz gewiss machte Katharina sich Sorgen. Große Sorgen. Aber die Dinge gingen ihren Gang. Sie tat, was sie tun musste.

Sie dachte an das Gefühl, als Katharina das erste Mal mit Timo vor ihrer Tür gestanden hatte. Schön wie ein Engel, hatte Adele gedacht, so jung, so strahlend mit Timo im Arm, winzig klein, zart. Sie erinnerte sich daran, wie sie ihn das erste Mal im Arm gehalten hatte. An Katharinas warmes Lächeln. Sie nahm das Handy wieder, öffnete die Fotogalerie und klickte sich durch die Bilder. So viele Bilder von Timo. Etliche hatte sie gemacht, viele waren von Katharina, die sie ihr geschickt hatte, immer wieder, zwischendurch. Weil sie an sie dachte. Weil sie wusste, dass sie sich darüber freute. Ihr Hals wurde eng. Sie schloss das Programm und ließ das Handy in ihren Schoß fallen. Jetzt war keine Zeit für Sentimentalitäten. Sie konnte nicht zurück. Und das wollte sie auch nicht.

Es war eben nicht so einfach im Leben. Es gab so vieles, das zwischen Schwarz und Weiß lag. Sie liebte Katharina. Aber es war nötig, dass sie etwas begriff. Dass sie litt. Trotzdem fühlte sich Adele in diesem Moment schrecklich hart und grausam. Sie würde nicht weich werden, nein. Aber auch zwischen weich und hart gab es eine Mitte.

Sie zog ein Taschentuch aus der Tasche der Strickjacke und schnäuzte sich. Dann griff sie nach dem Handy und begann zu tippen.

61

»Was hat das zu bedeuten?« Patrick wiederholte die Frage, obwohl er die Antwort kannte. Katharina machte keinerlei Anstalten zu reagieren. Sie saß reglos da. Es war, als würde sie vor seinen Augen versteinern. »Seit wann machst du das schon? Wir haben doch darüber geredet, verdammt. Ich habe dir gesagt, was ich davon halte!«

»Ja!« Endlich kam Leben in sie. »Genau das hast du getan. Du hast mir deinen Standpunkt erläutert. Aber du hast nicht verstanden, worum es eigentlich geht.«

»Und um dir die Mühe zu sparen, mir das zu erklären, hast du dich entschlossen, meinen Sohn mit diesem Zeug ruhigzustellen? Hinter meinem Rücken?« Er ließ sich von der Welle der gerechten Empörung tragen. Es tat gut, wenigstens kurz die Rolle des Sündenbocks aufzugeben.

Sie blickte auf und sah ihn an. »Dieses *Zeug* ist ein Medikament. Etwas, das deinem Sohn von seinem Arzt verschrieben wurde. Er braucht Hilfe, Patrick.« Sie sprach langsam und betonte jedes Wort. »Du willst es nicht sehen, das weiß ich. Aber ich weiß auch, dass es hier nicht um irgendeine Phase geht. Er ist so. Er wird manchmal …« Sie zögerte. »Böse«, sagte sie dann. »Und ich muss damit umgehen. Ich muss ihm helfen zu funktionieren.«

»Böse?« Patrick sah sie fassungslos an. »Er muss *funktionieren*? Was redest du denn da? Du willst ernsthaft, dass dein Kind *funktioniert*? Und dafür sorgst du, indem du ihm Medikamente gibst?«

Sie lachte auf. »Oh bitte«, sagte sie. »Erspar uns diese Scheinheiligkeit. Du weißt so gut wie ich, worum es hier geht. Oder hast du es vergessen? Hast du wirklich vergessen, was uns damals gerettet hat?«

Patrick schluckte. Er hatte es nicht vergessen. Natürlich hatte er nicht vergessen, wie es damals gewesen war.

Aber das war nicht zu vergleichen, das war etwas anderes gewesen. Er dachte an die Schwangerschaft, die ihm so viel mehr abgefordert hatte, als er sich hatte vorstellen können. Katharina hatte sich gefügt. Sie hatte das Kind ausgetragen. Pflichtschuldig und emotionslos. Sie hatte alles getan, was von ihr verlangt wurde. Sie hatte sich gesund ernährt, sie hatte nicht getrunken, sie hatte ihre Folsäure und ihre Vitamine genommen und war regelmäßig zur Vorsorge gegangen. Sie hatte mit ihm gesprochen, sie hatte gelächelt, aber sie war weit weg gewesen. Es war ihm vorgekommen, als hätte er es mit einer großen Puppe zu tun, einem Automaten. Er erinnerte sich an den Ultraschall, bei dem er das Herz seines Sohnes zum ersten Mal hatte schlagen sehen. Sein eigenes Herz hatte sich angefühlt, als würde es jeden Moment explodieren vor Glück und Aufregung. Er hatte nach ihrer Hand gegriffen. Einer schlaffen, kalten Hand, die sie ihm nach einem kurzen, gezwungenen Lächeln sofort wieder entzog. Er erinnerte sich an den Geburtsvorbereitungskurs. Seinen Neid auf die anderen Paare, die sich anstrahlten, deren Hände nacheinander suchten, sich einträchtig und stolz auf Babybäuche legten, denen Vorfreude und Glück aus allen Poren zu quellen schien. Er erinnerte sich an das Gefühl, um etwas betrogen zu werden. Um das, was selbstverständlich sein sollte. Ein Fehler. Das hatte er immer wieder gedacht. Es war vielleicht ein Fehler gewesen, sie zu überreden. Er hatte gehofft, dass es sich ändern würde, wenn das Kind erst einmal da war. Dass sie aus der Starre erwachen würde. Aber es war noch schlimmer geworden. Die Ärzte hatten eine postpartale Depression diagnostiziert. Er hatte Zweifel an dieser Diagnose gehabt. Die tat, als sei das, was da passierte, neu. Die ignorierte, was all die Monate vorher gewesen war.

Er hatte sich beurlauben lassen, um sich um Timo zu kümmern. Er hatte ihn gefüttert, gewickelt, gebadet, ihn getröstet, wenn er weinte, ihn zum Lachen gebracht. Es war kein Opfer gewesen, denn immer wenn er Timo ansah, den kleinen Körper an sich drückte, war da dieses überschäumende Glücksgefühl gewesen. Er hatte keine Sekunde daran gezweifelt, dass dieser winzige Mensch das Kostbarste und Beste war, das er je bekommen hatte. Umso unbegreiflicher war gewesen, dass Katharina ihrem Sohn etwas derart Elementares vorenthielt. Liebe.

Ihr Therapeut verschrieb ihr Antidepressiva. Man müsse Geduld haben, sagte er, diese Dinge brauchten ihre Zeit.

Als Timo drei Monate alt war, war klar, dass es so nicht weitergehen konnte. Patrick musste wieder arbeiten. Sie brauchten das Geld, er brauchte die Stelle, eine Zukunft, auch für seinen Sohn. Er hatte mit Katharina geredet. Wie mit einem Kind. Er hatte ihr erklärt, dass er jemanden engagieren würde, der ihr half und sich um Timo kümmerte. Er hatte sich bemüht, neutral zu klingen, und nicht, als würde er ihr einen Vorwurf machen. Es war eine Krankheit, sie konnte nichts dafür. Sie hatte ihm zugehört. Und ihn dann zum ersten Mal seit ewiger Zeit wirklich angesehen. »Nein«, hatte sie gesagt. Einfach nur: »Nein.«

Am nächsten Morgen hatte er sie im Kinderzimmer gefunden. Im Schaukelstuhl, mit Timo im Arm. Sie hatte ihm sein Fläschchen gegeben. Sie summte ein Lied, lächelte ihr Kind an. Mit einem Schlag war sie alles gewesen, was sie sein sollte. Ein anderer Mensch. Eine Mutter.

Von diesem Moment an war Timo ihr Ein und Alles gewesen. Die abrupte und absolute Wandlung war Patrick nicht geheuer gewesen. Er hatte mit ihrem Psychiater gesprochen. Der hatte ihn beruhigt. Es sei überraschend, auch für ihn, aber so etwas käme vor. Die Medikamente hätten eben ihre Zeit gebraucht, um wirklich zu wirken. Dass sich eine Besserung so schlagartig vollziehe, könne man mit dem Durchbrechen einer Mauer vergleichen. Man müsse das im Auge behalten, sich vorsorglich auf Rückschläge einstellen. Aber letztlich sei es doch erfreulich, dass sie es geschafft hatte.

Es hatte eine Weile gedauert, bis Patrick sein Unbehagen überwunden hatte und die leise Sorge hinter sich lassen konnte. Bis er sich daran gewöhnt hatte, dass seine Frau eine gute Mutter war.

Man gewöhnte sich an alles. Möglicherweise zu sehr.

Er sah sie an. Sie hatte das Gesicht in den Händen vergraben, ihre schmalen Schultern bebten. Sie sah kleiner und zerbrechlicher aus als sonst.

Und auf einmal schämte er sich. Er stand auf und ging zu ihr, legte unsicher seine Hände auf ihre Schultern. »Wein nicht«, sagte er. »Bitte, jetzt wein doch nicht. Ich verstehe, was du meinst, aber ... es ist doch nicht dasselbe. Das kann man nicht vergleichen! Du warst krank, Katharina. Du hattest eine Diagnose ...«

Sie hob den Kopf, sah ihn an. »Die hat er auch! Er hat eine Diagnose, ein Arzt verschreibt ihm ein Medikament. Siehst du nicht, wie grausam es ist, ihm diese Hilfe zu verweigern? Nur weil er ein Kind ist?«

»Das ist etwas anderes«, beharrte er. »Bei dir ... du entscheidest selbst, für dich.«

»Denkst du das wirklich?« Sie sprang abrupt auf, lachte bitter. »Das Einzige, was ich jeden verdammten Tag entscheide, ist, wie viel ich nehme. Wie viel ich brauche, um es zu schaffen. Mit ihm. Um zu verhindern, dass ... Meine Güte, glaubst du wirklich, das heute Mittag war ein Einzelfall? Machst du dir eine Vorstellung davon, wie oft ich am Ende meiner Kräfte bin, am Rand der Beherrschung?«

Patrick stöhnte leise. »Warum hast du nichts gesagt? Ich habe doch gefragt, Katharina, ich habe dich immer wieder gefragt, und du hast mir versichert, dass alles in Ordnung ist, dass du klarkommst.«

Sie nickte langsam. »Ja. So ist es ja auch. Ich komme klar. Was sonst hätte ich denn sagen sollen? Ich will das hier richtig machen. Für dich und für ihn. Du sollst stolz auf ihn sein, wenn du abends nach Hause kommst. Ich möchte, dass er das spürt. Und was hilft es bitte, wenn ich mich abends bei dir beklage? Dich mit etwas belaste, was du nicht ändern kannst. Er kann nichts dafür. Er ist, wie er ist. Und niemand kann mir die Verantwortung abnehmen.« Sie schluchzte wieder auf. »Vielleicht liegt es an mir, vielleicht mache ich alles falsch, weil ich falsch bin, immer falsch war, aber … ich versuche es, ich tue mein Bestes, das schwöre ich, Patrick.« Die Tränen begannen wieder zu fließen. »Es tut mir leid«, flüsterte sie. »Oh Gott, was ist denn nur passiert? Was passiert mit uns, Patrick?«

Sie stand jetzt ganz nah vor ihm. Er legte die Arme um sie und hielt sie, während sie an seiner Brust schluchzte. Er versuchte, das zu sortieren, was an die Stelle der selbstgerechten Empörung getreten war. Er hatte versagt. Es war nicht seine Schuld, so einfach war das nicht. Aber etwas war schiefgelaufen, etwas hatte sich in eine völlig falsche Richtung entwickelt. Er hätte es sehen müssen. Aber er hatte nicht hingeschaut. Er hatte sich blenden lassen von der Fassade, die Katharina ihm präsentierte. Von ihrem unbedingten Willen, ihm und der Welt zu zeigen, dass sie alles perfekt im Griff hatte. Er hatte gesehen, was er hatte sehen wollen. Weil es bequem gewesen war. Er war genau die Art Mann geworden, die er nie hatte sein wollen.

Und jetzt rächte es sich. Jetzt stand er da und dachte an den Hausmeister, *Backpfeife, Satansbraten*. Er dachte an Adele. *Es geht ihr nicht gut, Patrick, pass auf deine Frau auf.*

»Ich kann nicht mehr«, murmelte sie. »Ich kann nicht mehr, ich will mein Kind, ich halte das nicht mehr aus! Lass mich nicht allein, bitte!«

»Nein«, sagte er. »Ich lasse dich nicht allein. Ich bringe das in Ordnung, Katharina.«

Das musste er. Er hatte keine Ahnung, wie, aber er musste.

Katharinas Handy gab ein Signal von sich. Sie zuckte zusammen, fuhr herum. »Oh Gott!« Sie stand einen Moment reglos, bevor sie es nahm. Er las über ihre Schulter.

Mach dir keine Sorgen. Alles wird gut.

Kurz stockte ihm der Atem. Dann sah er den Absender. Adele.

»Nein!«, brüllte Katharina. »Nicht jetzt ... Sie muss mich in Ruhe lassen, bitte!«

Sie hat doch keine Ahnung, wollte Patrick sagen, sie weiß doch nicht, was passiert ist. Aber etwas in ihm zögerte. Etwas sickerte ganz langsam in sein Bewusstsein.

»Adele ...«, ächzte er. »Oh Gott, Adele.«

Katharina sah ihn verständnislos an. »Wir können uns jetzt nicht mit Adele befassen. Wir müssen nach oben zu Sarah, wir müssen herausfinden, wo Timo ist.«

»Katharina, schau doch hin! *Mach dir keine Sorgen? Alles wird gut?* Das ist doch kein Zufall! Das ist ...« Unmöglich, da war es wieder, es war unmöglich.

Nein, er traute Adele nicht zu, dass sie so etwas tat. Andererseits hatte sie in letzter Zeit einige Dinge getan, die er ihr nicht zugetraut hätte.

Und sie hatte nichts mehr zu verlieren. Er dachte an ihren Auftritt am Freitagabend, betrunken und zornig. An ihre Tränen, an ihre Verzweiflung. Daran, dass Katharina sich nicht mit ihr versöhnt hatte. Und er dachte an Sarah, verletzt und elend und möglicherweise unschuldig. Dann hörte er auf zu denken.

Nahm stattdessen das Handy aus Katharinas Hand und drückte auf Anruf. Er hörte das Freizeichen. Wieder und wieder. Dann die Computerstimme, die er nie so gehasst hatte wie an diesem Tag. »Der Teilnehmer …«

Er beendete den Anruf, legte das Handy auf den Tisch. Dann nahm er Katharina wieder in die Arme. »Ich muss noch mal weg«, sagte er.

»Nein!« Sie machte sich von ihm los. »Nein, Patrick, das ist absurd. Du kannst nicht ernsthaft glauben … nicht Adele! Es ist Sarah. Das weißt du so gut wie ich. Sarah hat Timo. Und wir müssen herausfinden, wo er ist. Jetzt! Es geht um unseren Sohn!«

»Eben«, sagte er, griff nach ihren Schultern und zwang sie, ihn anzusehen. »Ich beeile mich. Bis Sarah zu sich kommt, bin ich wieder hier. Rühr dich nicht vom Fleck. Bitte, Katharina, vertrau mir!«

Er sah die Zweifel in ihrem Blick. Und die Verzweiflung. »Bitte!«, wiederholte er. Dann zog er sie an sich. »Warte auf mich. Es dauert nicht lange.« Er hielt sie fest. »Es wird wieder gut«, flüsterte er. »Ich verspreche dir, dass alles wieder gut wird.«

62

Sarah kämpfte gegen die Verlockung, zurück in diesen Dämmerzustand zu sinken, die betäubte Zwischenwelt, in der alle Fragen belanglos schienen. Rike hockte auf der Bettkante. Obwohl sie jetzt den Mund hielt, machte sie Sarah noch immer nervös. Sie verstand diese Frau nicht. Warum war sie hier, warum blieb sie – warum stand sie nicht einfach auf und holte Sarahs Handy? Sondern bedachte sie stattdessen mit diesen Blicken?

Blicke, die sie selbst mittlerweile gar nicht mehr so übertrieben fand. Denn langsam beunruhigte sie diese Schläfrigkeit auch. Immerhin hatte sich die Übelkeit gelegt. Und wenn sie es schaffte, die Augen offen zu halten, sah sie ein klares und deutliches Bild. Einen Moment Ruhe brauchte sie noch, nur eine kleine Weile, bis sie sich imstande fühlen würde, es mit alldem hier aufzunehmen. Mit Patrick. Und seiner Katharina.

Wie aufs Stichwort hörte sie Schritte von draußen. Jemand kam die Treppe hoch. Rike sprang auf und stellte sich schützend vor das Bett.

»Wie geht es ihr?« Patrick gönnte Sarah keinen Blick, er sprach mit Rike. Aus irgendeinem Grund ärgerte Sarah das.

»Beschissen«, krächzte sie daher. »Es geht mir beschissen. Was hast du denn gedacht?«

Patrick fluchte leise, dann stand er neben dem Bett und sah sie an. Ganz kurz war da etwas in seinem Blick, etwas, das über Sorge hinausging. »Bist du okay?«

Sie stieß genervt die Luft aus. »Ja. Ja, nein, ich weiß es nicht. Aber ich weiß, dass das hier nicht okay ist. Patrick, du musst –«

Er hob die Hand. »Nicht jetzt.« Er klang ungeduldig. »Ich kann mir jetzt keinen deiner Vorträge anhören. Ich habe andere Sorgen.«

»Ja, genau davon rede ich! Du kannst doch nicht –«

»Nicht jetzt«, wiederholte er, dann beugte er sich vor und umfasste ihre Schultern. Kam mit seinem Gesicht nah an ihres. »Sarah, weißt du, wo er ist? Weißt du, wo Timo ist?«

»Das kannst du nicht ernsthaft denken, Patrick!« Kurz fürchtete Sarah, in Tränen auszubrechen. Sie riss sich zusammen. »Das kannst du doch nicht wirklich glauben.«

»Ja oder nein?«

»Nein! Natürlich nicht. Hast du den Verstand verloren? Wach auf, du Idiot! Hör mir zu. Du musst dich den Tatsachen stellen! Ich habe gesehen, was auf diesem Parkplatz passiert ist. Sie hat ihn –«

»Ich weiß, was passiert ist«, unterbrach er unwillig. Er wollte es nicht hören. Und Sarah verstand ihn, sie verstand ihn wirklich. Aber das bedeutete nicht, dass sie es hinnehmen durfte.

»Ich weiß, dass es schrecklich für dich ist, aber du kannst nicht so tun, als würde das keine Rolle spielen. Es ist passiert. Das ist eine Wahrheit, es ist eine verdammte Wahrheit, ob es dir passt oder nicht.« Sie holte Luft, es stach unangenehm im Brustkorb.

»Hör auf!« Er klang aggressiv. »Das ist absurd. Sie würde ihm nie wehtun!«

Der Schmerz in Sarahs Brustkorb intensivierte sich. Sie würde ihm nie wehtun? Sie *hatte* ihm wehgetan, verdammt. Trotzdem krallte er sich an die Überzeugung, dass Katharina nichts Schlimmes zuzutrauen war. Ganz anders als ihr, als Sarah.

»Ich muss los«, sagte er, bevor sie etwas sagen konnte, ließ ihre Schultern los und wandte sich wieder an Rike. »Es dauert nicht lange.«

»Wo willst du hin?« Rike klang verängstigt.

»Ich muss etwas überprüfen. Pass auf sie auf, ja? Sie soll viel trinken. Und wach bleiben. Und ...« Er zögerte. »Es wäre gut, wenn Katharina nicht in ihre Nähe kommt, solange ich weg bin. Bitte sorg dafür.« Er wartete nicht auf eine Antwort, sondern verließ einfach den Raum.

»Mein Gott«, stöhnte Rike. »Meine Güte, was passiert denn hier? Was soll ich denn nur tun?«

Sarah hörte, wie die Haustür unten ins Schloss fiel.

»Meine Tasche«, sagte sie.

Rike fuhr herum. »Was?«

»Du wolltest wissen, was du tun sollst? Besorg mir irgendwie meine Scheißtasche! Ich brauche mein Handy. Und zwar dringend!«

Rike sah sie einen Moment verständnislos an. Dann nickte sie langsam und zog den Schlüssel aus der Tür.

Erst als Sarah hörte, wie sie von außen abschloss, wurde ihr klar, warum.

63

Er wusste nicht, zum wievielten Mal er die Nummer wählte.

Warum war sie immer noch da drin? Und warum ging sie nicht an ihr Handy? Er musste sie erreichen. Er musste ihre Stimme hören. Er musste herausfinden, was da vorging.

Er brauchte Sarah. Die ihn nie im Stich lassen würde. Nicht ohne Grund. Aber genau das war das Problem. Mit jeder Sekunde, die Sarah länger bei ihr war, wuchs die Wahrscheinlichkeit, dass sie Dinge erfuhr, die ein völlig falsches Licht auf ihn warfen.

Er versuchte sich zu beruhigen und sich daran zu erinnern, dass es doch eigentlich um etwas ganz anderes ging. Und daran, dass diese Frau den Mund halten würde. Sie hatte kein Interesse daran, ihn zu verraten. Sie war schließlich nicht unschuldig, ganz im Gegenteil. Nur weil sie sich damals davongeschlichen hatte, war sie die Schuld nicht losgeworden. Für sie stand genauso viel auf dem Spiel wie für ihn. Vielleicht sogar noch mehr. Zumal Sarah gesehen hatte, was sie heute getan hatte. Sie konnte Sarah nichts vormachen.

Er hätte sie nie suchen dürfen. Er hätte einfach abschließen sollen mit ihr. Dann hätte er Timo nie gesehen. Dann wäre vielleicht alles gut geworden. Aber er war wieder in die Falle gelaufen. Die Sehnsucht hatte ihn blind gemacht für das, was er doch eigentlich wusste. Sie machte Menschen etwas vor. Und zerstörte über kurz oder lang jeden, der in ihre Nähe kam.

Er hörte ein rasselndes Brummen. Die Garage! Wieder glitt das Tor nach oben. Er sah eine Gestalt, die sich drinnen dem Auto näherte. Er versuchte zu erkennen, wer sich ins Auto setzte, rückwärts aus der Garage rangierte und wendete. Dann losfuhr, langsam diesmal, langsam genug an ihm vorbei, um einen Blick ins Wageninnere werfen zu können.

Ihm wurde übel. Er presste beide Hände auf den Magen, krümmte sich. Das war nicht möglich. Verdammt, er verlor den Verstand. Er verlor ganz offensichtlich wirklich den Verstand!

64

»Bist du okay?«

Katharina zuckte zusammen. Sie hatte Rike nicht kommen hören. Zu laut war dieses Summen in ihrem Kopf. Sie wusste nicht genau, ob es an der Tablette lag oder an der Frustration darüber, dass sie Patrick nicht von seinem lächerlichen Verdacht hatte abbringen können. Dabei war es völlig absurd. Selbst wenn man Adeles Aussetzer in letzter Zeit ernst nahm, selbst wenn man unterstellte, dass sie tatsächlich fähig wäre, ihr etwas Derartiges anzutun – sie war schlicht nicht imstande, einen solchen Plan zu fassen, geschweige denn auszuführen. Adele schaffte es nicht einmal, eigenständig ein Sofakissen auszuwählen.

»Katharina?« Wieder Rikes Stimme, weit weg. Rike. Ihre Freundin. Der Gedanke fühlte sich fremd an.

Sie riss sich zusammen. »Ist sie wach?«

»Nein.«

Die Antwort kam zu schnell und zu bestimmt. Sie log. Aber es spielte keine Rolle, nicht in diesem Moment, in dem Katharina sich ohnehin nicht zutraute, Sarahs Provokationen und Gemeinheiten alleine standzuhalten.

Patrick würde bald zurück sein. Sie hoffte nur, dass er sich irgendeine Erklärung für sein Auftauchen bei Adele und Erich zurechtgelegt hatte. Sogar die beiden würden merken, dass etwas nicht stimmte, wenn er um diese Zeit in so einem Zustand bei ihnen auftauchte und sonderbare Fragen stellte. Wenn Adele und Erich sich einmischten, würde das alles hier noch komplizierter und gefährlicher werden.

Sie fühlte sich so unendlich allein und verloren. Aber

sie wusste, dass sie dem Gefühl nicht nachgeben durfte. Sie musste festhalten an dem, was sie getragen hatte, all die Jahre. Patrick und Timo und sie. Das reichte. Egal, was war, egal, was kam, sie würde das durchstehen. Mit dem Rest konnte sie sich befassen, wenn Timo wieder da war. Wenn er hier oben in seinem Bett lag und schlief. Ihr Mäuserich. Ihr kleiner Engel.

»Katharina, ist alles in Ordnung mit dir?« Rike kam näher, berührte sie an der Schulter. Sie klang besorgt, dabei distanziert. »Hörst du mich? Katharina?«

Katharina wandte den Kopf. Sie sah Rike an. Sie musste mit ihr sprechen. Sie musste sich zusammennehmen. Ihr nicht verübeln, dass sie mit fliegenden Fahnen die Seiten gewechselt hatte. Rike konnte nichts dafür. Sie ließ sich täuschen von dem, was sie sah. Wurde getäuscht von dem, was sie nicht sehen konnte. Für sie war Sarah ein Opfer.

Aber auch Rike würde begreifen, dass sie sich geirrt hatte. Wenn der Alptraum vorbei war, dann würde es ihr leidtun, dass sie sich so verhalten hatte. Dass sie jetzt schon wieder anfing mit ihrem Störfeuer.

»Sie hat nichts damit zu tun«, sagte sie nämlich. »Bitte, du musst zur Vernunft kommen! Sarah ist unschuldig!«

Katharina schwieg. Was hätte sie auch sagen sollen?

»Sie hat es Patrick eben gesagt. Sie hat es mir gesagt. Warum sollte sie jetzt noch lügen? Warum sollte sie überhaupt lügen?« Rike hob die Arme, ließ sie wieder sinken. »Sie hat keinen Grund, so etwas zu tun«, sagte sie leise. »Und das weißt du, du weißt es genau, Katharina. Ich will dir doch nur helfen. Rede mit mir.«

Katharina sah, wie sich hektische rote Flecken langsam von Rikes Hals nach oben ins Gesicht bewegten.

»Was kann so schlimm sein? So schrecklich, dass du es nicht sagen kannst? Um dein Kind zu retten? Es hat etwas mit dem zu tun, was damals passiert ist, oder? Mit dem anderen Kind. Du musst es doch wenigstens versuchen, Katharina, du kannst dich doch nicht weigern –«

»Ich weigere mich nicht«, unterbrach Katharina sie.

»Doch, das tust du. Du weigerst dich, irgendeine andere Möglichkeit in Betracht zu ziehen. Warum, Katharina? Ich bin deine Freundin. Du kannst es mir doch sagen, du kannst mir alles erzählen.«

»Es gibt nichts zu erzählen«, sagte Katharina knapp. »Du verstehst das alles nicht.«

»Genau das ist ja das Problem! Ich verstehe es nicht. Ich verstehe dich nicht, ich verstehe nicht, wie du –«

»Das musst du auch nicht!«, unterbrach Katharina wieder. »Im Moment musst du nur eine einzige Sache verstehen. Ich weiß, was ich tue. Ich weiß, dass ich recht habe. Also lass mich in Ruhe, ja? Lass mich um Gottes willen einfach in Ruhe!«

»Ich kann nicht.« Rike klang bestimmt. »Wie soll ich dich denn in Ruhe lassen? Timo ist weg. Da oben liegt eine verletzte Frau. Du hast sie angegriffen. Es geht ihr schlecht. Wir reden von Körperverletzung. Von unterlassener Hilfeleistung. Von Freiheitsberaubung. Wenn sie stirbt …« Sie führte den Satz nicht zu Ende. »Ich kann nicht begreifen, dass du all das in Kauf nimmst. Und dich weigerst, auch nur einen Millimeter von dieser idiotischen Theorie abzurücken.«

Katharina sah sie an. »Ich weiß, dass ich recht habe. Seit sie hier ist, ist keine Nachricht mehr gekommen. Das beweist es doch, oder? Das beweist es doch eindeutig.«

Rike stöhnte auf. »Das beweist gar nichts!« Sie zögerte. Schien zu begreifen, dass Katharina sich auf keine Diskussion einlassen würde. »Wo ist Patrick hingefahren?«

»Zu Adele.« Katharina irritierte der abrupte Themenwechsel ein bisschen, obwohl er ihr recht war.

»Was? Warum?« Rike klang alarmiert.

»Weil er ein Idiot ist. Weil er tatsächlich denkt, dass sie …« Sie merkte, wie falsch die Worte klingen würden. Griff nach ihrem Handy und zeigte Rike die Nachricht.

»Ach du Scheiße!« Rike wirkte fassungslos. »Was meint sie damit? Was will sie damit sagen?«

Katharina stieß genervt die Luft aus. »Nichts! Meine Güte, wir reden von Adele! Die den Verstand verloren hat – du erinnerst dich? Es geht um irgendetwas, das gerade in ihrem kranken Kopf abgeht. Sie hat nichts damit zu tun. Sie könnte nie … sie könnte das einfach nicht. Genau das habe ich Patrick zu erklären versucht.«

Rike schien zu überlegen. »Hältst du das wirklich für einen Zufall? Ich meine, es könnte doch sein –«

»Hör auf!«, brüllte Katharina. »Hör auf, mich zu quälen, verdammt! Rike, du musst dich jetzt entscheiden, auf welcher Seite du stehst. Ich habe keine Ahnung, was Adele meint. Es ist mir auch egal. Ich lasse mich nicht weiter verunsichern. Es geht um mein Kind!«

Rike schüttelte langsam den Kopf. »Das stimmt nicht.« Sie klang resigniert. »Genau das ist das Problem. Es geht um dich, es geht die ganze Zeit um dich. Ich versuche, zu dir durchzudringen, aber du bist nicht bereit –«

»Ich bin nicht bereit, genau! Ich bin nicht bereit, mir das jetzt anzuhören. Und darum wäre es vielleicht das Beste, wenn du jetzt wieder hochgehst zu deiner neuen Freundin und ihr das Händchen hältst!«

Rikes Gesicht wurde ausdruckslos. »Gut«, sagte sie. »Ich habe verstanden.« Sie sah sich um. »Wo ist mein Handy?«, fragte sie dann.

Katharina steckte die Hand in die Tasche, fühlte nach der warmen Plastikumhüllung. »Woher soll ich das wissen?« Sie warf Rike einen Blick zu, der offenbar Antwort genug war. Sie schien noch etwas sagen zu wollen, aber Katharina drehte sich einfach um und wandte ihr den Rücken zu. Sie hörte, wie Rike den Raum verließ. Und dann war sie wieder allein. Mit dem, was Sarah geweckt hatte mit diesem Wort. Mit dem, was Rike jetzt auch noch füttern wollte.

Monster, flüsterte es in ihrem Kopf. *Monster.*

65

Patrick warf einen Blick auf die Uhr, bevor er klingelte. Kurz nach neun, vermutlich saßen sie vor dem Fernseher. Erich, Adele und ihr Tumor. Für eine Sekunde kam ihm der Gedanke, der ihn eben noch getrieben hatte, lächerlich vor. Katharina hatte recht. Es war unvorstellbar, dass eine Frau wie Adele, so verzagt, so bemüht, es allen recht zu machen, zu so einer Tat imstande war. Aber er musste sichergehen. Er brauchte eine Erklärung für diese sonderbare Nachricht.

»Na endlich!« Erich polterte los, bevor er die Tür ganz geöffnet hatte. »Hast du den Verstand verloren …?« Er stockte, sah Patrick verwirrt an. »Ach, du bist es.«

»Ja, ich, entschuldige die Störung. Aber ich muss kurz mit Adele sprechen.«

Erichs Gesicht verzog sich. »Da hast du wohl leider Pech!« Er klang sonderbar triumphierend, bevor er ohne weitere Erklärung einen Schritt beiseitetrat und eine halbherzig einladende Handbewegung machte.

Patrick zögerte. Er wollte nicht dorthinein, er hatte jetzt keine Zeit für Geplänkel. Aber möglicherweise war es besser, das Gespräch im Haus zu führen. Er betrat den Flur und folgte Erich ins Wohnzimmer. Der Fernseher lief ohne Ton, ein schmutziger Teller und eine Bierflasche standen auf dem Couchtisch.

»Wo ist sie?« Er sah Erich fragend an. »Ich weiß, das klingt jetzt komisch, aber ich muss wirklich dringend –«

Erich ließ ihn nicht ausreden. »Sie ist weg! Sie ist einfach abgehauen.« Wieder dieser Ton. »Sie ist verrückt geworden! Ich hatte heute Mittag schon ein komisches Gefühl. Da hat sie Plätzchen gebacken für Timo, stand völlig neben sich. Ich habe sie nur freundlich gefragt, ob wir heute vielleicht endlich diese vermaledeite Lampe kaufen wollen, an der ihr Herz doch angeblich so hängt. Und sie ist auf mich losgegangen, als hätte ich ihr sonst was angetan!«

»Timo? Er war hier?« Die Mischung aus Erleichterung und Fassungslosigkeit raubte Patrick fast den Atem.

»Was weiß denn ich?«, zerstörte Erich umgehend die Hoffnung. »Ich werde aus dieser Frau nicht schlau. Ich glaube, sie weiß selber nicht, was sie will. Ich habe es wirklich versucht. Ich habe alles gemacht, was du vorgeschlagen hast. Aber sie will nicht nach Venedig, das ist ihr zu viel. Nur diese Lampe, die wollte sie dann, aber dann eben doch wieder nicht. Ich kann es ihr einfach nicht recht machen!« Er schnappte nach Luft.

»Erich, du musst doch wissen, ob Timo heute hier war!«, nutzte Patrick die Atempause.

»Nein! Woher denn?«

Patrick hätte ihn am liebsten gepackt und geschüttelt. Er beherrschte sich und suchte nach Worten, während Erich mit seinem Redeschwall fortfuhr.

»Darum geht es ja. Sie war völlig neben der Spur. Sie hat gebacken, obwohl sie gar nicht wusste, ob er kommt. Sie hat es ›vergessen‹ …« Er malte mit den Händen imaginäre Anführungszeichen in die Luft. »Und dann hat sie mich angefahren, nur weil ich gewagt habe, vorzuschlagen, dass wir diese Lampe kaufen, wenn er nicht kommt. Und dann hatte sie angeblich Kopfschmerzen, und ich dachte … ich dachte, dass es jetzt halt so ist mit ihr. Und dann musste ich los, ich hatte einen Banktermin. Und als ich zurückgekommen bin, war sie weg. Mit dem Auto!« Vor allem der Umstand, dass Adele das Auto mitgenommen hatte, schien ihn zu empören.

»Erich, mal langsam jetzt … Wo ist sie denn hingefahren?«

»Das wüsste ich auch gern. Das kannst du mir aber glauben!«

Das Auto, dachte Patrick, verdammt. Sie hat das Auto mitgenommen, dachte er, während Erich wieder zu zetern begann. »Ich habe tausendmal versucht, sie zu erreichen. Sie geht einfach nicht an ihr Handy. Seit Stunden versuche ich es!«

Stunden, dachte Patrick. Stunden, in denen sie irgendwo hingefahren war. Weit weg.

»Stunden«, wiederholte auch Erich noch einmal. »Stunden, bis sie sich dann endlich bequemt hat, mich mal zurückzurufen.«

»Du hast mit ihr gesprochen?«

»Ja, vor einer halben Stunde.«

Patrick unterdrückte den neuerlichen Impuls, ihn zu schütteln. »Was hat sie gesagt? Wo ist sie?«

Erich schnaubte, bevor er antwortete: »Sie hat gesagt, ich soll sie in Ruhe lassen, und irgendwelches wirres Zeug gefaselt. Dass sie bestimmte Dinge tun muss, bevor es zu spät ist. Dass ich das nicht verstehen würde, ich würde es verrückt finden. Hast du dafür Worte? Natürlich finde ich das verrückt, es *ist* verrückt, verdammt noch mal!« Er schüttelte empört den Kopf. »Ich bin ihr offenbar scheißegal. Die Einzige, um die sie sich zu sorgen scheint, ist Katharina. Was ist denn los mit Katharina?«

»Was hat sie gesagt? Was genau hat sie gesagt über Katharina?«

Erich zögerte, schien zu überlegen. »Es war merkwürdig. Sie hat gesagt, dass sie etwas klären muss. Und dass es zu Katharinas eigenem Besten ist. Sie ist nicht die, für die wir sie halten, das hat sie gesagt. Was soll das denn heißen? Und geht das jetzt so weiter, ich meine, was soll ich denn tun, wenn sie solche Sachen macht? Dann noch mit dem Auto, in ihrem Zustand, sie war noch nie eine sichere Fahrerin. Ich wollte ja zur Polizei, aber die werden nicht nach ihr suchen, nicht wahr, sie ist ja ›erwachsen‹ …« Wieder die Anführungszeichen in der Luft. »Was soll ich denn jetzt machen?«

Seine Schultern sanken nach unten, der Oberkörper neigte sich leicht nach vorn. Als bräche er zusammen unter der schlimmen Last, die Adele da auf ihn lud. Auf Erich, den Egozentriker. Den notorischen Fremdgänger, der seine Frau seit Jahrzehnten behandelte wie Personal. In Patrick stieg ein Gefühl der Abscheu hoch. Erich war so erbärmlich, so unglaublich ignorant. Ein Mann, der nur sah, was er sehen wollte. Sich.

Genau wie er selbst, dachte er unwillkürlich, und er begriff, dass dieses Gefühl von Ekel weniger mit Erich zu tun hatte als mit ihm selbst. Er sah diesen alten, herzlosen Mann an, und er kam ihm auf einmal wie ein verzerrtes Spiegelbild vor.

Sarah. Die Praxis. Seine Anerkennung, sein Erfolg, seine Freiheit, seine Befriedigung. Sein Leben war gut. Er bekam alles, was er wollte. Und es hatte sich all die Jahre so angefühlt, als stünde ihm genau das zu. Während Katharina zu Hause hockte, überfordert mit Timo, der anstrengend war, immer anstrengender wurde. Katharina, die ihm ins Gesicht lächelte und erklärte, dass alles in Ordnung sei, die ihm den Rücken freihielt im wahrsten Sinne des Wortes. Während er es nicht einmal für nötig erachtet hatte, ab und an den Kopf zu drehen, über seine Schulter zu schauen, um zu sehen, was sich hinter seinem Rücken wirklich abspielte.

Er hatte es ihr leicht gemacht, alles, was er nicht sehen wollte, vor ihm zu verstecken. Er konnte nicht tun, als läge es an ihr, daran, dass sie eben war, wie sie war. Er war zu beschäftigt damit gewesen, sich um sich selbst zu kümmern.

Er war keinen Deut besser als Erich. Keinen Deut besser als sein Vater. Der immerhin konsequent gewesen und ganz gegangen war, sich auf Nimmerwiedersehen verabschiedet hatte, statt so zu tun, als würde er sich um seine Frau und sein Kind kümmern.

Er hatte sich etwas vorgelogen. Und Katharina. Die ihrerseits ihm etwas vorlog, vermutlich auch sich selbst. Genau wie Adele, wie Erich, alle logen, ständig, überall, alle hatten ihre Gründe, gute und schlechte Gründe, aber das änderte nichts.

Und jetzt war Timo weg. Und der Preis, den jemand für

sein Kind forderte, war die Wahrheit. Etwas, das ganz einfach klang. Und doch so schwierig war.

Er riss sich zusammen. Versuchte, logisch zu denken. Nach allem, was Erich gesagt hatte, war es tatsächlich denkbar, dass Adele Timo mitgenommen hatte. Um Katharina zu bestrafen, um Timo vor etwas zu schützen, das sie zu sehen glaubte. Es war möglich. Und Erich war keine Hilfe, er war der Letzte, dem Adele sich anvertrauen würde. Die einzige Chance war Katharina. Adele ging es um Katharina, nur um Katharina. Sie war die Einzige, die sie möglicherweise erreichen konnte.

Die matte Hoffnung erwachte erneut. Wenn Timo bei Adele war, war alles gut. Egal, wie verwirrt sie war, egal, in was sie sich reingesteigert hatte – in Adeles Obhut war Timo so sicher wie in Abrahams Schoß.

»Was wolltest du denn von ihr? Was ist denn eigentlich los?«

»Nichts«, sagte Patrick. Das hier war sinnlos. »Ich kann dir das jetzt nicht erklären. Aber du musst sie finden. Sag ihr, dass sie uns anrufen soll. Egal, was passiert ist, sie soll sich melden. Das ist wichtig, es ist wirklich sehr wichtig.« Er wollte weg, raus aus diesem Haus, aus diesem klaustrophobischen Wohnzimmer mit dem zu großen Fernseher, dessen Bildschirm die Szene flackernd beleuchtete.

Er stand auf und drehte sich um.

Dann ging er, rannte fast. Stieg ins Auto und legte kurz die Stirn aufs Lenkrad. Er konnte nicht mehr, er konnte einfach nicht mehr. Aber er musste.

Die Wahrheit. Die verdammte Wahrheit!

Adele, die weinte. *Du musst auf sie aufpassen, du musst auf deine Frau und deinen Sohn aufpassen.*

Sarah, bleich, mit einer Wunde am Kopf. *Ich habe es gesehen, ich habe mit meinen eigenen Augen gesehen, wie sie ihn geschlagen hat.*

Der Hausmeister. *Kein Wunder, dass ihr die Hutschnur geplatzt ist.*

Katharina, die auf Rike einschlug. Katharina mit dem Aschenbecher. Katharina, die weinte. *Er wird manchmal böse.*

So viele Dinge, die er gehört und gesehen hatte. Dinge, die er nicht verstand, die nicht zueinanderpassten. Er musste herausfinden, wer log. Und warum. Wenn er seinen Sohn zurückhaben wollte, musste Schluss sein mit den Lügen. Egal, was es kostete.

66

Es wird nicht leicht. Das haben alle gesagt.

Und sie haben recht gehabt.

Sie versuchen, Kim fertigzumachen. Die Anwältin hat sie darauf vorbereitet. Sie hat ihnen erklärt, dass es die Gegenseite darauf anlegen wird, Kim unglaubwürdig zu machen. Der Staatsanwalt greift immer wieder ein. Aber das macht es nicht leichter, die Andeutungen und die Behauptungen, die im Raum stehen, obwohl sie nicht haltbar sind, zu ertragen. Sie versuchen, es so hinzudrehen, als wäre das, was Kim passiert ist, ihre eigene Schuld gewesen. Das macht Flo wütend. Gleichzeitig ist sie stolz auf Kim, der man immer wieder ansieht, dass sie den Tränen nahe ist. Aber sie besteht darauf, die ganze Zeit dabei zu sein.

Wenn Kim es aushalten kann, mit ihm in einem Raum zu sein und seine verlogene Zerknirschtheit zu ertragen, dann kann Flo das auch. Er tut so, als sei alles nur ein dummes Missverständnis gewesen.

Immer wieder stellt Flo sich vor, wie er abends im Bett liegt und schläft. Wie er morgens aufsteht und in die Schule geht. Wie er einfach weitermacht, als sei nichts gewesen, während Kim sich mühevoll einen Weg zurück in ein normales Leben suchen muss.

Er hat einen guten Anwalt. Aber Kims Anwältin ist ihm gewachsen. Es läuft nicht schlecht, sagt sie in den Pausen. Es läuft gar nicht schlecht.

Bis zu dem Moment, in dem alles auseinanderbricht.

Es sind nur ein paar Minuten. Ein paar Sätze. Aber Flo sieht das Gesicht der Anwältin. Für eine Sekunde verliert sie die Fassung. Und darum weiß Flo, dass ihr Gefühl sie nicht getrogen hat. Ein paar Minuten, ein paar Sätze, und alles ist verloren.

Es ist eine Lüge, die ihn davor bewahrt, verurteilt zu werden. Das weiß Flo, genau wie die Anwältin, und Kim weiß es sowieso. Vermutlich weiß es auch sein Anwalt, und der Richter und der Staatsanwalt ahnen es mit Sicherheit. Aber vor Gericht muss man eine Lüge widerlegen. Man muss jeden Zweifel ausräumen. Und das ist nicht immer möglich.

Darum ist es auf einmal schnell zu Ende. Nicht nur der Prozess, sondern auch noch etwas anderes. Auch wenn Flo das erst nicht wahrhaben will, sieht sie es in Kims Gesicht. Sie wirkt gefasster als die Anwältin. Viel zu gefasst. Es sieht so aus, als sei sie nur ein bisschen enttäuscht.

Die Anwältin sagt, dass es ihr leidtut, dass sie in Berufung gehen will. Aber Kim sagt, dass es schon okay ist.

Schon okay. Das sind die Worte, die sie benutzt.

Sie fahren nach Hause. Flo versucht, Kim zu trösten und ihr zu sagen, dass es trotzdem richtig war. Dass es gut war, dass sie sich gewehrt hat. Sie will ihr sagen, dass es weitergeht, dass alles in Ordnung kommt.

Aber das will Kim nicht hören. Kim ist müde und will ins Bett.

Am nächsten Morgen ist sie wieder weg. Mit dem Hund. Und der Tasche. Den Wohnungsschlüssel hat sie auf den Küchentisch gelegt.

67

Monster. Es hörte nicht auf zu flüstern in ihrem Kopf.

Katharina zitterte. Sie verfluchte Rike, die sie störte und bedrängte. Sie verfluchte Patrick, der sie allein gelassen hatte, wieder einmal, der kostbare Zeit verschwendete und sie damit diesen Gedanken auslieferte.

Monster, flüsterte es dabei, zischend, penetrant. *Du hast wieder versagt, du hast es nicht geschafft. Gib auf.*

Sie hörte das Auto vor dem Haus, das Garagentor. Er war zurück. Sie stand auf und rieb sich die schmerzenden Gelenke. Sie war völlig verkrampft, ihr Nacken tat weh.

Er war da. Gleich würden sie nach oben gehen. Und Sarah würde endlich den Mund aufmachen.

Dann war es zu Ende. Gleich war es geschafft.

68

»Sie lag im Wohnzimmer.« Rike stellte die Tasche auf Sarahs Schoß. »Katharina ist völlig neben der Spur, darum konnte ich sie beim Rausgehen einfach mitnehmen. Aber mein Handy hat sie. Sie will es mir nicht zurückgeben.«

Sarah hörte mit halbem Ohr zu, während sie ihr eigenes Handy suchte, es mitsamt der Powerbank aus der Tasche zog und das Display zum Leben erweckte. Sie wischte und tippte mit zitternden Fingern den Code ein. Die Liste mit den entgangenen Anrufen war lang. Der Laden, immer wieder Patrick, dann Jakob, der mehrfach versucht hatte, sie zu erreichen.

Ohne sich weiter um Rike zu kümmern, drückte sie die Rückruftaste, presste das Handy ans Ohr und hörte den Ton, den enervierenden Ton, Akku-Warnung. Sie hätte am liebsten gebrüllt vor Wut. Offenbar war der Akku völlig im Eimer, oder die Powerbank war leer gewesen. Aber immerhin war da ein Freizeichen, einmal, noch einmal.

»Sarah?« Jakobs Stimme klang panisch. »Sarah, was ist los? Geht es dir gut? Was –«

»Ich muss schnell machen«, unterbrach sie ihn. »Der Akku. Jakob, ich weiß, es klingt schrecklich, aber ich muss wissen, ob du … Jakob, hast du –« Wieder der Warnton. Dann nichts mehr.

»Scheiße!«, schrie sie. »Verdammte Scheiße!« Sie widerstand dem Drang, das Handy gegen die Wand zu schleudern. Idiotin, dachte sie und starrte auf die tote Anzeige. Sie hatte gewusst, dass sie nur wenig Zeit hatte. Sie hätte sich vorher überlegen müssen, was sie sagen wollte, verdammt.

Sie ließ sich in die Kissen zurücksinken.

»Was machen wir denn jetzt?«, fragte Rike leise. »Was soll ich denn jetzt bloß machen? Ich dringe nicht zu Katharina durch. Ich weiß nicht, was ich noch tun soll, um ihr begreiflich zu machen, dass sie sich damit auseinandersetzen muss. Mit der Wahrheit!«

»Was erwartest du denn?« Sarah merkte, dass sie am Ende ihrer Geduld war. »Was soll sie denn tun? Dieser Scheiß mit der Wahrheit – das ist doch alles völlig bizarr!« Und das war es, verdammt, genau wie der Gedanke, dass Jakob womöglich Timo hatte.

Aber warum hatte er so ängstlich geklungen? Warum hatte er versucht, sie anzurufen? Sie zwang sich, ruhig zu atmen, die einzelnen Gedankenstränge zu entwirren und zu sortieren. Er war da gewesen, auf diesem Parkplatz. Und ja, er war weggelaufen. Aber daraus abzuleiten, dass er ein Kind entführte, war abwegig. Und selbst wenn er tatsächlich eine riesige Dummheit gemacht hatte – diese Nachrichten passten nicht ins Bild. So funktionierte Jakob nicht.

Diese Nachrichten, dachte sie. Sie waren möglicherweise der Schlüssel.

Sag die Wahrheit.

Was sollte das? Dieser angebliche Entführer forderte keine öffentlichen Bekenntnisse. Er meldete sich nicht mehr. Er wollte nicht kommunizieren. Aber was wollte er dann?

Er kannte die Wahrheit. Der Gedanke war schlagartig da. Er wollte sie nicht hören, weil er das nicht musste. Er wollte vielmehr, dass etwas Unaussprechliches ausgesprochen wurde. Weil er wusste, dass es Konsequenzen haben würde.

Er wollte, dass etwas ans Licht kam.

Er, dachte Sarah, aber es fühlte sich nicht richtig an.

Schlagartig war die Übelkeit wieder da. Und mit ihr die Szene auf dem Parkplatz. Der spontane Gedanke, der ihr durch den Kopf geschossen war, als Katharina die Hand erhoben hatte, um zuzuschlagen. Gefährlich, hatte sie gedacht, da lag doch ein Kind. So klein, so verletzlich, so zerbrechlich.

Sie unterdrückte mit Mühe ein Würgen und schluckte den sauren Geschmack weg.

»Wo ist Patrick?«

»Bei Adele.« Rike seufzte.

»Warum?«

»Sie hat eine Nachricht geschrieben.«

»Was? Was für eine Nachricht?« Es kostete Sarah alle Beherrschung, nicht zu schreien. Warum ließ sich diese Frau alles aus der Nase ziehen?

Rike hustete. »Dass alles wieder gut wird.«

Sarah biss sich auf die Unterlippe. Adele. Sie hatte Patrick Dinge gesagt, die er nicht hören wollte. Dinge, die er ihr erzählt, Dinge, auf die sie reagiert hatte, überreagiert vermeintlich. Aber was, wenn sie richtiggelegen hatte?

Sie hat schon einmal ein Kind verloren, hatte er gesagt. *Ich weiß nicht, was passiert ist. Sie will nicht darüber sprechen.*

Was, wenn sie doch richtiggelegen hatte mit ihrer infamen und betrunkenen Unterstellung an diesem Abend, die ihr hinterher so leidgetan hatte? Was, wenn Katharina die Wahrheit kannte? Eine, die sie selbst nicht ertragen konnte?

Was, wenn sie ein Problem hat? Möglicherweise gute

Gründe, nicht über das zu sprechen, was da passiert ist. Mit diesem anderen Kind?

Sie wollte das nicht denken. Aber sie musste.

»Was ist damals passiert?« Sie sah Rike an. »Was ist mit diesem Kind passiert, das damals gestorben ist, weißt du das?«

Rike schien zu erstarren. Sie zuckte die Schultern.

»Du bist ihre Freundin, verdammt! Hast du sie nie gefragt?«

»Sie hat es nie erwähnt. Sie hat es mit keiner Silbe jemals erwähnt.«

»Warum nicht?« Sarah sprach mehr mit sich selbst als mit Rike. »Aus welchem Grund macht man aus so einer Geschichte ein Geheimnis?«

»Was willst du damit sagen?« Rike musterte sie verständnislos. »Worauf willst du hinaus?«

»Ich weiß es doch auch nicht«, sagte Sarah. Obwohl das nicht stimmte.

Sie hörte unten eine Tür klappen, dann Stimmengemurmel.

»Er ist zurück«, flüsterte Rike. »Patrick ist wieder da. Was machen wir denn jetzt?«

Sarah atmete tief durch. »Jetzt nehme ich noch eine von diesen Schmerztabletten«, erklärte sie fest. »Und dann muss ich mit ihnen reden. Mit beiden. Ich muss das jetzt klären!«

69

Es klingt schrecklich, aber ich muss wissen, ob du … Jakob, hast du –?

Sie hatte nicht wütend geklungen. Nur angespannt, fast als hätte sie Schmerzen. So als ginge es ihr nicht gut.

Und dann war das Gespräch abgebrochen, der Akku, der

verdammte Akku in diesem dämlichen Uralt-Handy. Er hätte daran denken sollen. Dabei hatte er ihr doch extra diese Powerbank geschenkt.

Es tat gut, an so etwas Profanes zu denken. An das alte Handy, das längst hätte ersetzt werden müssen, und Sarahs stures Beharren darauf, dass das nicht wirklich nötig war. Eine banale Kleinigkeit, die für das stand, was sie verband. Ein greifbarer Balken in diesem nebligen Meer aus Angst, in dem er trieb, seit er Patrick in dem Auto gesehen hatte.

Es fiel ihm schwer, Gedanken zu Ende zu bringen, seit nichts mehr einen Sinn ergab.

Sarah war da drin, bei ihr. Die offenbar Patricks Frau war. Und Patrick war Timos Vater. Patrick war aus dieser Garage gekommen, die zu seinem Haus gehörte. Er war weggefahren und hatte seine Frau und seine Geliebte allein gelassen. Was ging da drinnen vor?

Es klingt schrecklich, aber ich muss wissen, ob du … Jakob, hast du –?

Sie wusste Bescheid. Das, wovor er sich so gefürchtet hatte, war passiert. Diese Frau hatte ihr alles erzählt. Das war schrecklich, aber es gab trotzdem Hoffnung. Sie hatte ihn angerufen. Sie konnte es nicht glauben. Sie würde ihn nicht einfach verurteilen, ohne ihm die Chance zu geben, alles zu erklären. Sie würde ihm zuhören. Und sie würde es verstehen. Weil sie auf seiner Seite war.

Aber etwas stimmte nicht mit ihr. Sie hatte nicht gut geklungen. Irgendetwas war da drinnen passiert. Und wenn sie nicht gleich durch diese Tür kam, dann musste er rein.

Er sah zum Haus, das auf einmal wirkte wie eine feindliche Festung. Er versuchte sich daran zu erinnern, wie sehr er sich danach gesehnt hatte, dort willkommen zu sein. Jetzt verstand er nicht mehr, wie er so naiv hatte sein können.

Er hörte ein Motorengeräusch. Patrick kam zurück. Wieder langsam, so, als würde er seine Ankunft absichtlich hinauszögern wollen. Er bremste, stoppte dann abrupt – genau neben seinem Versteck. Jakob zuckte zurück, tauchte tief zwischen die Äste. Hatte er ihn gesehen?

Nein. Er starrte zum Haus.

Jakob ging in die Hocke und versuchte, die Übelkeit wegzuatmen, während der Motor auf der Straße wieder zum Leben erwachte und der Wagen langsam in Richtung Garage weiterfuhr.

70

Patrick schloss die Autotür und lehnte sich kurz an die Garagenwand. Er atmete tief durch und warf einen Blick auf die Uhr. Timo war jetzt seit fast acht Stunden weg.

Katharina stand im Flur. Sie schien auf ihn gewartet zu haben.

»Du musst Adele anrufen.« Er hielt sich nicht mit einer Begrüßung auf, sondern ging an ihr vorbei ins Wohnzimmer. Sie folgte ihm. »Du musst sofort versuchen, sie zu erreichen. Sie ist mit dem Auto verschwunden. Erich hat keine Ahnung, wo sie ist. Aber sie hat heute Mittag Kekse für Timo gebacken, und sie hat sich sonderbar verhalten.«

»Und?« Katharina sah ihn verständnislos an.

»Vielleicht hat sie Timo mitgenommen!« Patrick bemühte sich, seine Ungeduld zu verbergen. »Vielleicht hat sie ihn abgeholt und sich mit ihm ins Auto gesetzt. Sie ist wütend auf dich, sie fühlt sich schlecht behandelt. Und sie denkt, dass du ...« Er brachte es nicht über sich, es auszusprechen. »Sie weiß, wann er seinen Termin hat, oder? Beim Logopäden?«

»Logopädin«, korrigierte Katharina abwesend. Schüttelte dann langsam den Kopf. »Das ist Unsinn, Patrick! Adele würde so etwas nie tun. Sie könnte gar nicht –«

»Hör auf«, brauste er auf. »Was macht dich so sicher? Wie viele Menschen kennst du, denen du das zutrauen würdest?

Verdammt, ruf sie an, jetzt! Da liegt das Handy. Es ist doch wohl nicht zu viel verlangt, einfach ihre Nummer zu wählen. Was immer mit ihr los ist – du bist vermutlich die Einzige, mit der sie redet. Ruf sie an! Jetzt!«

Katharina wirkte nicht überzeugt, nickte aber. Sie nahm das Handy. Drückte den Knopf. Verzog dabei keine Miene. Patrick wandte den Blick ab.

»Mailbox«, hörte er Katharina sagen. Sie klang, als beweise das, dass er sich irrte.

»Sprich auf diese verdammte Mailbox«, presste er heraus. »Bitte sie, Herrgott, fleh sie an, dass sie sich meldet! Und dann schreib ihr eine Nachricht. Bitte!«

Katharina legte das Handy auf den Tisch. »Mach es selbst! Ich habe keine Lust, noch mehr Zeit zu vergeuden. Ich gehe jetzt nach oben. Ich muss herausfinden, wo mein Kind ist!«

In diesem Augenblick öffnete sich die Tür. »Sarah will mit euch reden.« Rikes Gesicht war aschfahl, die Stimme sonderbar tonlos. »Sie will euch sehen. Beide.«

71

Katharina brauchte einen Moment, um zu begreifen, was Rike da eben gesagt hatte. Einen weiteren, um die Fassung zu wahren. Sarah verkannte offenbar die Lage, bildete sich ein, dass sie ihnen eine Audienz zu gewähren hatte. Sie atmete scharf ein und schüttelte Patricks Hand ab, die sich beruhigend auf ihren Arm gelegt hatte. Dann rannte sie los, die Treppe hinauf, stürmte ins Schlafzimmer.

»Wo ist er?« Sie näherte sich drohend dem Bett.

Sarah sah sie aus verquollenen Augen an. Sie war bleich, die Haare standen wirr vom Kopf ab, nur an der linken Schläfe klebten sie dunkel verkrustet rund um die hässliche Wunde.

»Gib ihn mir zurück!« Katharina machte einen weiteren

drohenden Schritt auf sie zu, obwohl sie körperlichen Widerwillen verspürte. »Gib mir mein Kind zurück!« Kurz sah sie Angst in Sarahs Augen aufblitzen. Die verschwand allerdings so schnell, wie sie gekommen war, und machte etwas anderem Platz. Etwas, das falsch war, genau wie der Ton, in dem sie jetzt sagte:

»Hör mir zu, Katharina, du musst mir zuhören!« Sie betonte jedes Wort, als rede sie mit einem kleinen Kind. Oder einer Geisteskranken. Sie holte rasselnd Luft. »Ich habe keine Ahnung, wo Timo ist. Und das weißt du genau!«

»Sei still!« Katharina konnte es nicht ertragen, dass diese Frau seinen Namen in den Mund nahm. »Hör auf zu lügen! Hast du mir nicht genug angetan?«

Sarah schüttelte den Kopf, zuckte dabei vor Schmerz zusammen. »Hör mir zu«, wiederholte sie. »Es geht nicht darum, was ich getan habe. Oder Patrick. Du musst jetzt aufhören, deine Kraft zu verschwenden.« Sie keuchte leise, fuhr mit der Hand zum Hals, zum Nacken. »Du musst dich dieser Sache hier stellen.« Sie suchte Blickkontakt. »Du weißt es doch, oder? Du weißt, dass das hier keinen Sinn mehr hat.«

»Was willst du damit sagen?« Katharina sah Patrick, ganz am Rand ihres Gesichtsfeldes. Patrick, der hörte, wie Sarah jetzt weitersprach, ätzende Worte.

»Ich habe dich gesehen. Ich habe euch gesehen. Auf dem Parkplatz. Was ist passiert, nachdem du weggefahren bist? Was hast du getan, Katharina?«

Katharina fühlte Patricks Hand auf ihrer Schulter. Er stand ganz nah bei ihr und hielt sie fest. Obwohl das überflüssig war. Sie konnte sich nicht rühren.

»Du hast das nicht gewollt.« Fast beschwörend klang Sarah, ihre falschen Worte. »Er hat sich nicht beruhigt, oder? Es ist außer Kontrolle geraten. Es war zu viel. Ich verstehe das, jeder versteht das, Katharina.«

»Nein!« Katharina versuchte, ruhig zu bleiben, obwohl sie

immer schlechter Luft bekam. Es war, als ob Sarahs Selbstgerechtigkeit den Sauerstoff aus dem Raum und alle Kraft aus ihrer Lunge saugte. »Nein«, wiederholte sie, ein bisschen lauter. »Niemand versteht es. Ganz offensichtlich nicht!« Jedes Wort schmerzte in der Kehle. »Ich bin nicht perfekt. Ich bin eine schlechte Mutter. Ist es das? Ist es tatsächlich das, was du hören willst?« Sie war laut geworden.

»Nicht ich! Begreif es doch endlich! Es geht nicht um mich. Es geht um dich, Katharina. Was hast du getan?«

»Ich habe getan, was ich tun musste!«

Sie sah Sarah nicken. Verständnisvoll. Wie konnte sie es wagen? So zu tun, als höre sie genau das, was sie hören wollte.

»Es ist hart. Das weiß jeder.« Wieder dieser Ton, sanft und falsch, der es Katharina noch schwerer machte, sich zu beherrschen. »Es ist nicht leicht mit einem Kind. Mit ihm. Timo hat Probleme. Es ist sehr anstrengend. Und manchmal ist es eben zu viel. Es tut gut, das auszusprechen, oder?«

»Was soll das?« Patricks Stimme schien von weit weg zu kommen. »Sarah, was soll der Scheiß?«

Sarah beachtete ihn gar nicht. »Sag es mir«, fuhr sie gnadenlos fort, den Blick fest auf Katharina gerichtet. »Sag mir einfach, was passiert ist.«

»Das reicht jetzt!«, mischte sich Patrick wieder ein.

»Es reicht eben nicht«, beharrte Sarah. »Offensichtlich reicht es nicht! Das hier erledigt sich nicht von selbst. Adele hat sich die blauen Flecken nicht eingebildet. Das Stottern, das Bettnässen, die Wutanfälle, das sind Fakten. Genau wie das, was ich gesehen habe. Und darüber müssen wir reden.«

Katharina begann zu zittern.

»Sarah, das geht zu weit. Du kannst nicht –«

»Ich kann!«, unterbrach sie Patrick. »Ich muss sogar. Es war keine Absicht, oder? Es ist einfach aus dem Ruder gelaufen, stimmt's? So wie damals? So wie mit dem anderen Kind?«

Wie Giftpfeile prasselten die Worte auf Katharina ein, mehr Gift, als sie abwehren konnte. Wieder überkam sie das Bedürfnis, sich auf Sarah zu werfen, sie zum Schweigen zu bringen. Diese grauenhafte, arrogante Frau, die keine Ahnung hatte, wovon sie sprach. Die sie trotzdem vor sich herzutreiben schien, immer weiter hinaus auf das dünne Eis, das bedrohlich knackte.

Sie schwankte, fühlte Patricks Arm, der sie aufrecht hielt. Sie atmete, so tief sie konnte, und versuchte, es fernzuhalten von sich, das Infame, das Boshafte, das Verzerrte, das Sarah da andeutete. Und die Bilder von Timo, Timo auf dem Boden, Timo, der um sich schlug, der sie ansah, so hasserfüllt, so entschlossen, bevor er zutrat. Dann roter Nebel, eine Lücke, die verdammte Lücke in ihrer Erinnerung.

»Hör auf, Sarah!« Patricks Stimme klang gepresst. »Herrgott, du weißt nicht, wie das mit einem Kind ist!«

Sarah lachte heiser auf. »Ja, das stimmt natürlich. Ich weiß nicht, wie das ist. Ich bin keine Mutter. Ich werde nie eine sein. Und wir beide wissen, wem ich das zu verdanken habe.«

»Schluss!«, brüllte Patrick. »Nicht jetzt, Sarah, verdammt noch mal, nicht jetzt!«

Der Raum begann sich um Katharina zu drehen. Sie krallte sich an Patrick.

»Nicht jetzt«, hörte sie Sarah sagen. »Du hast recht, es tut mir leid, das wollte ich nicht.«

Nein, dachte Katharina, das wolltest du nicht. Das war ein Fehler, dachte sie, weil endlich das letzte Puzzleteil an seinen Platz fiel. Sie hatte sich nicht geirrt. Sie hatte gesehen, was vorging, und doch hatte sie die Zusammenhänge nicht wirklich verstanden. Jetzt wurde ihr schlagartig klar, was Sarah wirklich wollte. Seit jener Nacht, in der all das hier seinen Anfang genommen hatte.

72

Es regnet in Strömen, als sie ankommt, es schüttet wie aus Eimern. Fast wäre sie vorbeigefahren. Patrick hat bloß gestammelt am Telefon, er konnte nur ungefähr sagen, wo er sich befand.

Es ist dunkel, darum hat sie die Schneise in den Büschen neben der Landstraße beinahe übersehen. Da, wo das Auto von der Straße abgekommen und die Böschung hinunter in den Wald gerast ist.

Sie hält an, sieht den Wagen. Und die Gestalt, die danebenhockt, auf dem Boden im Regen. Patrick, der sich vor- und zurückwiegt.

Sie bleibt noch einen Moment sitzen. Es ist warm im Auto, sie hat die Heizung voll aufgedreht. Sie lauscht Timos Atemzügen. Er schläft hinten in seinem Sitz. Sie musste ihn mitnehmen, sie konnte ihn schließlich nicht allein lassen. Sie sitzt da, denkt noch einmal an das Telefonat vom frühen Abend. Als er über die Konferenz geredet hat, davon, dass er sie liebt und vermisst. Als er getan hat, als wäre er in Berlin. Nicht irgendwo im Wald, ganz in der Nähe, nur eine knappe Dreiviertelstunde ist sie gefahren.

Sie denkt darüber nach, den Zündschlüssel wieder zu drehen. Weiterzufahren, irgendwohin, weit weg, mit Timo.

»Bitte komm«, hat er gefleht, als er vorhin zum zweiten Mal angerufen hat. »Du musst mir helfen! Es ist etwas Schreckliches passiert. Ich brauche dich, bitte, komm!«

Sie öffnet die Wagentür und steigt aus. Spürt kaum den kalten Regen, als sie über den matschigen Waldboden auf ihn zugeht. Sie sagt seinen Namen.

Er weint. »Es tut mir so leid. Es tut mir alles so leid.«

Erst als sie das Geräusch aus dem Auto hört, wird ihr klar, was er meint.

Er ist nicht allein.

Sie erkennt erst auf den zweiten Blick, dass es eine Frau

ist. Sie ist verletzt, hängt auf dem Beifahrersitz und wimmert vor Schmerzen. Etwas ist mit ihren Beinen, mit der Hüfte, zerschmettert, sie ist zerschmettert.

Sie stöhnt. Seinen Namen.

Katharina starrt sie an. »Sarah«, hört sie Patrick flüstern. »Um Gottes willen, Sarah …« In seiner Stimme ist Verzweiflung und Angst. Sorge. Liebe.

Die Frau reagiert darauf. Sie schlägt die Augen auf. »Sie ist da«, sagt sie. »Gott sei Dank!«

Katharina begreift nichts und gleichzeitig alles. Sie versteht, dass sie die Rettung ist, Teil eines Plans, der den beiden gehört.

»Hilf mir«, sagt Patrick. »Wir müssen sie aus dem Wagen holen.« Er spricht langsam und gedehnt, als müsse er über jedes Wort nachdenken.

Katharina schüttelt den Kopf. »Wir dürfen sie nicht bewegen. Wir müssen auf den Notarzt warten.« Sie weiß nicht, wie sie es schafft, das zu denken und auszusprechen. Sie muss übernehmen, das ist ihr klar, denn Patrick steht offensichtlich unter Schock. Er scheint nicht schlimm verletzt zu sein, anders als die Frau.

»Wir rufen den Notarzt gleich«, sagt er jetzt. »Erst müssen wir sie da rausholen.«

»Was?« Katharina versteht nicht.

»Wir müssen sie vom Beifahrersitz holen. Und auf die andere Seite bringen. Auf die Fahrerseite. Damit sie denken … Sie ist gefahren, verstehst du, sie ist gefahren.«

»Warum? Was soll das?« Katharina stellt die Frage, obwohl sie die Antwort kennt. Sie riecht den Alkohol. Sie sieht Patricks Augen. Die Pupillen wirken riesig, viel zu groß, offenbar hat er mehr als Alkohol konsumiert.

Sie versteht es noch nicht ganz, in diesem Moment weiß sie noch nichts von dem, was Patrick ihr später erklären wird. Dass es schiefgelaufen ist, das Wochenende mit Sarah in der romantischen Waldhütte. Dass es eskaliert ist. Er wird ihr er-

klären, dass er sich geweigert hat, sie, Katharina zu verlassen. Dass sie getrunken haben, dabei gestritten. So unerträglich, dass sie irgendwann ins Auto gestiegen sind. Patrick ist gefahren. Obwohl er dazu nicht mehr imstande war.

Patrick ist gefahren. Patrick, der gerade die Praxis übernommen hat. Der unter Alkohol- und Drogeneinfluss steht.

Es geht um Patricks Zukunft, um seine Approbation, es geht um so viel, dass Sarah bereit ist, für ihn zu lügen.

All das versteht sie in diesem Moment noch nicht wirklich. Aber sie weiß, dass es jetzt auf sie ankommt. Er braucht ihre Hilfe. Ihr Mann, der Betrüger, der Lügner, der Verräter. Er braucht sie.

Darum tut sie, was er von ihr verlangt. Sie hilft ihm. Zerrt mit ihm die vor Schmerzen schluchzende Sarah aus dem Auto, legt sie da ab, wo sie liegen sollte, wenn sie hinter dem Steuer gesessen hätte, auf den Boden, in den kalten Regen. Sie öffnet die Fahrertür. Verwischt die Schleifspuren. Sie reden kaum ein Wort, nicht mehr als nötig.

Sie stirbt, denkt Katharina, als sie fertig ist und Sarah anschaut. Sarah ist bereit, für ihn zu sterben.

Sie steigen ins Auto, in dem Timo noch immer schläft. Sie sitzt am Steuer, während Patrick neben ihr das Handy fest umklammert und es anstarrt, als wisse er nicht, was er damit anfangen soll. Sie fragt sich, worauf er wartet, warum er nicht die Nummer des Notrufs wählt. Sie fragt sich, nicht ihn. Sie weiß nicht, wie lange sie fährt, bevor sie endlich den Blinker setzt, an den Straßenrand fährt und Patrick das Handy aus der Hand nimmt. Sich einen Moment lang fragt, ob es vielleicht schon zu spät ist, bevor sie zögernd die drei Ziffern wählt. Sie fasst sich kurz, sehr kurz. Dann gibt sie ihm das Handy zurück und fährt weiter.

Nach Hause.

73

»Ich hätte dich krepieren lassen sollen.« Katharinas Stimme klang dumpf. »Wenn ich es ihm überlassen hätte, dann wärst du jetzt tot. Das ist dir hoffentlich klar.«

Es fiel Sarah nicht leicht, diesen offenen, nackten Hass zu ertragen und die Erinnerung an diese Nacht, an das Gefühl, nachdem sie weggefahren waren. Patrick und Katharina. Der Mann, den sie liebte, mit der Frau, die er nicht verlassen würde. Sie war zurückgeblieben, allein und frierend, und der Gedanke, dass sie vielleicht sterben würde, war nicht einmal sonderlich erschreckend gewesen.

Auch damals war es um ein Kind gegangen. Ihr Kind, das allerdings schon tot gewesen war. Es war bei diesem Unfall gestorben. Aber es hatte schon vorher aufgehört, wirklich zu leben. In dem Moment, in dem sie Patrick davon erzählt hatte, in der beschissenen Waldhütte. Obwohl sie es schon damals besser gewusst hatte, war da diese leise Hoffnung gewesen, dass er richtig reagieren würde. Richtig entscheiden. Aber sein Entsetzen, seine Wut und die klare Weigerung, auch nur in Betracht zu ziehen, seine verlogene Ehe zu beenden und seinem Leben eine neue Richtung zu geben, mit ihr, mit ihrem gemeinsamen Kind, hatten diese Hoffnung zunichtegemacht.

Darum hatte sie getrunken und versucht, den Schmerz zu betäuben, während sie sich gegenseitig Dinge gesagt hatten, die man sich niemals sagen durfte. Bis sie es nicht mehr ertragen hatten, nicht sich, nicht die Hütte, und ins Auto gestiegen waren.

Trotzdem hatte sie ihn nach dem Unfall weggeschickt. Es hätte nichts besser oder leichter gemacht, wenn die Sache sein Leben zerstört hätte. Das beschissene, falsche Leben, das er so unbedingt wollte. Sie war zurückgeblieben, allein, ohne ihn, ohne Kind, ohne Hoffnung. Irgendwann war sie bewusstlos geworden, dankbar weggeglitten von dem, was war. Erst Tage später war sie im Krankenhaus wieder zu sich gekommen.

Sie war nicht gestorben. Sie hatte überlebt. Und sie war geheilt.

»Ich … stand unter Schock«, hörte sie Patrick jetzt flüstern. »Natürlich hätte ich …«

Sie lachte, es tat im Hals weh. »Natürlich«, sagte sie. »Sicher, Patrick.« Sie fühlte den scharfen Schmerz hinter ihrer Stirn, der ihr jetzt fast guttat, weil er sie zurückzwang ins Hier und Jetzt. In dem es wieder um ein Kind ging. Das möglicherweise nicht mehr am Leben war.

Sie war nah dran. Sie sah es in Katharinas flackerndem Blick, in ihrem verzerrten Gesicht. Sie war kurz davor, das Unaussprechliche auszusprechen. Sarah durfte jetzt nicht aufgeben.

»Es geht nicht um mich, Katharina«, sagte sie. »Es geht um dich. Und um deinen Sohn. Was hast du getan?«

Katharina holte tief Luft. »Ich habe getan, was von mir erwartet wird. Ich habe ihn bekommen. Und dann habe ich ihn geliebt. So gut ich das eben konnte. Ich habe mich bemüht. Ich kämpfe. Jeden Tag. Ich mache es richtig. Obwohl es schwer ist. Er kann nichts dafür. Er ist, wer er ist. Es ist meine Verantwortung, meine verdammte Aufgabe, zu verhindern, dass etwas passiert. Und darum muss ich Dinge tun, die niemand versteht. Das vorhin … Es kommt vor. Er hat es gewusst, er hat genau gewusst, wo es wehtut. Das war kein Versehen, das war nicht einfach ein Tobsuchtsanfall. Er kann nichts dafür, er begreift nicht, was Schmerz wirklich ist. Man muss aufpassen, man muss es kontrollieren. Es darf nicht schiefgehen, es darf doch nicht wieder schiefgehen.«

»Katharina! Was redest du denn da? Bitte sag so etwas nicht!« Patrick klang, als sei er den Tränen nahe.

Sarah ignorierte ihn. Sie konzentrierte sich auf Katharina, obwohl sie sich in diesem Moment für das hasste, was sie da tat. »Aber es kann schiefgehen, oder? Ist das passiert? Vorhin? War es wie damals? Mit dem anderen Kind?«

»Nein!« Katharina schlug die Hände vors Gesicht.

»Was hast du getan, Katharina? Was ist passiert, nachdem du ihn ins Auto gezerrt hast?«

Katharina ließ die Hände sinken. Sie schüttelte den Kopf, hektisch, viel zu schnell. »Ich weiß es nicht«, flüsterte sie. »Ich weiß es doch nicht mehr!«, schrie sie dann, schluchzte auf, drehte sich um und stürmte aus dem Schlafzimmer.

74

»Wie kannst du ihr das antun?« Patrick starrte Sarah fassungslos an. »Was bist du nur für ein Mensch?« Er wandte den Blick ab von Sarah, von der Frau, die zu lieben er sich eingebildet hatte. Die Katharina mit gezielter Boshaftigkeit dazu trieb, solche Dinge zu sagen. Es war unfassbar. Grausam. Abscheulich.

»Patrick, bitte! Es geht nicht anders. Du hast sie gehört. Wir müssen sie dazu bringen –«

»Wir?« Er legte alle Abscheu, die er empfand, in das Wort. »Wage es nicht, Sarah. Wage es nie mehr, mich in deine kranke Welt einzuschließen. Du widerst mich an!« Er drehte sich um und verließ ohne ein weiteres Wort das Zimmer. Er konnte es nicht mehr ertragen. Noch eine einzige Bemerkung von Sarah und er würde sich vergessen.

Vergessen, dachte er, genau das hatte er getan. Er hatte vergessen, wer er war, wo er hingehörte, und hatte stattdessen das Gift, das Adele und Sarah in ihn geträufelt hatten, aufgesogen. Er hatte an dem gezweifelt, was er doch wusste und was die Basis war. Er hatte zugelassen, dass er sich fremd fühlte und sich immer weiter entfernte von Katharina und Timo. Er hatte seine Frau allein gelassen in ihrer Not und Überforderung. Darum hatte Katharina Dinge getan, die sie nie hätte tun dürfen. Aber das wusste sie mit Sicherheit selbst am besten. Und darum brauchte sie Hilfe. Und weder Sarah noch sonst jemand hatte das Recht, sie in ihrer Verzweiflung auch noch zu quälen und so zu tun, als sei sie eine Bestie.

In diesem Moment hasste er Sarah. Und er hasste sich selbst. Das, was er gewesen war, und das, was er getan hatte. Aber es war nicht zu spät. Er war wieder bei sich. Und bei ihr, bei der Frau, die er liebte und der er etwas versprochen hatte. Er war wieder da, wo er hingehörte.

Er fand sie in der Küche. Sie saß am Tisch, aufrecht und starr, ihr Blick ging ins Leere.

»Es tut mir leid«, murmelte sie, als sie ihn bemerkte. »Ich wollte nur … es tut mir leid.«

»Hör auf.« Er setzte sich ihr gegenüber, griff nach ihrer Hand. »Mir tut es leid. Ich kann dir nicht sagen, wie sehr ich mich schäme. Ich hätte das nicht zulassen dürfen. Dass sie diese Dinge sagt, meine ich …« Er zögerte. »Du liebst ihn. Du bist eine wunderbare Mutter, das weiß ich. Du bist durcheinander, weil du unter Stress stehst. Aber du darfst dich nicht verunsichern lassen. Du weißt, was passiert ist. Du hast es mir erzählt. Erinnerst du dich? Du bist ein Stück mit ihm gefahren. Er hat sich beruhigt. Und dann hast du ihn in die Praxis gebracht. So ist es gewesen. Wir müssen jetzt die Nerven behalten, hörst du? Es wird wieder gut, das verspreche ich dir.«

Sie sah ihn verständnislos an. »Was willst du damit sagen?«

»Wir müssen zur Polizei«, sagte er. »Es geht nicht mehr anders. Sarah steigert sich offenbar in ihre kranke Phantasie hinein. Aber sie hat keine Ahnung, wo er ist. Und wer immer ihn … wer immer das getan hat, er hat sich seit Stunden nicht gemeldet. Wir können nicht länger warten. Wir haben schon viel zu lange gewartet. Selbst wenn Adele dahintersteckt – und ich hoffe bei Gott, dass es so ist –, wir schaffen das nicht ohne Polizei. Die hat die Möglichkeiten, die Mittel und Wege –«

»Sie werden mich verhaften.« Katharina klang gespenstisch ruhig.

»Was? Nein! Das ist doch Unsinn. Warum sollten sie das tun?«

Wieder sah er diese Irritation in ihrem Blick. »Bitte, Patrick, stell dich nicht dümmer, als du bist. Rike und Sarah werden mich belasten. Sie werden sagen, dass ich gewalttätig bin. Und dass ich Timo …« Sie stockte. »Ich habe verloren«, sagte sie dann. »Ich habe ihn verloren.«

»Das stimmt nicht. Das ist nicht wahr. Er kommt zurück. Und ich rede mit ihnen. Mit Sarah und mit Rike. Alles wird sich klären. Du wirst sehen.«

»Da ist Blut«, sagte Katharina, als hätte sie ihn gar nicht gehört. »Auf dem Rücksitz. Timos Blut.«

»Was?« Patrick hatte kurz das Gefühl, zu ersticken.

»Es war nicht … ich war das nicht. Es ist passiert, als ich ihn ins Auto gesetzt habe. Er hat sich gestoßen, das war nicht meine Schuld. Aber er hatte Nasenbluten. Ich hatte das vergessen. Sie werden das Blut finden und mich verhaften.«

Patrick schluckte. »Ich kümmere mich darum«, sagte er. »Katharina, das kommt alles in Ordnung, glaub mir. Ich gehe jetzt hoch und rede mit ihnen. Wir kriegen das hin, das verspreche ich dir.«

75

Wir kriegen das hin. Das verspreche ich dir.

Das hatte er tatsächlich gesagt. *Ich kümmere mich darum.* Er hatte Katharina dabei angesehen, ihr in die Augen geschaut.

Sie war froh, dass es ihr so leichtfiel, ruhig zu wirken. Sich in die Rolle zu fügen, die er ihr zugedacht hatte. Dumm, schwach, geschlagen. Das Entsetzen und der Schmerz hatten sich wie eine Eisschicht über das gelegt, was er in diesem Moment nicht sehen durfte.

Sie hatte sich ins Wohnzimmer bringen lassen, zugelassen, dass er sie zum Sofa führte und eine Decke über sie breitete. Er spielte die Rolle des fürsorglichen und liebevollen Ehemanns gnadenlos konsequent.

Es wird sich alles klären, Katharina.

Es war die Dimension der Lüge, die so schwer zu fassen war. Ja, sie hatte den richtigen Verdacht gehabt. Aber sie hatte nicht verstanden, dass es um viel mehr ging als um Sarah und den Verrat.

Sie hatte die Situation falsch eingeschätzt. Weil sie sich in einem Punkt getäuscht hatte. In einem zentralen Punkt. Sie hatte sich eingebildet, dass er sie tatsächlich liebte. Auf seine Art, auf seine schwache, unentschlossene Art. Sie hatte sich eingebildet, dass all das hier, ihr Leben, der Beweis dafür war. Er war geblieben. Er hatte sie nicht verlassen.

Er, der einzige Mensch, der ihr je das Gefühl gegeben hatte, richtig zu sein.

Ich bin keine Mutter. Ich werde nie eine sein. Und wir beide wissen, wem ich das zu verdanken habe.

Es war Sarah herausgerutscht. Dieser eine Satz, mit dem sie sich verraten hatte. Sarah wollte nicht nur Patrick. Sie wollte ein Kind. Sein Kind. Sie wollte Timo.

Und Patrick wusste genau, was geschehen würde, wenn er sie, Katharina, verließ. Er kannte sie, ihm war klar, dass sie mit allen Mitteln kämpfen würde. Um das, was wichtiger war als alles andere – Timo, ihr Kind. Und er wusste, dass sie gewinnen würde.

Darum hatten sie diesen Plan ausgeheckt. Und Katharina war ihnen in die Falle gelaufen. Wenn Patrick jetzt zur Polizei ging, dann war es zu Ende. Sie hatte diese Dinge gesagt, die sie nie hätte sagen dürfen und die man gegen sie verwenden würde. Es brauchte nicht einmal diese Lücke in ihrer Erinnerung, obwohl die den beiden natürlich in die Hände spielte. Es war egal, ob sie log oder die Wahrheit sagte. Man würde die Vergangenheit ans Licht zerren, sie mit der Gegenwart vermischen und sie brandmarken als schlechte und kranke Mutter. Als Monster. Kein Gericht der Welt würde zögern, Patrick und Sarah das zu geben, was sie ansonsten nie bekommen hätten – Timo. Aber noch war es nicht zu Ende. Auch Sarah hatte Fehler gemacht. Auch sie hatte Dinge gesagt, die sie besser für sich behalten hätte. Über Adele, über Timo, seine Probleme. All das, was keinen Zweifel daran ließ, dass Patrick sie nicht nur belogen und betrogen hatte. Sondern auch verraten. All das, was sich jetzt endlich zu einem Bild fügte.

Ich bin keine Mutter. Ich werde nie eine sein. Und wir beide wissen, wem ich das zu verdanken habe.

Katharina lauschte in die Stille des Hauses. Fragte sich, wo Patrick jetzt war. Ob er nach oben gegangen war, an ihrem Bett saß, um die letzten Schritte zu planen? Sich mit ihr zu freuen, dass sie fast am Ziel waren?

Sie starrte auf den zertrümmerten Tisch. Sah den Teppich an, das Regal, die Bilder. Timo als Säugling. Timo auf dem Laufrad. Timo am Strand. Ihr Mäuserich.

Abrupt setzte sie sich auf.

Es war nicht zu Ende. Sie hatte keine Ahnung, was sie tun sollte. Aber sie musste kämpfen. Und gewinnen. Alles andere war keine Option.

76

Patrick hatte das Handy vor sich auf den Küchentisch gelegt. Er wollte sich beruhigen, bevor er die Polizei anrief. Er musste seine Gedanken sortieren. Sich genau überlegen, was er sagte. Wie er das, was nie hätte passieren dürfen, erklären sollte. Es war wichtig, dass er dafür sorgte, dass die Ermittlung nicht sofort in die falsche Richtung ging.

Er war froh, dass sich die Wut auf Sarah etwas gelegt hatte, und fühlte sich fast ruhig genug, um mit ihr zu reden. Er würde an ihre Vernunft appellieren. An ihre Empathie. Er wusste, dass sie nicht nur in ihrer Sucht nach Konfrontation maßlos war, sondern auch in ihrem unbedingten Willen, Verständnis für alles und jeden zu haben. Er musste ihr klarmachen, dass die Katharina, auf die sie eben losgegangen war, der sie all diese Dinge unterstellte, nur in ihrem Kopf existierte. Sie war nicht mehr als eine wahnhafte Idee, die er selbst unbedacht in ihren sturen Schädel gepflanzt hatte.

Rike war vermutlich kein großes Problem. Sie kannte Katharina, sie war ihre Freundin. Sie würde ihr helfen, sie unterstützen.

Er hatte nicht vor, die Polizei zu belügen. Aber es gab trotzdem Dinge, die nicht notwendigerweise zur Sprache kommen mussten, weil sie das Bild nur verzerrten.

Heimlich hoffte er, dass auch Katharina sich beruhigte, bevor sie befragt wurde. Dass sie aus ihrer Lähmung erwachte und sich an das erinnerte, was sie ihm doch erzählt hatte. Dass sie Timo in die Praxis gebracht hatte, unversehrt und wohlbehalten.

Aber selbst wenn sie das nicht schaffte – es war letztlich kein Problem. Man würde die Logopädin befragen, die würde es ja bestätigen.

Und wenn nicht?

Wie ein Springteufel war der Gedanke plötzlich da.

Da ist Blut auf dem Rücksitz. Timos Blut.

Er stöhnte leise, versuchte, es wegzuschieben.

Er begreift nicht, was Schmerz wirklich ist. Man muss aufpassen, man muss es kontrollieren.

Worte, nur Worte, verzweifelte Selbstanklagen einer Mutter, die unter unvorstellbarem Druck stand und das Gefühl hatte, dass das, was passierte, ihr Versagen war. Worte, die nichts an dem änderten, was Patrick mit Sicherheit wusste.

Katharina liebte Timo. Und sie war eine gute Mutter.

Es war egal, was alle sagten. Sarah, Adele, Rike, der verdammte Hausmeister.

Ich dachte, sie schlägt mich tot. Sie war außer Kontrolle. Du musst auf deine Frau aufpassen und auf dein Kind.

Er musste diese Stimmen zum Schweigen bringen, die ihn durcheinanderbrachten.

Wann war das alles so entsetzlich aus dem Ruder gelaufen? Wie hatte er es so weit kommen lassen können, verdammt? Er sah sich um, suchte nach einem Weg, der Frustration, die ihn zu übermannen drohte, Luft zu machen. Sah den Korb mit dem Altpapier und trat dagegen. Ein lächerlicher Versuch, eine alberne Geste. Der blöde Korb kippte um. Zeitungen und Anzeigenblättchen rutschten seitlich auf den Boden. Er war nicht einmal imstande zu einer dramatischen Geste, verdammt!

Er ging in die Hocke, richtete den Korb auf und begann, das Papier zusammenzuklauben. Bekam einen Umschlag zu fassen, der nicht so aussah, als gehöre er ins Altpapier. Er war geöffnet. Seine Finger glitten unter die gefütterte Lasche und entfalteten das Blatt Papier.

77

Jakob war die paar Meter zum Haus gerannt, neben der Garage vorbeigeschlichen und bewegte sich jetzt vorsichtig in den Garten. Vor dem großen Wohnzimmerfenster war das Rollo heruntergelassen. Er fluchte leise. Er hatte gehofft, dass er einen Blick hineinwerfen konnte.

Er sah nach oben zu dem schmalen Balkon, der sich vor dem bodentiefen Fenster an der Fassade befand. Da war ein Lichtschein. Er hörte ein Geräusch und drückte sich an die Hauswand. Jemand hatte das Fenster geöffnet. Er wartete, lauschte, aber alles blieb still. Niemand kam raus auf den Balkon.

Er war jetzt dicht am Küchenfenster. Auch dort glomm ein schwacher Schein. Wenigstens in die Küche konnte er einen

Blick werfen. Auch wenn sich anscheinend niemand darin aufhielt.

Er hielt kurz den Atem an, bewegte sich dann weiter, vorsichtig, aber so schnell wie möglich, bis er direkt neben dem Fenster stand. Er ging in die Hocke, tauchte unter die Fensterbank. Bewegte vorsichtig den Kopf nach oben und spähte durch den Zwischenraum unter der Scheibengardine.

Es dauerte einen Moment, bis er sie im schummerigen Licht identifiziert hatte. Patrick, der dastand und etwas in der Hand hielt, das er vorwurfsvoll schwenkte. Und sie, die in der Tür stand und sich nicht regte. Keine Spur von Sarah.

Er hörte Patrick reden. Laut, aber nicht laut genug, um ihn verstehen zu können. Aber doch so laut, dass kein Zweifel bestand, dass er außer sich war vor Wut.

78

»Was ist das?« Patrick hielt das Blatt Papier in Katharinas Richtung. Das elende Stück Papier, das mit einem Schlag alles in Frage stellte, was sich eben noch sicher und richtig angefühlt hatte.

Niemand entkommt der Wahrheit. Du verdienst ihn nicht.

Katharina, die in der Küchentür aufgetaucht war, sah ihn mit einem so teilnahmslosen Blick an, dass er sie am liebsten gepackt und geschüttelt hätte.

»Warum hast du mir das verschwiegen? Warum hast du nichts davon gesagt?«

»Hör auf«, sagte sie und zuckte tatsächlich die Schultern. »Hör doch jetzt bitte endlich auf.«

»Ich soll aufhören?« Er konnte es nicht fassen. Er schwenkte den Brief, von dem er gerade wünschte, er hätte ihn nie gefunden. Anonym, bedrohlich und versehen mit einem Datum. Das war das Schlimmste, dieses Datum, das bewies, dass dieser Brief lange vor dem unseligen Abend mit Sarah geschrieben worden war, lange bevor Adele ihn auf Timo angesprochen hatte. Und Katharina hatte ihn mit keiner Silbe erwähnt. Nicht, als er gekommen war, und nicht jetzt, nicht heute, nachdem der Absender offenbar Ernst gemacht und Timo entführt hatte.

Sie hatte es nicht für nötig gehalten, ihn auch nur in Kenntnis zu setzen. Und hatte mit ihrem Schweigen diese ganze Katastrophe ins Rollen gebracht.

Hätte er davon gewusst, dann hätte er die richtige Entscheidung getroffen, zum richtigen Zeitpunkt. Und nicht erst jetzt, nachdem die Lage so verfahren war. Da oben lag Sarah, verdammt, die natürlich nichts mit der Sache zu tun hatte. Genauso wenig wie Adele.

»Was noch?«, brüllte er. »Was hast du mir noch verschwiegen?« Er starrte sie an. Sie stand einfach da, wirkte völlig emotionslos, sah man von diesem Blick ab, den sie fest auf ihn gerichtet hielt. Darin lag eine Verachtung, die er nicht verstand. Und die ihr nicht zustand, nicht jetzt, in dem Moment, in dem klar war, dass das alles mit ihr zu tun hatte, nur mit ihr. Mit etwas, das sie wusste, das sie aber nicht sagen wollte. Das Mindeste, was sie ihm schuldete, war eine Erklärung. Auch wenn er sich nicht vorstellen konnte, dass es etwas gab, was das alles erklärte.

Er sah sie an. Seine Frau, Timos Mutter. Die Timo geschlagen hatte, ihn heimlich mit Pillen vollstopfte. Die ihn hinterging und seinem Sohn unterstellte, böse zu sein. Er hatte ihr blind vertraut. Und jetzt zuckte sie tatsächlich wieder mit den Schultern, als würde er sich über irgendeine Belanglosigkeit aufregen. Ihr Blick war auf den Boden gerichtet, sie betrachtete die verstreuten Zeitungen mit leichter Missbilligung.

»Wer bist du?«, brüllte er. »Wer zum Teufel bist du, Katharina?«

79

Katharina hatte fast Mitleid mit Patrick, der dastand, mit diesem blöden Stück Papier wedelte und brüllte. So hilflos und künstlich in seiner verlogenen Empörung.

Er tat, was er konnte. Er spielte seine Rolle wacker weiter, obwohl sie ihn sichtlich überforderte. Lange würde er das erbärmliche Schmierentheater nicht mehr durchhalten. Denn die Verzweiflung in seinen Augen war echt.

»Sag etwas!«, brüllte er jetzt. »Verdammt, rede mit mir!«

Katharina schüttelte stumm den Kopf. Später, dachte sie. Später würde sie das vielleicht tun. Aber jetzt musste sie sich auf die Person konzentrieren, die wirklich wichtig war. Auf den Feind, mit dem sie es zu tun hatte.

Er schleuderte den Brief zu Boden und ballte die Fäuste. Machte einen Schritt auf sie zu. Doch bevor er etwas tun oder sagen konnte, platzte Rike in den Raum. Sie drängte Katharina grob aus dem Türrahmen, den sie blockierte, und schob sie in die Küche.

»Sie übergibt sich!« Rike wirkte völlig aufgelöst, stürzte sich auf Patrick und umklammerte seinen Arm wie ein kleines Kind, das um Aufmerksamkeit bettelt. »Ich glaube, sie krampft. Ich weiß nicht, was ich tun soll!«

Ich schon, dachte Katharina. Sie war an die Arbeitsplatte vor dem Fenster getreten, den beiden den Rücken zugewandt. *Ich schon.* Ein Gedanke, überraschend klar, unvermittelt. Sie sah in den dunklen Garten, dann nach unten, sie sah den Messerblock, der direkt vor ihr stand.

»Wir brauchen einen Krankenwagen, jetzt sofort!« Rikes gellende Stimme schmerzte in ihren Ohren.

Katharina griff zu, umklammerte das erstbeste Messer und drehte sich langsam um. Sie sah Patrick, der nickte, unschlüssig, so überfordert, so jämmerlich.

Dann lief sie los. Die Treppe hoch, ins Schlafzimmer. Sie knallte die Tür zu, drehte den Schlüssel im Schloss.

Und war allein, endlich allein mit dieser Frau, die alles zerstört hatte.

80

Jakob hatte sich blitzschnell geduckt, als sie ans Fenster getreten war, und so flach geatmet, dass ihm schwindelig wurde. Seine Knie schmerzten in der hockenden Position, in seinen Ohren rauschte das Blut, während das nachhallte, was diese andere Frau gekreischt hatte. So laut, dass er es verstanden hatte.

Wir brauchen einen Krankenwagen, jetzt sofort.

Sarah, verdammt, es konnte nur um Sarah gehen. Die anderen waren ja da, Patrick, sie, die andere Frau, um die er sich jetzt nicht kümmern konnte. Die Einzige, die fehlte, war Sarah.

Sie übergibt sich. Ich glaube, sie krampft.

Sätze, die alles andere unwichtig machten.

Der Umriss über ihm verschwand abrupt. Jakob wagte noch einen Blick hinein, sah, wie Patrick und die andere Frau einen Blick tauschten, dann panisch in Richtung Tür rannten.

Sein Gefühl hatte ihn nicht getrogen. Sarah war in Gefahr. Und darum durfte er keine Zeit mehr verlieren. Er musste da rein, sofort.

Er warf einen Blick zu dem Balkon mit der offenen Tür. Sie war da oben, bestimmt war Sarah da oben, in diesem Raum. Und sie brauchte seine Hilfe.

Er tastete nach dem Gitter, an dem sich die Rose die Hauswand hinaufrankte. Fühlte die Dornen, die sich in seine Handflächen bissen. Er ignorierte den Schmerz, rüttelte vorsichtig an der Sprosse. Das Ding kam ihm leidlich stabil vor. Und es war der einzige Weg.

Er begann zu klettern.

81

Die Balkontür stand offen. Das war das Erste, das Katharina auffiel. Verlor Sarah jetzt doch noch die Nerven? Hatte sie im Ernst versucht zu fliehen? In ihrem Zustand, über einen Balkon im ersten Stock?

Ihr rasselnder Atem klang tatsächlich, als habe sie sich gerade sehr angestrengt. War, genau wie ihr Anblick, aber auch beruhigend. Sie lag da, schweißgebadet und zitternd. Rike hatte recht. Es ging ihr nicht gut. Katharina blieb also nicht viel Zeit. Bevor Sarah das Bewusstsein verlor, musste sie die Sache klären. So oder so.

Sie ging hinüber zur Balkontür, um sie zu schließen, nahm erst da den stechend sauren Geruch wahr, den die Lache neben dem Bett verströmte. Das erklärte die Sache. Vermutlich hatte Rike die Tür geöffnet, denn der Gestank war widerwärtig.

Sie drehte sich um und sah Sarah fest an.

»Du hast nicht gewonnen«, sagte sie. »Du kannst nicht gewinnen. Ich kann das nicht zulassen, verstehst du?«

Sarah schwieg. Ihr Blick klebte an dem Messer. Katharina sah wieder die Angst in ihren Augen. Wunderte sich kurz, wie kalt sie das ließ. Sie fühlte sich ruhig, so ruhig wie lange nicht mehr. »Es ist zu Ende. Und du kannst dir jetzt aussuchen, wie genau dieses Ende aussieht.«

Sarah gab ein Krächzen von sich.

»Rike ruft einen Krankenwagen. Ich fürchte, jetzt kann sie niemand mehr davon abhalten. Die gute Rike. So in Sorge um dich.« Katharina lachte. »Aber leider kann sie dich nicht retten. Das kannst nur du selbst. Es liegt an dir, Sarah. Ich lasse dich gehen. Wenn du mir schwörst, dass du den Mund hältst. Und wenn du verschwindest. Wirklich verschwindest, für immer. Aus der Stadt, aus meinem Leben, aus seinem Leben. Aus unserem Leben. Du kommst nicht mehr sauber aus dieser Geschichte heraus. Es wäre das Beste, wenn du das einsiehst.« Sie hob das Messer. »Es ist deine Entscheidung, Sarah.«

Sarah keuchte. »Du bist wahnsinnig. Komm zur Vernunft, bitte!«

»Ich bin vernünftig. Das hier ist sehr vernünftig, glaub mir. Du kannst dir gar nicht vorstellen, wie gerne ich dich töten würde. Um dich zu bestrafen. Und ich könnte, ich könnte es einfach tun. Du kennst Patrick, du weißt genau, wie er reagieren würde. Er würde die Schuld einfach auf dich abwälzen und sich aus der Sache rauswinden. Er wird dich verraten, Sarah. Genau wie er mich verraten hat.«

»Das kann nicht dein Ernst sein«, stieß Sarah hervor. »Zum letzten Mal, ich weiß nicht, wovon du eigentlich redest. Ich habe keine Ahnung, wo Timo ist.«

»Sei still!«, brüllte Katharina. »Wag es nie wieder, seinen Namen auszusprechen. Er gehört mir, verstehst du? Er ist mein Kind. Er braucht mich. Und du musst dich damit abfinden. Ich habe verstanden, was ihr da tut. Und ich weiß, wie es sich anfühlt. Für dich. Ich kenne das Gefühl, sich an etwas zu klammern, verzweifelt an einer Idee festzuhalten. Ich weiß, warum man lügt, immer weiter lügt, weil man nicht aufhören kann zu hoffen. Aber ich weiß auch, dass es manchmal nicht anders geht. Man muss sich eingestehen, wenn man verloren hat. Und dann muss man gehen. Für immer. Ich gebe dir diese Chance, Sarah. Du hast jetzt die Wahl.«

Sie hob das Messer noch ein Stück. »Ich habe zu viel investiert. Ich habe alles getan, damit das hier funktioniert. Viel mehr, als du dir vorstellen kannst. Euer Plan – dein Plan, sollte ich wohl sagen –, er war ja gut. Aber er konnte trotzdem nicht funktionieren, weil du nicht verstehst, worum es eigentlich geht.«

»Nein!« Sarah hustete. »Du hast recht, ich verstehe überhaupt nicht mehr, worum es geht. Aber ich bin nicht dein Problem, verdammt. Du kannst nicht ernsthaft denken, dass das gut gehen wird. Ich verschwinde von der Bildfläche.

Timo taucht magisch wieder auf. Und ihr macht einfach so weiter?«

Katharina hob warnend die Hand mit dem Messer. »Kein Wort«, fauchte sie. »Kein Wort mehr über ihn! Und ich weiß, dass es nicht einfach wird. Aber ich muss es versuchen. Es war gut, es war gut genug. Und wenn du nicht gewesen wärst –«

»Nein! Wach auf, Katharina! Wenn ich nicht gewesen wäre, wäre da eine andere. Mach dir nichts vor. Du kannst mich töten, du kannst mich aus der Stadt jagen. Aber nichts wird sich ändern. Patrick liebt dich nicht. Er will es, er versucht es. Aber es reicht nicht, und es wird nie reichen. Er ist nicht glücklich. Und du bist auch nicht glücklich. Ganz sicher ist dein Sohn nicht glücklich. Das hier ist für niemanden gut.« Sarah rang nach Luft. »Bitte«, sagte sie. »Ich verspreche dir, was du willst. Ich verschwinde, für immer, nichts lieber als das. Ich halte den Mund. Aber nur, wenn du jetzt endlich die Polizei einschaltest.«

Katharina fühlte für eine Sekunde etwas, das fast an Bewunderung grenzte. Sie war hartnäckig, das musste man ihr lassen, Sarah war offensichtlich entschlossen, bis zum letzten Atemzug zu kämpfen. »Du stellst hier nicht die Bedingungen, ist das klar?«

Sarah stöhnte auf. »Es geht um dein Kind! Du liebst ihn doch, du musst doch etwas tun, du musst –«

»Sag du mir nicht, was ich zu tun habe«, fauchte Katharina. »Du kannst mich nicht mehr verunsichern, du nicht. Ich weiß, dass es ihm gut geht. Egal, wo er jetzt ist, es geht ihm gut!«

»Was?« Sarahs Stimme war jetzt so heiser, dass Katharina sie kaum verstehen konnte. »Was sagst du da, Katharina? Was soll das bedeuten?«

»Hör auf, hör jetzt auf«, sagte Katharina tonlos. »Zwing mich nicht, dich zu töten!« Sie sah auf das Messer in ihrer Hand. Sah die lange, glänzende Klinge, stellte sich vor, wie es sich anfühlen würde, wenn sie Sarahs Haut durchdrang, tief in ihren Körper fuhr. Ein Gedanke, der sie ablenkte von diesen Bildern, die sie jetzt nicht gebrauchen konnte. Timo auf dem Parkplatz. Timo auf dem Boden, Timos Blick, bevor er zutrat. Timos Stimme. *Ich hasse dich.*

»Es geht ihm gut«, murmelte sie. »Es geht ihm gut!«

»Katharina, das schaffst du nicht«, hörte sie Sarah flüstern. »Das stehst du nicht durch. Ich verstehe dich doch. Du hast getan, was du konntest. Du hast ihn bekommen, für Patrick, du hast geglaubt, dass es richtig ist. Aber die Rechnung ist nicht aufgegangen. Ganz im Gegenteil. Er hat gestört, er hat das, was du eigentlich wolltest, immer gestört. Patrick ist noch hier, aber er hat dich allein gelassen. Mit etwas, das zu viel geworden ist. So wie damals, oder? So wie mit dem anderen Kind.«

»Was?« Katharinas Kopf ruckte nach oben. »Was redest du denn da?« Sie sah Sarah an. Ihr Blick wirkte klar, sie sprach deutlich. Trotzdem ergab das, was sie sagte, keinen Sinn.

»Erzähl es mir«, sagte Sarah jetzt. »Es wird dir besser gehen, Katharina, es wird dir so viel besser gehen, wenn du es aussprichst.«

»Was soll ich aussprechen?« Katharina trat einen Schritt näher ans Bett.

»Timo ist tot«, flüsterte Sarah. »Ich glaube, dass du genau weißt, dass dein Sohn tot ist. So wie dieses andere Kind.«

Katharina brauchte eine Sekunde, um die Worte zu verarbeiten. Das war kein Delirium, dachte sie, keine Bewusstseinstrübung. Sondern ein weiterer Vorstoß, noch ein perfider Versuch, sie aus dem Konzept zu bringen. Sarah weigerte sich noch immer, sich einzugestehen, dass sie verloren hatte.

»Du Miststück«, sagte sie. »Du verdammtes Miststück. Du weißt nichts, gar nichts. Er ist nicht tot. Timo ist nicht tot! Und auch nicht … auch nicht … der andere. Er ist nicht tot, obwohl das besser gewesen wäre, besser für alle. Ich hätte verhindern können, dass er lebt. Ich hätte es verhindern müssen. Aber das habe ich nicht. Und das ist meine Schuld, das ist meine verdammte Schuld!«

82

Ich hätte verhindern können, dass er lebt.

Der Gedanke ist plötzlich da, nachdem der Kellner eingeschenkt und den Champagner in den Kühler gestellt hat. Er hat gelächelt, so wie man lächelt, wenn Gäste etwas zu feiern haben.

Sie greifen nach den Gläsern. Stoßen an, grinsen, gratulieren sich wortlos gegenseitig.

Ich hätte es verhindern können. Ich hätte es verhindern müssen, denkt sie, erschrickt bei dem Gedanken, denn so etwas denkt man nicht.

Sein Vater hat einen Tisch bestellt. Vorher schon. Er hat keinen Zweifel daran gehabt, wie die Sache ausgeht. Er hat nie Zweifel daran, dass er gewinnt. Er freut sich trotzdem, denn es gibt etwas zu feiern. Er dankt ihr. Sie hat ihre Sache gut gemacht. Zum ersten Mal in ihrem Leben war sie nützlich. Nur kurz, nur ein paar Minuten, in denen sie ihre Rolle gespielt hat, eine wichtige Rolle, diese Aussage.

Sie hat es getan, weil es von ihr erwartet worden war. Sie hat es getan, weil sie es tun musste. Sie ist seine Mutter.

Einen kurzen Moment war sie in Versuchung gewesen, trotzdem etwas anderes zu sagen. Weil sie ihn kennt. Weil sie genau weiß, was wirklich passiert ist. Sie hat überlegt, wie es wäre, die Wahrheit zu sagen. Über die Kratzer auf seinen Armen und in seinem Gesicht, als er in ihr Auto gestiegen ist. Er hat sie angerufen, danach, hat gesagt, dass sie ihn sofort abholen muss.

Aber sie hat es nicht erzählt, sie hat kein Wort darüber ver-

loren. Sie hat etwas anderes erzählt. Dass dieses Mädchen ihn zum Abschied umarmt hat an jenem Abend. Dass sie in den Tagen davor angerufen hatte, geklingelt, dass sie vor der Tür gesessen und auf ihn gewartet hatte. Wie verliebt sie gewirkt hatte, davor und auch an jenem Abend.

Und darum sitzt Katharina jetzt hier und darf mitfeiern. Unsichtbar wie immer, geduldet, weil sie sich gut geschlagen hat im Zeugenstand.

Sie ist seine Mutter. Sie hatte keine Wahl.

Sie schaut den beiden zu, sieht die Erleichterung darüber, dass es vorbei ist. Sie haben nicht daran gezweifelt, dass es so ausgeht. Und sind doch froh, dass es zu Ende ist.

Das, was damit begonnen hat, dass die Polizei vor der Tür stand. Als klar wurde, dass es schlimm ist diesmal, schlimmer als sonst. Diesmal kann sein Vater ihn nicht einfach raushauen, seine Beziehungen spielen lassen, irgendwie dafür sorgen, dass die Sache fallen gelassen wird.

Die Sache.

Die ihr so entsetzlich folgerichtig vorkommt.

Sie hat es gewollt, hat er gesagt, nachdem die Polizei gegangen war. Kein Funken von Bedauern, kein Schuldbewusstsein. Sie hat mich angemacht, sie macht es mit jedem, hat er gesagt, warum dann nicht mit mir? Sie fand es geil, aber jetzt will sie sich rächen, hat er gesagt. Sie hat gedacht, dass ich ernsthaft was mit ihr anfange, wollte sich hochvögeln, die kleine Assi-Schlampe. Das Wort sagt er gern. Schlampe.

Die Anwälte haben ihm das natürlich verboten. Sie haben ihn eingenordet. Haben ihm erklärt, was er sagen muss und wie. Sie haben ihm klargemacht, dass er sich reumütig geben muss im Gerichtssaal. Ein Missverständnis, das ist die Strategie, es tue ihm schrecklich leid. Er hat daraufhin aufgehört, bestimmte Dinge zu sagen.

Aber nicht, sie zu denken. Und zu fühlen.

Auch er hat seine Sache vor Gericht gut gemacht. Toll, *sagt sein Vater gerade, klopft ihm auf die Schulter. Das hast du toll gemacht.* Du auch, *sagt er dann zu ihr, lächelt gequält. Und sie fragt sich, was er gesehen hat, da im Gerichtssaal. In dem Gesicht dieses Mädchens. Ein Kind.*

Sie hebt das Glas. Ich hätte es verhindern können. Ich hätte verhindern können, dass es ihn gibt. Es ist meine Schuld, meine verdammte Schuld, denkt sie, weil sie nicht anders kann. Sie hat gewusst, dass sie ihn nicht bekommen darf. Aber sie war zu schwach, das Richtige zu tun. Sie denkt daran, wie fremd er ihr immer war, von Anfang an. Wie sie darauf gewartet hat, dass sie das fühlt, was alle von ihr erwarteten. Aber da war nichts. Und jetzt begreift sie, warum es so war. Jetzt sieht sie ihn, sie sieht, was er ist und was er getan hat. Sie hätte es verhindern müssen, sie hätte all das verhindern müssen. Sie hat versagt.

Sie hört sie reden und lachen. Ihr ist übel.

Sie steht auf. Entschuldigt sich, tut, als ginge sie auf die Toilette. Aber sie geht nicht auf die Toilette. Sie geht nach draußen und winkt nach einem Taxi. Sie will nach Hause, denkt sie, aber als sie da ist, merkt sie, dass das nicht stimmt. Sie packt einen Koffer. Ein bisschen Geld. Sonst nichts.

Sie bestellt sich ein Taxi. Sie fährt einfach weg.

Und schaut nie wieder zurück.

83

Er ist nicht tot, obwohl das besser gewesen wäre, besser für alle. Ich hätte verhindern können, dass er lebt.

Jakob stand neben der Balkontür, den Rücken an die Hauswand gepresst, und starrte auf seine Hände. Sie bluteten, winzige Dornen steckten in den zerfetzten Handflächen.

Er versuchte mit der einen Hand, die winzigen Widerhaken aus der anderen Handfläche zu zupfen.

Es tat weh. Es tat furchtbar weh.

Ich hätte es verhindern müssen. Meine verdammte Schuld.

Er ließ die Dornen Dornen sein. Fuhr sich mit dem Handrücken übers Gesicht. Es war nass.

Zu Ende, dachte er, sonderbar teilnahmslos.

Ein paar Worte, die die lächerliche Hoffnung mit einem Schlag zunichtemachten. Er hatte sich verzweifelt gewünscht, dass es möglich war, trotz allem. Denn egal, was er tat, egal, wie sehr er sich bemühte, diese verdammte Sehnsucht war immer da gewesen. Nach etwas, das ihm sein Leben lang gefehlt hatte.

Erst in der Therapie war ihm klar geworden, wo diese Wut herkam, die er, so lange er denken konnte, in sich getragen und gegen sich und die ganze Welt gerichtet hatte. Sein Therapeut hatte ihm geholfen zu verstehen, was mit ihm passiert war. Warum er sich sein Leben lang so einsam gefühlt hatte, so verlassen. Er hatte Hilfe gebraucht, um sich an die vielen Momente zu erinnern, in denen er danach gehungert hatte, dass ihn jemand ansah, ihn umarmte, mit ihm sprach, ihm zuhörte, ihn auf den Schoß nahm und tröstete. Er war zu klein gewesen, um zu verstehen, warum er all das nicht bekam. Seine einzige Erklärung war immer gewesen, dass es seine eigene Schuld war. Er war es nicht wert, geliebt zu werden, weil er falsch war und böse und schlecht. Irgendwann hatte er das einfach akzeptiert. Und hatte alles getan, um wenigstens dieser vermeintlichen Erwartung zu entsprechen. Bis sie ihn dann endgültig verlassen hatte.

Er hatte Hilfe gebraucht, um zu verstehen, was eigentlich passiert war. Nicht nur mit ihm. Sondern auch mit ihr. Sie war erst siebzehn gewesen, als sie schwanger geworden war. Man hatte sie in diese Ehe gezwungen. Mit seinem Vater, der weder sie noch sein Kind gewollt hatte. Ein kalter Mann, der sie immer nur verachtet und jeden Tag dafür bestraft hatte, dass sie ihn in die Falle gelockt und um all das, was er sich vom Leben erhoffte, betrogen hatte. Sie war ihm ausgeliefert gewesen, zu schwach, um sich zu wehren. Einsam und hilflos.

Eine Depression, vermutlich postnatal, war eine Theorie seines Therapeuten gewesen. Unbehandelt würde sie erklären, warum es ihr unmöglich gewesen war, eine emotionale Bindung zu ihm, ihrem eigenen Sohn, aufzubauen. Das änderte nichts an den Folgen. Aber Jakob hatte begriffen, dass es nur einen Weg aus dieser Wut gab. Er musste nicht nur sich selbst verzeihen, sondern auch ihr. Sie war krank gewesen. Sie hatte vermutlich genauso gelitten wie er.

Und darum war da irgendwann die Hoffnung gewesen, dass es nicht zu spät war. Dass man die Wunde vielleicht heilen konnte. Er hatte ihr so viel erklären wollen. Ihr zeigen, wer er jetzt war. So anders als damals. Besser. Ihr Sohn, der es am Ende doch wert war, geliebt zu werden.

Darum hatte er sie gesucht. Und darum war es ein solcher Schock gewesen, als er erfahren hatte, dass es Timo gab. Die ganzen erwachsenen Gefühle hatten sich in Luft aufgelöst, und die Eifersucht hatte ihn fast zerrissen. Auf dieses Kind, das offenbar alles bekam, was er sich immer gewünscht hatte. Es hatte sich angefühlt, als würde Timo ihm das wegnehmen, was ihm zustand. Als würde er zwischen ihr und ihm stehen. Bis zu dem Moment auf dem Spielplatz, in dem er begriffen hatte, dass Timo nicht nur zu ihr gehörte, sondern auch zu ihm. Er war keine Bedrohung. Sondern etwas, das sie verband. So hatte es sich angefühlt. Bis jetzt.

Ich hätte verhindern können, dass er lebt. Ich hätte es verhindern müssen.

Jakob stand da und wartete. In diesem Moment sehnte er sich nach seiner Wut, obwohl er wusste, dass sie nicht gut für ihn war. Aber er brauchte sie, er brauchte zum ersten Mal seit langer Zeit wieder etwas, das diesen inneren Hohlraum füllte. Er brauchte die Wut, weil sie ihn retten konnte. Ihn und vor allem Sarah.

Er wartete. Aber da war nur Leere. Und bleischwere Müdigkeit.

Vielleicht hatte sie recht. Vielleicht wäre es wirklich besser gewesen, besser für alle, wenn er nie geboren worden wäre. Aber er war da. Er war am Leben.

Und das war das, was ihm blieb. Jetzt endlich begriff er es wirklich. Er würde vielleicht nie das bekommen, was er wollte. Aber das änderte nichts daran, dass er jetzt handeln musste. Er würde in dieses Haus gehen und Sarah da rausholen.

Und er würde seiner Mutter das sagen, was sie vielleicht nicht hören wollte, aber aushalten musste.

Ich bin nicht tot, würde er sagen, ob es dir gefällt oder nicht. Ich bin da, ich bin ein Teil von dir, für immer. Genau wie Timo.

84

Katharina hatte lange nicht mehr an diesen Abend nach dem Prozess gedacht. Sie hatte sich verboten, daran zu denken. Daran, dass sie weggelaufen war. Geflohen vor ihrem eigenen Kind. Sie hatte versucht, all die Jahre zu vergessen, in denen sie sich geschämt hatte für das, was sich wie ein schlimmes Versagen anfühlte. In denen sie sich die Schuld gegeben hatte, weil sie falsch war, unnatürlich, weil sie nicht imstande war, ihr eigenes Kind zu lieben.

Aber an diesem Abend hatte sie begriffen, warum das so war. Nicht sie war das Monster. Sondern er.

Sie hatte es nicht wahrhaben wollen all die Jahre. Obwohl sie es von Anfang an gefühlt hatte. Und dann gesehen. In seinen Augen. In seinem Verhalten. Etwas, für das sie keine Worte hatte. Nicht heute und nicht damals.

Sie war weggelaufen, weil sie es nicht mehr ertragen konnte. Sie hatte verstanden, dass sie sich in Sicherheit bringen musste. Sie hatte neu angefangen und nie zurückgeschaut.

Und dann hatte sie Patrick getroffen und sich eingebildet,

dass sie eine zweite Chance bekam. Auf Liebe. Auf Glück. Alles war richtig gewesen. Bis sie schwanger wurde.

Sie hatte gewusst, dass sie das kein zweites Mal durchmachen konnte. Aber sie hatte auch gewusst, dass sie es nicht überleben würde, wenn Patrick sie verließ. Sie konnte den Gedanken, ihn und das, was er ihr gab, zu verlieren, nicht aushalten. Und darum hatte sie sich gefügt in das, was sie offenbar nicht verhindern konnte.

Dann war er da gewesen. Timo. Sie war wie gelähmt gewesen vor Angst. Aber die Medikamente, die der Arzt ihr verschrieben hatte, hatten geholfen. Sie war in der Lage gewesen, zu kämpfen. Sie hatte sich bemüht, sie hatte sich gezwungen, Timo zu lieben. Eine gute Mutter zu sein. Und mit der Zeit war es leichter geworden. Sie war eine gute Mutter geworden. Diesmal machte sie es richtig. Sie ließ nicht zu, dass Timo ein Monster wurde.

Nicht wie der Andere.

Der jetzt plötzlich da war, vor ihr stand, in der Balkontür. Der sie anstarrte. Den Mund öffnete.

»Mama«, sagte er, und es klang falsch. Als spreche ein Kind, nicht ein Mann, ein junger Mann.

Sie schlug beide Hände vor den Mund. Wollte den Schrei ersticken, der doch stumm blieb. Sie hatte sich nie vorgestellt, wie er aussehen würde nach all den Jahren. Sie hatte ihn trotzdem sofort erkannt.

»Mama«, sagte er jetzt wieder, schien das Wort genauso fremd zu finden wie sie. Seine Stimme zitterte.

Er sah ihm ähnlich, dachte sie. Timo war ihm wie aus dem Gesicht geschnitten.

»Jakob!«, rief Sarah.

Katharina fuhr herum. Verstand nicht, verstand gar nichts mehr.

85

Rike hatte Patrick mit erstaunlicher Entschlossenheit davon abgehalten, gegen die Tür zu hämmern und zu treten. Sie hatte seinen Arm gepackt und den Kopf geschüttelt, dann den Finger auf die Lippen gelegt. Sie war so viel ruhiger als er selbst. So, als wüsste sie, was in dieser Situation zu tun war. In der Katharina sich mit einem Messer bei Sarah verschanzt hatte.

Eine Situation, die ihn so überforderte, dass er sich gefügt hatte. Er hatte das Ohr der Tür genähert, alle Muskeln angespannt, bereit einzugreifen, sobald sich die Situation zuspitzte.

»Patrick liebt dich nicht«, hörte er Sarah sagen. »Er will es, er versucht es, aber es reicht nicht.«

Das stimmt nicht, wollte er denken, aber er wusste, dass es die Wahrheit war. Er wollte sich verteidigen, wollte erklären, dass er es doch gut gemeint hatte. Aber es schien zu banal und sinnlos, um es auch nur zu denken.

Nur die Fassungslosigkeit lenkte ihn von seiner Scham ab. Was tat Sarah da bloß? Katharina hatte ein Messer. Und obwohl es immer weniger Sinn zu ergeben schien, war doch offensichtlich, dass sich ihre rasende Wut auf Sarah konzentrierte. Katharina war zu allem entschlossen. Wie konnte Sarah sie trotzdem immer weiter provozieren?

»Es ist nicht gut für Patrick, es ist nicht gut für dich. Ganz sicher ist es nicht gut für Timo. Es reicht nicht. Es wird nie reichen.«

Hör auf, wollte er schreien, es reicht, es muss reichen, und es ändert doch nichts. Wer bestimmte denn, wann es reichte? Wer definierte denn die richtige Liebe?

Sie, dachte er. Sarah tat das, in genau diesem Moment. Sie war noch immer da. Sie hätte längst das tun können, worauf er heimlich gehofft hatte. Es wäre ihr möglich gewesen, einen Notruf abzusetzen und das zu tun, was er selbst nicht tun durfte, weil er sich verpflichtet fühlte, Katharina zu beschützen. Aber Sarah war dageblieben. Weil sie ihn liebte. Genau wie Katharina. Beide liebten ihn auf ihre Art, obwohl er keiner genügte und nie genügen würde.

Verdammte Liebe, blödsinnige Liebe, wem nutzte denn die verdammte Liebe, die Katharina in die Raserei getrieben hatte und Sarah in diesen fast suizidalen Wahnsinn?

Er musste eingreifen, er musste jetzt eingreifen und verhindern, dass das passierte, was er nicht einmal denken wollte.

»Ich hätte verhindern können, dass er lebt. Ich hätte es verhindern müssen. Aber das habe ich nicht. Und das ist meine Schuld, das ist meine verdammte Schuld!«

Alles in Patrick krampfte sich zusammen. Nicht Timo, verstand er dann, sie sprach nicht von Timo. Ein zischendes Flüstern drang an sein Ohr. Ruckartig drehte er den Kopf.

Er sah Rike. Etwas stimmte nicht mit ihr. Sie starrte auf die Tür. »Ja«, flüsterte sie. »Ja, ja, ja …«

Sie war blass, hatte die Hände zu Fäusten geballt.

Er kam nicht dazu, sie zu fragen, was mit ihr los war, denn da war die nächste Stimme. Eine, die nicht dort hingehörte. Eine tiefe Stimme, ein junger Mann, der etwas sagte.

»Mama.«

Rike stieß einen leisen Schrei aus. Abrupt kam Leben in sie. Sie nahm Anlauf, rammte ihre Schulter gegen die Tür. Einmal, noch einmal, dann hatte sie es geschafft.

86

Kim ist wieder da.

Flo hat sie gesucht. Wochenlang ist sie durch die Stadt gelaufen, bei Tag, bei Nacht, immer wieder. Sie musste sie finden. Sie musste ihr erklären, wie leid es ihr tat. Dass sie es gut gemeint hat, dass sie dachte, dass all das richtig ist. Dass sie wirklich geglaubt hat, dass es Gerechtigkeit gibt.

Niemand konnte ahnen, dass eine Lüge alles zerstören wird. Die Lüge seiner Mutter, eine dreiste, schreckliche Lüge.

Es ist nicht meine Schuld, versuchte Flo zu denken, während sie suchte. Aber sie weiß, dass das keine Rolle spielt.

Sie hat das Vertrauen ihres Kindes verspielt. Das, was sie so mühsam aufgebaut hat. Das, was sie zurückhaben will, weil sie es braucht. Sie braucht ihr Kind. Ihre wunderbare Tochter.

Darum hat Flo gesucht und konnte nicht aufhören zu suchen. Sie konnte nicht aufhören zu hoffen.

Und jetzt ist sie wieder da. Kim ist wieder da.

Die Suche ist zu Ende. Und die Hoffnung.

Den Hund haben sie zuerst gefunden. Er ist aufgefallen, weil er am Ufer gesessen und gejault hat. Er hat einfach nicht aufgehört zu jaulen. Bis jemand nachgeschaut hat, warum.

Die Gromitz hat geklingelt. Sie hat Flo in den Arm genommen, ohne ein Wort zu sagen. Dann hat sie sie gefahren, schweigend. Sie hat sie zu Kim gebracht.

Kim ist wieder da.

Flo schaut sie an. Ihre wunderbare und schöne Tochter. Sie hat nicht lange im Wasser gelegen. Da ist etwas in ihren Haaren, Algen vermutlich, Algen aus dem Fluss, aus dem sie sie gezogen haben.

Kein Anzeichen auf Fremdverschulden, sagen sie. Flo versteht, was das bedeutet. Aber sie weiß, dass das so nicht stimmt.

Kim liegt da, mit Algen im Haar. Ihre Augen sind geschlossen. Sie ist kalt. Wie eine Meerjungfrau, aber sie ist keine Meerjungfrau.

Sie ist ein totes Mädchen. Ihr totes Mädchen. Ihre Kim, ihre Schuld. Ihre Verzweiflung, ihr Schmerz. Ihr Zorn.

Es ist der Moment, in dem sie aufhört, Flo zu sein. Sie wird die, die ihrem Kind ein letztes Versprechen gibt. Jemand wird dafür bezahlen.

87

Katharina fuhr herum, als die Tür mit einem lauten Knall aufsprang. Rike ignorierte sie. Ihr Blick war auf Jakob gerichtet. Stocksteif stand sie da.

»Du«, keuchte sie. »Du!«

Jakob wich ein Stück zurück. Er öffnete den Mund, schloss ihn wieder. Er wirkte genauso fassungslos, wie Rike klang.

»Das kann nicht sein«, sagte sie jetzt. »Ich war dabei. Ich habe verdammt noch mal gesehen, wie du krepiert bist!« Sie spuckte ihm die Worte hasserfüllt entgegen. »Ich war froh. Ich war glücklich. Ich war dankbar, dass ihr es mir so leicht macht. Erst dein widerwärtiger Vater, der sich mit seiner elenden Protzkarre um einen Baum gewickelt hat. Und dann du. Ich dachte, dass es doch so etwas wie göttliche Gerechtigkeit gibt. Es tat so gut, zu sehen, wie du zugrunde gegangen bist. Ich dachte, ich muss mir die Hände nicht schmutzig machen an einem Stück Dreck wie dir. Du bist so schnell da gelandet, wo du hingehörst. In der Gosse. Ich habe mir das angeschaut. Und ich habe jede Sekunde genossen. Ein erbärmlicher Junkie, der sich selbst umbringt. Ich habe dich gesehen, wie du da gelegen hast. In deiner Kotze, in deiner Pisse, die Nadel im Arm. Warum bist du nicht krepiert? Warum bist du nicht einfach krepiert?«

»Rike«, keuchte Katharina. »Was sagst du da –«

Rike fuhr herum. »Hör auf, du dämliche Kuh! Du weißt, wovon ich rede. Du verstehst mich ganz genau!«

»Nein«, wimmerte Katharina. »Rike, nein …« Sie schluchzte auf.

Patricks Gedanken rasten. Katharina hatte immer noch das Messer in der Hand. Während sich die anderen Gedanken hoffnungslos verknoteten in dem Versuch zu begreifen, was sich da gerade abspielte, stand inmitten des Chaos ein einziger klarer Gedanke. Er musste ihr das verdammte Messer abnehmen.

Er machte einen vorsichtigen Schritt in ihre Richtung. Nicht vorsichtig genug, denn Rike reagierte blitzschnell. Sie griff nach Katharinas Handgelenk und entwand ihr das Messer. Mit einem Arm umschlang sie Katharina von hinten und hob die Klinge an ihren Hals.

»Keiner rührt sich«, stieß sie aus. »Das ist mein Ernst!«

Katharina schluchzte auf.

»Hör auf zu heulen! Hör jetzt endlich auf zu heulen, du dämliche Kuh!«, brüllte Rike. »Erwartest du ernsthaft Mitleid von mir? Ausgerechnet du? Du bist die Schlimmste, die Allerschlimmste!«

»Wo ist er? Wo ist Timo? Was hast du mit ihm gemacht?«, wimmerte Katharina.

»Das wüsstest du gern, was?«

»Bitte!« Sarah hatte sich im Bett aufgerichtet. Auf ihrer Stirn standen Schweißperlen, sie atmete schwer. »Leg das Messer weg. Das bringt doch nichts.«

Rike stieß ein verächtliches Lachen aus. »Du kannst es wirklich nicht lassen, die Heilige zu spielen, oder? Obwohl du weiß Gott mittlerweile kapieren solltest, mit wem du es zu tun hast. Schau sie dir an. Sie hätte dich sterben lassen, ohne mit der Wimper zu zucken. Sie hätte auch den Tod ihres Kindes in Kauf genommen. Sie ist bereit, alles zu tun, um ihre dreckige Haut zu retten. Die Wahrheit. Mehr habe ich nicht verlangt. Einfach die Wahrheit. Aber das ist zu viel, für eine wie sie ist das zu viel!«

»Rike, bitte. Wir können darüber reden. Wir können das klären …« Patrick hörte selbst, wie verzweifelt er klang. Und wie dumm, denn er hatte immer noch keine Ahnung, um was es hier eigentlich ging. Rike, verdammt, warum? Es ergab keinen Sinn.

»Ich denke nicht, dass sich das irgendwie klären lässt. Tatsächlich sehe ich im Moment nur ein mögliches Ende für das hier.« Rike bewegte das Messer ein Stück näher an Katharinas Hals.

»Rike, ich flehe dich an. Lass sie los. Ich tue alles, was du willst, aber –«

»Ich will nichts von dir«, unterbrach Rike ihn kalt. »Es geht um sie. Sie muss es tun. Jetzt. Fang an, Katharina. Los, sag die Wahrheit. Sag deinem Mann, wer du wirklich bist. Willst du ihm nicht deinen Sohn vorstellen? Erklär ihm, warum du ihn all die Jahre in dem Glauben gelassen hast, dass er tot ist.«

Katharinas Atem ging stoßweise. »Er ist nicht mein Sohn«, keuchte sie. »Er ist schon lange nicht mehr mein Sohn!«

Jakob stöhnte leise.

»Du denkst wirklich, dass es so einfach ist, oder?«, sagte Rike höhnisch. »Er war dein Sohn, als du damals vor Gericht gelogen hast. Du hast ihn geschützt, obwohl du wusstest, was er getan hat. Hast du wirklich gedacht, dass du einfach davonkommst, wenn du wegläufst? Du hast ihn in die Welt gesetzt. Du hast aus ihm das gemacht, was er ist. Sie war vierzehn, Katharina. Meine Tochter war vierzehn, als dein Sohn sie vergewaltigt hat. Kim war ein Kind. Ich habe versucht, sie zu retten. Ich habe ihr Gerechtigkeit versprochen. Aber du hast dafür gesorgt, dass ich das Versprechen nicht halten konnte. Du hast gelogen, Katharina. Darum ist er davongekommen. Darum konnte er einfach weiterleben, als wäre nichts gewesen. Während Kim zugrunde gegangen ist. Mein Kind ist tot, Katharina!«

»Es war nicht ihre Schuld.« Jakobs Stimme klang brüchig. »Es tut mir leid. Es tut mir so leid, was passiert ist. Es gibt keine Entschuldigung, das weiß ich.« Er sah Rike nicht an, sondern blickte zum Bett, zu Sarah. »Ich war selbst noch ein Kind. Das entschuldigt nichts, das weiß ich. Ich war kaputt und gemein. Grausam. Aber ich … ich habe mich verändert. Ich habe verstanden, was ich getan habe. Ich weiß, dass ich es nie wiedergutmachen kann, aber …«

Er löste den Blick von Sarah, sah jetzt Rike an. »Es war nicht ihre Schuld. Sie haben sie gezwungen. Mein Vater, die

Anwälte. Sie haben ihr eingeredet, dass es ihre Pflicht ist. Sie haben ihr keine Wahl gelassen. Und sie hat mich gehasst. Für das, was ich getan habe. Sie hat mich so sehr gehasst, dass sie mich verlassen hat.«

»Wie rührend, dass du sie in Schutz nimmst«, sagte Rike kalt. »Glaubst du, dass mich das beeindruckt? Glaubst du, dass mich irgendetwas von dem, was du sagst oder tust, erreichen kann? Es ist mir egal, ob es dir leidtut. Es ist mir egal, was du zu sein glaubst. Du hast meine Tochter zerstört. Und deine dreckige Mutter hat dafür gesorgt, dass du einfach davongekommen bist. Ich bin sicher, dass sie das bereut. Man bereut Dinge schnell, wenn man ein Messer am Hals hat. Aber schau sie dir an, schau, wie schwer sie offenbar unter dem leidet, was sie getan hat. Sie hat sich einfach ein hübsches neues Leben gesucht. Ein neuer Mann, ein neues Kind, alles auf null, noch mal von vorne!«

Rike zögerte einen Moment. »Ich wollte einfach, dass sie es spürt. Dass sie begreift, wie es sich anfühlt, wenn einem das Kind genommen wird. Weil man versagt hat, weil man es falsch gemacht hat. Ich wollte dabei sein, ich wollte sehen, wie sie leidet. Sie hätte einfach nur die Wahrheit sagen müssen. Um Timo zu retten. Aber das hat sie nicht. Sie hat es einfach nicht getan!«

»Wo ist er?«, wimmerte Katharina. »Wo ist Timo? Bitte, es tut mir leid, Rike. Ich tue alles, alles, was ich kann. Alles, um es wiedergutzumachen. Aber bitte gib ihn mir zurück.«

88

Sie hatte es fast geschafft.

Adele hatte sich gezwungen, vorsichtig zu fahren. Nicht zu schnell, obwohl die Autobahn um diese Zeit leer war. Sie hatte geweint beim Fahren, immer wieder, leise, damit er nichts merkte und womöglich aufwachte, nachdem er endlich eingeschlafen war.

Sie hatte geweint, so wie vorhin, als sie wieder in das Apartment gegangen war, um sich doch noch ein Bier zu holen. Weil sie nach etwas gierte, das ihr half, die Zweifel, die immer größer wurden, in Schach zu halten. Erst als sie den Kühlschrank geöffnet hatte, hatte sie gemerkt, dass sie nicht die Einzige war, die weinte.

Sie war in das kleine Schlafzimmer zu Timo gerannt, der dalag und leise schluchzte. Nicht heulte, nicht brüllte, nicht nach ihr gerufen hatte, um sich zu beklagen. Er hatte ganz leise vor sich hin geweint, verzweifelte Schluchzer, die sie mitten ins Herz trafen.

Ich will jetzt heim, hatte er geflüstert, als sie sich neben ihn gekniet und gefragt hatte, was los sei. *Ich will jetzt zu meiner Mama.*

Erst da war ihr klar geworden, was sie angerichtet hatte.

Wegen dieser Rike, einer Frau, die sie kaum kannte, Katharinas Freundin. Die all diese Dinge gesagt hatte, als Adele sie angerufen hatte und so voll gewesen war von sich und der Zurückweisung, dass sie alles, was Rike gesagt hatte, gierig und dankbar aufgesogen hatte.

Katharina braucht Hilfe, hatte Rike gesagt. Ich mache mir ernste Sorgen um Timo. Es ist wichtig, dass wir sie zwingen, sich dem zu stellen, dass wir sie erreichen, solange es noch geht. Sie hatte behauptet, Katharina würde Timo nie wieder zu Adele lassen. Und Adele hatte ihr geglaubt. Es war so leicht gewesen, ihr zu glauben.

Rike hatte getan, als sei sie auf Katharinas Seite. Und auf Adeles. Man müsse Katharina zwingen, man könnte es Intervention nennen. *Ich werde das tun*, hatte Rike gesagt. *Aber ich brauche Hilfe. Er sollte nicht da sein. Er ist klein, eine solche Szene kann laut und unangenehm werden. Es würde ihn nur verstören. Fahren Sie mit ihm ans Meer. Halten Sie sich bereit, ich sage Bescheid, wenn die Gelegenheit günstig ist.*

Und Adele hatte sich darauf eingelassen. Sie hatte sich sogar ein bisschen gefreut, als der Anruf heute Vormittag kam. Es hatte ja richtig geklungen, einleuchtend. Und sie hatte Timo nur von der Logopädin abholen müssen. Sie hatte vorher einen Koffer und einen Proviantkorb gepackt. Dann waren sie losgefahren.

Es war leicht gewesen, die Zweifel am Nachmittag von sich wegzuhalten, als sie Eis für ihn gekauft, am Strand gesessen und zugeschaut hatte, wie er herumrannte und mit den anderen Kindern spielte. Er war so gut gelaunt gewesen, so fröhlich und unbeschwert. Es hatte sich richtig angefühlt, diese Zeit mit ihm zu verbringen.

Hinterher war er einfach eingeschlafen. Friedlich und ohne Murren.

Dann war sie allein gewesen. Und die Zweifel waren gewachsen.

Sie hätte trotzdem durchgehalten. Sie hatte Rike etwas versprochen. Sie führte nichts Böses im Schilde, hatte sie sich gesagt, sie tat nur, was dringend zu tun war.

Erst als sie ihn weinen sah, war ihr klar geworden, was sie da angerichtet hatte. Erst da hatte sie begriffen, dass sie sich etwas vorgemacht hatte. Natürlich hatte Rike recht. Es war wichtig, dass Katharina verstand, dass sie Hilfe brauchte.

Aber es war nicht richtig, sie auf diese Art unter Druck zu setzen. Es gab andere Wege. Bessere.

Und dann hatte sie etwas anderes begriffen. Etwas, das noch wichtiger war. Es tat weh, sich mit dem Gedanken zu konfrontieren, aber sie konnte Katharina nicht zwingen, sie zu lieben. So, wie sie es wollte. Sie konnte weder Katharina noch Erich zwingen, das zu fühlen, was sie sich wünschte. So funktionierte das nicht. Das Einzige, was sie tun konnte, war, die zu lieben, die sie eben liebte. Egal, ob sie es verdienten oder nicht. Sie musste das nehmen, was sie bekam. Das, was sie hatte. Weil es vielleicht mehr war, als sie im Moment sah.

Sie hatte eilig die paar Sachen, die sie aus dem Koffer geholt hatte, zusammengesammelt. Dann war sie mit Timo ins Auto gestiegen.

Gleich hatte sie es geschafft. Die Namen auf den Schildern wurden vertraut. Die Ankunftszeit, die das Navigationsgerät zeigte, rückte näher.

Sie hatte Angst. Sie hatte schreckliche Angst. Katharina würde wütend sein. Und Rike auch. Möglicherweise hatte sie schon wieder alles kaputt gemacht. Weil sie die alte, dumme Adele war.

Aber darum ging es jetzt nicht. Das war nicht so wichtig. Wichtig war nur, dass Timo wieder nach Hause kam.

89

Jeder Muskel in Patricks Körper war angespannt. Er musste eingreifen, das hier ging nicht mehr lange gut. Aber solange Rike das Messer nicht wenigstens senkte, war das Risiko zu groß. Es brauchte nur eine winzige Bewegung ihrer Hand, und Katharina war verloren. Der Hass in Rikes Augen und in ihrem Ton ließ keinen Zweifel daran, dass sie nicht zögern würde, das zu tun, was sie für nötig hielt. Für gerecht.

Sie hatte nichts mehr zu verlieren.

Patrick ließ sie nicht aus den Augen. Er versuchte, die Rike zu sehen, die er kannte. Katharinas unscheinbare Freundin, die verhuschte, freundliche Rike.

Die Frau, der man all das angetan hatte. Die jetzt Jakob gegenüberstand. Sarahs Mitbewohner. Anscheinend der Vergewaltiger von Rikes Tochter. Und Katharinas Sohn.

Patrick konnte es nicht fassen. Er konnte das alles hier einfach nicht fassen.

»Bitte«, hörte er Katharina flehen. Sie musste sofort damit aufhören. Es war offensichtlich, dass es Rike nur noch aggressiver machte.

»Ich tue alles, was du willst …«

»Tatsächlich?« Etwas in Rikes Haltung und Ton veränderte sich. Sie schien zu überlegen. Dann lächelte sie. »Also gut«, sagte sie.

Patrick zuckte zusammen. Diese Ruhe, die da auf einmal war, so schlagartig, so kalt, war weit bedrohlicher als die aggressive Hektik zuvor.

»Du willst eine Chance? Du willst Timo retten?« Rike lachte leise. »Ich gebe sie dir. Ich gebe dir eine letzte Chance.«

Nicht tot, dachte Patrick und hätte am liebsten geweint vor Erleichterung. Es gab eine Chance, hatte sie gesagt, sie konnte ihn retten. Timo war nicht tot.

»Mach die Balkontür zu«, hörte er Rike unvermittelt und scharf befehlen. »Mach schon!«

Erst da begriff er, dass er gemeint war. Er tat, was sie verlangte. Versuchte Blickkontakt zu Jakob aufzunehmen. Wenn sie sich irgendwie verständigen konnten, war es vielleicht möglich, Rike gemeinsam zu überwältigen. Aber Jakob starrte wie gebannt in Rikes und Katharinas Richtung, schien außer den beiden niemanden wahrzunehmen.

»Du hast es gesagt«, flüsterte Rike. »Du hast es eben selbst gesagt. Etwas, mit dem du ausnahmsweise recht hattest. Du hättest verhindern müssen, dass er lebt. Aber das hast du nicht. Deine Schuld, hast du gesagt, und man muss bezahlen für seine Schuld. Manchmal kann man alte Fehler korrigieren.«

»Nein«, stöhnte Sarah vom Bett. »Nein, bitte …«

Jakob wich ein Stück zurück.

»Tu es«, sagte Rike. »Tu es jetzt. Töte ihn. Dann bekommst du Timo zurück.«

»Nein!« Sarahs Stimme brach.

Jakob stieß mit dem Rücken an die geschlossene Balkontür, kreidebleich und zitternd.

»Lauf«, krächzte Sarah. »Jakob, lauf!«

Er rührte sich nicht von der Stelle.

Rike schob Katharina langsam auf ihn zu. »Tu es. Du kannst Timo retten, Katharina. Das ist deine letzte Chance!«

Jakobs Hände bewegten sich wie in Zeitlupe hinter seinen Rücken. Er suchte nach dem Türgriff, halbherzig, sinnlos, schien sich zu jeder Bewegung zu zwingen.

»Nein!« Sarah hatte sich aufgesetzt, schob sich mit beiden Armen auf die Bettkante und versuchte aufzustehen. Sie taumelte, fiel zu Boden.

Patrick ließ Rike nicht aus den Augen. Sah, wie sie die Hand mit dem Messer von Katharinas Hals wegbewegte. Langsam an ihrem Arm nach unten strich. Fast zärtlich sah es aus, als sie Katharina den Messergriff in die Hand legte, die sie mit ihrer eigenen umschloss.

»Jetzt«, sagte sie. »Tu es!«

90

Katharina starrte auf das Messer in ihrer Hand. Dann hob sie langsam den Blick, obwohl sich alles in ihr dagegen sträubte. Sie wollte dieses Gesicht nicht ansehen. Das Gesicht, das sie hatte vergessen wollen, für immer. Obwohl es unmöglich war. Denn es war ja da. Jeden Tag vor ihren Augen. Jakobs Gesicht, das auch Timos Gesicht war.

Sie hatte es irgendwie geschafft, das auszublenden. Aber jetzt musste sie hinschauen. Und sich klarmachen, dass es einfach nur ein Gesicht war. Das da war nicht Timo. Das war nicht ihr Sohn, ihr geliebtes Kind. Es war der Andere. Der Grund dafür, dass all das hier passierte.

»Tu es«, flüsterte Rike. Sie stand dicht hinter Katharina, ihr Mund ganz nah an ihrem Ohr.

Katharina versuchte, das Zittern ihrer Hand unter Kontrolle zu bringen und ruhig zu atmen. Genau so, dachte sie, würde Timo aussehen. Irgendwann, wenn er in diesem Alter war. Sie sah in die angstgeweiteten Augen. Da war etwas, das sie nicht verstand. Nicht verstehen wollte. Ein verzweifeltes Flehen. Wie konnte er es wagen? Bildete er sich ein, dass sie sich täuschen ließ? Um einmal mehr seiner Strafe zu entgehen? Für alles, was er war und getan hatte?

Sie hörte Rike schwer atmen. Sie schloss kurz die Augen und versuchte, sich an dieses andere Gesicht zu erinnern. Damals im Gerichtssaal war sie sicher gewesen, dass sie das Gesicht des Mädchens nie würde vergessen können. Aber das war ein Irrtum gewesen. Da war nur noch ein verschwommener Fleck.

Sie öffnete die Augen wieder. Nicht mein Sohn, dachte sie, das ist nicht mein Sohn.

Sarah wimmerte, Patrick stöhnte leise.

Das half Katharina, es half ihr, sich darauf zu konzentrieren, was jetzt zählte. Timo. Ihr Sohn. Der sie brauchte. Patrick war zu schwach. Er war so viel schwächer als sie. Sie hatte es versucht. Sie hatte wenigstens versucht, ihr Versprechen zu halten. Sie hatte darum gekämpft, eine gute Mutter zu sein. Timo zu lieben, ihn nicht im Stich zu lassen, sondern zu beschützen. Und das tat sie auch jetzt. Darum zögerte sie noch immer. Es hatte nichts mit ihm zu tun. Er konnte sie nicht täuschen. Und ein Teil von ihr hätte gern getan, was Rike verlangte. Sie konnte ihn bestrafen, ihn auslöschen, für immer. All das Schreckliche, was geschehen war, endlich zu einem Ende bringen.

Aber wenn sie das tat, dann würde sie Timo verlieren. Dann war er verloren. Patrick konnte ihn nicht beschützen. Timo brauchte sie. Timo brauchte seine Mutter.

»Mach schon!«, zischte Rike.

Monster, flüsterte es in ihrem Kopf. Sie starrte Jakob an. *Monster*, flüsterte es wieder.

Sie atmete durch. Sie hatte keine Wahl. Es ging um Timos Leben. Sie hob die Hand mit dem Messer noch ein Stück und holte aus.

Bevor sie zustechen konnte, war da ein anderes Geräusch. Es kam von unten. Jemand war da.

»Mama!« Die helle Stimme, aufgeregt und fröhlich. »Mama, Mama, ich bin wieder da!«

Katharina erstarrte in der Bewegung. Das konnte nicht sein. Es war unmöglich, dachte sie, aber bevor sie den Gedanken zu Ende gedacht hatte, hatte ihr Körper schon übernommen. Ihre Hand ließ das Messer fallen, ihr Oberkörper befreite sich mit einer schnellen Drehung aus Rikes Umklammerung. Ihre Beine setzten sich in Bewegung.

»Timo!«, rief ihr Mund, während Rikes Schrei in ihre Ohren drang. Ein schrecklicher Schrei voll Zorn, Ohnmacht und Hass.

Ihr Körper lief trotzdem weiter, er drehte sich nicht um, darum sah sie nicht, wie Rike sich bückte, wie sie nach dem Messer griff. Wie sie ausholte und zustach.

91

Sarah hielt einen Moment inne, nachdem sie das Krankenhaus verlassen hatte. Sie blieb in der Sonne stehen und atmete durch. Es war ein gutes Gefühl, hier draußen zu sein. Gehen zu dürfen, wann man wollte. Wohin man wollte.

Sie hatte ihren Arzt auf dem Flur getroffen. Vor drei Tagen hatte sie sich gegen seinen ausdrücklichen Rat selbst entlassen. Er hatte sie gefragt, wie es ihr gehe. »Wunderbar«, hatte sie erwidert, und er hatte die Augenbrauen hochgezogen. »Na dann«, hatte er gesagt und den Kopf geschüttelt. Aber dann hatte er gelächelt. Sarah vermutete, dass er heimlich froh gewesen war, sie loszuwerden. Sie war die Pest gewesen als Patientin, hatte sich ständig wegen irgendwelcher Nichtigkeiten mit ihm und dem Pflegepersonal angelegt. Sie hatte sich aufgeführt wie ein ungezogenes Kleinkind. Weil sie es nicht ertragen hatte, in diesem sterilen Krankenzimmer eingesperrt zu sein, zur Untätigkeit und zum Grübeln verdammt. Und abgesehen davon ging es ihr wirklich gut. Sie hatte seit Tagen keine Schwindelattacke mehr gehabt.

Ihr Handy piepste. Sie zögerte kurz, zog es dann aus der Tasche. Sie atmete erleichtert auf. Die Nachricht war von der Spedition, die meldete, dass ihre Möbel in der neuen Wohnung angekommen waren. In der neuen Stadt. Sie hatte die Wohnung blind gemietet. Sie war zu teuer, genau wie die Spedition, die sich um den Umzug gekümmert hatte. Aber es war nicht anders gegangen, sie hatte ja in dem blöden Krankenhaus festgesessen. Und letztlich war es egal, dass die Aktion ihre Ersparnisse restlos gefressen hatte. Sie war jeden Cent wert.

Sarah spähte an der Fassade hinauf, versuchte, Jakobs Zimmer auszumachen, das sie eben verlassen hatte. Er würde noch eine Weile im Krankenhaus bleiben müssen. Aber er war auf einem guten Weg. Er hatte Glück gehabt. Rike hatte an den Sehnen und Muskeln in seiner Schulter einiges angerichtet, bevor Patrick es geschafft hatte, sie zu überwältigen und ihr das Messer abzunehmen. Aber Jakob würde wieder gesund werden.

Sarah unterdrückte ein Seufzen. Sie würde ihn vermissen. Aber er hatte seine Entscheidung getroffen. Eine, die sie für falsch hielt. Aber sie konnte es nicht ändern. Trotzdem hatte sie ihn eben noch einmal gefragt, ob er wirklich sicher war.

Er hatte genickt. »Es tut mir leid«, hatte er gesagt. »Aber ich kann nicht anders.«

Sarah hatte ihn zweifelnd angesehen.

»Sie ist meine Mutter«, hatte er gesagt. »Und Timo ist mein Bruder. Sie sind alles, was ich noch habe. Ich muss es doch wenigstens versuchen.«

Nein, hätte Sarah gern gesagt, du musst gar nichts. Aber sie wusste, dass es sinnlos war. Sie bezweifelte, dass Jakob von Katharina je das bekommen würde, was er wollte. Aber sie behielt ihre Zweifel für sich. Sie wusste schließlich selbst am besten, wie hartnäckig die Hoffnung auf Liebe sein konnte. Wie viel passieren musste, bis man sie endlich begrub. Jakob würde bleiben. Und Sarah musste das akzeptieren. Es war sein Leben. Seine Hoffnung. Die er brauchte. So wie jeder Mensch.

So wie Rike. Die letztlich auch auf etwas gehofft hatte, das sie für Gerechtigkeit hielt. Rike würde bestraft werden für das, was sie getan hatte. Und ein Teil von Sarah fand das gerecht. Es fiel ihr schwer, ihr diese Minuten zu verzeihen, in denen sie hilflos auf dem Boden vor dem Bett gelegen hatte und mit ansehen musste, wie sie auf Jakob losging. Rike hatte schreckliche Dinge getan. Aber sie war kein schrecklicher Mensch. Nur zerstört von dem, was man ihr und ihrer Tochter angetan hatte. Was Jakob und Katharina ihnen angetan hatten. Rike hatte jemanden bestrafen wollen, und Sarah verstand das. Und ein Ziel hatte sie immerhin erreicht. Sie hatte es geschafft, das Kartenhaus, das Katharinas Leben war, zum Einsturz zu bringen. Sarah fragte sich, ob Rike das half, ob es ihr reichte. Ob sie Befriedigung daraus zog, dass es Katharina schlecht ging.

Sehr schlecht, war Patrick nicht müde geworden zu beteuern. Er hatte Sarah angerufen und ohne Punkt und Komma geredet. Katharina hatte einen Zusammenbruch erlitten, als alles vorbei war. Auch sie war in einer Klinik. »Sie braucht Hilfe, um mit all dem klarzukommen, was passiert ist. Jetzt. Und früher«, hatte Patrick gesagt. »Sie ist krank.« Als hätte Sarah Zweifel daran geäußert. »Sie ist eine gute Mutter«, hatte er dann gesagt. »Sie liebt Timo doch.«

Sarah hatte nicht widersprochen. Was verstand sie schon davon?

Er hatte immer weitergeredet, hatte ihr Schweigen mit Worten überrollt. Er hatte ihr erzählt, dass es wenigstens Adele gut ging, erstaunlich gut. Sie war dankbar, dass sie sie nicht anzeigen würden. Sie hatte es letztlich ja gut gemeint, so wie immer, die arme Adele. Und jetzt war sie eine solche Stütze, sie war ständig da und kümmerte sich aufopferungsvoll um Timo, während seine Mutter in der Klinik war. Patrick hätte nicht gewusst, wie er das alles schaffen sollte ohne sie.

Erst dann hatte er endlich eine Pause eingelegt.

»Bist du noch da?«, hatte er irgendwann gefragt.

»Ja«, hatte Sarah gesagt. Mehr nicht. Denn sie hatte die Doppeldeutigkeit der Frage erst verstanden, als er weiterredete und ihr erklärte, dass er im Augenblick unmöglich wegkönnte. Er müsse sich um Katharina kümmern, sie war seine Frau, und sie brauchte ihn jetzt doch. Er könnte sie nicht einfach im Stich lassen und schon gar nicht Timo, der, auch wenn er die Situation gut zu verkraften schien, jetzt natürlich vor allem Stabilität brauche.

Sarah hatte sich das angehört. Zu müde, um ihn zu unterbrechen. Zu erschöpft, um ihn zu fragen, ob er das, was er da andeutete, wirklich glaubte. Dass es eine Frage der Zeit war. Zu fassungslos, um zu fragen, ob er sich wirklich einbildete, dass sie noch zur Verfügung stand. Für was auch immer.

Sie hatte einfach weiter geschwiegen. Und irgendwann aufgelegt.

Das war der Moment gewesen, in dem sie verstanden hatte, dass sie wegmusste. Weit weg. Für immer.

Sie warf einen letzten Blick hinauf zu Jakobs Fenster. Sie würde ihn vermissen. Jakob, ihren Mitbewohner, der Toast am liebsten leicht angebrannt mochte und seinen schauderhaften Musikgeschmack mit genau demselben Feuereifer verteidigte wie die albernen Raumschiffserien, die er so begeistert schaute. Jakob, ihren Freund, der gern lachte, sie zum Lachen gebracht hatte.

Jakob, der schreckliche Dinge getan hatte, aber kein schrecklicher Mensch war.

Sie hätte Jakob gern mitgenommen. Und versucht, ihm das zu geben, was er brauchte. Sie hätte ihn gern gerettet. Aber sie wusste, dass sie das nicht konnte.

Erneut piepste das Handy. Noch eine Nachricht.

Diesmal eine, die sie nicht sehen wollte. »Ich kann mich heute Nachmittag eine Stunde freimachen«, schrieb Patrick. »Können wir uns treffen? Bitte – ich vermisse dich. Ich möchte dich sehen.«

Sarah starrte auf die Buchstaben. »Nein«, wollte sie schreiben oder vielleicht: »Fick dich.« Sie löschte die Nachricht, bevor der Drang übermächtig wurde. Hörte dann den altvertrauten Akku-Warnton.

Herrgott, Sarah, stöhnte Jakob in ihrem Kopf und rollte grinsend die Augen. Es ist echt Zeit, den alten Schrott wegzuschmeißen.

Sie lächelte. Sah sich um und entdeckte einen Gully. Sie ging hinüber, spähte durch das Gitter hinunter auf eine ölig schimmernde Wasserfläche. »Höchste Zeit, allerdings«, murmelte sie, als das Handy mit einem Platschen aufkam und dann versank.

Sie ging zum Parkplatz und setzte sich in ihr Auto. Sie suchte sich eine CD aus, schob sie in den Player. Dann gab sie Gas. Fuhr weg. Weit weg. Für immer.

Danksagung

Dafür, dass dieser Roman das Licht der Welt erblickt hat, möchte ich mich ganz, ganz herzlich bei Christel Steinmetz und Stefanie Rahnfeld bedanken, die die Geschichte vom Anfang bis zum Lektorat begleitet und durch kritische und kluge Anmerkungen bereichert haben. Danke für die wunderbaren Gespräche, danke für die Einwände und Diskussionen – ich hasse es zwar, das zu sagen, aber ihr habt tatsächlich immer recht. Dank auch dem gesamten Emons-Team für die großartige Zusammenarbeit und das Engagement.

Und last, but not least geht mein Dank an Judith, Christian, Uli und Jenny – für Rat und Reden, Geduld und Getränke, Hühner und Hunde sowie Trost und Tritte.

Sabine Trinkaus
SEELENFEINDIN
Broschur, 336 Seiten
ISBN 978-3-7408-0083-3

»Immer beklemmender werden die Situationen, die Sabine Trinkaus für ihre Figuren schafft, bis ein dramatisches Finale dem Buch eine ebenso überraschende wie passende Auflösung bringt.« dpa

»Sabine Trinkaus verleiht ihrer Geschichte eine pulsierende Psychodynamik, die auf ein Ende zusteuert, das ohne Gewissheit ist, gleichwohl aber verstörend.« Hamburger Abendblatt

Sabine Trinkaus
SCHNAPSDROSSELN
Broschur, 240 Seiten
ISBN 978-3-95451-120-4

»Trinkaus' Romane zeichnen sich aus durch eine gehörige Portion schwarzen Humor, skurrile, aber stets liebenswerte Charaktere, einen prägnanten Stil, der einen nicht mehr loslässt, und einen gut durchdachten Plot.«
Bonner Schaufenster

Sabine Trinkaus
SCHNAPSPRALINEN
Broschur, 304 Seiten
ISBN 978-3-95451-487-8

»Locker-flockig. Ein Schaulaufen der kruden Charaktere. ›Mord mit Aussicht‹ lässt grüßen!« Neue Westfälische

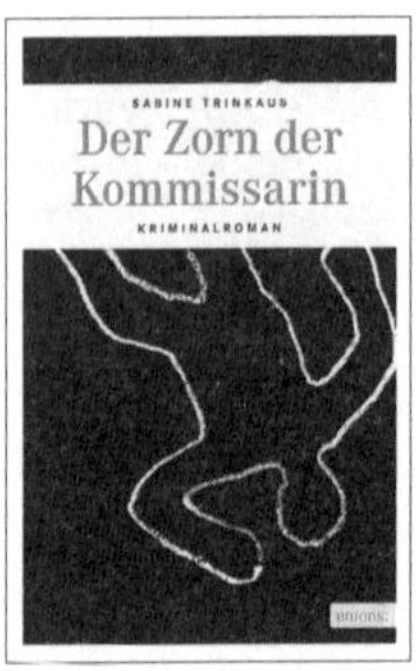

Sabine Trinkaus
DER ZORN DER KOMMISSARIN
Broschur, 368 Seiten
ISBN 978-3-95451-308-6

»Es gelingt der Autorin, die Handlungsstränge zu verweben, und sie entwickelt den absolut logischen, stimmigen Plot zu einem superspannenden Krimi mit eigenwilligen, doch sympathischen Protagonisten.« ekz

www.emons-verlag.de